DAS BUCH

Nachhaltiges Handeln hat das Image von Verzicht und schlechtem Gewissen verloren und ist heute nicht nur erklärtes Ziel von Politik und Wirtschaft, sondern prägt den Lebensstil weiter Teile der Gesellschaft. Ohne diese positive Entwicklung abzuwerten, thematisiert dieser Roman einige Widersprüche der neuen Normalität der Nachhaltigkeit, indem er sie mit einer drohenden Katastrophe konfrontiert.
In banger Erwartung einer Heuschreckenplage verbringt eine kleine Gruppe privilegierter Menschen in einem abgeschiedenen Berghaus ohne Mobilfunkempfang die letzten Tage des Herbstes. In den Bergen fühlen sie sich zwar nicht sicher, aber geborgen. Mit langen Wanderungen in der unberührten Natur, reichlich Wein und teils belanglosen, teils tiefsinnigen Gesprächen schlagen sie die Zeit tot und lenken sich von ihren Sorgen ab. Aktuelle Themen wie Elektromobilität oder Künstliche Intelligenz kommen ebenso zur Sprache wie Insekten als Nahrungsmittel der Zukunft.
Roberto, der auf Nachhaltigkeit bedachte Ingenieur und Held der Geschichte, erzählt seiner neuen Liebe Brigitte, einer ehemaligen Ärztin, wie es zum Unglück kommen konnte. Seine Detailversessenheit macht es diesem Homo Faber 2.0 nicht nur schwer, Entscheidungen zu treffen, die sein Streben nach Selbstverwirklichung und Selbstständigkeit mit seinem Beitrag zur Verhinderung der Klimakatastrophe in Einklang brächten, sondern lässt ihn auch das unberechenbare Walten der Natur nur als äußeres Geschehen wahrnehmen. So auch den verfrühten Wintereinbruch, der die Gäste im Berghaus überrascht. Fast ebenso immun gegen eine über das Denkbare hinausgehende Deutung unerwarteter Ereignisse ist aber auch Brigitte.
Letztlich können sich beide nicht vorstellen, wie ihnen geschehen wird, nachdem der Wind gedreht hat und das Berghaus zur tödlichen Falle wird. Roberto wird gerettet. »Wie weiter?« fragt er sich. Lässt er sich weiter treiben? Wird er seine Jugendfreundin Carla besuchen, die sich mit der Kunst gegen ihr Schicksal auflehnt?

DER AUTOR

Lewin Reger (*1957), Sozialanthropologe im Ruhestand, lebt und arbeitet abwechslungsweise in Zürich und in einem Bergdorf in der Ostschweiz. Reger forschte über dreißig Jahre im Himalaya und lehrte an verschiedenen Universitäten. Er ist passionierter Alpinist und neuerdings auch Fischer. Seit seiner Kindheit interessiert er sich für Auto- und Radrennsport, Eishockey und Fußball, Glaziologie und Insektenkunde. Er hat auch über den Insektenforscher Jean-Henri Fabre als Vorbild für die ethnografische Beobachtung geschrieben. Seit seiner Emeritierung verfasst er auch belletristische Texte.

GÖTTERSPEISE

Roman

LEWIN REGER

Lewin Reger
c/o AutorenServices.de
Birkenallee 24
36037 Fulda
lewin.reger@mail.de

Independently published Nov 2021

ISBN: 9798772622643

INHALT

IM BERGHAUS

Ich sitze auf der Terrasse an der Westseite des Berghauses mit Blick aufs Tal. Die Sonne ist bereits untergegangen, aber die Wand, an der ich lehne, ist noch warm. Es ist jetzt fünf Uhr und wir wissen noch immer nichts. Gestern wurden für heute Mittag detaillierte Informationen über den Stand der Dinge angekündigt. Außer mir ist nur noch eine Dame mittleren Alters auf der Terrasse. Ich habe sie noch nie gesehen. Sie wird wohl erst heute gekommen sein. Sie trägt eine rote Daunenweste. Ihre Haare hat sie hochgesteckt. Ich habe das Gefühl, sie will mich nicht anschauen, bin mir aber nicht sicher, weil sie eine Sonnenbrille trägt. Die anderen sind im Haus. Ich kenne niemanden außer dem Wirt, und den auch nur vom Sehen. Wahrscheinlich warten alle auf die angekündigten Informationen oder zumindest den neusten Wetterbericht. Ob dieses Verhängnis auch uns ereilt, hängt ja nur vom Wetter ab.

Warum sie alle zum alten Berghaus hochgekommen sind, weiß ich nicht genau. Seit drei Tagen bin ich nun schon hier, habe aber noch mit niemandem darüber gesprochen. Alle scheint nur die Zukunft zu interessieren. Was sage ich? Nur das Wetter der nächsten Tage und Stunden wollen sie wissen. Vermutlich haben alle den langen Weg hierher aus demselben Grund unternommen wie ich: Um die Tage der quälenden Ungewissheit, die letzten Tage vor der drohenden Katastrophe wenigstens an einem angenehmen Ort zu verbringen. Während einen die Ungewissheit bis in den letzten Gedanken gefangen hält, erwecken hier zumindest die rundherum aufragenden Berge ein Gefühl von Geborgenheit, besonders an diesen späten Herbsttagen mit ihrem besonderen Licht. Es zeigen sich die klaren Konturen zwischen Himmel und Erde, die intensiven Farben der Landschaft, das gleichmäßige Vorrücken der Zeit. Und Geräusche nimmt man in dieser ruhigen Umgebung wahr, als seien auch sie eine klare Abfolge von Bedeutungen. Alles erscheint unzweideutig, beständig, berechenbar – erhaben und doch zum Greifen nah.

Ich spreche auch darum kaum mit den Leuten hier, weil ich ja weiß, wie es zu diesem Unfall gekommen ist – und mich dafür mitverantwortlich fühle. Der Wirt ruft uns zum Essen ins Haus. Er lächelt gequält und sagt nur, dass es nichts Neues gäbe, dass uns das aber nicht vom Essen abhalten solle. Es gäbe Gerstensuppe und Würste und der Wein bringe uns sicher auf andere Gedanken. Die Dame mit der roten Weste nimmt die Sonnenbrille ab und lächelt mich an, sagt aber nichts und geht ins Haus. Ich folge ihr und ziehe die Tür hinter mir zu.

Wahrscheinlich, weil ich die Tür zu heftig ins Schloss fallen ließ, verstummen alle. Einige schauen mich vorwurfsvoll an. Ich lächle entschuldigend. Alle sitzen bereits an den gedeckten Tischen und erwecken den Eindruck von Geschäftigkeit, obwohl sie nur dasitzen und auf ihre Teller starren. Einige rücken Gläser an den richtigen Platz, andere richten das Besteck gerade aus oder falten die Servietten auf. Einige schauen auch auf ihr Mobiltelefon, das sie zur Sicherheit vor sich hingelegt haben, obwohl alle wissen, dass man nur eine gute Stunde Fußmarsch von hier Empfang hat. Heute denkt ja niemand mehr daran, ein Reiseradio mitzunehmen. So sind wir auf die Auskünfte des Wirtes angewiesen, der natürlich ein Radio besitzt und auch ein Funktelefon für den Notfall.

Wenn die Wartenden etwas sagen, dann nur, was sie gerade tun. Wie Kinder. Nur der Wirt scheint vernünftig zu sprechen und nur seine junge Helferin mit dem Pferdeschwanz und dem Piercingring an der Nase – ich glaube, sie heißt Elsa – macht einen halbwegs unbeschwerten Eindruck.

Wenn sie scherzt, hellt sich manchmal ein Gesicht für einen Augenblick auf. Als Elsa sieht, dass meine Tischnachbarin, die ihre rote Daunenweste an den Stuhl gehängt und sich die Ärmel hochgekrempelt hat, ein ähnliches Tattoo wie sie auf dem Unterarm trägt, grinst sie und hebt den Daumen. Meine Nachbarin erwidert mit derselben Geste. Ich muss lachen. Vielleicht ist meine Nachbarin doch nicht so alt, wie ich gedacht habe, vielleicht auch so Ende Dreißig wie ich. Während wir schon mit dem Löffeln der Suppe beginnen, faltet der ältere Herr am unteren Ende des Tisches die Hände zum Gebet, bevor er zu essen beginnt. Die Tischnachbarin mit der roten Weste verzichtet als einzige auf die Würste, offenbar ist sie Vegetarierin. Die Suppe schmeckt gut, aber ich kann sie nicht richtig genießen. Ich trinke hastig das ganze Glas Wein aus. Meine Nachbarin schaut mich erstaunt an und macht eine fragende Geste mit der Oberlippe. Ich schäme mich etwas. ›Roberto! Reiß dich zusammen!‹ sage ich zu mir und versuche, mich zu entspannen.

Wie hätte es sich verhindern lassen? Irgendwie sind alle mitschuldig, die beim Startup dabei waren. Nachdem der Konzern übernommen hatte, waren mir sowieso die Hände gebunden. Nie hat jemand gezögert, das Wie? stand im Vordergrund. Nie hat jemand gewarnt, wir warnten andere. Wir wollten nur unseren Beitrag im Kampf gegen den Klimawandel und das Ernährungsproblem leisten. Und nun das. Die Nachbarin unterbricht meinen Gedanken mit der Frage, ob ich noch Suppe wolle. Ich nicke und sie schöpft nach. Sie schaut sich um, ob noch jemand einen Nachschlag will. Ich schaue auch in die Runde. Ich zähle die Anwesenden und komme auf vierzehn. Nur drei Frauen sind darunter. Frauen sind offenbar weniger ängstlich. Ich esse etwas Suppe und zähle dann nochmals, wobei ich versuche, mir nicht ansehen zu lassen, was ich tue. Jetzt sind es fünfzehn, mit dem Wirt und Elsa sind wir also siebzehn.

Während dem Essen wird kaum gesprochen, außer in dieser kindischen Weise. Nur der Wirt, Elsa und meine Nachbarin sprechen, wie wenn nichts wäre. So empfinde ich das zumindest. Einmal stolpert Elsa und Geschirr fällt auf den Boden. Es zerbricht jedoch nichts und einige atmen hörbar auf. Meine Nachbarin sagt: »Das bringt aber kein Glück.« Etwas deplatziert, finde ich. Dennoch muss ich mir ein Lachen verkneifen.

Nach dem Essen gehe ich hinaus und rauche eine Zigarette. Das ältere Paar, das neben mir saß, folgt mir. Nur die Frau zündet sich auch eine Zigarette an. Es ist jetzt kalt und wir wechseln ein paar belanglose Worte über die Kälte. Eigentlich warte ich auf die Nachbarin mit der roten Daunenweste. Dann bin ich aber froh, dass sie nicht kommt. Wahrscheinlich empfinde ich so wegen der Gegenwart des älteren Paares, vielleicht auch, weil mich dieser Anflug von Sehnsucht in der jetzigen Situation befremdet. Man will ja immer noch etwas, wenn man nicht weiß, wie's weitergeht, und man möchte es umso bestimmter, je weniger man weiß, was es ist. Ich friere; wie offenbar auch das Paar, das sich verabschiedet und ins Haus geht. Ich bleibe noch einen Moment und schaue an den Himmel. Einige Sterne funkeln. Je länger ich schaue, desto mehr werden es und desto mehr erkenne ich Bilder in ihnen. Leider kenne ich ihre Namen nicht. Namenlose Schönheiten. Die Natur ist voll davon.

Als ich ins Haus zurückgehe und den Speisesaal durchquere, sitzen noch drei Personen an den Tischen. Das Licht wurde offenbar gedimmt. Nur aus der Küche sind Geräusche zu vernehmen. Einmal kichert Elsa und sagt dann etwas, was ich jedoch nicht deutlich verstehen kann. Es klang wie ›sie erschrecken‹ oder ›sind Heuschrecken‹. Vielleicht kommen meine Interpretationen aber auch nur daher, dass ich immerzu an diese Heuschreckenplage denken muss, wir alle nur noch daran denken können, wie schrecklich es in Afrika schon ist und wie schrecklich es auch für uns bald werden könnte. Ich verabschiede mich und gehe die knarrende Treppe hoch in meine Kammer auf der zweiten Etage.

Lange konnte ich nicht einschlafen, habe nun aber doch fast acht Stunden geschlafen. Ich erhebe mich langsam, öffne das Fenster und atme die kalte Luft ein. Wieder ein schöner Herbsttag. Ich wasche mich und ziehe mich an. Alles fast gekünstelt langsam. Auf sieben Uhr gehe ich in den Speisesaal zum Frühstück.

Einige sitzen schon an den Tischen. Nach der zweiten Tasse Kaffee zähle ich wieder die Anwesenden. Drei fehlen, darunter die Nachbarin. Irgendwie vermisse ich sie. Hoffentlich ist alles in Ordnung mit ihr. Als mein inspizierender Blick auf ein mir gegenüber auf dem Tisch liegendes Buch mit einer Winterlandschaft auf dem Umschlag fällt, sagt die Dame, der das Buch gehört und der mein Zeitvertreib aufgefallen ist: »*Engadiner Erlebnisse* von Herrmann Hesse. Bei ihm finde ich immer großen Trost.« Ich versuche, verständnisvoll zu lächeln.

Als ich nach dem Frühstück von der Toilette in den Speisesaal zurückkomme, ist nur noch Elsa da. Sie trägt das Geschirr in die Küche. Sie sagt, die anderen wollten zusammen auf eine Wanderung gehen. Wohin, das wisse sie nicht. Auch nicht, ob alle mitgegangen seien. Sie sagt nur: »Es ist überall schön hier. Wahrscheinlich haben sie den einfachen Weg zum Pass genommen. Wollen Sie nicht mitgehen? Die anderen können noch nicht weit sein.«

»Eigentlich nicht«, sage ich und helfe ihr den Rest des Geschirrs in die Küche tragen.

»Danke«, sagt Elsa. »Stellen sie es doch dort auf den Tisch neben dem Backofen.« Und dann fragt sie mich: »Warum sind die meisten dieser Herrschaften so nervös? Wer es sich leisten kann, hier oben Ferien zu machen, sollte doch etwas entspannter sein.«

Ich schweige.

Gerade als ich das Haus verlassen will, um mich auf die Terrasse in die ersten Sonnenstrahlen zu setzen, kommt die Dame in der roten Daunenweste die Treppe herunter. Sie hat sich die Sonnenbrille ins offene Haar gesteckt und sieht sehr sportlich aus. Ich grüße sie und frage, wie es geht.

»Gut«, sagt sie. »Ich heiße übrigens Brigitte.«

Ich stelle mich auch mit Namen vor und weise sie darauf hin, dass sie das Frühstück verpasst hat. Sie sagt nur, dass sie nie richtig frühstücke. Sie trinke meist nur ein paar Tassen Kaffee, das reiche. Ich sage, dass es in der Küche sicher noch Kaffee gäbe, komme mir aber sogleich etwas läppisch vor, da sie das ja wohl selbst auch weiß.

Ich setze mich auf das Steinmäuerchen, das die Terrasse umschließt. Es ist aber noch sehr kalt, so dass ich gleich wieder aufstehe und ein paar Schritte bis zum Fahnenmast an der rechten Seite der Terrasse gehe. Das ist der Ort, von dem einige glauben, dass es hier Empfang für das Mobiltelefon gibt. Aber das ist nur die Täuschung der in den Himmel ragenden Stange. Unsere einzige Verbindung zur Außenwelt ist der Wirt. Ich stütze mich mit einer Hand an der kalten Metallstange, stelle einen Fuß aufs Mäuerchen und lasse den Blick langsam übers Tal schweifen. Was machen die Menschen dort unten, was machen sie jenseits des Tals? Überall dürften sie jetzt warten, sich ängstigen. Was kann man auch anderes tun? Ich erschrecke, als mich jemand kurz an der Schulter berührt. Es ist Brigitte.

»Du stehst hier wie ein Feldherr«, sagt sie.

»Ein Feldherr vor oder nach der Schlacht?«

»Schwer zu sagen.« Aber noch bevor ich weitersprechen kann, meint sie: »Ich hoffe ein Feldherr, der nur über die Landschaft und nicht über Menschen aus Fleisch und Blut gebietet.«

Ich schaue bewusst an ihr vorbei und erwidere: »Über die Landschaft zu gebieten, also sich über die Natur zu stellen, ist auch problematisch.« Dann frage ich sie, was wohl die Leute im Tal und jenseits davon jetzt machen. Sie scheint erstaunt zu sein über die Frage und sagt nur: »Arbeiten.« Und nach einer Weile: »Ja, was sollen sie denn machen? Einkaufen, kochen, Kinder hüten, die betagte Mutter im Rollstuhl an die Sonne schieben, im Büro Formulare ausfüllen, auf dem Bau Gerüste aufstellen, Autos reparieren.« Natürlich hat sie Recht. Die da unten arbeiten und wir hier oben leisten es uns zu warten. Ich fühle mich nicht wohl bei dem Gedanken und möchte etwas tun.

»Wollen wir uns den anderen anschließen?« frage ich. »Sie sind auf eine Wanderung gegangen, wahrscheinlich zum Pass dort drüben, wie die Gehilfin des Wirts vermutet. Sie haben höchstens eine halbe Stunde Vorsprung. Wir können sie leicht einholen.«

»Nein«, sagt Brigitte, »mir ist nicht nach Gesellschaft, nicht nach wandern in der Gruppe. Möchtest du mit mir wandern?«

Nachdem ich die Wanderstiefel, meine Windjacke und die Sonnenbrille aus dem Zimmer geholt habe, gehen wir zusammen in die dem Pass entgegengesetzte Richtung. Brigitte geht voraus. Als wir zu einem Wegweiser an einer Weggabelung kommen, liest Brigitte laut vor: »Blausee. Zwei Stunden. In Klammer: Schöner Aussichtspunkt. Schneehorn. Viereinhalb Stunden. In Klammer: Kurze Kletterpassage. Karrenschlucht. Drei Stunden. In Klammer: Vorsicht Steinschlag. Und noch eine Klammer: Vorsicht Springflut.«

Wir gehen zum Blausee. Brigitte geht immer noch voraus, jetzt mit eingestützten Armen. Es ist steiler, als es von unten ausgesehen hat. Ich schwitze. Nach etwa einer Stunde machen wir eine Pause. Wir sitzen nebeneinander auf einer moosbewachsenen Steinplatte und schweigen. Bis Brigitte sagt: »Jetzt gehen wir direkt zum See. Dort können wir eine längere Rast machen. Du magst doch noch?«

Ich stehe sofort auf und gehe nun voraus.

Als wir die Krete erreichen, zeigt sich uns eine ganz neue Landschaft.

»Eigenartig«, meint Brigitte, »warum ist es hier so flach?«

»Wahrscheinlich ein Trogtal, das ein Gletscher hinterlassen hat«, antworte ich.

Wir folgen der Krete nach links, bevor wir zum Ufer des Sees hinunter gehen. Er ist sehr blau und macht seinem Namen alle Ehre.

»Der See muss tiefer sein, als es den Anschein hat, sonst wäre er nicht so blau«, bemerke ich. »Nur in genügend tiefen Seen verursacht die Lichtreflexion dieses tiefe Blau.«

»Bist du Wissenschaftler oder Lehrer?« fragt Brigitte.

»Elektroingenieur. Das mit dem Blau des Wassers ist mir aber aus dem Physikunterricht auf dem Gymnasium geblieben.«

»Aha«, sagt Brigitte. »Und woher kommt das Blau des Himmels?«

»So genau weiß ich das nicht mehr«, gestehe ich, »vielleicht hat es etwas mit dem *Tyndall*-Effekt zu tun hat. Tyndall war ein irischer Physiker.«

»Derselbe Tyndall, der den Hohllichtleiter erfunden hat, den Vorläufer des modernen Gastroskops, das wir bei Magenspiegelungen benutzen?« will Brigitte wissen.

»Keine Ahnung«, sage ich. »Ich weiß von diesem Tyndall lediglich noch, dass er auch als Bergsteiger ein Pionier war, ein Zeitgenosse von Edward Whymper und fast noch vor diesem auf dem Matterhorn. Offenbar ein Tausendsassa.«

Später frage ich: »Bist du Ärztin?«

»Ich war Ärztin«, erwidert Brigitte, »ich war.«

Diese Wiederholung verunsichert mich. Ich lasse es nachzufragen.

Nachdem wir ein Stück dem Ufer entlanggegangen sind, entdecken wir einen langen, rötlichen Stein. Brigitte kommt mir zuvor mit dem Vorschlag, hier zu rasten. Wir setzen uns. Der Stein ist warm, als hätte er schon tagelang die Wärme in sich aufgesogen, dabei steht er wohl erst seit wenigen Stunden in der Sonne. Wir reden lange nichts und betrachten die Umgebung. Jetzt, im Sitzen betrachtet, erscheinen die Felswände, die den flachen Talboden mit dem See seitlich begrenzen, noch imposanter – als würden sie direkt in den Himmel wachsen. Der See ist noch blauer und die Stille noch tiefer. Und wir, wir scheinen ein Teil dieser Landschaft geworden zu sein.

»Und, ist dies ein schöner Aussichtspunkt, wie auf dem Wegweiser angekündigt?« fragt Brigitte.

»Ja, schon», antworte ich, »vielleicht bis auf die steile Wand hinter uns. Sie wirkt etwas bedrohlich, mindestens jetzt, wo sie im Schatten liegt. Aber die Wand ist ja der Hintergrund und nicht die Aussicht.«

»Schau einfach nicht hin. Wir sitzen einfach so lange, bis die Sonne die Wand erreicht. Dann wärmt sie uns sogar den Rücken.«

Ich sage nur: »So kann man alles zur Ansichtssache machen.«

»Einiges«, sagt Brigitte in sich gekehrt, »nicht alles. Sagen wir, es hängt von den Umständen ab, der Geschichte, der Biografie, dem Glück, der Geduld.«

Sie dreht sich zu mir und schaut mich kurz prüfend an. Ich drehe mich automatisch zu ihr. Sie wendet sich jedoch ab und schaut mit leerem Blick auf die sonnige Felswand gegenüber. Ich tue es ihr gleich. Je länger ich schaue, desto weniger glatt erscheint die Wand. Sie ist von Rissen durchzogen. Einige scheinen tief zu gehen. Auch kleine Höhlen lassen sich da und dort vermuten. An einigen Stellen wird das Grau und Gelb der Wand durch grüne Querstreifen unterbrochen, eine Art Balkone, auf denen anspruchslose Gräser und Bergblumen wachsen. Je genauer ich schaue, desto vielfältiger, aber auch durchlässiger erscheint die Wand, desto mehr habe ich das Gefühl, dass in oder hinter der Wand noch etwas ist. Wäre ich allein, fände ich diesen Eindruck wahrscheinlich beunruhigend.

»Ja, ich war Ärztin«, unterbricht Brigitte meine irritierende Beobachtung, »und dann hatte ich kein Glück. Ein Patient starb unmittelbar nach der Operation, bei der ich als Anästhesistin mitwirkte. Alles war gut gelaufen, ein kleiner Eingriff, eigentlich. Und dann starb er. Ich hatte bei der Vorabklärung etwas übersehen, vielleicht nur zu wenig beachtet, vielleicht konnte ich es auch gar nicht feststellen. Auf jeden Fall, der Patient starb, ein junger Mann, der sich, nachdem er zum zweiten Mal Vater von Zwillingen geworden war, unterbinden lassen wollte. Die Untersuchung des Falles ergab, dass mich keine Schuld traf. Statistisch gesehen, wurde gesagt, kann das eingetretene Unglück fast nicht eintreten. Weil äußerst unwahrscheinlich, erschien es dem Gericht auch kaum menschenmöglich. Eine unglückliche Verkettung von Zufällen, allenfalls ein Versagen des ganzen Teams – oder was es sonst noch an entschuldigenden Redensarten gibt. Aber ich fühlte mich schuldig. Ich glaubte, einer jungen Frau ihren Mann und vier kleinen Kindern ihren Vater genommen zu haben. Natürlich, logisch gesehen, machte dies meine Schuld nicht grösser. Wahrscheinlich, logisch, rechtlich traf mich keine Schuld. Aber ... Wie auch immer, ich quittierte den Dienst. Eine Zeit lang arbeitete ich nicht mehr. Als ich es nicht mehr aushielt, mich nur noch mit mir zu beschäftigen, ging ich auf den Vorschlag meiner jüngeren Schwester ein, ihr in ihrem kleinen Laden für esoterische Literatur, Halbedelsteine und allerlei Duftsubstanzen zu helfen. Eine Goldgrube angesichts all der Hilfesuchenden, die an die heilende Wirkung von kleinen bunten Steinen, den Rauch von Räucherstäbchen und von geheimnisvollen Texten glauben. Aber schaden kann's ja nicht, wenn der verunsicherte Mensch durch seinen Glauben Halt findet. Das Geschäft lief noch besser, als die Kunden hörten, dass sie nun auch noch von einer richtigen Ärztin beraten werden.«

»Warum erzählst du mir das alles?« will ich wissen. »Wir kennen uns ja kaum.«

»Vielleicht gerade darum. Vielleicht auch, weil du mir sympathisch bist, weil ich im Moment niemanden außer dir habe, oder wegen der Angst, dass die Katastrophe, derentwegen sich wohl die meisten der Gäste hierher zurückgezogen haben, tatsächlich eintrifft. Ich mache zwar jedes Jahr um diese Zeit ein paar Tage Ferien im Berghaus, wie schon meine Eltern. Aber die auffällige Angst der anderen hat mich schon am ersten Tag angesteckt. Die einen macht Angst offen und gesprächig, andere still und verschlossen. Wieder andere lähmt sie. Wohl darum traut sich ja auch niemand, den Wirt nach dem Stand der Dinge zu fragen, sondern wartet geduldig darauf, dass er von sich aus darüber berichtet. Schließlich sind da auch noch jene, die Angst zu übertriebenem Aktivismus anstachelt. Vielleicht erzähle ich dir auch alles, weil ich immer noch genug Ärztin bin, dass ich weiß, dass schon das Aussprechen eines Problems zu seiner Heilung beitragen kann. Gibt man dem Problem dann noch einen Namen, also stellt die Diagnose, fühlen sich manche Patienten schon fast geheilt – so falsch die Diagnose auch sein mag. Hat das Problem erst einmal einen Namen und kann mit einem Menschen des Vertrauens darüber gesprochen werden, glaubt der Patient, dass er nicht nur *etwas* hat, sondern dass sein Problem so real ist, wie dieser blaue See zu unseren Füssen.«

Ich nicke nur und bemühe mich, Brigitte nicht anzuschauen, oder eher: nicht von ihr angeschaut zu werden. Ich kann es nicht selbst bestimmen, ich hoffe es. Vielleicht würde ihr Blick fragen, ob sie mir ihr Vertrauen zu Recht schenkt. Ich frage mich zögernd, ob ich Angst habe, mein Problem jemandem anzuvertrauen, ob es Heilung für mein Problem gibt? Hat es einen einfachen Namen oder ist es eine lange Geschichte? Ist es nicht zu groß, um es in Worte zu fassen, weil doch die Katastrophe das Wohl von Millionen von Menschen bedroht? Aber, ist es denn nur mein Problem? Geht es mich überhaupt etwas an? Schließlich nahmen die Dinge ihren katastrophalen Lauf erst, nachdem der Lebensmittelkonzern meine kleine Firma übernommen hatte. Aber selbst dann ist fraglich, ob die Schuld einen Einzelnen trifft. Und zudem waren es ja technische Probleme, eine Verkettung unglücklicher Zufälle, wie es hieß. Derartige Zusammenhänge kann sich niemand vorstellen. Geht die Schuld nicht immer aus einem größeren Ganzen hervor, einem umfassenden System, von dem jeder und alles nur ein kleiner Teil ist? Es ist wohl wie mit der Statistik, die über das Menschenmögliche entscheidet, und gemäß der das Gericht Brigitte freigesprochen hatte. Die Schuld wurde nur von ihr persönlich empfunden, und dies wahrscheinlich auch nur angesichts von Art und Ausmaß des Unglücks.

Ich inspiziere nochmals die Felswand gegenüber. Noch eingenommen von meinen Gedanken erscheint sie mir nun wieder glatt und undurchdringlich. Und sie wirkt kalt, obwohl sie vollkommen in der Sonne steht. Ich wende mich auch zur Wand hinter uns. Sie steht erst halb in der Sonne, hat aber schon etwas von ihrer Bedrohlichkeit verloren. Ich lasse den Blick etwas länger auf ihr ruhen, und glaube zu sehen, wie die Sonne die Wand Zentimeter um Zentimeter erfasst. Und obwohl es so langsam geht, habe ich das Gefühl, als müsste schon im nächsten Moment die ganze Wand in der Sonne stehen.

»Was denkst du?« unterbricht Brigitte plötzlich dieses wohltuende und zuversichtliche Gefühl, das meinen Blick auf die langsam heller und wärmer werdende Felswand begleitet. »Hat es mit meiner Geschichte zu tun, oder dem Grund, warum du und die anderen Gäste im Berghaus sind?«

»Letzteres. Viel anderes kann ich im Moment nicht denken«, antworte ich ausweichend. »Ich kann mich ablenken. Jetzt gerade durch die Beobachtung der Landschaft um uns herum. Die Natur hat ja immer etwas Tröstliches.«

»Bis sie einen verletzt«, sagt Brigitte. »Wenn jetzt zum Beispiel eine Gämse in der Wand über uns einen Steinschlag auslöst oder wenn innert Minuten ein Unwetter aufzieht, wogegen wir mit unserer sommerlichen Bekleidung nicht gewappnet sind. Wie schnell kommt man ins Grübeln, wenn man an alles denkt, was passieren kann.«

Ich schaue Brigitte fragend an. Sie lächelt. Ich presse kurz die Lippen zusammen und sage dann nüchtern: »Ich hoffe immer noch, dass es nicht zur Katastrophe kommt, und dass Europa davon verschont bleibt. Aber wenn der heiße *Ghibli*-Wind dieses Jahr wieder so stark aus Afrika gegen Norden weht wie vor ein paar Jahren, als er neben Tonnen von Sand sogar Schwärme von Schwalben mit sich nach Europa trug, kann er auch Schwärme dieser hungrigen großen Heuschrecken mit sich bringen, und dann haben wir die Katastrophe.«

»Hat nicht schon in den 1950er Jahren einmal ein Heuschreckenschwarm aus Afrika Europa erreicht?« will Brigitte wissen.

»Ja, das war anno 1954, als ein Schwarm aus Mauretanien sogar die britischen Inseln erreichte. Er richtete auf seinem Weg dahin nur auf den Kanarischen Inseln großen Schaden an. Wobei, Heuschreckenplagen in Europa sind nichts Neues. In früheren Jahrhunderten soll es sie auch hier immer wieder gegeben haben, vor allem im Ostalpenraum. Für die Zeit vor der Aufklärung ist jedoch nicht immer so klar, ob die historischen Quellen tatsächlich große Katastrophen schildern oder nur Ausdruck einer damals weitverbreiteten apokalyptischen Stimmung sind, in der die Heuschrecken als ein Vorzeichen auf das Jüngste Gericht gedeutet wurden. Jedenfalls entsprach der Schaden in der Landwirtschaft nicht der in den historischen Quellen zum Ausdruck kommenden Wahrnehmung. Aber jetzt, bei diesen entwichenen Riesenheuschrecken, die schon in Afrika gezeigt haben, wie gefräßig sie sind, aber noch mehr, weil heute bei uns alles mit allem so eng verflochten ist, und schon kleine Störungen das Ganze erschüttern können, könnte der Schaden immens sein.«

»Du weißt sehr viel über diese Heuschrecken. Wie kommst du als Elektroingenieur dazu?« will Brigitte wissen.

Just wie ich zu einer Antwort ansetze, ist hinter uns das Geräusch herunter kullernder Steine zu hören. Sie schlagen beim Herunterfallen in unregelmäßigen Abständen auf der Felswand auf. Dann ist angespannte Ruhe. Automatisch sind wir aufgestanden und spähen nach herabstürzenden Steinen, um ihnen allenfalls ausweichen zu können. Wir können aber nichts sehen.

Ohne uns abzusprechen, gehen wir schnell zurück zur Krete, über die wir das Tal mit dem blauen See erreicht haben. Hier halten wir kurz inne, lauschen angestrengt und versuchen nochmals, eine Bewegung der Steine zu entdecken. Nichts. Stille.

»Wir gehen lieber zurück zum Berghaus«, schlägt Brigitte vor und folgt, ohne meine Reaktion abzuwarten, in großen Schritten dem steilen Pfad abwärts.

Einmal stolpert sie fast und ich rate ihr, nicht zu hasten. Sie scheint nichts zu hören. Einmal bleibt sie stehen und schaut den Hang hinauf, als wäre wirklich etwas passiert. Da fällt mir wieder ihre Frage ein. Soll ich ihr etwas erzählen? Wir kennen uns ja kaum. Vielleicht später. Vielleicht nur, wenn sie mich nochmals darauf anspricht. Als wir den Rastplatz von unserem Aufstieg erreichen, bleiben wir kurz stehen und schauen gemeinsam den Hang hinauf, als müsste sich hier nochmals zeigen, was uns zum Abstieg veranlasst hat. Es ist aber nichts zu sehen, nur die hohen gelben Gräser, die der Wind gleichmäßig niederdrückt, so dass der ganze Hang silbrig-golden in der Mittagssonne schillert. Wir gehen weiter Richtung Berghaus. Einmal machen wir noch kurz Halt, um am hölzernen Brunnen zu trinken, der neben dem Wegweiser steht, bei dem wir abgezweigt sind. Das Wasser ist fast schmerzhaft kalt.

Als wir das exponiert in der Landschaft stehende Berghaus, das keck auf einer mit Föhren bewachsenen Anhebung thront, endlich erreichen, ist es zwei Uhr. Bevor wir ins Haus gehen, setzen wir uns kurz auf die Bank an der hinteren Seite der Terrasse, von wo sich die Umgebung am besten überblicken lässt. Wir betrachten die gegenüberliegenden Hänge, von wo wir eben zurückgekehrt sind, und auf der anderen Seite die sanfte Flanke, die zum Pass führt. Von der Gruppe, die vor uns wahrscheinlich in diese Richtung aufgebrochen ist, ist aber nichts zu sehen. Zwar bewegt sich manchmal etwas am Weg zum Pass, aber das mögen Tiere sein oder die kleinen Föhren, die der Wind hin und her wiegt. Obwohl ich auf den ersten Blick bei einer Bewegung immer gleich

Menschen vermute, zeigt sich bei genauerem Hinschauen jedes Mal, dass es keine Menschen sind.

»Ich habe Hunger«, sagt Brigitte und legt mir ihre Hand aufs Knie.

»Unsere Schicksalsgenossen könnten natürlich auch gar nicht zum Pass gegangen sein oder sie könnten bereits zurückgekehrt und auf ihren Zimmern sein«, gebe ich zu bedenken.

»Unwahrscheinlich, dann würden sie sich sicher akustisch bemerkbar machen. Wir sind noch ganz allein. Hast du keinen Hunger?«

»Der Wirt und seine Gehilfin sind sicher im Haus.«

»Wahrscheinlich«, sagt Brigitte. »Dann können wir ja mal fragen, ob wir etwas zu essen kriegen.«

Wir erheben uns von der Bank und gehen durch die angelehnte Tür rechterhand in den Speisesaal.

Hier ist niemand. Außer dem Ticken der alten Wanduhr mit ihren schweren Gewichten und dem sporadischen Surren einer Fliege ist nichts zu hören. Ich rufe laut: »Hallo!« Vielleicht ist jemand in der Küche oder in einem der anderen angrenzenden Räume. Keine Antwort. Stille. Nur das Ticken der Uhr und die Fliege.

»Niemand da?« doppelt Brigitte nach. Keine Antwort. Wir schauen uns im leeren Raum etwas genauer um. Brigitte betrachtet die alten Schwarz-Weiß-Fotografien an der Wand neben der Küchentür, zuerst etwas gelangweilt, dann entdeckt sie einen gerahmten vergilbten Zeitungsausschnitt mit einem Bild des Berghauses und der Überschrift *Tag der Einweihung*. Brigitte liest den Text unter dem Bild, das eine Festgesellschaft mit einer Musikkapelle auf der Terrasse des Berghauses zeigt, laut vor: »Bekanntlich wurde das Berghaus aufgrund seiner Lage im Grenzgebiet in den Kriegsjahren als

Truppenunterkunft genutzt. Bereits im ersten Kriegsjahr ereignete sich ein großes Lawinenunglück, bei dem alle dreißig der hier im Dienste der Grenzwacht stationierten Soldaten ums Leben kamen und das Haus völlig zerstört wurde. Schon im Jahr darauf wurde das Haus wieder aufgebaut und erneut ein Kontingent Grenzwachtsoldaten stationiert. Der Neubau zeichnet sich durch besonders massive Mauern aus, die jedem künftigen Lawinenniedergang standhalten dürften. Gestern, auf den Tag genau ein Jahr seit Ende des Krieges, wurde das neu errichtete Berghaus feierlich der Öffentlichkeit zur zivilen Nutzung übergeben.«

»Kanntest du diese Geschichte nicht schon, wenn du ja schon öfters hier Ferien verbracht hast?« frage ich.

»Nein. Der Zeitungsausschnitt scheint erst kürzlich aufgehängt worden zu sein.«

Während Brigitte vorlas, habe ich mich an den Tisch linkerhand gesetzt, und wie sie mit Vorlesen fertig ist, beginne ich mit den Fingern rhythmisch auf die Tischplatte aus schwarzem Schiefer zu trommeln.

»Das macht mich nervös«, beschwert sich Brigitte.

Ich höre sofort auf und beginne ebenfalls, die Dekorationen an den Wänden zu studieren. Da ich nicht aufstehen mag, sehe ich die Bilder aber nur unscharf. Es gibt auch so genug zu sehen: Jagdtrophäen, den Schädel eines Steinbocks mit seinen riesigen Hörnern, daneben einige kleinere Schädel von Gämsen, die in Form eines Pentagons aufgehängt sind, dann, über dem Fenster hinter dem großen Tisch, ein Paar hölzerne Ski mit einer Bindung aus Lederriemen, wahrscheinlich noch aus den 1920er Jahren, in der Ecke links davon ein hölzernes Wettsteinfass mit gelben und orangen Trockenblumen, und über dem Fenster ums Eck eine dreizackige Heugabel. Daneben ein seltsames rechteckiges, an eine Gitarre erinnerndes Instrument mit Metallsaiten, weiß Gott, wofür es einst verwendet wurde.

Brigitte hat vermutlich bemerkt, wie ich länger auf die Jagdtrophäen schaute, und fragt: »Warum finden wir es eigentlich nicht befremdlich, wenn die ausgestopften Schädel von Steinböcken, Hirschen oder einem Hecht stammen, aber als abstoßend, wenn es sich um die Köpfe von Hunden, Katzen oder Pferden handelt?«

»Das ist kulturell bedingt, vermute ich, eine Frage der Klassifikation, die wir uns von frühester Kindheit an einverleiben. Wir lernen, dass die einen Tiere wild sind und uns nicht so nahestehen, die anderen aber Haustiere sind, mit denen wir zusammenleben. Entsprechend entwickeln sich unsere Gefühle. Alles eine Sache der Gewohnheit. Das kann sich im Laufe der Zeit auch ändern.«

»Tatsächlich?«

Ich bin mir nicht sicher, ob Brigitte mir nicht glaubt oder sich über mein als oberlehrerhaft empfundenes Verhalten lustig macht. Trotzdem sage ich: »Sicher, schau nur, wie sich unsere Essgewohnheiten wandeln. Bis vor einigen Jahren war es hierzulande undenkbar, Insekten zu verspeisen, dieweil bei den australischen Aborigines Motten eine Leibspeise sind, in Nigeria rohe Termiten als Delikatesse gelten und die Balinesen ganz verrückt sind auf Libellen. In weiten Teilen der Welt werden seit je Heuschrecken gegessen. Bei den Juden gelten einige Sorten als koscher und im Neuen Testament wird berichtet, dass Johannes der Täufer in der Wüste wilden Honig und Heuschrecken aß. Aber man muss gar nicht so weit in ferne Länder und frühere Zeiten schweifen. Vor noch nicht allzu langer Zeit wurde in Deutschland und Frankreich Maikäfersuppe gegessen, die nicht nur als köstlich, sondern auch als sehr gesund galt. Erst seit kurzem ekelt man sich wieder vor Insekten als Nahrungsmittel. Aber dass sich dies ändern kann, sehen wir in den letzten Jahren.«

»Womit wir wieder bei den Heuschrecken wären, über die du anscheinend so gut Bescheid weißt«, meint Brigitte, die während meinen Ausführungen unentwegt auf die imposanten Hörner des Steinbocks geschaut hatte. Jetzt wendet sie sich mit einer auffordernden Geste zu mir. Ich lenke ab mit der Frage, ob wir uns nicht im Haus umschauen sollten, ob der Wirt und seine Gehilfin irgendwo zu finden sind und uns etwas zu essen machen könnten. Ich stehe auf, aber Brigitte bleibt sitzen.

»Ist es dir unangenehm, darüber zu sprechen?« will sie wissen.

»Worüber?«

»Die Heuschrecken.«

»Unangenehm ist das falsche Wort. Ich brauche Zeit, es ist eine lange Geschichte.«

Gerade als sich Brigitte ebenfalls erheben will, sind draussen Stimmen zu vernehmen. Die Gruppe scheint von der Wanderung zurück zu sein. Ich setze mich wieder.

Als die Tür aufgeht und der Herr, der gestern Abend vor dem Essen so andächtig gebetet hat, mit schallend lauter Begrüssung in den Speisesaal tritt, fühle ich mich irgendwie ertappt. Als Brigitte mich dann auch noch mit einem vielsagenden Lächeln anschaut und der laute Ankömmling auf eine Art grinst, als hätte er sofort gewusst, was hier vor sich geht, wird mein Gefühl unangenehm und ich setze meinerseits ein müdes Lächeln auf – das die Vermutung unseres Entdeckers erst recht zu bestätigen scheint. Auch die anderen, die ihm nun in den Speisesaal nachfolgen und uns der Reihe nach grüßen, sprechen viel und laut und machen einen ausgelassenen Eindruck, was seltsam mit ihrem stillen und bedrückten Verhalten vom Vorabend kontrastiert. Aber in Gruppen, die auch nur einen halben Tag lang ein gemeinsames Ziel vor Augen haben, und sei es nur der kleine Pass unweit von hier, kann schnell ein Gefühl von Gemeinschaft aufkommen, das die

Angst völlig verdrängt und übertrieben redselig macht. Zuletzt betreten der Wirt und seine Gehilfin den Speisesaal, wo sich schon einige an die Tische gesetzt haben. Wie sich herausstellt, sind die beiden der Gruppe am Morgen zum Pass gefolgt, um sie mit Sandwiches und Tee zu versorgen, und – wie Elsa scherzend zu Brigitte sagt – um sicherzustellen, dass die Gruppe auch wieder nachhause findet.

Unsere neuen Tischnachbarn wollen wissen, was wir den Tag über unternommen haben. Mein Nebenan beginnt seine Fragen mit einem komplizenhaften Zwinkern. Ich schildere ihm unsere Wanderung zum Blausee, wobei ich den Steinschlag auslasse, der uns zur Rückkehr veranlasste. Dafür schildere ich eingehend die Form des Tals und den See mit seinem tiefen Blau. Nebenbei horche ich, wie Brigitte ihrem Nachbarn unsere Wanderung schildert. Sie erzählt vom Steinschlag und wie wir Angst gehabt hätten. Ihre Offenheit befremdet mich.

Ich gehe auf mein Zimmer, um mir etwas anderes anzuziehen. Bevor ich den Speisesaal verlasse, schaue ich kurz zurück. Alle sind in angeregtem Gespräch, niemand scheint sich mehr für das Wetter der nächsten Tage zu interessieren. Auch Brigitte spricht angeregt mit ihrem Nachbarn und scheint mein Verschwinden nicht zu bemerken. Als ich die Tür meines Zimmers zuhinterst auf der zweiten Etage aufsperre, schlägt mir ein Geruch entgegen, in dem sich die ganze Geschichte des Berghauses und der Menschen, die hier logiert haben, verdichtet hat. Nicht gerade ekelerregend, aber penetrant. Bislang ist mir dieser Geruch von Wollsocken, Leder und Schweiß gar nicht aufgefallen. Ich öffne das Fenster und setze mich in den Sessel mit dem flauschigen Kissen im alpinen Retrolook. Dieser Mode begegnet man ja mittlerweile selbst in der Großstadt. Das Kissen sieht gleich aus wie das Kissen und der Duvetbezug auf dem Bett: rot-weiß-graue

Streifen und Edelweiß- und Hirschgeweihmuster – nachgeahmte Spuren der Zeit, die den Dingen mehr Glaubwürdigkeit verleihen sollen. Den für die Erinnerung so wichtigen Geruchssinn braucht es nicht mehr.

Nach einer Weile lege ich mich aufs Bett und strecke alle Viere von mir. An der Decke wandern zwei Fliegen hin und her. Draußen ist das Rauschen des Baches zu hören, von unten dringen Stimmen als eintöniges Gemurmel zu mir herauf, manchmal übertönt von einer einzelnen Stimme. Ich kann aber nichts verstehen. Als ich mich wieder auf den Geruch konzentriere, kommt er mir völlig neutral vor. Die hereinströmende frische Luft hat ihn wohl neutralisiert, oder ich habe mich daran gewöhnt, vielleicht macht es auch die Dekoration. Ich bleibe eine Weile liegen und denke nichts.

Als ich wieder erwache, ist es dämmerig und das Rauschen des Bachs scheint lauter geworden zu sein. Die Stimmen aus dem Speisesaal höre ich nicht mehr. Ich konzentriere mich einen Moment lang darauf. Nichts. Sie scheinen verstummt zu sein. Vielleicht sind die andern schon beim Nachtessen, das ja auch bis anhin in einer bedrückend ruhigen Atmosphäre stattfand. Tatsächlich, als ich die Nachttischlampe anmache und auf die Uhr schaue, sehe ich, dass es bereits sieben Uhr ist, Essenszeit. Ich ziehe mich schnell an und gehe runter.

Just als ich die Tür zum Speisesaal öffne, kommt hinter mir Brigitte die Treppe herunter. Ich lasse ihr den Vortritt. Beim Vorbeigehen nehme ich kurz den nach Marseiller Seife riechenden Duft ihres Körpers wahr. Sie trägt ihr Haar jetzt offen und hat sich die Lippen rot geschminkt. Sie schaut sich um, wo sie sich hinsetzen will. Es sind aber nur noch zwei Plätze am Tisch neben dem Kücheneingang frei. Den Blicken der anderen könnte man entnehmen, dass sie extra zwei nebeneinanderliegende Plätze für uns freigehalten haben. Wir setzen uns und sprechen nichts, wie alle anderen, die wieder in die angespannt stille Atmosphäre eingetaucht sind, in der sich hier offenbar jedes Nachtessen abspielt.

»Ich muss euch etwas sagen«, ruft der Wirt, als er mit einer dampfenden Suppenschüssel den Saal betritt.

Mit einem Schlag wird es noch stiller.

»Die Portionen werden fortan etwas kleiner, da uns der Helikopter nicht mehr beliefern kann. Im heute bekanntgegebenen nationalen Katastrophendispositiv, über das ich von der Firma *Helicops* informiert wurde, sind Flüge für touristische Zwecke untersagt. Das trifft auch uns.«

Niemand scheint von den Worten des Wirts überrascht oder beeindruckt. Jemand kommentiert, dass damit wohl zu rechnen gewesen sei. Ein anderer meint, dass die Saison im Berghaus ja ohnehin bald vorüber sei und es auf ein paar Tage mehr oder weniger nicht ankomme. Und Brigitte sagt, dass sie sowieso nur bis zum Sonntagabend bleiben wolle. Ich wollte eigentlich so lange wie möglich bleiben, das heißt bis zum Saisonende, also bis zum ersten Schnee. Was auch immer unsere Ansichten und Absichten sind, wir sitzen in der Falle.

Nach dem Essen – es gab nach der Pilzsuppe eine lokale Teigwarenspezialität mit zerlassener Butter, gebratenem Speck und gedämpftem Mangold – folge ich Brigitte auf die Terrasse. Ich frage sie, warum sie den Speck gegessen habe, wenn sie doch Vegetarierin sei.

»Ich bin da nicht so radikal«, antwortet sie lachend, »oder: Ich bin Flexitarierin, wie es gemäß dem derzeitigen schubladisierenden Sprachgebrauch wohl heißen müsste.«

Sie weist mich mit einer Kopfbewegung auf den sternenklaren Himmel hin, den sie prüfend betrachtet. Wieder sehe ich umso mehr Sterne, je länger ich schaue. Auch nachdem ich zwischendurch kurz durchs Fenster hinter uns in den Speisesaal geschaut habe, wo sich die anderen jetzt offenbar wieder angeregt unterhalten, sind die Sterne immer noch an ihrem Platz und vermehren sich weiter.

»Dort drüben sieht man den Großen Bären«, erklärt Brigitte und zeigt mir mit ausgestrecktem Arm die Richtung. »Dann müsste eigentlich gleich daneben der kleine Bär zu sein und dazwischen der Drache.«

»Woher weißt du das?«

»Das ist relativ einfach. Der große Bär ist das größte Sternbild. Er kreist um den Polarstern, den ganz hellen dort. Und der Polarstern ist Teil des kleinen Bären. Der Drache liegt zwischen beiden. Wenn du die Bären siehst, weißt du auch, wo der Drache liegt.«

»Ja, aber woher weißt du das alles?« will ich wissen, der ich von Sternbildern keine Ahnung habe.

»Mein Vater hat es uns gezeigt. Als Lehrer machte er uns auf alles aufmerksam, was er für Teil der Allgemeinbildung hielt. Manchmal ging er uns auch auf den Geist mit seinem ganzen bildungsbürgerlichen Gehabe. Aber einiges davon ist hängengeblieben und gar nicht so uninteressant. Natürlich lernte ich nicht gerne Gedichte auswendig, aber heute freue ich mich, wenn mir eines einfällt und ich es noch Zeile für Zeile still vor mich hinsprechen kann. Und ist mir mal eine Zeile entfallen, fällt sie mir spätestens am nächsten Tag ein, wohl nur weil ich das ganze Gedicht in mir trage. Wer lernt heute noch Gedichte auswendig?«

»Und warum heißt das Sternzeichen zwischen den Bären Drache? Das passt doch irgendwie nicht zusammen.«

»Ja«, lacht Brigitte, »genau das haben wir unseren Vater auch immer gefragt, aber der sagte nur, ›das müsst ihr die alten Griechen fragen, deren Mythologie erklärt alles‹. Aber da waren wir dann doch nicht genug interessiert, um dies in einem der Bücher zur griechischen Mythologie in Vaters Bücherregal nachzuschlagen. Die Sterne sind ja vielleicht noch schöner, wenn man nicht alles über sie weiß.«

Wie um sich zu vergewissern, dass ich ebenso empfinde, nimmt mich Brigitte bei der Hand, als sie diesen letzten Satz spricht. So stehen wir eine Weile und blicken an den Himmel mit seinen Sternen und geheimnisvollen Sternzeichen, bis Brigitte meint, »jetzt wird's aber kalt«, und mich sanft in Richtung des Hauses zieht. Wir gehen nicht durch den Speisesaal, sondern gehen ums Haus und nehmen den Haupteingang. Auf der alten Holztreppe in die oberen Geschosse versuchen wir zu vermeiden, dass es knarrt.

Brigittes Zimmer liegt unmittelbar neben dem meinen, was ich nicht wusste. Das Zimmer ist genau gleich eingerichtet wie meins. Brigitte legt sich aufs Bett und stützt sich den Kopf mit der Hand. Sie schaut vor sich hin und ich weiß nicht recht, was ich tun soll, also setze ich mich mal in den Sessel neben Bett und Kommode. Wie bei mir drüben stehen auf der Kommode ein weißes Waschbecken und eine große weiße Kanne. Unmittelbar neben der Kanne sind vier Bücher aufgestapelt. Ich sehe nur, dass das oberste von einem Edwin Abbott stammt und den Titel *Flächenland* trägt. Ich staune, dass Brigitte für ihren kurzen Aufenthalt derart viel Lesestoff zum Berghaus hochgeschleppt hat.

»So ein Kitsch«, sagt Brigitte nach einer Weile, »überall diese künstlichen Erinnerungen an vergangene Zeiten: Zierkissen, rotweiß karierte Bettwäsche, Lampenständer aus Hirschgeweih. Sogar das offenbar erst kürzlich aufgehängte Bild mit den Bergbauern am Steilhang wirkt wie ein Hohn. Eigentlich eigenartig, dieser Mangel an Stil, wenn man bedenkt, dass die Berge schon immer ein Zufluchtsort der Elite waren, früher des Adels, dann des wohlhabenden Bürgertums und heute des Jet Sets.«

Ob sie gewusst habe, frage ich, dass ich das Zimmer gleich nebenan hätte. Zu meinem Erstaunen sagt sie: »Natürlich.«

»Du scheinst mehr von mir zu wissen, als mir bewusst ist.«

»Kann sein«, meint sie. Dann schaut sie mich fragend an und bemerkt beiläufig, dass es schon etwas umständlich sei, dass es hier nur die alten Waschbecken im Zimmer gäbe.

Ich erinnere mich an den seifigen Duft ihres Körpers, als sie vor dem Nachtessen an mir vorbeiging. Ich erkläre, in meinem Zimmer etwas holen zu müssen und gleich wieder zurückzukommen.

»Gut«, sagt Brigitte, »aber komm wieder.«

Ich gehe in mein Zimmer, nehme das alte Waschbecken von der Kommode, fülle es am Lavabo mit Wasser und wasche mich. Erst jetzt wird mir bewusst, dass Brigitte nebenan sicher alles hören kann. Und ich frage mich, ob sie mir deshalb wohl Absichten unterstellt. Ich ziehe mich an und gehe zu ihr.

Sie liegt immer noch in derselben Position auf dem Bett. Sie lächelt und streckt die freie Hand nach mir aus. Ich nehme die Hand und lege mich zu ihr. Sie atmet tief ein und flüstert dann: »Dieser frische Seifengeruch erinnert mich an meine Kindheit, an die Sommerferien, die ich zusammen mit meiner Schwester bei der Großmutter in ihrem kleinen Haus am Stadtrand verbrachte. Jeden Abend, wenn wir vom Spielen mit den Nachbarskindern nachhause kamen, wusch uns Großmutter die Füße. Es kitzelte immer so und wir quietschten, halb aus Lust, halb aus Schmerz. Anschließend setzten wir uns an den Küchentisch, und in den Minuten, in denen wir aufs Abendbrot warteten, schien alles erfüllt vom frischen Duft der Seife. Die Zeit stand still und wir fühlten uns wie neu geboren.«

Brigitte hatte die Augen geschlossen, als sie zu erzählen begann. Als sie fertig ist, atmet sie noch einmal tief ein. Ich küsse sie auf die Stirn, dann auf den Mund und auf den Hals. Sie umarmt mich. Ich lasse meine Hände unter ihren Pullover gleiten. Es geht alles ganz langsam. Manchmal schnauft sie laut. Sie dreht sich und sagt: »Komm. Es ist gut.«

Wir lieben uns.

Als mir das fahle Licht der Morgendämmerung den Schlaf nimmt, schmiege ich mich an Brigittes warmen Körper. Sie scheint sich schlafend zu stellen. Ich streichle sie und sie murmelt etwas. Ich kann es nicht verstehen und drehe mich. Sie dreht sich nach einer Weile ebenfalls und schmiegt sich an mich. So schlafen wir noch eine Weile. Als es hell wird, lieben wir uns noch einmal. Wieder zeigt mir Brigitte, wie sie es gernhat. Aber der Rhythmus unserer Körper ist nun etwas verschieden. Das mag am Licht liegen, das meinen Blick auf Brigittes schönen Körper zieht. Oder wir sind jetzt einfach zu wenig müde.

»Lass dich einfach gehen«, sagt Brigitte mit geschlossenen Augen. »Denke nichts.«

Ich versuche es, muss nun aber erst recht über Brigittes Hinweis nachdenken. Meine Erektion lässt nach. Es ist mir peinlich.

»Nicht so schlimm«, sagt Brigitte. »Ich helfe dir.«

Als wir nachher nebeneinanderliegen und unsere Blicke über die unzähligen Astlöcher der hölzernen Zimmerdecke schweifen, sagt sie: »Siehst du.«

Brigitte steht zuerst auf, geht zum Fenster und streckt sich. Nackt scheint sie kleiner zu sein als bekleidet. Ohne mich anzusehen, fragt sie, ob ich mich zuerst waschen wolle, bevor wir zum Frühstück gehen. Ich stehe auf, wasche mich und ziehe mich an. Dann setze ich mich in den Sessel und schaue, wie Brigitte sich wäscht. Als sie die Seife zur Hand nimmt, muss ich an die beiden quietschenden kleinen Mädchen denken, denen die Großmutter die Füße wäscht. Nachdem sich Brigitte angezogen hat, schminkt sie sich vor dem kleinen Spiegel über dem Lavabo die Lippen rot. Während sie prüfend in den Spiegel schaut, fragt sie: »Hast du ein frisches Papiertaschentuch?« Ich wühle in meiner Hosentasche und finde eines. Ohne es aufzufalten, beißt Brigitte mehrmals mit den Lippen auf das Taschentuch und wirft es dann in den kleinen Mülleimer neben der Tür.

»Sollen wir nicht getrennt runtergehen?« frage ich.

Als Brigitte fragt »Warum?«, schäme ich mich etwas.

INS OFFENE

Im Speisesaal warten schon alle. Einige begrüßen uns mit vielsagenden Blicken. Wahrscheinlich haben sie uns in der Nacht gehört. Auf einen der Blicke reagiere ich mit einem Schmunzeln. Brigitte lässt sich nichts anmerken. Sie unterhält sich bereits mit dem Tischnachbarn zu ihrer Rechten über Wanderungen, die man heute unternehmen könnte. Sie zählt alle Destinationen, Zeitangaben und besonderen Hinweise auf, die auf dem Wegweiser zu lesen waren, bei dem wir gestern zum Blausee abgebogen sind. Ich kann mich nur noch an den Blausee und das Schneehorn erinnern, und dass bei ersterem noch angemerkt wurde ›schöner Aussichtspunkt‹. Brigitte kann sich auch noch an die anderen Ziele erinnern, und dass von einer Kletterpassage, von Steinschlag und einer möglichen Springflut die Rede war.

Nach dem Frühstück fragt Brigittes Nachbar in die Runde: »Wollen wir heute zum Blausee wandern? Meine schöne Tischnachbarin war gestern dort. Es soll ein hübscher Aussichtspunkt sein.« Das darauffolgende Raunen der anderen scheint Zustimmung zu signalisieren. Einige stehen auf, als ginge es gleich los.

»Und wo gehen wir hin?« will Brigitte von mir wissen. »Beim Blausee waren wir ja schon.«

Ich schlage die Schlucht vor, deren Name mir jedoch schon wieder entfallen ist.

»Zu gefährlich. Vielleicht das Schneehorn. Aber da gibt's diese Kletterpassage. Lass uns den Wirt fragen, ob er uns die zutraut. Sonst gehen wir zum Pass, wo die anderen gestern waren.«

Als der Wirt die Tische abräumt, fragen wir ihn nach der Kletterpassage.

»Die ist eigentlich einfach«, sagt er. »Die schafft ihr locker. Das Problem im Aufstieg zum Schneehorn ist aber nicht diese leichte Kletterei, sondern der Weg dahin. Er ist nicht nur lang, sondern auch nicht gut markiert. Wenn man falschen Spuren folgt, steht man unversehens vor steilen Felsen. Und einige, die glaubten, diese ließen sich in leichter Kletterei überwinden, haben es schon mit dem Leben bezahlt. Aber ... .«

Bevor er den Satz fertigmachen kann, sagt Brigitte: »Dann gehen wir zum Pass.«

»Ich weiß eigentlich nicht, ob mir heute überhaupt nach Wandern zumute ist«, wende ich ein; weniger, weil dies zutreffen würde, sondern weil ich mir schon die ganze Zeit etwas übergangen vorkomme.

»Ich kann mich auch den anderen anschließen, und mit ihnen nochmals zum Blausee gehen.«

»Wie du willst.«

Wir sitzen mittlerweile alleine im Raum. Die anderen scheinen sich vor dem Haupteingang für die Wanderung zum See zu versammeln. Ich mache Brigitte darauf aufmerksam.

»Das sehe ich auch«, sagt sie, macht jedoch keine Anstalten, sich den anderen anzuschließen. Wir schauen fast demonstrativ aneinander vorbei und das gespannte Schweigen zwischen uns wird nur ab und zu durch klirrende Geräusche aus der Küche unterbrochen, wo offenbar Geschirr gespült wird.

»Okay«, sagt sie nach einer Weile. »Bleiben wir hier. Aber dann unterhältst du mich mit deinem Wissen über die Heuschrecken. Über die scheinst du ja alles zu wissen.«

»Warum nicht«, antworte ich, und bereue sogleich ein wenig, mich vorhin bei den Beratungen, wohin die Wanderung gehen soll, ungeschickt angestellt zu haben.

»Treffen wir uns später draußen?« schlägt sie vor.

Ich sitze schon geraume Zeit auf der Bank an der hinteren Ecke der Terrasse, die bereits voll in der Sonne steht, als Brigitte kommt. Ich verharre mit geschlossenen Augen in der Haltung, mit der ich die kraftlose Wärme der morgendlichen Sonne in mich aufnehmen will, als sie sich dicht neben mich setzt. Ich versuche zwar, nichts zu denken, überlege mir aber doch ständig, was ich ihr nun erzählen will, wo ich mit der Geschichte beginnen soll. Bei meiner ersten Begegnung mit den Heuschrecken als Nahrungsmittel der Zukunft? Bei der Gründung meiner Firma, nach deren Übernahme durch den Nahrungsmittelkonzern das Unheil seinen Anfang nahm? Oder gleich mit der ganzen Vorgeschichte, der Geschichte meines Lebens, die meine allfällige Schuld besser verständlich machen und dadurch etwas relativieren könnte? Ich kann mich nicht entscheiden.

»Als wir miteinander schliefen«, sagt Brigitte unvermittelt, »hatte ich das Gefühl, dass du dich nicht so recht entspannen kannst. Vielleicht versuchst du krampfhaft, etwas zu erreichen, was du gar nicht wirklich willst, dich als etwas zu geben, was du gar nicht wirklich bist. Lass dich einfach gehen, nachdem du dich einmal entschieden hast.«

»Vielleicht hast du Recht«, sage ich, ohne ganz verstanden zu haben, was sie gemeint hat.

Aber sie hat etwas in mir angesprochen, das ich manchmal als eine Art Hilflosigkeit empfinde, als seltsames Verschwimmen meiner Pläne und Prinzipien, die vorübergehend nur noch für andere von Bedeutung zu sein scheinen, ohne dass ich genau sagen könnte, was da in mir vorgeht. Wie auch immer, Brigitte hat mich getroffen. Ich empfinde ihre Empfehlung weder als Kritik oder Belehrung noch als Diagnose einer ehemaligen Ärztin. Ich nicke nur leicht und schweige.

Der Entscheid fällt mir nun leicht, die ganze Geschichte zu erzählen, die eigentlich mit dem schrecklichen Unfall begann, bei dem meine Eltern ums Leben kamen.

»Wo soll ich beginnen?« frage ich dennoch.

»Irgendwo, erzähl einfach. Wir haben Zeit. Mich interessiert eigentlich alles, nicht nur das Sensationelle und Nützliche. Alles, was man wissen kann, wie mein Vater zu sagen pflegte. Ich bin eine ausdauernde Zuhörerin. Und wenn ich etwas gelernt habe als Anästhesistin, so ist es geduldig und aufmerksam zu bleiben, auch wenn sich nichts Besonderes ereignet. Auch wenn der Blick auf den Monitor zeigt, dass alle Vitalparameter der betäubten Person im Bereich des Normalen liegen, kann der Tod jeden Moment eintreten. Oft gibt es aber im letzten Augenblick die Möglichkeit, einzugreifen und den Zustand des Patienten zu stabilisieren. Darum gilt auch hier, was Shakespeare seinen Hamlet sagen lässt: ›The readiness is all‹. Und, was sollen wir denn in dieser Abgeschiedenheit anderes tun, als zu essen, zu trinken, uns zu bewegen und uns gegenseitig mit Geschichten zu unterhalten?«

»Zum Beispiel lesen«, erwidere ich. »Wie ich in deinem Zimmer gesehen habe, hast du mehrere Bücher zur Auswahl.«

»Ich ziehe das Gespräch vor. Also, was zierst du dich?«

»Du hast mir das Stichwort gegeben. Eigentlich fing alles mit dem plötzlichen Tod meiner Eltern an. Es geschah in den Ferien in Italien. Ich war gerade dreizehn geworden und hatte anfangs Jahr die Aufnahmeprüfung ins Gymnasium geschafft. Eine neue Zeit schien zu beginnen. Die Kindheit lag hinter mir und ich wollte eigentlich schon nicht mehr zusammen mit den Eltern in den Urlaub fahren. Aber ich murrte nicht, weil ich meinem Vater einen Gefallen tun wollte. Er wollte unbedingt einmal eine Etappe des *Giro d'Italia* miterleben, und so fuhren wir nicht wie sonst üblich im Sommer, sondern bereits im Frühjahr nach Rimini, wo der *Giro* in jenem Jahr vorbeikam.

Vater war in seiner Jugend selbst begeisterter Amateurrennfahrer gewesen, musste den Sport aber aufgeben, als er zum Bauführer aufstieg. Je weniger Zeit er für sein Hobby hatte, desto mehr wurde er zum enthusiastischen Supporter seiner Idole und glaubte, sie bei jeder Gelegenheit als Zuschauer unterstützen zu müssen. Seiner Begeisterung für den Sport konnte er umso besser frönen, als er sich neben seiner Arbeit um nichts kümmern musste. Meine Mutter hatte ihren Beruf als Schneiderin aufgegeben und kümmerte sich zuhause um alles. Im Gegensatz zu Vater interessierte sie sich neben dem Haushalt und der Familie eigentlich für nichts, vielleicht für Mode, die sie sich nicht leisten konnte. Sie wollte nur immer, dass Vater glücklich ist und mir nichts passiert. Wahrscheinlich war es ihre ständige Sorge, die mich selbst etwas ängstlich machte.

Auf dem Weg zu einem besonders günstigen Aussichtspunkt am Stadtrand von Rimini, den uns der Besitzer der kleinen Pension, in der wir immer abstiegen, empfohlen hatte, waren wir nicht alleine. In der Autokolonne kamen wir nur langsam voran. Da nützte auch das sporadische Hupen einiger Hitzköpfe nichts. Vater fluchte andauernd, weil er Angst hatte, die Durchfahrt seiner Helden zu verpassen. Eingeklemmt in die Autokolonne mussten wir dann mitten auf einem unkontrollierten Bahnübergang anhalten. Als die Kolonne endlich weiterfuhr, sprang unser Wagen nicht an, auch bei einem zweiten und dritten Versuch nicht. Das Hupen der ungeduldigen Fahrer hinter uns machte meinen Vater zusätzlich nervös.

Und dann passierte es. Der vordere Teil unseres alten *Peugeots* wurde vom blau-weißen Zug, der noch einen durchdringen Pfiff ausstieß, wie mit einer Rasierklinge abgetrennt. Die Eltern waren sofort tot, ich überlebte auf dem Hintersitz wie durch ein Wunder. Unverletzt, bis auf ein paar Schrammen am Arm und an den Knien. Eine unsägliche Wut auf die ungeduldig hupenden Radfans hinter unserem völlig zerstörten Auto half mir im ersten Moment über den Schock hinweg.

Man brachte mich dann in die Pension, wo mich die Mutter des Besitzers in den Arm nahm und tröstete. Ich war wie ein kleines, stotterndes Kind. Vor ein paar Jahren habe ich die alte Frau einmal besucht. Weil ich nicht italienisch kann, verständigten wir uns mit Händen und Füssen. Sie konnte sich noch gut an mich erinnern. Mehrmals brach sie in Tränen aus und fuhr mir immer wieder mit der Hand durchs Haar.

Zwei Tage nach dem Unfall kam der Bruder meines Vaters, Onkel Giorgio, und regelte alles. Schon auf der Heimreise sagte er mir, dass ich fortan bei ihm und Tante Ella leben könne. Und so kam es, dass ich bei Onkel und Tante aufwuchs. Die beiden hatten keine Kinder. Ich weiß nicht, ob sie keine haben konnten oder keine wollten. Jedenfalls, sie nahmen mich auf wie einen eigenen Sohn. Das hatte wohl auch mit ihrer politischen Einstellung zu tun. Beide waren engagierte Gewerkschafter, sangen im Arbeitergesangsverein und Onkel Giorgio war Mitglied des Arbeiterturnvereins. Ganz im Gegensatz zu meinem Vater bedeutete ihm auch im Sport der Wettbewerb nichts, die Kameradschaft war alles. Darum war das Verhältnis unter den Brüdern angespannt gewesen. Als Vater dann begann, die rechts-nationale Partei zu wählen, weil er fürchtete, die vielen ausländischen Arbeitskräfte wollten ihm seinen Job strittig machen, sprachen sie sogar nicht mehr miteinander.

Ich hatte eine schöne Jugend bei Onkel und Tante. Nie zeigten sie aufgesetztes sentimentales Mitleid mir gegenüber, für alles hatten sie Verständnis. Ihre bloße Existenz war ein Trost nach dem Tod meiner Eltern. Unser Verhältnis wurde erst getrübt, als ich kurz vor Ende des Gymnasiums mit der kleinen Erbschaft meiner Eltern an der Börse zu spekulieren begann und in kurzer Zeit zu meiner eigenen Überraschung relativ viel Geld machte. Eine Fernsehwerbung, in der Kleinsparer als Eichhörnchen dargestellt wurden, hatte mich auf den Geschmack gebracht. Die Werbung zeigte, wie das aus Nordamerika eingewanderte Grauhörnchen die im Herbst vergrabenen Nahrungsvorräte mit größerer Sicherheit wiederfindet als das heimische Eichhörnchen und sich auch gleich noch dessen Vorräte aneignet.

Als ich auf einer sonntäglichen Fahrt mit dem Raddampfer, anlässlich der wir das Bestehen meines Abiturs feierten, stolz von meinem Gewinn an der Börse erzählte, verstummte mein Onkel augenblicklich und warf Tante Ella einen Blick zu, mit dem er zu fragen schien, was sie bei meiner Erziehung falsch gemacht hätten oder ob sie mir nicht ein genug gutes Vorbild gewesen wären. Später sagte Onkel Giorgio sogar einmal, dass ich ganz nach meinem Vater schlagen würde, der auch geglaubt habe, nicht stolz sein zu müssen auf die Arbeit, und sich darum nie solidarisch für gerechte Arbeitsbedingungen engagiert habe. Stattdessen habe er gemeint, nur durch Konkurrenz und Glück voranzukommen, und wenn das nicht klappte, alles auf bedrohliche Einwanderer abschieben zu können. Wobei er ganz vergessen habe, dass auch seine Eltern einst solche Einwanderer gewesen waren, die ihren kleinen Bauernhof auf der Suche nach einem besseren Leben, vor allem für ihre Kinder, verlassen hatten.

Für Onkel Giorgio waren Arbeiter, die nicht wissen, wohin sie gehören, und die sich arglos gebenden Spekulanten des neuen Mittelstandes, wie er sie nannte und wozu er mich nun rechnete, einerlei: Marionetten des Kapitals. ›Mach wenigstens etwas Vernünftiges mit deinem Lottogewinn‹, riet er mir dann fast flehentlich. ›Und nichts für ungut, dein Vater war eigentlich ein feiner Kerl. Schade, dass wir uns nicht mehr vertragen haben. Und dann war es zu spät‹.

Wahrscheinlich war es auch mein schlechtes Gewissen angesichts der Selbstlosigkeit meiner Ersatzeltern, das mich veranlasste, den Rat Onkel Giorgios zu beherzigen. Ich verwendete den einen Teil des Geldes für meine Ausbildung, aus dem anderen wollte ich später ein Mehrfamilienhaus kaufen und die Wohnungen zu anständigen Konditionen vermieten. Leider erlebte es Onkel Giorgio nicht mehr, als ich kurz vor Abschluss meines Studiums in der Nähe des Pflegeheims, wo er aufgrund seiner Alzheimerkrankheit seine letzten Jahre verbrachte, einen Altbau mit vier Wohnungen kaufen konnte, von denen ich eine selbst bezog und die anderen ohne Anspruch auf eine große Rendite vermietete. Ich achtete nicht nur darauf, Leute mit einem nicht überzogenen Einkommen als Mieter zu nehmen, sondern sie sollten auch eine ähnliche Einstellung haben, damit sich alle gegenseitig ergänzen und eine Art Hausgemeinschaft bilden konnten. Das gelang mir gar nicht so schlecht. Ein Teil der Ideen, aus denen später meine Firma hervorging, ist auch auf dem Mist unserer kleinen Hausgemeinschaft gewachsen, von der moralischen Unterstützung ganz zu schweigen.

Und ich entschloss mich, etwas Vernünftiges zu studieren, etwas, womit ich meinen Beitrag zu einer besseren Welt leisten konnte. Die Wahl fiel mir nicht schwer, da ich mathematisch nicht unbegabt bin und mich schon immer für Elektrizität und elektrische Geräte interessierte. Ich war noch nicht einmal zehn, als ich von meinen Eltern einen *Kosmos*-Experimentierkasten zu Weihnachten bekam, mit dessen Relais, Spulen und Dioden sich eine Verkehrsampel, ein Radio und sogar eine Alarmanlage mit Lichtschranke bauen ließen. Natürlich nur im Modell und mit vorgefertigten Teilen, deren Funktionieren man nicht eigens verstehen musste. Später versuchte ich immer, mich nützlich zu machen, wenn es defekte Geräte zu reparieren gab. Ich entschied mich daher, Elektrotechnik zu studieren und hatte damit die Gelegenheit, nicht nur zu lernen, wie man kaputt gegangene Geräte professionell wiederherstellt, sondern wie man neue und bessere Geräte entwickeln kann, und das nicht nur im Modell.

Ich war kein besonders fleißiger Student und bestand die Prüfungen nur mit Ach und Krach. Ich wurstelte mich so durch, denn ich hatte damals viel Anderes und Wichtigeres zu tun. Nachdem ich bei Onkel und Tante ausgezogen und in eine Wohngemeinschaft gezogen war, musste ich vieles ausprobieren und war immer wieder mit neuen Problemstellungen konfrontiert, von denen ich bis dahin nichts gewusst hatte. Ich hätte es eigentlich gar nicht nötig gehabt, neben dem Studium zu arbeiten, arbeitete aber nebenher als Fahrradkurier, aus reiner Solidarität mit meinen ebenfalls arbeitenden Wohngenossen.

Und nach den teils stürmischen, teils scheuen ersten sexuellen Versuchen mit den Mädchen auf dem Gymnasium, stand ich nun vor der Entscheidung, eine feste Beziehung einzugehen, wobei mir vor allem eine Partnerschaft wie die von Onkel Giorgio und Tante Ella vorschwebte, oder mich doch noch nicht so eng zu binden, und die Liebe nach Gelegenheit und Bedarf zu genießen, wie es unsere damalige Mitbewohnerin Carla eindrücklich vorlebte. Ich war nicht der einzige, dem es schwerfiel zu widerstehen, wenn sie halb bekleidet vor der Tür stand und wissen wollte, ob ich nicht zufällig dem Immaterialgüterrecht begegnet sei, einem roten Buch, das sie gestern auf dem Küchentisch habe liegen lassen, wo es nun aber nicht mehr liege, das sie aber ganz dringend zur Vorbereitung einer Prüfung brauche.

Carlas Geschlechtsgenossinnen in unserer Wohngemeinschaft hatten weniger Verständnis für ihr promiskes Verhalten. Aber generell gab es wegen ihrem unkonventionellen Benehmen des Öfteren Streit. Für Carla nur ein besonders deutliches Zeichen dafür, dass die meisten von uns mehr oder weniger unverbesserliche Romantiker, ewiggestrige

Spießer und auch Heuchler waren, jedenfalls von der Sorte Mensch, die falschen oder vorgeschobenen Idealen nacheifert und den Tatsachen ebenso wenig ins Auge sehen kann wie den wahren, wenn auch flüchtigen Gefühlen.«

»Solche Erfahrungen«, sagt Brigitte, »habe ich leider nie machen können. Ich meine, ich habe nie in einer Wohngemeinschaft gelebt. Darum ist wohl auch der Zeitgeist in mancher Hinsicht an mir vorbeigezogen. Das hat den Einfluss meines Elternhauses vielleicht noch verstärkt.«

»Dich interessiert meine ehemalige Wohngemeinschaft nicht allzu sehr?« frage ich Brigitte.

»Natürlich interessiert mich die Wohngemeinschaft. Gerade weil mir diese Erfahrung fehlt. Erzähl nur weiter!«

Wie geheißen, fahre ich fort: »Obwohl mir die Wohngemeinschaft einen Halt gab und allerhand Experimente ermöglichte, war sie doch ein Ort der Verunsicherung. Als ob mich damals der Umgang mit Arbeit, Sex und Liebe nicht schon genug umgetrieben hätte, wusste ich auch nicht so recht, wie ich mich politisch ausrichten sollte und ob das überhaupt nötig war. Was sprach für den Wettbewerb, was für Solidarität? Was ist eigentlich Gerechtigkeit, die gleiche Behandlung aller oder gerade die ungleiche, aber ausgleichende Behandlung von nicht Gleichbegünstigten? Muss man sich aufs eigene Land konzentrieren, in dem man als Bürger politische Rechte hat, oder auf Europa oder die ganze Welt? Bedeutet die Mitgliedschaft in einer Partei Aufopferung im Dienste anderer oder nur den persönlichen Willen zur Macht? Stehen pragmatische Lösungen von Sachgeschäften oder das Einhalten von Prinzipien im Vordergrund?

Für unseren Wohngenossen Armin war alles klar. Er war glühender Trotzkist. Er sprach nicht mit uns über Politik, er erklärte sie uns. Bei unseren nächtelangen Diskussionen, die meist beim gemeinsamen Abendbrot begannen und die ebenso zu Streit führen, wie uns ratlos zurücklassen konnten, war Armin jeweils nur zu Beginn zugegen. Nach seiner meist sehr eloquenten Analyse des aufgekommenen Problems rief er uns nochmals einige Grundsätze seines Standpunkts wie die Notwendigkeit der permanenten weltweiten Revolution oder den Entrismus, also die Mitarbeit in nichttrotzkistischen Parteien und Organisationen, in Erinnerung, verabschiedete sich dann höflich und brach noch zu einer Parteiversammlung oder zum Konzert eines Kollegen am Konservatorium auf.

Obwohl wir insgeheim über Armin und seine unerschütterlichen politischen Ansichten lächelten, hatten wir großen Respekt vor ihm. Vielleicht weniger wegen seiner politischen Einstellung, dem Scharfsinn seiner Analysen oder seiner aufopfernden Haltung gegenüber seiner in der nationalen Politik völlig unbedeutenden Partei sowie seinem Engagement in unzähligen anderen Organisationen, sondern weil er auch ein exzellenter Pianist war. Obwohl man immer wieder hörte, dass er ein Wunderkind gewesen sei, konnten wir sehen, dass seine ganze Kunst auf viel Arbeit und Geduld beruhte. Manchmal, wenn er aus irgendeinem Grund nicht in seinem Studio am Konservatorium üben konnte, spielte er zuhause auf dem Klavier im Gemeinschaftsraum. Immer fragte er uns und manchmal auch die Nachbarn im Haus, ob es wirklich nicht störe, wenn er übe. Obwohl wir manchmal auf eine Weise antworteten, als duldeten wir dies ausnahmsweise, waren wir alle ganz versessen darauf, ihn im Nebenzimmer spielen zu hören, zumal das, was er ›üben‹ nannte, für uns schon perfekt, ja meisterhaft klang. Er jedoch war nie zufrieden mit sich. Nie, glaubte er, seinem verehrten Chopin wirklich gerecht werden zu können. Vielleicht später einmal, nach lebenslanger Erfahrung.

Etwas befremdlich an Armin war angesichts seiner in die Zukunft gerichteten politischen und künstlerischen Erwartungen sein besonderes Interesse an allen Bemühungen, das

Kulturerbe dieser Welt zu schützen. Er verfügte über ein geradezu enzyklopädisches Wissen, wo auf der Welt die *UNESCO* was unter Schutz gestellt hat, ob es sich nun um die Kathedrale von Reims, die Universität von Coimbra oder ein Minarett in Afghanistan handelte. Wenn Armin in der Zeitung von einer neuen derartigen Rettung, wie er es nannte, erfuhr, las er dies sogleich laut vor, und die Genugtuung, die ihm dies zu bereiten schien, ließ vermuten, dass er auch in dieser Konservierung der Vergangenheit um der Vergangenheit willen einen wichtigen Beitrag zur allgemeinen Weltverbesserung sah.

Auch wenn es sich in unserer Wohngemeinschaft während der Studienzeit eigentlich ganz gut lebte, nagte der Zweifel manchmal etwas unangenehm an mir. Oft rang ich mit Entscheidungen, schob sie auf oder drückte mich gleich ganz vor ihnen. Ich suchte, bewegte mich mal in diese, mal in jene Richtung. Kaum lernte ich eine Kollegin kennen, mit der ich glaubte, auf ewig glücklich werden zu können, stand Carla wieder vor der Tür. Kurz: Ich wusste damals nicht, wohin ich gehörte, wie Onkel Giorgio gesagt hätte. Einen gewissen Halt gaben das Studium mit seinen regelmäßigen Anforderungen und eine Art unausgesprochener Konsens mit meinen Mitbewohnern. Denn wie wankelmütig, schwärmerisch und auf uns selbstbezogen wir auch waren, wie sehr unsere beruflichen Aktivitäten und politischen Ansichten auch auseinandergingen und wie zutreffend Carlas Unterstellungen sein mochten, es gab doch einige gemeinsame Ideale, vielleicht waren es auch nur unbewusst erworbene Merkmale eines Lebensstils oder des Zeitgeistes, wie du vorhin sagtest, die wir alle teilten, und die unser Zusammenleben auf Dauer befriedigend machten und nach jedem Zwist schnell wieder ins Lot brachten: Wir alle waren der Natur auf besondere Weise zugetan, wir verehrten sie, behandelten sie mit Ehrfurcht, glaubten sie schützen, erhalten und wieder in ihren ursprünglichen Zustand zurück versetzen zu müssen, ja wir empfanden auch Schuld ihr gegenüber. Blieb nicht bei allem Bemühen noch ein Rest, mit dem auch wir zur Umweltverschmutzung und zum Klimawandel beitrugen?

Wie uns Armin, der uns in dieser Naturverehrung in nichts nachstand – obwohl er sich zuweilen in einem Anflug von Selbstironie darüber mokierte, etwa wenn er von der Natur als unserem neuen Gott oder unserem neuen Heimatland sprach –, einmal erläuterte, gehe es nicht nur um eine Daseinsschuld, die uns nicht persönlich vorgeworfen werden könnte. Denn wir würden ja nicht nur ihren Ursprung, sondern auch ihre Urheber kennen. Also sei es auch eine Täterschuld, die wir uns gegenseitig vorwerfen könnten. Sühnen könnten wir darum in Armins Worten nicht nur als Stellvertreter, sondern es würde auch den wirklichen Ausgleich in Form einer Strafe brauchen. Alleine mit der Bekundung der Annahme und der sogenannten Aufarbeitung der in der Vergangenheit auf sich geladenen Schuld und dem Gerede von Verantwortung und Nachhaltigkeit sei es nicht getan. Permanentes und aktives Vorbeugen sei verlangt, zur Verbesserung ebenso wie zur Abschreckung. Und man müsse stets wachsam sein, genau beobachten, was andere täten und noch mehr: was man selbst tue.

Im Alltag der Wohngemeinschaft hatte unser Sinn für die Natur ganz praktische Konsequenzen. Er wurde gewissermaßen zum mustergültigen Lebensstil. Abgesehen davon, dass wir die Natur oft gemeinsam genossen, wo sie noch unversehrt ist, auf Wanderungen in den Bergen oder Skitouren weit abseits der Piste – wobei wir wegen der langen Anfahrtswege stets ein etwas schlechtes Gewissen hatten –, waren es vor allem die Nahrungsmittel, auf deren natürlichen Ursprung wir besonders Wert legten. Sie sollten eines der Bio-Label tragen, möglichst aus der Region stammen und wenn schon von weit her, dann mindestens unter fairen Bedingungen produziert worden sein. Der Preis war Nebensache. Carla war Vegetarierin, Regula war Veganerin.

Die Mehrheit wollte jedoch auf nichts verzichten. Aber auch die Omnivoren achteten darauf, woher ihr Fleisch kam. Muriel nahm uns manchmal mit auf den Bauernhof ihres Bruders, einen mehrfach für artgerechte Tierhaltung ausgezeichneten Musterbetrieb, wo wir unbedenkliches Rindfleisch kauften. Das glaubten wir zumindest, denn natürlich ist dies Vertrauenssache. Carla bezweifelte, dass Tierhaltung zur Fleischproduktion überhaupt artgerecht sein kann. Mir war eher suspekt, dass uns Muriels Bruder mehr Geld für das Fleisch abknöpfte als der Dorfmetzger, den er ebenfalls belieferte. Auch der Wein sollte aus biologischem Anbau stammen und auch hier war es noch besser, den Hersteller persönlich zu kennen, vielleicht sogar eines seiner Verkostungsseminare besucht zu haben. Verschenkte man solchen Wein, begleitet von der Schilderung seiner Herkunft und der persönlichen Beziehung zum Winzer, konnte man sich des Lobes der Beschenkten sicher sein.

Einige übertrieben es sogar etwas mit ihrer Sorgfalt bei der Nahrungswahl. Sei es, dass sie eine besondere Sensibilität, wie sie früher nur bei Weinkennern zu finden war, für die verschiedenen *Fair Trade*-Kaffeesorten entwickelten, sei es, dass sie die natürliche Ernährung zum Bestandteil der Optimierung ihres Körpers machten. Thomas zum Beispiel hatte ein eigenes Abteil im Kühlschrank, das sich wie ein Medikamentenschrank mit Dopingmitteln ausnahm. Seine Selbstoptimierung förderte er nicht nur mit sorgfältig ausgewählter natürlicher und ethisch unbedenklicher Kost, sondern er überwachte sie akribisch mit einer Trackinguhr, die ihm nicht nur permanent anzeigte, wo er sich gerade befand, wie hoch sein Blutdruck und wie schnell sein Puls war, sondern auch, ob er im Moment rannte oder hüpfte, wie viele Schritte er schon gegangen war, und wie viele er bei gleichbleibendem Gefälle des Terrains noch gehen musste, um die Kalorien zu verbrennen oder die Ausdauerstufe zu erreichen, die er als Tagessoll in der Uhr gespeichert hatte. Die Daten der Uhr wurden dann direkt auf seinen PC übertragen, an dem Thomas viele Stunden verbrachte, um einen Überblick über den Zustand und die Entwicklung seines Körpers zu gewinnen. Wenn er nach einer derart objektivierten Selbstbeobachtung aus seinem Zimmer trat, konnte man ihm immer gleich ansehen, wie es um ihn stand. In jedem Fall aber schien er wie Armin der Meinung zu sein, dass er sich immerzu verbessern müsse.

Abgesehen von solch kleinen Übertreibungen war unsere Haltung zur Natur, zur natürlichen Ernährung und so weiter aber normal und nicht der Rede wert. Das heißt, wir redeten nur darüber, wenn es andere betraf, zum Beispiel die Nachbarn unter uns im Haus, die schon im Frühling fast täglich im Garten Fleisch aus dem Billigsupermarkt auf den Grill legten. Zudem besaßen sie drei Autos, beklagten sich aber ständig darüber, dass wir unsere Fahrräder beim Hauseingang nicht richtig parken würden. Aber solche Ignoranten schienen uns typisch zu sein für die große Mehrheit, die nichts von Klimawandel und Ressourcenübernutzung weiß, oder, noch schlimmer, es weiß, aber einfach nicht zur Kenntnis nehmen will.

Als Regula unsere Wohngemeinschaft verlassen wollte und wir ein Casting mit Interessenten für ihr Zimmer durchführten, waren wir nicht schlecht erstaunt, was es selbst unter angehenden Akademikern für verquere Ansichten gibt. Einer entpuppte sich als regelrechter Klimaleugner, ein anderer reagierte auf unsere Absage mit der höhnischen Bemerkung, dass er es sich sowieso nicht hätte vorstellen können, mit einem Haufen von Ökospinnern unter einem Dach zu leben, naiven Leuten, die nicht verstünden, dass der nachindustrielle Kapitalismus nur noch geschmierter laufe, wenn er seine Lifestyleangebote sogar bei Leuten absetzen könne, die glaubten, alle Schäden dieses brutalen Wirtschaftssystems an Mensch und Natur durch achtsame Lebensführung wettmachen zu können. Eine eigenartige Hybris sei das. Obwohl dieser enttäuschte Besserwisser Worte wählte, die von uns wahrscheinlich nur Armin benutzt hätte, war Armin der erste, der sein Veto gegen einen solchen neuen Mitbewohner einlegte. Wie als Protest gegen diese lächerliche Kritik machte Regula ihren Entscheid, uns zu verlassen, rückgängig. Vielleicht fürchtete sie sich nach diesem Zwischenfall auch, anderswo in schlechte Gesellschaft geraten.«

»Heutzutage mutet diese Kritik ja auch völlig absurd an«, unterbricht mich Brigitte. »Heute lernen die Kinder ja bereits im Kindergarten, was Klimawandel ist, und selbst in Billigsupermärkten werden Lebensmittel mit Bio-Label und *Fair Trade*-Zertifikat angeboten. Und wie manches Unternehmen gibt es mittlerweile noch, das nicht erkannt hat, dass es seine Produkte besser verkaufen kann, wenn es in der Werbung verspricht, einen Beitrag zur Nachhaltigkeit zu leisten?«

»Zum Glück«, sage ich.

»Und wie ist es in eurer Wohngemeinschaft weitergegangen?« will Brigitte wissen.

»Kurz vor Ende des Studiums verließ ich die Wohngemeinschaft, weil sich mir unerwartet die Möglichkeit bot, meinen Plan, ein Mehrfamilienhaus zu kaufen, in die Tat umzusetzen. Ich entdeckte in der städtischen Wochenzeitung, die ich ansonsten nur wegen der Todesanzeigen las, eine ganz kleine Annonce, in der ein Haus mit vier Wohnungen, das ich vom Sehen kannte, zum Kauf angeboten wurde. Auch der angegebene Verhandlungspreis schien im Rahmen meiner Möglichkeiten. Ich notierte mir sofort den Besichtigungstermin.

Bei der Besichtigung eine Woche später begeisterte ich mich sofort für den Altbau mit seinen stilvollen Wohnungen und dem schönen Garten. Natürlich war ich nicht der einzige Interessent. Im Gewühle entdeckte ich überraschenderweise auch meine Mitbewohnerin Muriel. Auch sie war überrascht, mich hier zu sehen. Zuerst dachte ich, dass sie sich etwas ertappt fühlte, weil sie nie von den Absichten erzählt hatte, ein Haus zu kaufen. Aber das hatte ich ja auch ich nie getan. Da sie mit Abstand den bescheidensten Lebenswandel von uns führte, hatte ich ihr auch nicht zugetraut, dass sie sich den Kauf eines Hauses leisten konnte. Wie sich dann aber herausstellte, war Muriel gar nicht am Kauf interessiert. Sie war die Verkäuferin. Sie hatte das Haus zusammen mit einer ganzen Reihe weiterer Immobilien sowie einer Möbelfabrik vor einigen Jahren geerbt, wovon sie uns aber nie etwas erzählt hatte. Möglicherweise, weil die Fabrik dafür bekannt war, vor allem Möbel aus Tropenholz zu fertigen, was bekanntlich wegen der Abholzung des Regenwaldes umstritten ist.

Vielleicht war es das schlechte Gewissen, warum mir Muriel das Haus ohne jede Diskussion und für wenig mehr als den Verhandlungspreis überließ. Ich musste ihr nur versprechen, den anderen nichts von unserem Handel zu erzählen, was mir natürlich nicht gerade angenehm war. Aber ich hatte Verständnis für Muriel. Einer solchen Erbschaft kann man sich schwer entziehen, und vielleicht war sie froh, dass nicht das Geld, von dem sie genug hatte, sondern unsere persönliche Beziehung ausschlaggebend war.

Als schon kurz nach dem Kauf ein älteres Ehepaar aus dem Haus ins Altersheim übersiedelte, zog ich in die freiwerdende Wohnung.«

Ich frage Brigitte, ob ich sie langweile mit meiner Geschichte.

»Überhaupt nicht«, sagt sie fast etwas erstaunt. »Ich höre dir gerne zu. Darf ich dich etwas fragen?«

»Nur zu.« Ich befürchte, sie will etwas im Zusammenhang mit meinen tödlich verunglückten Eltern wissen, was das bei mir für Spuren hinterlassen habe oder so. Darüber spreche ich nicht gerne. Sie will aber wissen: »Was ist aus deinen ehemaligen Wohngenossen und -genossinnen geworden, zum Beispiel aus dieser Carla?«

»Gute Frage«, antworte ich erleichtert. »Also. Carla habe ich später zufällig an einem Kongress in Vancouver wieder getroffen. Sie ist jetzt bei der Ernährungs- und Landwirtschaftsorganisation der Vereinten Nationen *FAO* Direktrice der Abteilung für Umweltrecht. Sie ist verheiratet mit einem römischen Anwalt aus adliger Familie und Mutter von drei Kindern. Ständig hing sie in den Sitzungspausen des Kongresses am Mobiltelephon. ›Die Kinder‹, wie sie mehrmals entschuldigend erläuterte. Dennoch machte sie auch als besorgte Mutter einen entspannten Eindruck.

Armin ist Klavierlehrer geworden. Das erfuhr ich von einer Kollegin, deren Tochter bei ihm Unterricht nimmt. Er spreche ganz offen von sich als gescheiterte Existenz, womit er wohl meine, als Konzertpianist den Durchbruch nicht geschafft zu haben. Ebenso offen spreche er von seinen trotzkistischen Ideen, was ihr nicht recht gefalle, denn das Vertrauen von Kindern sollte nicht zu politischer Indoktrination missbraucht werden. Er solle auch immer noch aktiv sein in der Partei und anderen Vereinen zur Verbesserung der Welt. Ob er verheiratet ist, wusste die Kollegin nicht, nur dass er selbst keine Kinder hat. Er lebe offenbar mit einer älteren Frau zusammen, einer Theologin. Dabei dürfte es sich um eine alte Bekanntschaft handeln, denn Armin erwähnte früher öfters eine Theologiestudentin, mit der zusammen er das Archiv der Partei führe.

Thomas' Karriere ist auch nicht überraschend. Er ist bei der Weltbank gelandet, wo er zuständig ist für den jährlichen

Weltentwicklungsbericht. Ich habe ihn zwar nie mehr gesehen, weiß dies aber aus den Medien, wo er immer mal wieder erwähnt wird, wenn es um diesen Bericht geht. Welchem übergreifenden und für die aktuelle Entwicklungsdiskussion bedeutsamen Thema der Bericht auch gewidmet ist, ob er Titel wie *Digital Dividends*, *Risk and Opportunity* oder *Mind, Society, and Behavior* trägt, immer werden Thomas' statistische Analysen als besonders aufschlussreich und seine Schlussfolgerungen als wegweisend gerühmt. Wo Thomas lebt – wahrscheinlich irgendwo in der Nähe von Washington – und wie er lebt, weiß ich nicht.

Regula sehe ich noch ab und zu. Sie wohnt immer noch in der Nähe, und ihre Zwillinge gehen zusammen mit den Kindern einiger meiner jetzigen Mitbewohner in die Montessori-Schule. Regula hat bei verschiedenen im Umweltschutz tätigen Nichtregierungsorganisationen gearbeitet, bevor sie bei *Greenpeace* Kampagnenleiterin wurde. Sie scheint viel reisen zu müssen und sieht immer etwas übermüdet aus. Ganz im Gegensatz zu ihrem Mann, einem Physiker und Jazzmusiker, der jedoch ohne feste Anstellung ist und sich vor allem den Kindern und dem Haushalt widmet. Man trifft ihn oft im Quartier, wo er bedächtig seine Einkäufe tätigt, vor dem Schulhaus mit auf ihre Kinder wartenden Müttern einen Schwatz hält oder an einem der Tischchen vor dem Bistro *Escoffier* die Zeitungen studiert. Noch nie war ich bei schönem Wetter im Schwimmbad oder auf der Kunsteisbahn, dass ich ihn da nicht mit den Kindern gesehen hätte. Stets hinter einer altertümlichen Sonnenbrille versteckt und in die Lektüre eines Buches vertieft. Regula nannte ihn im Gespräch einmal treffend ›meinen geschäftigen Flaneur‹.

Von Muriel war eine Zeitlang auch in den Medien zu lesen. Zuerst als sie versuchte, den immer schlechter werdenden Ruf der geerbten Möbelfabrik loszuwerden, indem sie auf die Produktion von Möbeln aus heimischem Bambus umsattelte. Als ich davon erfuhr, kaufte ich sofort eine Gartenmöbel-Garnitur, die heute noch in unserem Garten steht. Mein Kauf schien aber wenig zu nützen, denn wegen der billigen Importe von Bambusmöbeln aus Ostasien musste Muriel die Fabrik schon bald schließen und die Belegschaft entlassen. Später berichteten die Medien nochmals von ihr im Zusammenhang mit einem Skandal um die Stiftung gegen Kinderarbeit, die sie kurz nach der Pleite ihrer Möbelfabrik gegründet hatte. Der Geschäftsführer dieser Stiftung hatte deren Kapital über Jahre nur benutzt, um in Indien zusammen mit dubiosen Geschäftsleuten und sogar Beamten eine Firma aufzubauen, in der Elektromüll in wiederverwertbare Bestandeile getrennt wurde, und in der vor allem Kinder arbeiteten. Ob Muriel eine Mitschuld traf, konnte nicht geklärt werden. Aber die Stiftung wurde sofort aufgelöst und der Geschäftsführer später wegen ungetreuer Geschäftsbesorgung zu zwei Jahren Haft auf Bewährung und einer hohen Busse verurteilt. Seine indischen Komplizen schienen ungeschoren davongekommen zu sein. Zuletzt habe ich von Muriel nur noch gehört, dass sie in die Provence gezogen sei. Es würde mich nicht wundern, wenn sie sich aus Enttäuschung über all diese Missgeschicke ganz zurückgezogen hätte und nun das Leben als Privatière genießt. Irgendwie würde das aber doch nicht zu ihr passen.

Und ich … .«

Aber Brigitte unterbricht mich mit der Frage: »Wollen wir nicht hineingehen und etwas essen? Ich habe langsam Hunger, nachdem ich zum Frühstück nur zwei Tassen Kaffee getrunken habe.«

Wir gehen in den Speisesaal, wo der Wirt am Tisch beim Kücheneingang sitzt und über ein Kreuzworträtsel gebeugt ist. Auf unsere Frage, ob wir etwas Kleines zu essen kriegen könnten, antwortet er scherzhaft: »Natürlich. Aber dann muss ich es euch an der fürs Nachtessen vorgesehenen Ration abziehen. Heute kann ich auch den anderen keine Sandwiches zum Blausee nachliefern.«

Es dauert eine Weile, bis er mit zwei Tellern, üppig beladen mit Käse, Trockenfleisch und Speck, aus der Küche zurückkommt. Ich weise ihn darauf hin, dass Brigitte Vegetarierin ist.

»Ich kann für mich selber sprechen«, weist mich Brigitte zurecht. »Sieht wunderbar aus. Vielen Dank für die Mühe, die sie sich gemacht haben.«

»Nicht der Rede wert«, sagt der Wirt und lächelt mich mitfühlend an. »Ich bringe gleich noch etwas Brot. Übrigens, wollt ihr nicht draußen essen bei diesem schönen Wetter?« Schon auf dem Weg zurück in die Küche fragt er dann noch: »Und, wie wär's mit etwas Wein?«

»Keine schlechte Idee!« rufe ich ihm nach. Und Brigitte ergänzt: »Und nicht zu wenig!« wobei sie mich komplizenhaft anschaut.

Sie scheint mir wieder gut zu sein und sagt, wobei sie ihre Hand auf meine Schulter legt: »Dann geht es dir auch leichter, die ganze Geschichte zu Ende zu erzählen.«

»Das schaffe ich wohl heute nicht mehr.«

»Macht nichts, wir haben Zeit. Komm, lass uns nach draußen gehen, da sind wir ungestört und der Wirt kann weiter an seinem Kreuzworträtsel knobeln.«

Wir nehmen unsere Teller und setzen uns draußen an die Sonne.

»Eine Flasche vom Besten«, sagt der Wirt, als er uns Brot und Wein bringt. »Ein einfacher Landwein, aber in der Höhe mundet er besonders gut.«

Wir genießen schweigsam die einfachen Köstlichkeiten. Schauen uns nur von Zeit zu Zeit an, wie um uns gegenseitig zu sagen, dass sich die Angst vorübergehend auch durch ein gemeinsames Mahl bannen lässt.

Später sitzen wir Seite an Seite und betrachten die Landschaft. Im Tal sieht man, wie sich die Sonne langsam am westlichen Hang hochzieht und kalte Schatten zurücklässt, und je länger man schaut, desto schneller scheint die Linie, die den Nachmittag vom Abend trennt, in die Höhe zu steigen. Von Zeit zu Zeit nehmen wir einen Schluck Wein. Als wir einmal gleichzeitig nach den Gläsern greifen, prosten wir uns nochmals zu. Das erinnert mich an Onkel Giorgio und Tante Ella, die ich nie zusammen Wein trinken sah, ohne dass sie sich unzählige Male zuprosteten.

»Einfach schön hier«, sagt Brigitte. »Und schön, dass ich dich kennengelernt habe.«

»Ganz meinerseits. Und irgendwie kommt's mir vor, als würde ich dich schon ewig kennen.«

»Und das obwohl ich nun so viel mehr über dich weiß als du über mich?«

Just als ich den Rest des Weins gleichmäßig auf die beiden Gläser verteilen will, betritt jemand wie aus dem Nichts die Terrasse. Zuerst sehe ich nicht, wer es ist, weil mich die Sonne blendet. Dann erkenne ich ihn. Es ist der Herr, dem Brigitte am Morgen die Wandermöglichkeiten geschildert hat. Er trägt einen spitzen grünen Sonnenhut, in dem eine Distel steckt. Der Mann kommt mir vor wie ein Jäger.

»Aha. Die Herrschaften lassen es sich gut gehen«, sagt er lachend und steckt sich eine Zigarette an. Bevor er die Zigarettenschachtel wieder in die Brusttasche steckt, hält er sie uns hin. Zuerst lehnt Brigitte dankend ab. Aus Solidarität und weil ich mit dem Rauchen eigentlich schon lange aufhören wollte, lehne auch ich ab.

»Sind sie alleine?« fragt Brigitte den Herrn. »Ist etwas passiert?«

»Nein, nein. Ich bin nur als einziger vorausgegangen, weil die anderen meinten, sie blieben lieber noch etwas in der

Höhe an der Sonne. Sie glaubten mir nicht, dass es auch hier beim Berghaus um diese Zeit noch sonnig ist. Übrigens vielen Dank für den Tipp mit dem Blausee. Ich hätte selbst darauf kommen können. Hier unten käme man nicht auf die Idee, dass es dort oben eine derart eigenartige Landschaft mit einem See gibt. Wir sind rund um den See gewandert und haben am oberen Seeende bei einer kleinen Hütte Rast gemacht.«

»Eine Hütte?« fragt Brigitte. »Die haben wir gestern nicht gesehen. Wir sind ja nach dem Steinschlag auch nicht um den See gewandert. Aus jeder Perspektive wirkt die Landschaft anders und man kann Neues entdecken.«

»Und es gibt Dinge, die sieht man erst, wenn man unmittelbar davorsteht«, fügt der Herr mit dem grünen Sonnenhut an.

»Wie war das mit dem Steinschlag?« will er wissen.

Brigitte erzählt auch ihm, was gestern passiert ist.

»Da sieht man wieder einmal, wie es selbst da, wo man eigentlich nicht damit rechnet, gefährlich werden kann«, kommentiert der Herr, der sich beim erstaunten Zuhören den Sonnenhut vom Kopf genommen hat.

Brigitte schlägt vor: »Dann könnten wir morgen doch nochmals zum See hoch wandern und ihn umrunden. Oder wir gehen nur dem sicheren Ufer entlang. Vorausgesetzt natürlich, das Wetter hält.«

»Warum nicht. Vorausgesetzt, das Wetter hält«, stimme ich zu.

Nun wird es laut. Der Rest der Gruppe trifft ein.

»Seht ihr«, sagt der Herr mit dem grünen Hut triumphierend, »immer noch sonnig.«

»Schon gut«, sagt einer mit Blick auf die leere Flasche vor uns. »Sagen sie uns lieber, ob es auch für uns noch Wein gibt, oder ob der auch unter die angekündigte Rationierung fällt.«

»Das müssen sie die jungen Leute hier fragen«, sagt der Angesprochene.

»Von wegen jung«, erwidere ich. »Was den Wein angeht, müsst ihr den Wirt fragen. Er sitzt im Speisesaal und löst Kreuzworträtsel.«

Jemand geht hinein, erscheint sofort wieder und verkündet: »Ich habe gleich fünf Flaschen bestellt. Ich hoffe, das ist euch recht.«

»Ist das nicht etwas viel?« will jemand wissen.

»Ach wo. *Vino diffugiunt mordaces curae*, wie es bei Horaz heißt. Und etwas viel davon vertreibt sie erst recht«, sagt ein anderer.

Einige nicken zustimmend. Offenbar alles gebildete Leute, die des Lateinischen mächtig sind. Ich habe außer ›Wein‹ nichts verstanden und frage Brigitte im Flüsterton nach der Bedeutung des ganzen Spruchs.

»Durch den Wein fliehen die nagenden Sorgen«, flüstert sie mir zu. »Wenn's um Alkohol geht, mögen sich offenbar auch die Juristen, Ärzte und Kaufleute, die hier versammelt sind, noch an römische Weisheiten erinnern, zumal die meisten ja etwas älter sind und wahrscheinlich noch eine klassische Bildung genossen haben, wozu auch der Lateinunterricht gehörte. Den hat man ja nun weitgehend abgeschafft. Humankapital statt Humanismus, hätte mein Vater wohl dazu gesagt.«

»Warum lachst du?« will ich wissen.

»Nur so«, sagt Brigitte. »Die Runde ist mir sympathisch. Und der Herr, der wie ein Jäger ausschaut, versteht es, die gute Stimmung aufrecht zu erhalten. Lass uns noch etwas hierbleiben.«

Bald sind wir in angeregtem Gespräch mit unseren Nachbarn, hören Geschichten von der Seeumrundung, aus dem Leben und von Problemen im Beruf oder beim Einschlafen, und reden über Steinböcke, Elektroautos und die mögliche

Wirkung von Halbedelsteinen auf den Menschen. Nur über die drohende Katastrophe fällt kein Wort. Der Wirt bringt uns noch mindestens drei weitere Flaschen. Wir bemerken gar nicht, wie kalt es in der Zwischenzeit geworden ist. Erst als Elsa erscheint und fragt, ob sie ein paar Wolldecken rausbringen solle, fragt jemand, ob es nicht Zeit sei, an die Wärme zu gehen. Ohne sich im Gespräch stören zu lassen, bewegen sich die meisten und auch wir uns langsam ins Haus. Einige scheinen davon aber gar nichts zu bemerken und bleiben noch draußen, bis der Wirt sie zum Nachtessen hereinruft.

ZWEITER HALT

Plötzlich bin ich hellwach. Ich liege allein in meinem Zimmer. Wie bin ich überhaupt aufs Zimmer gekommen? Es ist noch dunkel. Kein Ton ist zu hören. Ich fühle mich überhaupt nicht mehr müde, sondern nehme mich nur als bewegungslos wahr. Stehe ich neben dem Bett und schaue auf meinen Körper? Er liegt reglos da. Meine Gedanken scheinen vom Körper abgelöst und sind doch nur Gedanken über den Körper: was er im Moment tut, dass er bewegungslos daliegt, aber ganz wach ist. Ich kenne dieses Gefühl. Zwei bis drei Mal pro Jahr erwache ich auf diese Weise. Thomas sagte immer, das komme vom Alkohol. Sobald die Entgiftungsfunktion der Leber überfordert sei, erwache man schlagartig. Klingt einleuchtend. Ich bezweifle dies allerdings, denn Armin, der überzeugter Abstinenzler war, kannte das Gefühl ebenfalls. Er konnte es jedenfalls exakt beschreiben.

Viele seltsame Dinge fallen mir plötzlich ein. Warum hatten die drei Frauen in unserer Wohngemeinschaft immer zur gleichen Zeit ihre Tage? Oder: warum muss ich zwanghaft zuhören, wenn jemand in meiner Gegenwart ein Gespräch mit dem Handy führt? Mein Wohnungsnachbar Roger sagte, weil unser Hirn darauf trainiert sei, auch aus zusammenhanglosen Wortfetzen einen sinnvollen Satz zu machen. Aber, wie oft höre ich zusammenhanglose Wortfetzen, wenn niemand am Telefon spricht, und habe doch nicht das Gefühl, etwas Sinnvolles daraus machen zu müssen? Ich nehme es einfach nur als Unsinn wahr, oder als etwas, das ich gar nicht verstehen will.

Es knarrt auf dem Flur. Wahrscheinlich muss jemand auf die Toilette. Nach einer Weile knarrt es wieder. Ich drehe mich zufrieden um und versuche, wieder zu schlafen. Doch dann klopft es leise an der Tür. Ich stehe auf und öffne einen Spalt. Brigitte steht im Dunkeln und sagt: »Ich bin plötzlich erwacht und kann jetzt nicht mehr schlafen, darf ich zu dir kommen?« Wir kriechen gemeinsam unter die Decke. Nachdem wir über das unerklärliche Phänomen des plötzlichen Aufwachens gesprochen haben, sagt Brigitte: »Es gibt ganz sicher einen natürlichen Grund dafür, vielleicht der Stand des Mondes oder ein vorbeifliegender Komet, oder auch nur der Abfall oder Anstieg der Luftfeuchtigkeit. Jedenfalls glaube ich nicht, dass ein Halbedelstein namens Silberauge, den Kunden im Laden oft gegen Schlaflosigkeit und Kopfschmerzen verlangen, gegen diese Art von Schlaflosigkeit wirkt. Und noch unwahrscheinlicher erscheint mir, dass der Stein auch noch für mehr kreative Gedanken sorgen soll, wofür er auch noch empfohlen wird. Gedanken sind ja nicht das Gegenteil von Schlaf oder Kopfweh.«

Wir erwachen gleichzeitig. So kommt es mir zumindest vor. Draußen ist es schon hell.

»Wie heißt dieser Stein nochmals?« frage ich.

»Silberauge. Ein olivgrüner Stein mit silbrigen Einschüssen. Er soll noch viel mehr können, als ich dir erzählt habe. Aber warte mal, ich kann es dir noch genauer sagen. Aber zuerst muss ich auf die Toilette.«

Als Brigitte zurückkommt, bringt sie ein grünes Buch mit. Sie setzt sich neben mich ins Bett und zeigt es mir. Den Buchumschlag ziert ein kleiner grauer, oben gespaltener Stein, der aber wie ein großer Fels anmutet.

»Ich studiere gerade diese kürzlich erschienene Fibel namens *Steinheilkunde*. Unsere Kunden bringen ja meist noch mehr Vorwissen aus dem Internet mit als zeitgenössische Kranke, die einen Arzt aufsuchen. Da muss ich mich immer auf dem Laufenden halten. Also, hier auf Seite 124 steht: ›Das Silberauge schenkt einen tiefen inneren Frieden, da es äußere Einflüsse fernhält und Schutz bietet. Hilft auch, Stimmungsschwankungen, Stress und Anspannung auszugleichen und mindert Aggressivität. Die Kompromissfähigkeit wird gestärkt. Zudem hilft der Stein, gleichzeitig Ziele zu erreichen und die eigenen Wünsche mit den physischen Möglichkeiten in Einklang zu bringen. Der Stein kann auch das sexuelle Verlangen steigern und diesbezügliche Blockaden lösen.‹ Hör hör! Und weiter steht hier: ›Der Stein wirkt am besten durch direkten Hautkontakt. Er sollte zweimal pro Monat unter fließendem Wasser entladen und über Nacht mit einem Bergkristall oder tagsüber in der Sonne aufgeladen werden. Darf aber nicht zu lange in der Sonne liegen‹. Wie der Stein auf Sakralchakra und Herzchakra wirkt, lese ich jetzt nicht mehr vor. Imposant, was dieser Stein alles kann!«

»Soll er nun täglich oder nur zweimal pro Monat aufgeladen werden?« frage ich.

»Mach dich nur lustig. Wer viel glaubt, erlebt auch viel«, meint Brigitte lächelnd und klappt das Buch mit einem Schlag zu.

»Und jetzt? Was machen wir jetzt?«

Ich gehe zum Fenster. Es ist neblig, was wir vom Bett aus nicht sehen konnten. Wohl, weil die letzten Tage stets sonnig begonnen haben, meinte ich, es müsste auch jetzt so sein.

»Bleiben wir doch noch etwas im Bett«, schlägt Brigitte vor. »Vielleicht verbrennt die Sonne später den Nebel. Dann gehen wir zur Hütte am See.«

Irgendwann gehen wir dann aber doch runter. Die anderen sind bereits fertig mit dem Frühstück. Einige helfen dem Wirt und Elsa beim Abräumen der Tische. Mehrere stehen an den Fenstern und begutachten den Nebel, der das Haus weiß und feucht umschließt. Niemand scheint sich auf die Terrasse zu wagen. Der Speisesaal ist von einer allgemeinen Untätigkeit erfüllt, die auch mich ein wenig befällt. Ich schlurfe in die Küche und frage, ob wir noch Kaffee kriegen.

Brigitte sagt zu einem der Nebelbeobachter, dass es wahrscheinlich bald aufreißen würde und wir nochmals zum See wandern wollten. Ich rufe ihr zu, dass wir warten sollten, bis der Nebel sich verzogen hat. Ihr Gesprächspartner nickt zustimmend und sagt: »Das würde ich auch. Wer weiß, vielleicht verirrt ihr euch noch bei diesem Nebel.«

»Reine Zeitverschwendung«, meint Brigitte, »wir sind den Weg ja schon einmal gegangen. Und wenn wir in Neuland kommen und der Nebel ist immer noch da, kehren wir halt um. Etwas Bewegung tut gut. Wir können ja nicht den ganzen Tag hier im Haus sitzen. Das schlägt aufs Gemüt. Zudem ist es kalt hier.«

Wir trinken unseren Kaffee. In der Tat sollten wir bald aufbrechen, denke ich, sonst verfalle ich noch mehr dieser abwartenden Trägheit. Zudem ist es sehr viel kälter geworden. Nur schon in der kurzen Zeit, in der wir hier tatenlos sitzen, beginnt es mich zu frösteln.

»Gut. Gehen wir«, sage ich, stehe entschlossen auf und gehe aufs Zimmer, um meine Wandersachen anzuziehen. Brigitte folgt mir, offensichtlich überrascht, dass ich mir so schnell ein Herz gefasst habe. Kurz danach treffen wir uns gut gerüstet vor dem Haupteingang. Brigitte trägt sogar eine dicke Daunenjacke und eine Wollmütze wie im tiefsten Winter.

Kurz nachdem wir losgegangen sind und ich das Gefühl bekomme, dass der Nebel dichter wird, hält Brigitte inne und sagt: »Lass uns nochmals zurückgehen, und den Wirt um eine Marschverpflegung fragen.«

Keine schlechte Idee. Wir kehren um.

Als wir den Speisesaal auf dem Weg zur Küche betreten, scheinen die Blicke einiger Anwesender zu sagen ›Doch noch zur Vernunft gekommen‹.

Nachdem wir Sandwiches und Tee erhalten haben, gehen wir wieder.

Als wir den Wegweiser erreichen, ist es immer noch neblig. Im nun folgenden schweißtreibenden Aufstieg ist dies aber nicht unangenehm. Wir kommen schnell voran. Da wir uns nur auf die nächsten Schritte auf dem schmalen Pfad konzentrieren, merken wir gar nicht, wie der Nebel immer lichter wird. Und erst knapp unterhalb der Krete werden wir gewahr, dass wir in der Sonne stehen und unter uns ein Nebelmeer liegt. Brigitte dreht sich mit eingestützten Armen zu mir: »Was habe ich gesagt?!«

Es ist jetzt genau zwölf Uhr. Nach einer Pause steigen wir zum blauen See hinunter und folgen dem sicheren Ufer.

»Siehst du die Hütte«, fragt Brigitte nach einer Weile. »Von hier aus müssten wir sie doch sehen.«

Ich spähe angestrengt, kann aber nichts sehen. Die Felsen hinter dem See scheinen mir zu wenig hoch, als dass sich dahinter eine auch nur ganz kleine Hütte verbergen könnte.

»Nein. Ich sehe nichts, was nach Hütte aussieht. Lassen wir uns überraschen.«

Nach etwa einer Viertelstunde sind wir am Ende des Sees. Keine Hütte.

»Vielleicht hat uns der gesprächige Herr gestern einen Bären aufgebunden und wir haben ihm nur geglaubt, weil man etwas eher für wahr hält, wenn es mehrere Leute gemeinsam erlebt haben sollen«, sagt Brigitte.

Aber kaum stehen wir am Ende des Sees, sehen wir die Hütte. Sie befindet sich nicht unmittelbar am Ufer, wo wir sie gesucht hatten, sondern ein paar Schritte darüber auf einer kleinen Anhöhe. Man sieht sie auch darum schlecht, weil das verwitterte Holz ihrer Wände gleich grau ist wie die umliegenden Felsen und die Hüttenwände gleich senkrecht aufragen wie die Kanten einiger Felsen. Die Hütte erscheint selbst wie ein Fels.

»Wie kommen all diese riesigen Felsblöcke hierher?« fragt Brigitte.

»Ich vermute, dass es hier vor langer Zeit einmal einen Bergsturz gab.«

Ich gehe um die Hütte und öffne die angelehnte Tür. Die Hütte ist leer bis auf drei zusammengeklappte rote Campingstühle und einen kleinen runden, ebenfalls roten Blechtisch. Ich nehme zwei der Stühle und den Tisch und trage sie hinaus. Leider lassen sie sich nur auf dem ebenen Platz neben der Hütte, von wo man keine Aussicht hat, aufstellen.

»Nicht schlecht. Dieser Luxus hier oben«, meint Brigitte.

Wir packen unsere Sandwiches aus und stellen die Thermosflasche mit dem Tee in die Mitte des Tisches.

»Die anderen warten wahrscheinlich immer noch unten im Nebel auf bessere Zeiten und wissen gar nicht, was sie verpassen. Nur schade, dass wir von hier keine Aussicht haben«, meint Brigitte.

Nachdem wir genüsslich gespeist haben, räkeln wir uns in der Sonne. In der Mittagsstille hört man nur den See leise ans Ufer branden. Mit geschlossenen Augen fragt Brigitte: »Willst du nicht fortfahren mit deiner Geschichte? Was hast du nach dem Studium gemacht und was hat denn nun deine Geschichte mit den Heuschrecken zu tun?«

»Nach dem Studium suchte ich eine Stelle als Elektroingenieur. Das war gar nicht so leicht angesichts des Anspruchs, nicht nur schnell Geld zu verdienen, sondern auch noch gewissen Prinzipien treu zu bleiben. Weil ich immer wieder Stellenangebote ausschlagen musste und schon etwas desillusioniert war, begann ich mich meiner neu erworbenen Liegenschaft intensiver zu widmen. Ich plante eine Renovierung, kündigte den aktuellen Mietern wegen Eigenbedarf und suchte schließlich die passenden Mieter für die Hausgemeinschaft, die mir vorschwebte. Auch dies ging viel harziger voran, als ich es mir vorgestellt hatte. Unzählige staatliche Auflagen waren bei der Renovierung einzuhalten, die Mieter gingen vor Gericht, um eine Fristerstreckung zu erwirken oder die Kündigung ganz zu verhindern, und als ich nach gut drei Jahren an die Auswahl meiner künftigen Mitbewohner gehen konnte, erwies sich auch dies schwieriger und langwieriger als gedacht. Vielleicht wäre es klüger gewesen, die bisherigen Mieter etwas besser kennen zu lernen, als neue zu suchen.

Anfänglich saß ich abends nach dem meist etwas unbefriedigenden Tagwerk allein in meiner großen neuen Wohnung und versuchte, die Zeit vor dem Fernseher und mit ein paar Whiskeys totzuschlagen. Als ich dann eines Abends auch nach mehrmaligem Rumzappen auf keinem der vielen Kanäle etwas Ansprechendes fand und auch der Whiskeyvorrat erschöpft war, entschloss ich mich, im Pub unten an der Straße noch auf ein Bier zu gehen. Schon als ich die Tür hinter mir schloss, hatte ich das Gefühl, mein bisheriges, durch den Aufschub greifbarer Ziele etwas ins Stocken geratenes Leben hinter mir zu lassen. Und so kam es dann auch.

Schon beim ersten Bier kam ich mit einem Mann meines Alters ins Gespräch. Er stellte sich als Jack vor und schien, aufgrund all der Leute zu schließen, die ihn grüßten, gut bekannt zu sein im Pub. Jack war mir sofort sympathisch. Bei einigen weiteren Bieren sprachen wir über Gott und die Welt. Wie sich herausstellte, hatte er ebenfalls an der technischen Hochschule studiert und war momentan an einer Doktorarbeit über Chancen und Gefahren der Künstlichen Intelligenz. Er schien aber noch nicht allzu weit fortgeschritten mit seinem Werk, sondern hatte erst ein paar interessante Ideen gesammelt. Jack schien es nicht besonders eilig zu haben, und irgendwie hatte ich den Eindruck, als betreibe er seine Studie, wie vieles andere auch, eher als Spiel. Offenbar drängte ihn auch seine finanzielle Situation nicht zur Eile.

Jack war der Sohn eines Diplomaten und hatte seine Kindheit und Jugend in sechs verschiedenen Ländern verbracht. Er sah seine Eltern nur alle paar Jahre und die Beziehung zu ihnen schien hauptsächlich in der elterlichen Finanzierung seines Lebensunterhalts zu bestehen. Nicht nur den Eltern gegenüber schien Jack keine besondere Zugehörigkeit zu empfinden, vielmehr schien mangelndes Zugehörigkeitsgefühl typisch für seinen Lebensstil.

Das mochte auch der Grund sein, warum Jack stets so unkonventionelle Ideen hatte und sich viele seiner Äußerungen weniger wie persönliche Ansichten, sondern eher wie Weisheiten für die ganze Welt anhörten. Damit erweckte er zwar den Eindruck einer gewissen Großartigkeit, die einen aber eher verunsicherte und nachdenklich machte, als dass man sie als eitles Geschwätz oder gar puren Bluff abgetan hätte. Ich jedenfalls hörte ihm immer gerne zu, umso mehr, als er sich jeweils auch nach vielen Wochen noch daran erinnern konnte, was sein Gegenüber im Gespräch gesagt hatte. Wenn Jack seine anfänglich oft grotesk anmutenden Gedanken äußerte, glaubte ich meist schnell, mich selbst wieder darin zu finden und fühlte mich ernst genommen, was mir damals wieder Halt und Vertrauen gab.

Eine von Jacks unkonventionellen Ideen war, dass die Angst vor Künstlicher Intelligenz und künftigen Robotern unbegründet sei, jedenfalls nichts Neuartiges, sondern einfach eine Angst vor undurchschaubaren Zusammenhängen, die es schon immer gegeben habe, die aber auch schon immer erfolgreich verdrängt worden sei. Jack teilte nicht die von skandalsüchtigen Medien gerne kolportierten Ansichten gewisser Technopropheten, dass Roboter den Menschen bald überflüssig machten, eine Art Parallelwelt entwickelten, die die Menschen nicht mehr verstehen können, oder gar die Weltherrschaft übernehmen und die Menschen unterjochen, wenn nicht gar ausrotten könnten. Einerseits, meinte Jack, sei das ja alles schon jetzt so. Kaum jemand verstehe, was physikalisch vor sich gehe, wenn er einen Lichtschalter bediene, und das Kapital habe schon lange die Weltherrschaft übernommen und die Menschen unmerklich unterjocht, aber offensichtlich noch nicht ausgerottet. Weil Menschen ihr Unwissen und ihre Unterwürfigkeit nicht wahrhaben wollten und als demütigend empfänden, hätten sie schon immer den Weltuntergang heraufbeschworen, aber das Unumstößliche dann doch zuerst einmal als Schicksal akzeptiert. Unser Verhältnis zur Künstlichen Intelligenz hatte darum für Jack große Ähnlichkeit mit unserem Verhältnis zum Unbewussten, was seines Erachtens schon der Psychoanalytiker Carl Gustav Jung nahegelegt habe, als er sagte, wenn man die bösen Anteile nicht in die eigene Persönlichkeit integrieren könne, aber dennoch damit leben müsse, fühle sich dies wie Schicksal an. Man versuche dann einfach, diesen unbewussten Anteilen mit Würde zu begegnen, und so zu tun, als sei man der selbstbestimmt Handelnde oder, wie Siegmund Freud es formuliert habe: der Herr im eigenen Haus. Für Jack jedenfalls waren die Roboter der Zukunft Freunde und Helfer der Menschen, und die Angst vor ihnen nur Ausdruck kindischer Allmachtsphantasien, die aber seines Erachtens immerzu grösser würden, weil sich heute jeder seines selbstbestimmten Handelns in Abgrenzung von anderen demonstrativ und permanent versichern wolle. Nach Jack war es nur die Angst vor den anderen, die hinter der Angst vor den künftigen Robotern steckt. Die wirkliche Gefahr sah Jack allenfalls darin, dass der Künstlichen Intelligenz ein zu hoher Status zugebilligt wird und zu viele auf den naiven Glauben ihrer Verkünder hereinfallen.

Fast jeden Abend ging ich zu jener Zeit in den Pub und war enttäuscht, wenn Jack nicht da war. Wenn er nicht erschien, sprach ich meist mit einer seiner zahlreichen Freundinnen, die auch auf der Suche nach ihm vorbeikamen. Jack lebte zwar in einer festen Beziehung mit einer Vermögensverwalterin, die ich nie anders als in einem blauen *Deux-Pièces*, dafür jedes Mal mit einer anderen teuren Handtasche gesehen hatte. Sie war wahrscheinlich etwas älter als er. Diese Beziehung hielt Jack aber nicht von weiteren Affären ab, die eigentlich gar keine Affären waren, da sie allesamt nicht von ganz kurzer Dauer zu sein schienen. Alle Beteiligten konnten offenbar gut mit dieser Situation leben. Als mir einmal eine von Jacks toleranten Freundinnen, nachdem wir einen ganzen Abend auf Jack gewartet und über seine Idee der freundlichen Roboter diskutiert hatten, unverhohlen Avancen machte, kam ich mir spießig vor, als ich vorgab, noch dringend zuhause eine Arbeit erledigen zu müssen. Ich wollte einfach mein Verhältnis zu Jack nicht gefährden.

Durch unsere regelmäßigen Treffen im Pub erfuhr Jack viel über mich und meine damalige Situation. Eines Nachts rief er mich an und fragte, ob ich interessiert sei, in einem Forschungsteam an der Technischen Hochschule mitzuarbeiten. Es gehe um die Entwicklung eines ganz neuartigen Elektroautos. Er selbst und eine seiner Freundinnen seien auch mit von der Partie. Ich kann mich noch gut erinnern, wie er sagte: ›Du musst dich sofort entscheiden, sonst ist der Zug abgefahren. Die Details erkläre ich dir später‹. Jack klang etwas angetrunken und im Hintergrund glaubte ich ein Stimmengewirr wie an einer fröhlichen Party zu hören. Dennoch sagte ich sofort zu.

Tags darauf wartete ich vergeblich auf einen Anruf von Jack. Auch im Pub erschien er am Abend nicht. Ich wartete noch einige Tage. Just als ich dann eine Woche später für einen Gerichtstermin das Haus verlassen wollte, stand Jack vor der Tür und sagte: ›Gut, dass ich dich endlich treffe‹. Aus lauter Neugier ließ ich den Gerichtstermin platzen – zu meinem Nachteil, wie sich später herausstellen sollte – und bat

Jack herein, um mir anzuhören, was er mir über meine Zukunft zu sagen hatte.

Jack erzählte, dass er anlässlich einer Einladung seines Vaters einen Professor der Technischen Hochschule kennen gelernt habe. Udo Walder mit Namen, ein älterer Knabe, ob ich den kenne. ›Kennen wäre übertrieben‹, sagte ich, ich hätte von ihm gehört und ihn ein paar Mal gesehen. Dasselbe hätte der Professor über mich gesagt, bemerkte Jack. Also, dieser Walder habe soeben einen Forschungskredit für ein Projekt zur Entwicklung eines neuartigen Elektroautos vom Nationalen Wissenschaftsfonds zugesprochen bekommen und suche nun geeignete Mitarbeiter. Jack hatte sich dem Professor natürlich gleich selbst anempfohlen. Ob der Professor von seiner Kompetenz, der Technikfreundlichkeit seiner Ideen oder einfach seiner einnehmenden Art begeistert war, weiß ich natürlich nicht, auf jeden Fall hat er ihm gleich eine Mitarbeiterstelle angeboten. Und Jack, nicht faul, hat ihm auch gleich noch eine seiner Freundinnen und mich als weitere Mitarbeiter empfohlen. Wir dürften uns demnächst vorstellen, aber das sei wohl reine Formsache.

Auf meine Frage, um was es denn bei diesem Projekt gehe, konnte mir Jack nichts Genaueres sagen. Er meinte nur, dass der Professor ihm dies auch nicht so genau habe sagen können, er vermute aber, dass sich dies auch erst im Verlauf des Projektes konkretisieren werde. Das Geld für das Projekt sei wohl darum gesprochen worden, weil jede Verbesserung des Autos nicht nur die zeitgenössischen Forderungen nach erneuerbaren Energien, Klimaneutralität, Nachhaltigkeit und so weiter erfülle, sondern auch ein Geschenk für die Autoindustrie sei.

Ich ging dann noch in derselben Woche zu Professor Walder zu einem Vorstellungsgespräch. Und wie es Jack prophezeit hatte, engagierte mich dieser umgehend, das heißt, schon nach dem kurzen Austausch einiger Höflichkeiten.

Weder konnte mir der Professor Genaueres über das Projekt sagen, noch wollte er von mir Genaueres über meine Ausbildung, Person oder Interessen wissen. Anscheinend genügte die Empfehlung von Jack. Sowieso kam es mir vor, vor allem aufgrund der Art und Weise, wie der Professor von Jack sprach, als sei dieser nicht eine Zufallsbekanntschaft, sondern als würden sich die beiden schon lange kennen. Aber das mochte täuschen, da der Professor auch mir nach dem Gespräch sogleich das Du anbot. Zum Abschied sagte mir Udo dann, dass er dem Projekt nun noch zuversichtlicher entgegensehe, bald würde alles konkrete Formen annehmen. Er verlasse sich ganz auf unsere Ideen und unseren Enthusiasmus. Obwohl ihm natürlich bewusst sei, dass auch wir das Perpetuum Mobile nicht erfinden würden, habe er ein gutes Gefühl. Vor allem freue er sich, Jack mit seinen originellen Ideen zur Künstlichen Intelligenz mit an Bord zu haben.

Nach der Bekanntschaft mit Jack stimmte mich diese Begegnung mit Professor Walder und die Anstellung in seinem Projekt noch optimistischer, zumal auch ein konkretes berufliches Ziel absehbar war. Ich glaubte, endlich in der wirklichen Welt Fuß gefasst zu haben, ohne mich und meine Prinzipien allzu sehr verbiegen zu müssen. Jack und der Professor waren mir zwar damals so undurchsichtig wie das vor mir liegende Projekt, aber auf einmal glaubte ich zu wissen, wohin ich gehöre.

»Hast du den Nebel bemerkt?« unterbricht mich Brigitte.

Tatsächlich, die Sonne ist weg. Um uns ziehen Nebelschwaden und es ist kühl geworden. Ich gehe auf die andere Seite der Hütte, von wo man mehr sieht. Ich sehe aber nichts, auch nicht den See, der nur einige Schritte entfernt liegt. Es ist nur die leise Brandung zu hören. Ganz ins Erzählen versunken, habe ich vom Wetterumschwung nichts bemerkt.

»Gehen wir zurück«, schlägt Brigitte vor, »unsere Sandwiches können wir später noch essen.«

Wir packen unsere Sachen, stellen Tisch und Stühle in die Hütte zurück und machen uns auf. Brigitte geht voraus. Wir wandern zügig dem Ufer entlang und erreichen bald die Krete, von wo der Weg steil abwärtsführt. Es ist so neblig, dass wir kaum einen Meter weit sehen. Auf einmal rutscht Brigitte und stößt einen Schrei aus. Ich kann gerade noch stoppen, als ich bemerke, dass der Weg hier brüsk vor dem Abgrund endet. Ich sehe Brigitte nicht und rufe in panischer Angst nach ihr.

»Nichts passiert«, ruft sie. »Zum Glück. Hier vorne scheint es senkrecht runterzugehen. Mein Gott, bin ich erschrocken.«

Als Brigitte aus dem Nebel auftaucht, erklärt sie, dass sie nach dem Rutscher zum Glück auf einem kleinen Felsvorsprung gelandet sei, sie habe sich nur an der Hand einen Kratzer geholt, aber der Schreck sitze ihr noch in den Knochen. Ich schließe sie in die Arme. Nach einer Weile löst sie sich etwas von mir und schaut mir in die Augen.

»Wir haben uns verirrt, obwohl wir den Weg vom letzten Mal eigentlich kennen sollten. Wir sind einer falschen Spur gefolgt. Der Weg scheint ein ganzes Stück weiter rechts zu verlaufen.«

Wir gehen den schmalen Pfad zurück, behutsam, Schritt für Schritt. Tatsächlich stoßen wir erst nach etwa zwanzig Minuten auf den Weg, den wir für den richtigen halten. Bald hören wir Wasser plätschern und nehmen an, dass wir schon in der Nähe des Brunnens unweit des Wegweisers sind. Und so ist es. Wir sind erleichtert. Schnell gehen wir auf dem breiter werdenden Weg Richtung Berghaus.

»Wir sollten den anderen nicht sagen, dass wir uns verirrt haben«, sage ich zu Brigitte, kurz bevor wir ankommen. »Das würde sie nur beunruhigen. Es reicht, wenn wir mit dem Schrecken davongekommen sind.«

»Okay, sagen wir nichts«, meint sie. »Wobei es sie wahrscheinlich nicht beunruhigen würde. Eher würden sie sich in ihren Warnungen von heute Morgen bestätigt sehen. Propheten beunruhigt bekanntlich nichts.«

Wir gehen nur kurz in den Speisesaal, um uns zurückzumelden.

»Jetzt haben wir die Hütte hinten am See auch entdeckt«, sagt Brigitte, wie um weiteren Fragen zuvor zu kommen. Dann gehen wir aufs Zimmer.

Vor der Zimmertür bleibt Brigitte kurz stehen und schaut mich an.

»Nochmals Glück gehabt«, sagt sie. »Kommst du nachher zu mir und erzählst mir noch mehr über dieses Perpetuum Mobile-Projekt? Vielleicht kommst du dann doch irgendwann einmal zu den Heuschrecken.«

DAS PERPETUUM MOBILE-TEAM

Als ich Brigittes Zimmer betrete, liegt sie in derselben Haltung auf dem Bett wie vorgestern. Ich bin zuerst unschlüssig, setze mich dann aber in den Stuhl neben Bett und Kommode und beginne vom Perpetuum Mobile-Projekt, wie Brigitte es genannt hat, zu erzählen.

»Bald nach dem Vorstellungsgespräch lud uns Udo zu einem *Kick-Off*-Meeting ein. Wie alle anderen hatte ich erwartet, nun genauer zu erfahren, worum es eigentlich ging. Udo beließ es aber wiederum bei sehr allgemeinen Ausführungen. Zuerst präsentierte er uns eine Unzahl von *Power Point*-Folien über die Geschichte und Zukunft des Autos. Man merkte sofort, dass er sich mit dieser Präsentationtechnik noch nicht so gut auskannte. Die vielen Bilder alter Automobile lockerten seinen Vortrag aber etwas auf. Aus den letzten Grafiken, die er uns zeigte, sollte auch hervorgehen, wie das, was er Eckwerte des Projekts nannte, mit den globalen Entwicklungszielen für die nächsten dreißig Jahre übereinstimmt. Ich erinnere mich noch gut, wie der Vortrag endete. Udo sagte: ›Dazwischen liegt eure Arbeit‹ und schaute mit vorgetäuscht ernsthaftem Blick in die Runde.

Auch an die ersten Worte seines Vortrags kann ich mich noch lebhaft erinnern. ›Was wir keineswegs wollen‹, sagte er mit beinahe empörter Stimme, ›ein Auto wie diesen *Tesla* bauen.‹ Es sei ebenso irreführend, ein Auto für die Zukunft so zu nennen, wie respektlos, den Namen des großen Erfinders und Elektropioniers Nikola Tesla dafür zu benutzen. Entweder sei die Geschichte des Autos hier ganz vergessen worden, oder es ginge um bewusste Irreführung. In den Anfängen des Automobils im 19. Jahrhundert sei das Auto ja ein Elektromobil gewesen, erst im frühen 20. Jahrhundert sei der Verbrennungsmotor zum dominierenden Antrieb geworden. Schon anfangs des 20. Jahrhunderts habe die *Baker*

Motor Vehicle Company in den USA tausend Elektromobile pro Jahr produziert. Udo zeigte das Bild des berühmten *Baker Electric* von 1910, einem batteriebetriebenen Viersitzer mit einer Reichweite von immerhin achtzig Meilen, der umgerechnet auf heutige Preise siebzigtausend Dollar kostete. Noch habe niemand gewusst, welcher Antrieb sich durchsetzen würde. Zu dieser Zeit seien noch fast vierzig Prozent aller Automobile elektrisch angetrieben worden, aber noch mehr seien mit Dampf gefahren – besonders beliebt, wie Udo schmunzelnd anmerkte, weil damit besonders schnell beschleunigt werden konnte. Nur ein Fünftel der Autos sei mit Benzin gefahren. Erst als Henry Ford das am Fließband hergestellte *Modell T* mit Verbrennungsmotor auf den Markt gebracht und dessen Preis auf weniger als zehntausend Dollar in heutiger Kaufkraft gedrückt habe, seien Elektromobile nicht mehr konkurrenzfähig gewesen und habe sich der Benziner als weltweiter Standard durchgesetzt. Schon damals habe wohl auch eine gewisse Angst der Käufer mitgespielt, das Elektroauto habe nicht genug Reichweite. Wahrscheinlich sei aber die Ansicht der Militärs, dass mit Benzin die Versorgungssicherheit eher garantiert sei, für den Wandel der größere Beitrag gewesen.

›Soll *Tesla* also heißen, zurück zu den Ursprüngen?‹ fragte Udo. Der visionäre Erfinder aus Serbien würde sich für diese Auslegung seines Namens wohl im Grab umdrehen. Nikola Tesla habe wirklich Neues schaffen und damit die ganze Menschheit beglücken wollen. Und sähe er heute einen *Tesla*, würde ihn dies wahrscheinlich höchstens daran erinnern, dass das Auto in seinen Anfängen nicht viel mehr als eine Pferdekutsche mit Elektroantrieb war. Er hätte seinen Namen aber wohl auch nicht für ein Vehikel hergegeben, mit dem sich nur die oberen Zehntausend ein ökologisch reines Gewissen verschaffen könnten. Udo schloss seine Kritik am Missbrauch des Namens von Tesla mit der Bemerkung, dass sich leider dessen Glaube an eine drahtlose Übertragung von Hochspannungselektrizität nicht erfüllt habe, damit hätte sich vielleicht das Batterieproblem, das uns noch einige Zeit beschäftigen würde, elegant lösen lassen.

Nachdem sich Udo mit seiner Kritik an *Tesla* in Rage geredet hatte, fuhr er nicht weniger engagiert fort: ›Was wir bauen wollen, ist das Elektroauto für alle, ein selbstfahrendes Auto, ein Auto, das sich mit anderen Autos und der ganzen Welt austauschen kann, etwas wirklich Neues. Ein Auto-Auto gewissermaßen, oder einfach ein Auto, das seinen Namen auch verdient.‹ Seine Vision des künftigen Autos führte Udo dann noch etwas anschaulicher aus. Das Auto von morgen sei so etwas, wie das Smartphone von heute: ein Handy auf vier Rädern. Es werde um die Software herum gebaut, werde ein Teil des Internets der Dinge sein und über Funktionalitäten und die Konnektivität verfügen, die wir uns heute auch sonst überall gewohnt seien. Dieses Auto könne Handys und Tablets integrieren, sich mit anderen Systemen vernetzen, mit anderen Fahrzeugen und Verkehrsrechnern kommunizieren, Daten sammeln und weiterleiten. Weil sich das künftige Auto aber durch verteilte Betriebssysteme auszeichne, sei die Analogie zum Smartphone vielleicht ungenau, eher gehe es um ein Rechenzentrum auf Rädern. Und zwar um ein Rechenzentrum, das wir nicht mehr steuern müssten. Wir würden uns künftig einfach in den Wagen setzen, uns in ein zentrales Steuerungssystem einloggen und laut und deutlich sagen, wohin wir wollen und was wir sonst noch wollen. Und schon gehe es los, ohne Stau, ohne Unfall, aber mit dem Unterhaltungsfilm unserer Wahl oder dem Mittagessen, das vor uns auf dem Tischchen stehe, wo sich einst das Lenkrad oder die Gangschaltung befunden habe. Und schnell werde es gehen. Auf der Autobahn würden die Autos als eine Art virtuelle Züge Stoßstange an Stoßstange wie auf Schienen mit über dreihundert Stundenkilometer fahren.

Und diese neuen Segnungen der Mobilität könnten dann auch all jene nutzen, die heute nicht, nicht mehr oder noch nicht fahren könnten oder dürften, wie Sehbehinderte, Alte oder Kinder. Alle würden viel mehr Zeit für das Wesentliche haben. Mit den Worten ›Und all dies wird möglich durch die Künstliche Intelligenz, und ganz besonders die Schwarmintelligenz‹ schloss Udo seine Vision des Autos der Zukunft, wobei er Jack zuzwinkerte, der seinerseits wissend zurücklächelte. Das offensichtliche Einvernehmen der beiden erweckte den Eindruck, als wüssten sie bereits um die Lösung der gewichtigsten Probleme. Zum Schluss seiner Präsentation zeigte uns Udo sinngemäß ein Bild mit einem Schwarm von Zugvögeln, die Richtung Süden ziehen.

Wichtiger, als uns zu sagen, um was genau es künftig bei unserer Arbeit gehen würde, schien Udo dann die Verankerung des Projektes in seiner Biographie. Mit Unterstützung von mehreren Fotografien, die ersten noch in schwarz-weiß, schilderte er sein Leben von der Herkunft aus einem Bergdorf – übrigens gar nicht weit von hier –, über seine Schulzeit in einem Benediktinerstift, sein Studium an der Technischen Hochschule, seine Forschungstätigkeit an einer amerikanischen Eliteuniversität bis zu seiner Berufung als Professor an die Technische Hochschule. Gewissermaßen als Krönung seiner wissenschaftlichen Laufbahn erschien das Perpetuum Mobile-Projekt. Udos beiläufige Erwähnung, dass ihm im Privatleben Kinder leider versagt geblieben seien, ließ mich vermuten, dass dieses Projekt nun sein Kind war, über dessen Entwicklung er noch wenig sagen konnte, aber auf dem all seine Hoffnungen ruhten.

Auf der letzten Folie, die Udo bei seiner Präsentation zeigte, war das Perpetuum Mobile-Team abgebildet. Jedoch nur von Udo, einer älteren Dame und Jack war ein Foto zu sehen, die anderen sieben waren als Umrisse mit einem Fragezeichen in der Mitte dargestellt. Udo stellte alle kurz vor, nachdem er uns gebeten hatte, jeweils kurz aufzustehen, wenn er unsere Namen nenne.

Die ältere Dame stellte Udo als Rita vor, seine langjährige Sekretärin, die künftig für die Administration des Projektes zuständig sei. Nachdem Rita sich erhoben hatte, nickte sie uns allen freundlich zu. Dann schaute sie den Professor an, als wollte sie ihm zu dieser gelungenen Auswahl von Mitarbeitenden gratulieren. Udo war etwas irritiert und gab ihr zu verstehen, dass sie sich wieder setzen könne.

Jack stellte er als visionären Jungwissenschaftler vor, der sich nicht nur in der Kunst des Programmierens und mit Künstlicher Intelligenz auskenne, sondern auch in Philosophie und sogar Psychologie beschlagen sei. Man konnte sich angesichts der weiteren lobenden Wort Udos für Jack des Eindrucks nicht erwehren, dass er für ihn eine führende Rolle im Projekt vorgesehen hatte, wahrscheinlich in ihm den operativen Leiter sah, dieweil er selbst nur im Hintergrund als väterlicher Mentor wirken wollte. Jack reagierte mit einer Geste, die die Hoffnung auszudrücken schien, den Vorschusslorbeeren gerecht werden zu wollen.

Mich stellte Udo nur als Elektroingenieur und Jacks Freund vor. Mir blieb kaum Zeit, mich zu erheben.

Zu Jacks Freundin Galenia sagte er wenigstens, dass sie uns sicher als Juristin wichtige Hilfe leisten werde, wenn es dereinst um die Patentierung all unserer Erfindungen und die Verhandlungen mit der Autoindustrie gehen werde. Obwohl ich Galenia vom Pub kannte, war ich überrascht zu hören, dass sie Juristin war. Ich hatte sie aufgrund ihres Interesses an Robotern immer für eine Studienkollegin von Jack gehalten.

Xavier, der einige Jahre jünger war als wir, oder mit seiner lässigen Kleidung – er trug eine Schlabberhose und ein Hoody, während sich selbst Jack für den Anlass eine Krawatte umgebunden hatte – auch nur jünger wirken mochte, wurde vorgestellt als Entwickler des bekannten Schach-Programms *Insuperabile*, der als Informatiker wohl auch dazu beitragen werde, unser Elektromobil unschlagbar zu machen. Xavier stand nicht auf, wahrscheinlich weil er dachte, er sei einfach als der angesprochene Nerd zu erkennen.

Izumi, einen älteren Japaner und punkto Kleidung das absolute Gegenteil von Xavier, stellte Udo scherzhaft als *Denkijidousha shu* vor, was so viel heiße wie ›alter Hase des Elektroautos‹. Er habe das Glück gehabt, ihn einem großen Autokonzern, der schon lange in diesem Bereich forsche, abwerben zu können, und hoffe, dass uns Izumi vor allem in der ersten Phase des Projektes mit seiner großen Erfahrung helfen werde, an den neuesten Stand der Entwicklung anzuknüpfen. Auch im Gegensatz zu Xavier war Izumi, bereits als er das I seines Namens hörte, aufgeschnellt und wollte nach den Worten von Udo gar nicht mehr aufhören, sich in alle Richtungen zu verbeugen.

Mireille war Maschineningeneurin, auch wenn sie auf mich eher den Eindruck einer Yogalehrerin oder *Feng Shui*-Beraterin machte. Udo rühmte sie bei der Vorstellung aufgrund ihrer mehrfach prämierten Doktorarbeit zur Reibungsreduktion in Getrieben großer Automaten. Mireille sei unentbehrlich für die Entwicklung des Getriebes in unserem Elektroauto, denn im Gegensatz zu dem für Elektroautos gängiger Hersteller typischen Ein-Gang-Getriebe, soll das unsere ein Zwei-Gang-Getriebe erhalten, womit sich die Motorendrehzahl bei hoher Geschwindigkeit reduzieren lasse. Das reduziere den Stromverbrauch zusätzlich. Seine Vorstellung von Mireille schloss Udo mit den Worten, er hoffe, dass sich Mireille in unserem Team ausschließlich auf die Reduktion von Reibung in diesem Getriebe konzentrieren könne. Das war Udos Humor. Leider verstand er nie, worüber wir lachten, wenn er lustig sein wollte.

Zuletzt stellte Udo noch die zwei Handwerker unseres Teams vor, die uns bei der praktischen Umsetzung unserer Ideen behilflich sein sollten: Max, den Elektriker, einen blonden Hünen von fast zwei Metern Körpergröße, der, auch wenn er sich nicht eigens erhob, unentwegt lächelnd auf uns hinunterschaute, und Jan, den Schlosser, der ebenfalls relativ groß war und Sean Connery zum Verwechseln ähnlichsah. Als Jan aufstand, wurde dieser Eindruck noch dadurch verstärkt, dass er dasselbe souveräne Auftreten wie der Filmstar zeigte. Vielleicht hatte er es ihm abgeschaut, als er sich der Ähnlichkeit gewahr wurde. Ich kann mich noch gut erinnern, wie sich Rita und Galenia vielsagend anschauten, nachdem sich Jan wieder gesetzt hatte.

Nach der Vorstellungsrunde gab es ein kaltes Buffet mit allerlei Häppchen und Getränken. Nachdem Udo mit jedem einzelnen angestoßen und seine Freude am Projekt und seine Hoffnung auf ein gutes Gelingen ausgedrückt hatte, forderte er uns auf, einander bei dieser Gelegenheit näher kennen zu lernen, und verabschiedete sich dann mit der Entschuldigung, noch an einem anderen Ort einen Vortrag halten zu müssen.

Davon wusste die Sekretärin, mit der ich sogleich ins Gespräch kam, aber nichts. Sie wollte sogar noch kurz in der Agenda im Büro nachschauen, ob sie etwas übersehen hatte. Rita schien alles über den Professor zu wissen. Schon bei der ersten Begegnung hatte ich den Eindruck, dass sie ihn nicht nur mütterlich umsorgte, sondern ihn im Innersten kannte, wusste, was er wollte, und ihm dies auch in den Worten sagen konnte, die er nachher selbst benutzte, als wären's seine eigenen. Ob ich mit meiner damaligen Vermutung richtig lag, dass Rita ihrem Chef weit näherstand als für eine Sekretärin üblich, weiß ich bis heute nicht, denn kaum kam das Projekt in Gang, schien sie mit allen im Team auf dieselbe Weise vertraut zu sein. Sie war die Seele des Projektes. Wenn jemand etwas auf dem Herzen hatte, konnte er oder sie es bei ihr ausschütten. Vorausgesetzt sie war abkömmlich, was selten genug der Fall war. Oft war sie in einem der Weiterbildungskurse der Hochschule, von denen es unzählige gab und die wahrscheinlich mehr zur Identifikation mit der Institution und weniger zur Förderung fachlicher Kompetenzen beitrugen. Oft wollte Rita auch nicht gestört werden, wenn sie im Internet nach Kochrezepten suchte. Aber diese eingeschränkte Zugänglichkeit erhöhte ihre Bedeutung für das Team nur noch mehr.

Das wurde uns jeweils besonders bewusst, wenn wir mit dem Wissenschaftsfonds oder einer anderen Stelle, die unser Projekt unterstützte und überwachte, in Verbindung treten und die richtigen Worte finden mussten, und Rita gerade nicht abkömmlich war. Sie fand nicht nur im persönlichen Umgang immer die richtigen Worte, sondern war auch mit dem hier verlangten Jargon am besten vertraut. Rita wusste, wann, wo und wie oft von Nachhaltigkeit, Ressourcenschonung oder Umweltverträglichkeit die Rede sein musste oder wann und wie an die drohenden Folgen des Klimawandels zu erinnern war, um auch den größten Fehlschlag unseres Projektes als positiven Schritt auf der Suche nach einer Lösung zur Rettung der Menschheit erscheinen zu lassen. Rita scheute auch nicht davor zurück, düsteren Szenarien Nachdruck zu verleihen, indem sie das Unwetter von letzter Woche als Vorgeschmack der drohenden Katastrophe erwähnte. Wir waren oft selbst überrascht, was Rita aus unseren unbeholfenen Texten machen konnte, und noch mehr, wie gut die von ihr überarbeiteten Gesuche und Rechenschaftsberichte bei den Adressaten ankamen.

Auch den attraktiven Schlosser lernte ich bereits beim *Kick-Off*-Meeting besser kennen. Jan war nicht gerade gesprächig. Eigentlich beantwortete er nur Fragen. Dies jedoch sehr präzise und ausführlich. Insbesondere überlegte er sich immer, wie sich etwas im weiteren Kontext ausnehmen würde und welche Konsequenzen es haben könnte. Und während die meisten von uns stets nur an die Möglichkeiten dachten, wie etwas funktionieren könnte, dachte Jan vor allem daran, ob etwas überhaupt machbar wäre. Wir hätten öfters auf ihn hören sollen, taten es aber wahrscheinlich schon darum nicht, weil wir glaubten, Jans Aufgabe sei es lediglich, unseren Ideen durch die Bearbeitung verschiedener Metalle eine konkrete Form zu geben. Vielleicht auch, weil Jan seine Bedenken nie in alarmistischer Weise äußerte, sondern stets in der ihm eigenen bedächtigen Art. Er nahm offenbar an, dass wir seine Überlegungen nachvollziehen könnten. Leider verstanden wir oft erst, was er gemeint hatte, wenn eine nach unseren Ideen umgesetzte Konstruktion nicht funktionierte oder in Flammen aufging.

Jans Hilfsbereitschaft zeigte sich auch im Kleinen, wie ich schon bei unserer ersten Begegnung bemerkte. Es war ihm nicht wohl zu sehen, dass es keine Lachsbrötchen mehr gab, nach denen sich alle umsahen. Sofort bemühte er sich beim zuständigen Personal um Nachschub, und mir trat er sogar eines von den beiden ab, die er für sich genommen hatte, aber wegen der Konzentration aufs Gespräch noch gar nicht essen konnte. Jans zurückhaltende Art zeigte sich auch darin, dass er – sich seiner Wirkung auf Frauen wohl bewusst – in jedem Gespräch mit einer Frau schon nach den ersten Sätzen einen Hinweis auf seine drei Töchter einflocht. Wie ich erst viel später erfuhr, war Jan in derselben Gegend wie ich aufgewachsen und kannte meine Eltern und auch Onkel Giorgio und Tante Ella. Mit meinem Onkel zusammen war er sogar im Arbeiterturnverein gewesen. Kleine Welt!

Schließlich lernte ich bei dieser ersten Zusammenkunft des Perpetuum Mobile-Teams auch noch Mireille näher kennen. Sie war äußerst gesprächig. Vor allem berichtete sie allen ständig über die neuesten Sportresultate, über die sie bestens informiert war. Mein erster Eindruck hatte getäuscht, Mireille war passionierte Eishockey-Spielerin. Obwohl sie diesen Sport nur als Hobby betrieb, war er ihr Lebensmittelpunkt. Ihre berufliche Tätigkeit schien nur ein notwendiges Übel zu sein, eine Art tote Zeit zwischen den Trainings und den Spielen. Dennoch waren ihre Beiträge zu unserem Projekt wahrscheinlich die substanziellsten, wurden aber, weil sie meist außerhalb von ihrem Fachgebiet lagen, kaum als solche wahrgenommen. Ähnlich wie Jan seine Bedenken zwar ausführlich, aber unaufgeregt äußerte, wäre es Mireille nie in den Sinn gekommen, ihre visionären Geistesblitze als etwas Besonderes auszugeben, das wir anderen im Team unbedingt zur Kenntnis nehmen müssten. Was sie uns am Morgen bei der Kaffeepause neben einem Überblick über die neuesten Sportresultate eher nebenbei vorschlug und anschließend vielleicht noch an einer Wandtafel mit der Kreide graphisch plausibel zu machen versuchte, begriffen wir meist erst im Laufe des Tages, und wenn wir Mireille dann abends dies oder das fragen wollten, war sie bereits im Begriff mit ihrer riesigen Tasche zum Training aufzubrechen. Auf unsere Aufforderung zwischen Tür und Angel, uns doch nochmals in einer E-Mail zu erläutern, wie genau sie dies und das gemeint habe, sagte sie dann nur: wir sehen uns ja morgen wieder. Und weg war sie. Weil wir dann meist über Nacht vergessen hatten, was wir sie eigentlich genau fragen wollten, beziehungsweise vergessen hatten, dies aufzuschreiben, verpufften viele gute Ideen Mireilles oder fanden erst mit großer Verspätung Eingang ins Projekt. Als sich Udo einmal einschaltete und Mireille zu etwas mehr Kooperation aufforderte, sagte sie nur, sie sei zu den Bürozeiten immer im Büro und – offenbar in Hinblick auf uns anderen – etwas Vergesslichkeit bewahre vor überstürzten Handlungen und mache den Sport interessant – warum sonst würden wir uns bei den immer gleichen Spielen nicht langweilen.

Ich lernte viel von Mireille. Nicht nur in Zusammenhang mit unserem Projekt. Oft ging ich an einen Match ihrer Mannschaft in einer Eishalle irgendwo im Hinterland und durfte dann auch an den anschließenden ausgelassenen Gelagen teilnehmen, an denen Siege gefeiert oder Niederlagen betrauert wurden. Egal wie viel Alkohol floss, das Thema war immer die Analyse des Spiels mit Blick aufs nächste Spiel; wie könnte das missglückte Zuspiel im zweiten Drittel, mit dem der Untergang begann, beim nächsten Mal vermieden, wie die geniale Kombination, mit der man kurz vor Schluss den Sieg erzwang, wiederholt werden. Nie wollte jemand das Spiel neu erfinden, sondern nur seine Regeln in noch idealerer Weise umsetzen. Und genauso schienen auch Mireilles Gedanken zu entstehen, die unser Projekt anfänglich in Fahrt brachten: nie ging es ihr um irgendeine Verbesserung der Natur, die Konstruktion von etwas noch nie dagewesenem, wonach Jack oder Izumi, wenn auch auf unterschiedliche Weise, zu streben schienen, sondern, weit weniger spektakulär und ähnlich wie Xavier mit seinen oft naiv anmutenden Computersimulationen, wollte Mireille nur die Natur mit den uns zur Verfügung stehenden Mitteln nachbauen, den Idealen der Natur möglichst nahekommen. Weil sich die Faszination für Mireilles Ideen meist erst im Nachhinein einstellte, war es schwierig, sie richtig einzuschätzen; nur sie selbst konnte das, dafür umso exakter. Das gab ihr etwas zugleich Unscheinbares, Geheimnisvolles und Solides. Auf jeden Fall brauchte es Zeit, um Mireille richtig kennen zu lernen.«

»Und, wie nahe hast du sie kennen gelernt?« will Brigitte wissen und klopft dabei das Kissen, als wolle sie etwas von ihrer Neugier ablenken.

»Ich hätte mir denken können, dass diese Frage kommt, wenn ich so ausführlich von Mireille erzähle. Gut, ich habe sie nach einigen Monaten von einer Siegesfeier ihrer Mannschaft nachhause gefahren. In ihrer überschwänglichen Laune hat sie mir vorgeschlagen, bei ihr zu übernachten, als gehörte zu ihrem Triumph neben dem Feiern mit den Mannschaftskameradinnen, einem großen Stück Fleisch und reichlich Alkohol auch noch Sex. Und ich habe mir am anderen Morgen tatsächlich schon gedacht, Mireille sei nun eine Frau, mit der ich länger zusammenbleiben wollte. Wir unternahmen während einiger Wochen öfters etwas zusammen und schliefen miteinander. Bis mir Mireille eines Tages unvermittelt eröffnete: ›Das wird nichts mit uns. Ich brauche keinen Tröster.‹ Mireille schien meine Enttäuschung durchaus zu bemerken. Es war ihr nicht egal. Auf meine vorsichtigen Nachfragen reagierte sie aber nur kurz und mit aufgesetzt wirkender Kaltschnäuzigkeit: ›Tröster ist vielleicht das falsche Wort. Ich habe einfach das Gefühl, du willst mich nicht wirklich.‹ Ich gab schon zu Anfang auf, vielleicht vorschnell, vielleicht hatte sie gerade erwartet, dass ich entschiedener reagiere. Als ich später an unsere kurzzeitige Vertraulichkeit anknüpfen wollte, wies sie mich aber stets und meist auf unangenehme Art zurück. Oft, indem sie mich in der Öffentlichkeit bloßstellte. Zum Beispiel sagte sie einmal in der Mensa, wo ich üblicherweise unter den drei angebotenen Menus dasjenige auswählte, das als *Nachhaltigkeitsmenu* angepriesen wurde, ›schaut nur, unser Roberto isst wieder gegen den Weltuntergang an‹. Oder, harmloser, als ich mich einmal nicht entscheiden konnte, an einem gemeinsamen Ausflug mit einem Flussdampfer teilzunehmen: ›er hat sicher Angst, weil er nicht gut schwimmen kann und ihn die Strömung an eine gefährliche Stelle treiben könnte, wo ihn ein Strudel in den Abgrund zieht‹. Ich ging dann etwas auf Distanz zu Mireille, bis sich unser Verhältnis wieder entspannte. Das wäre sie, die Geschichte mit Mireille. Eine enttäuschte Hoffnung oder eine verpasste Chance, ich weiß es nicht.«

»Und deine anderen beiden neuen Teamkollegen, die du nicht schon beim ersten Meeting kenngelernt hast? Dieser alte Hase des Elektroautos aus Japan und der Nerd mit dem baskischen Namen?« will Brigitte wissen.

»Izumi lernte ich später sehr gut kennen, da ich ihm von Udo als Juniorforscher zugeteilt wurde. ›Sehr gut kennen‹ ist übertrieben, weil die besondere Art von indirekter Kommunikation mit Izumi immer nach Interpretationen verlangte. Ich brauchte lange, bis ich verstanden hatte, dass Izumi nie ›nein‹ sagte, seine Ablehnung oder Zustimmung aber trotzdem klar ausdrücken konnte. Anstatt ›nein‹ sagte er meist ›vielleicht‹, aber auch hier gab es noch Unterschiede. Ein kurzes ›vielleicht‹ konnte heißen, dass er nicht ganz derselben Meinung war oder etwas nicht richtig verstanden hatte, ein langgezogenes ›vielleicht‹ mit Betonung auf dem ›i‹ konnte dagegen heißen, dass er im Moment keine Antwort auf eine Frage hatte, ihm aber eventuell später eine Antwort einfallen würde. Ebenso galt es bei Izumis ›ja‹ zu unterscheiden. War es kurz, wollte er wahrscheinlich sagen, dass er gut zugehört und in etwa verstanden hatte, war es dagegen langgezogen und leicht vibrierend, bedeutete dies Zustimmung, wiederholte er es aber gleich mehrfach, bedeutete dies volle Übereinstimmung. Und in diesem letzten Fall hatte ich immer das Gefühl, als ginge es nicht nur um die Übereinstimmung in der Sache, sondern um einen tiefen und befriedigenden Gleichklang zweier Menschen gegen den Rest der Welt. Izumi richtete selten Fragen direkt an mich. Dennoch wusste er fast alles über mich, woraus ich schloss, dass er in Diskussionen sehr aufmerksam zuhören, Gespräche belauschen oder anderen Fragen über mich stellen musste. Auf jeden Fall schien er mir sehr neugierig zu sein.

Diese Neugier war auch für Izumis Herangehensweise an die technischen Probleme typisch, denn er packte alles spielerisch an. Er nahm das Spiel viel ernster als wir. Er wollte wissen, was herauskommt, wenn das Ziel nicht vorgegeben ist. Manchmal kam bei diesem Vorgehen auch nur Unsinn heraus, aber das bekümmerte ihn nicht sonderlich. Er suchte dann oft nach Auswegen, indem er ein im einen Kontext unsinniges Ergebnis in einem anderen Kontext genauer betrachtete. Oft ergab sich daraus nicht nur eine Rettung, sondern etwas Neuartiges. Was für mich zuerst oft wie ein Holzweg oder eine Ruine wirkte, erwies sich nicht selten als eine Art Umweg, der sein Ziel in einem neuen Kontext fand. Dabei störte sich Izumi nicht daran, wenn eine neue Entwicklung nur in Kombination mit einer früheren Technik, die bereits als veraltet galt oder überwunden werden sollte, eine neue sinnvolle Anwendung ergab. So benutzte Izumi im Gegensatz zu uns allen immer noch ein Faxgerät für seine Korrespondenz mit Japan, wofür ich ihn anfänglich belächelte. Mit der Zeit begriff ich aber, dass dies weder Nostalgie noch eine Versicherung für den Zusammenbruch des World Wide Web war, sondern einer möglichen Anwendung in Kombination mit einer neuen Technologie harrte, auch wenn wahrscheinlich auch Izumi noch nicht sagen konnte, um was genau es sich handelte.

Während mir Izumis Offenheit in Kombination mit seinem Traditionalismus bald nicht mehr als Widerspruch erschien, lösten sich andere auf den ersten Blick widersprüchliche Verhaltensweisen nicht in gleicher Weise auf. So zum Beispiel der Gegensatz von Izumis zurückhaltender Art, seinem niemals lauten Sprechen und seinen animierten bunten *Power-Point*-Präsentationen, die an einen blinkenden Flipperkasten erinnerten. Oder sein Drängen, gemeinsam ein Oktoberfestzelt oder sonst einen Anlass, bei dem viel Alkohol fließt, zu besuchen, dann aber schon einen Tag nach dem gemeinsamen Besuch eines solchen Anlasses so zu tun, als habe dieser gar nicht stattgefunden – dieweil Mireille noch wochenlang erzählte, wie sie nach dem fünften Bier zusammen mit Izumi auf dem Tisch getanzt habe. Auch blieb mir unerklärlich, warum Izumi meinte, dass nur ein von Menschenhand eingerichteter Garten ein natürlicher Garten sei, oder dass auch nach Fukushima Atomkraft unumgänglich sei. Obwohl ich mich Izumi sehr verbunden fühlte, nicht zuletzt, weil er mir später einen so simplen wie entscheidenden Tipp für mein eigenes Unternehmen gab, blieb er mir immer etwas fremd.

Als Izumi einmal erwähnte, die für ihn interessanteste Entwicklung eines intelligenten Roboters sei eine künstliche Robbe, deren Köper wie der einer echten Robbe reagiere, wenn ihr Fell gestreichelt werde, weil das Streicheln von Tieren betagte Menschen glücklich mache, reagierte Jack mit einem müden Grinsen. In Jacks Gedankenexperimenten sollten Roboter wohl eines Tages dort sinnvolle Arbeit leisten, wo jetzt noch, etwa beim Zusammenbauen eines Autos am Fließband, menschliche Arbeit nicht sehr sinnstiftend erscheint. Wahrscheinlich wusste Jack einfach nichts vom immer grösser werdenden Notstand in der Altenpflege, jedenfalls schienen ihm andere Aspekte der Künstlichen Intelligenz bedenkenswerter als Anwendungen, die ihm als Spielerei erschienen. Eigentlich hatte er stets ebenso abstrakte großartige Anwendungen im Auge wie die Kritiker der Künstlichen Intelligenz mit ihren Horrorszenarien von künftigen Kriegen, in denen sich Drohnenheere bekämpfen, die sich auch gegen den Menschen wenden und schließlich die ganze Menschheit auslöschen können. Obwohl Izumi und Jack in Diskussionen des Teams manchmal heftig aneinandergerieten, waren sie sich immer schnell wieder gut. Izumi gestand mir sogar einmal, manchmal würde er sich fast von Jacks charmanter Art überzeugen lassen. Ganz anders war die Reaktion auf vergleichbare Kontroversen zwischen Izumi und Mireille. Selbst wenn beide die annähernd gleichen sachlichen Lösungen vorschlugen, wirkten die kleinen Unterschiede nachhaltig entzweiend. Wahrscheinlich deshalb, weil die direkte Art, in der Mireille ihre Sicht vortrug, mit Izumis unentwegter Höflichkeit unvereinbar war.

Seltsamerweise hatten wohl Izumi und Xavier, unser Nerd, am meisten gemeinsam, auch wenn sie äußerlich kaum gegensätzlicher hätten sein können: Izumi, der täglich pünktlich und wie ein japanischer *Salaryman* gekleidet im Institut erschien, und Xavier, der offenbar nur seinen schwarzen *Hoody*, eine olivgrüne Schlabberhose und ausgelatschte cremefarbene Turnschuhe besaß, und den man nur selten und zu Unzeiten an seinem Arbeitsplatz sah. Xavier arbeitete vor allem nachts und an Wochenenden im Institut. Wenn wir gingen, kam er. Und mussten wir an einem Sonntag im Büro etwas holen, das wir vergessen hatten, trafen wir mit großer Wahrscheinlichkeit auf Xavier, der mit müden Augen die drei Bildschirme vor sich miteinander verglich, neben sich eine Schachtel mit einer halbgegessenen Pizza, eine Tüte Chips und einige Fläschchen *Tranquini*, seinem Lieblingsgetränk. Unter der Woche erschien er meist nur tagsüber, wenn eine Sitzung angesetzt war. Dann kam einem sein Auftauchen wie dasjenige eines Geistes vor. Sollte man Xavier jedoch schon mal früh morgens begegnen, war der Geist schon im Haus, bevor alle da waren, wusste man, dass er einem etwas Wichtiges mitzuteilen hatte, sei es, dass er in der Nacht den Durchbruch bei einem kniffligen Problem geschafft hatte, sei es, was öfters vorkam, dass er einen Fehler in einem seiner Programme entdeckt hatte, vor dem er uns warnen wollte. Dies konnte er einem nicht mittels E-Mail mitteilen, denn wie Mireille mied er dieses Medium für die berufliche Kommunikation konsequent, nicht nur, weil es ihn zu sehr ablenken würde, sondern weil es seines Erachtens die Bedeutung einer Botschaft reduziert. Obwohl er sich am besten von uns in den Eingeweiden von Computern und dem Internet auskannte, begegnete er allem, was damit zu tun hatte, mit grosser Distanz. So las er etwa nur Bücher, die vor dem Computerzeitalter geschrieben wurden. Er meinte nämlich, dass diese Texte besonders gut strukturiert seien, weil ihre Autoren zuerst denken mussten, bevor sie schrieben.

Wie Izumi war Xavier eine Art Stapelverarbeiter, aber ebenfalls sehr pragmatisch und immer spielerisch auf der Suche nach etwas, das sich erst im Laufe der Arbeit als Ziel entpuppen konnte. Computerspiele waren für ihn nicht Ablenkung von der Arbeit, sondern inspirierten ihn bei der Lösung von Problemen in unvorhergesehen Bereichen und umgekehrt führten viele im Rahmen unseres Projektes unbrauchbare Entwicklungen von Xavier zu unvorhersehbaren praktischen Anwendungen und neuen Spielen, aus denen jeder andere Kapital geschlagen hätte. Bei Xavier blieb es jedoch bei Freude und Stolz auf seine Arbeit.

Auch in ihrem sozialen Umgang hatten Izumi und Xavier viel gemeinsam. Beide waren sehr wortkarg und vermieden unnötige Kontakte und Diskussionen. Sie beschränkten sich aufs Notwendige. Wenn etwas besprochen werden musste, verwendeten sie gewöhnlich förmliche Wendungen und berücksichtigten tunlichst die hierarchische Stellung ihres Gegenübers, eigentlich ganz im Gegensatz zu ihrem eher anarchischen Vorgehen bei der Arbeit. Nie hörte ich die beiden nörgeln und selten äußerten sie ihre Gefühle oder ließen etwas davon durchblicken. Man musste ständig interpretieren, gewissermaßen erfühlen, was in ihnen vorging. Aber ganz im Gegensatz zu ihrer alltäglichen Zurückhaltung ließen beide keinen geselligen Anlass unseres Teams aus. Unter genügend Alkoholeinfluss kamen sie dann meist derart aus sich heraus, dass es allen noch lange in Erinnerung blieb.

Geheimnisvoll war auch die Art, *wie* beide miteinander kommunizierten. Obwohl sich ihre Gespräche oft auf wenige

Worte beschränkten, unter denen manchmal ein Stichwort oder eine phrasenhafte Wendung wie *mind the gap* oder *lorum ipsum* hervorstach, schienen sie sich nicht nur aufs Beste zu verstehen, sondern ihre Gespräche schienen eine tiefere Ebene zu haben. Mir beispielsweise fällt bei *mind the gap* nur die Warnung in der Londoner U-Bahn als eine über die unmittelbare Wortbedeutung hinausgehende tiefere Bedeutung ein. Aber dies scheint wenig mit der Tiefe der Gespräche der beiden, die ich meine, zu tun zu haben. Und auch *lorum ipsum* meint doch nur den Blindtext, der gar nichts bedeuten soll, sondern nur als Platzhalter im Layout dient, um einen Eindruck vom fertigen Dokument zu erhalten.«

»Das schließt ja nicht aus, dass es auch noch eine tiefere Bedeutung gibt«, wirft Brigitte ein. »Soviel ich weiß, handelt es sich zwar um eine Art fiktives Latein, das aber sehr wohl eine Vorlage hat, nämlich einen Text des Philosophen Cicero, der da lautet *Neque porro quisquam est, qui dolorem ipsum, quia dolor sit, amet, consectetur, adipisci velit.*«

»Nicht schlecht«, sage ich. »Und das heißt?«

»Zudem gibt es auch niemanden, der den Schmerz um seiner selbst willen liebt, der ihn sucht und haben will, nur weil es Schmerz ist«, übersetzt Brigitte. »Als Tochter eines Lateinlehrers sind mir solche Schmankerln geblieben. Aber frag mich nicht, welch tieferer Sinn jenen vorschwebte, die Ciceros Satz zur Vorlage für den Blindtext genommen haben.«

»Und was fällt dir zu *mind the gap* ein?« will ich wissen.

»Soviel ich weiß, soll damit auch noch auf die Kluft zwischen Männern und Frauen hinsichtlich ihrer sozialen Stellung aufmerksam gemacht werden, und auch darauf, Unterschiede jenseits dieses Gegensatzes zu beachten«, sagt Brigitte. »Aber mir fällt eigentlich auch zuerst der überall zu lesende und von einer Lautsprecherstimme unendlich oft wiederholte Sicherheitshinweis in der Londoner U-Bahn ein.

Wobei ich sofort daran denken muss, dass die wiederholten Warnungen bei mir jeweils den kleinen Spalt zwischen dem Bahnsteig und den Türschwellen der Bahn von Mal zu Mal grösser werden lassen, als er eigentlich ist, bis ich das Gefühl habe, es würden sich beim Einstieg in die Bahn Abgründe auftun. Und tue ich dann den kleinen Schritt über den Spalt und gelange unversehrt in die Bahn, habe ich das Gefühl, gerade noch einmal davongekommen zu sein. Aber das sind nur meine subjektiven Eindrücke, die natürlich nichts mit dem tieferen Sinn zu tun haben müssen, den du bei deinen ehemaligen Arbeitskollegen hinter der Warnung vermutest.«

»Sollen wir hinuntergehen zum Nachtessen?« frage ich.

»Ich bin nicht hungrig«, sagt Brigitte und legt mir ihre Hand auf die Brust. Dann beugt sie sich über mich und fragt: »Hast du Lust?«

Wir lassen das Nachtessen aus.

Danach setzt sich Brigitte langsam auf und schlingt ihre Arme um die angezogenen Beine. »Wer soll denn dieses Auto-Auto kaufen«, will sie wissen, »ein Auto, das selbst fährt?«

»Weiß nicht«, sage ich schon halb im Schlaf, »eigentlich alle. Alle die eins wollen.«

»Aber eben, wer will ein Auto, das selbst fährt?« hakt Brigitte nach. »Selber lenken, beschleunigen, bremsen, die eigene Route wählen – wegen all dem erfreut sich ja das Auto so großer Beliebtheit. Wo bleibt die Freude am Fahren, wenn all das nicht mehr möglich ist? Viele junge Menschen wollen doch nicht zu praktischen Zwecken Auto fahren lernen, sondern um sich von ihren Eltern zu emanzipieren, um das Steuer für ihr Leben selbst in die Hand zu nehmen. Auch wenn sie nach dieser Initiation ins Erwachsenenalter nur selten fahren, bleibt das gute Gefühl, es jederzeit tun zu können.

Nicht wenige lernen auch erst nach einer Krise in einem späteren Lebensabschnitt Auto fahren. Wo bleiben Unabhängigkeit, Freiheit, Individualität – und sei es nur der Möglichkeit nach –, die das Auto jedem und jeder auf so einfache Art ermöglicht? Aber nur, solange das Auto nicht selbst fährt.«

»Es wird noch lange gehen, bis das Auto wirklich autonom fährt«, beschwichtige ich, etwas verwundert, dass Brigitte sich derart auf diese Frage versteift. »Diese Vision von Udo und unserem Team und heute fast der gesamten Autoindustrie, scheint vor allem ein großes mediales Thema zu sein. Von den fünf Stufen, die beim autonomen Fahren üblicherweise unterschieden werden, sind wir heute noch nicht einmal überall bei Stufe drei angelangt, das heißt beim autonomen Wechseln der Fahrspur. Die unteren beiden Stufen umfassen Einparken, Bremsen, Beschleunigern, Tempohalten und Spurhalten, eigentlich alles nur Fahrhilfen. Stufe vier meint streckenweises autonomes Fahren, das heute schon auf vorgegeben Strecken und eingegrenzten Arealen möglich ist. Meines Wissens ist Phoenix im amerikanischen Bundesstaat Arizona bis heute die einzige Stadt, in der sich die Autos auf dieser Stufe autonom bewegen. Natürlich möchten die Menschen von einer Stadt zur anderen gefahren werden, das wäre dann Stufe fünf. Aber wie gesagt, völlig autonomes Fahren liegt noch in weiter Ferne, wenn es denn überhaupt je möglich wird. Ganz abgesehen von den ethischen Problemen, die sich hier auftun. Ich gehe davon aus, dass es bei Stufe vier bleibt und diese dereinst auf Autobahnen und in Innenstädten verwirklicht wird.«

»Aber wäre dies dann noch individuelle Mobilität oder eher eine Art öffentlicher Verkehr? Wenn die Strecken vorgegeben sind, sich alle wie auf Schienen vorwärtsbewegen?« wendet Brigitte ein.

»Ich sehe da keine große Einbuße an Individualität«, erwidere ich. »Jeder besitzt noch sein eigenes Auto, wählt seine

Route und macht seinen Fahrplan und jeder kann im Auto machen was er will, wozu er nun auch noch mehr Zeit hat. Zudem lässt sich das Ziel schneller erreichen, weil es weniger Staus gibt, und das Fahren ist nicht nur bequemer, sondern auch viel sicherer. Mehr als neunzig Prozent der Autounfälle werden heute von Menschen verursacht. Wenn sie nicht mehr selbst fahren, gibt es also auch viel weniger Unfälle.«

Brigitte schweigt. Nach einer Weile sagt sie: »Klingt vernünftig.« Fügt aber sogleich an: »Obwohl die Geschichte des Autos eigentlich nicht für die Vernunft spricht und voll von Widersprüchen ist. Das wurde mir besonders bewusst, als ich letztes Jahr anlässlich eines verlängerten Wochenendes zusammen mit meiner Nichte in London die Ausstellung *Cars: Accelerating the Modern World* besuchte. Ich mache jedes Jahr einen Ausflug mit meiner Patentochter Nicole, um ihr etwas von der Welt zu zeigen. Vor zwei Jahren waren wir in Prag, nächstes Jahr soll's nach Venedig gehen. Das Highlight unserer Reise nach London war diese Auto-Ausstellung. Sie zeichnete die Geschichte der individuellen Mobilität vom Auto als Steckenpferd von Tüftlern und als Luxusobjekt junger Herrenfahrer über seine massenhafte Produktion bis zum Auto für alle nach – eine einzige Geschichte der Intensivierung unseres Strebens nach Individualität.

Besonders originell an der Ausstellung war, dass sie gleichzeitig zeigte, was wir mit dem Auto machen und was das Auto mit uns macht. Keine Erfindung hat das moderne Leben wohl derart geprägt wie das Auto, vielleicht abgesehen von der Elektrizität, aber die sieht man nicht. Fast alle Bereiche des modernen Lebens sind mit dem Auto verbunden. Schon die Autos um das Jahr 1900 versuchten, auch in ihrem Äußeren das Streben nach Individualität, Geschwindigkeit, Fortschritt und Status zu zeigen. Die schnittige Form früher Autos wurde flugs von Flugzeugen kopiert, die dann ihrerseits zum Vorbild von Toastern oder Fleischschneidmaschinen wurden. Auch die Mode orientierte sich oft am Auto. Der Glockenhut der 1920er Jahre war dem Auto abgeguckt. Sogar die Architektur der Bauhausschule war vom Autobau inspiriert, obwohl sie ja eigentlich das Kunsthandwerk im Gegensatz zur industriellen Produktion wiederbeleben wollte. Das ergonomische Design der berühmten Frankfurter Küche war sogar inspiriert von Henry Fords Fließbandproduktion. Selbst viele unserer Redensarten wurden vom Auto geprägt. Als in den 1920er Jahren Opel den in Frankreich weitverbreiteten *Citroën 5CV*, der in auffallendem Gelb lackiert war, kopierte, verkauft er ihn einfach in der Standardfarbe grün. Von daher soll die Wendung ›dasselbe in grün‹ stammen.

Die Ausstellung zeigte aber nicht nur das Auto als Katalysator bei der Entstehung des modernen Alltagslebens, sondern auch – spätestens, seit es in großen Massen produziert und für viele erschwinglich wurde – als Basis zahlreicher futuristischer Visionen. Das ›Auto für alle‹ wurde für die Vordenker Mussolinis ebenso zu einem Ziel der gesellschaftlichen Entwicklung wie der Volkswagen für Hitler, der übrigens von Henry Fords Autobiografie zu dieser Idee inspiriert wurde. Dass das ›Auto für jeden‹ eigentlich nicht zum Faschismus passt, scheint ein Widerspruch zu sein. Wahrscheinlich zeigt es aber nur, wie das Auto jedem Einzelnen das Gefühl geben kann, aus eigenem Willen Teil des Ganzen und des Fortschritts zu sein. Da scheint es keinen Unterschied zu geben zwischen den aufstrebenden USA, dem Faschismus, Nachkriegseuropa, der DDR oder dem heutigen China. Ob *Modell T, VW, Deux Chevaux, Cinquecento, Trabi* oder *Wuling Hongguang* – ohne sie wären Wirtschaftswunder, *Dolce Vita, Savoir Vivre* und was sonst noch alles realisiert werden soll, undenkbar. Dass der Wagen gehorcht, wenn ins

Lenkrad gegriffen und aufs Gaspedal getreten wird, überwiegt offenbar das Gefühl, nur ein kleines, unbedeutendes Rädchen im großen Ganzen zu sein.«

»Dieses Gefühl ist mir durchaus vertraut«, sage ich bestätigend.

»Natürlich. Wer kennt es nicht? Darum der allgemeine Hang zur Mobilität«, sagt Brigitte und zeichnet mit der Faust die Bewegung eines fahrenden Autos nach. »Das gängige Heilmittel heißt Auto. Und diese Droge wirkt sehr gut. Das Auto macht einen ja auch unabhängiger und grösser, als man eigentlich ist. Es vervielfacht die eigene Kraft, sodass noch der Hilfloseste seinen Mitmenschen Angst einflössen kann. Und man fühlt sich nicht nur grösser, kräftiger und freier, sondern irgendwie auch vollständiger, als Herr seiner selbst. Unterschiedliche, sonst unverbundene und oft genug widersprüchliche Teile der eigenen Person finden sich plötzlich im Einklang miteinander. Aus dem Familienvater, Prokuristen und Hausbesitzer wird vorübergehend ein Individuum, das sich für alles gleichermaßen kompetent und verantwortlich fühlt. Das Bad in der sonderbaren Ideologie des Individualismus tut zuweilen gut. Es ist entspannend, wenn man sich nicht, wie oft genug im Alltag, zusammenreißen muss. Zudem erweitert das Autofahren den Lebensradius.«

Es knallt laut. Brigitte verstummt. »Was war das?« fragt sie erschrocken.

Ich stehe sofort auf und öffne die Tür, um nachzuschauen. Auf dem Flur regt sich nichts. Gerade als ich die Tür wieder schließe, knallt es erneut. Ich gehe zum Fenster und öffne es. Eine warme Windböe schlägt mir entgegen, so kräftig, dass ich mich dagegenstemmen muss. Ich versuche, mich hinauszulehnen, um zu erkennen, woher das Geräusch kommt. In diesem Moment schlägt mir der Fensterladen von rechts ins Gesicht. Es schmerzt. Vom losen Laden stammt also das Geräusch. Er hat sich aus der Halterung gelöst und wird vom Wind in unregelmäßigen Stößen hin und her geschlagen. Ich ziehe den Laden mit aller Kraft zu mir, dann löse ich den linken Ladenflügel aus der Halterung und ziehe ihn, gegen den heftigen Widerstand des Windes, ebenfalls in meine Richtung. Nachdem ich die Läden fixiert habe, schließe ich das Fenster. Nun ist Ruhe. Ich lege mich wieder neben Brigitte.

»Ein Sturm?« fragt sie.

»Ja. Ein Sturm«, sage ich. »Nichts Ungewöhnliches zu dieser Jahreszeit. Ein stürmischer, warmer Wind aus Südwesten.«

»Aus Südwesten«, wiederholt Brigitte.

In der Dunkelheit kann sie nicht sehen, dass meine Wange geschwollen ist vom Zusammenprall mit dem Fensterladen. Ich weise sie auch nicht darauf hin. Stattdessen fordere ich sie auf, mit ihrer Erzählung weiterzufahren. Als sie nochmals sagt »Aber der Wind aus Südwesten…« fordere ich sie nochmals auf weiterzufahren und lege meinen Arm um sie.

»Ja. Wo bin ich denn stehen geblieben?« fragt sie verunsichert.

»Bei der Erweiterung des Lebensradius, die mit dem Auto möglich wird.«

»Nach innen und nach außen«, ergänzt sie und wiegt sich in meinem Arm leicht hin und her. »Tatsächlich, der Lebensradius kann mit dem Auto vergrößert werden, sodass nicht nur neue Erfahrungen und Bekanntschaften gemacht werden können, sondern auch weitherum gezeigt werden kann, was man hat und wer man ist. Natürlich gehen auch hier Zeigefreudigkeit und Hochstapelei Hand in Hand. Aber auch jene, denen das Innere ihres Autos wichtiger ist als dessen äußere Erscheinung, schätzen die Vorteile eines erweiterten Zuhauses, drehen auf der Fahrt die Musik laut auf und singen fröhlich mit. Sie werden von der vorbeiziehenden Landschaft zu sinnigen Kommentaren angeregt oder schweigen einander an, ohne die Stille als unangenehm zu empfinden. Das Fahren, aber nur schon das Brummen des Motors hat etwas Beruhigendes, wenn nicht Erotisierendes, das einen begleitet und fortträgt und die Erinnerung und die Fantasie in Bewegung setzt. Sogar im Stau zu stehen, wird dadurch erträglich. Vielleicht genügt dazu schon das Gefühl, dass es gleich losgehen könnte, ein Anklang des viel größeren Gefühls, dass man sich mit dem Auto jederzeit vom Acker machen kann, auf ins Land, wo die Zitronen blühen. Aber das Ziel ist weniger wichtig als die Möglichkeit zur Flucht. Was bringt den Widerspruch, dass das Auto gleichzeitig ein Mittel zur Verwirklichung der Ideologie des Individualismus, ein zweites Heim und ein Fluchtfahrzeug ist, besser zum Ausdruck, als dass heute jeder dritte verkaufte Wagen ein *SUV* ist? Mit diesen beräderten kleinen Trutzburgen lässt sich überallhin fliehen, sogar in die Wildnis.

Aber damit nicht genug der Widersprüche. Auch unser modernes Verhältnis zur Natur wurde ganz entscheidend vom Auto geprägt, wie die Ausstellung in London zeigte. Schon der französische Schriftsteller Marcel Proust pries das Auto in hymnischen Tönen als ein Mittel, die Landschaft zu entdecken und tiefer in die Natur einzudringen. Das ›Zaubergefährt‹, wie Proust es nannte, war für ihn offenbar etwas Ähnliches für die Erkundung des Raumes, wie ein in Tee getunktes Madeleine-Biskuit, das bestimmte Erinnerungen hervorruft, auf der Suche nach der verlorenen Zeit. Das Auto machte uns wohl die Vielfalt der Natur erst so richtig bewusst, ähnlich wie uns später die Raumfahrt mit ihren Bildern vom blauen Planeten den Eindruck vermittelte, das fragile Gleichgewicht der Natur sei leicht zu zerstören. Dass der große Schadstoffausstoß von Automobilität und Raumfahrt solche Einsichten und Empfindungen erst ermöglichte, scheint nebensächlich.

Ja, die Geschichte des Autos ist voller Widersprüche, die fast immer zugunsten des Autos toleriert wurden, aber eben nur im Namen des selbst gesteuerten Autos, im Namen dieses gewaltigen Gefühls der Individualität. Und gerade diese soll jetzt eingeschränkt werden? Das wird nicht einmal auf Autobahnen und in Innenstädten funktionieren.«

»Kann schon sein«, murmle ich ins Kissen.

»Was sagst du?« fragt Brigitte.

»Dass deine Zweifel am autonomen Fahren für viele zutreffen mögen. Für ebenso viele dürfte es aber ein Gewinn sein: mehr Zeit, mehr Bequemlichkeit, mehr Sicherheit, mehr Geschwindigkeit. Zudem sitzen auch jetzt schon nicht alle, die fahren, am Steuer. Und wie gesagt, das wirklich autonome Fahren liegt noch in weiter weiter Ferne.«

Damit Brigitte nicht glaubt, ich hätte ihr nicht richtig zugehört oder würde ihre mit vielen historischen Details untermauerten Zweifel nicht ernst nehmen, erkundige ich mich, was sie für einen Wagen fährt.

»Einen alten *Lianca Thema.* Einen blauen. Ganz bequem. Etwas groß. Das Auto meiner Eltern. Ich habe es geerbt«, erwidert Brigitte in einem Ton, der schöne Erinnerungen an gemeinsame Ausfahrten oder Ferienreisen vermuten lässt, an die beiden Schwestern, die im Stau zur Heckscheibe rausschauen, Grimassen schneiden und es lustig finden, dass es die Insassen im nachfolgenden Auto nicht zu ärgern scheint, denn sie lachen selber mit und machen Faxen.

»Auch nicht gerade umweltfreundlich«, sage ich zögerlich, »ein völlig veraltetes Auto, wahrscheinlich noch mit Diesel. Meines Wissens wurde die Produktion schon anfangs der 1990er Jahre eingestellt. Zu seiner Zeit sicher ein zukunftsweisendes Auto, bei dessen Entwicklung die halbe europäische Autoindustrie mitgewirkt hat. Nicht umsonst hatte es die damalige italienische Regierung zur Staatskarosse auserkoren, ähnlich wie heute die Mitglieder von Regierungen, die sich den ökologischen Fortschritt aufs Panier geschrieben haben, im *Tesla* vorfahren.«

»Ich fahre selten«, unterbricht mich Brigitte, »dann und wann eine Landpartie oder im Sommer über eine schöne Passstraße. Ich verabreiche es mir in kleinen Dosen, aber ich fahre gerne. Von Zeit zu Zeit tut es gut, das Steuer zu übernehmen, die Richtung selbst zu wählen, das eigene Tempo zu bestimmen. Losgelöst dahinzugleiten, bis auch im Inneren etwas in Gang kommt, das mich von nebulösen oder trüben Gedanken und Erinnerungen löst und in die unmittelbare Umgebung einfügt. In voller Fahrt singe ich zu meinen Lieblingssongs von Pink und John Hiatt, im Stau übe ich mich in Geduld und erwidere dann und wann das Lächeln eines Mitleidenden auf der Spur nebenan, und sogar, wenn ich mich über den Idioten mit der Lichthupe hinter mir aufrege, empfinde ich manchmal dieses Gefühl des Freiseins. Wenn ich dann wieder sicher nachhause komme, glaube ich nicht selten, etwas Sinnvolles getan zu haben. Vielleicht empfinde ich auch darum diese kindlichen Freuden des Größerwerdens, weil ich erst spät gelernt habe, Auto zu fahren. Ich denke, ich fahre den alten *Lancia* so lange, bis er den Geist aufgibt. Wahrscheinlich ist dies sowieso viel umweltfreundlicher, als einen neuen Wagen zu kaufen – und sei er noch so ökologisch. Ob ich überhaupt nochmals ein Auto kaufe, weiß ich nicht. Am besten für die Umwelt wäre es doch, gar nicht zu fahren.«

»Deinen wohl dosierten Gebrauch des Autos und deinen potentiellen Verzicht in Ehren, aber die Geschichte und die Psychologie des Autofahrens, die du vorhin so ausführlich beschrieben hast, sprechen eher gegen ein ähnliches Verhalten der Massen oder auch nur gegen ein neues, weniger exzessives Mobilitätsverhalten. Der Individualverkehr wird noch lange eine Lebensader unserer Gesellschaft bleiben und das Auto ein goldenes Kalb. Besser, man versucht das Auto umweltverträglicher zu machen und die unvermeidliche Entwicklung in die richtigen Bahnen zu lenken. Das bedeutet, eine umweltschonende Antriebstechnologie zu entwickeln und dem Fahrer möglichst viele Entscheidungen für ein nachhaltiges Verhalten im Verkehr abzunehmen.«

Brigitte sagt nichts. Ich richte mich etwas auf und wende mich ihr zu. Ich höre in der Dunkelheit nur ein regelmäßiges Ein- und Ausatmen. Sie schläft. Ich stelle mir eine Weile ihr entspanntes, schönes Gesicht vor. Dann drehe ich mich auf die andere Seite. Weil meine geschwollene Wange wieder schmerzt, kann ich nicht einschlafen. Ich drehe mich wieder zu Brigitte und schmiege mich an ihren Rücken. Sie reagiert mit einer kurzen wohligen Bewegung.

APÉRO SURPRISE

Ich friere. Ich glaube, ich bin sogar aufgewacht, weil ich friere. Aus einem Traum erwacht. Es ist stockdunkel. Ich versuche, mich zu erinnern. Ich sehe aus der Sicht eines dahingleitenden großen Vogels die endlosen Serpentinen, die sich zum Pass hochziehen. Als ich näher herankomme, kann ich genauer sehen, dass die Straßenspur bergwärts voller Autos ist. Ein Auto am andern Auto bewegt sich langsam in die Höhe, eine endlose schwarze Schlange. Und da, als ich mich in einer Kurve auf eine Steinbank setze, kommt auf der freien Fahrspur talwärts ein cremefarbenes Auto auf mich zu, ganz langsam, ein breites Cabriolet älterer Bauart. Die Fahrerin mit rotem Kopftuch und Sonnenbrille winkt mir mit ihrer behandschuhten rechten Hand kurz zu, bevor sie elegant den Schaltknauf umfasst und vor mir durch die Kurve zieht, um dann wieder zu beschleunigen. Erst als sie verschwunden ist, sehe ich die schwarze Schlange der anderen Autos wieder. Dann erwache ich. Es ist immer noch dunkel. Ich höre nur Brigittes gleichmäßigen Atem. Ich drehe mich und versuche nochmals zu schlafen.

»Schläfst du?« fragt Brigitte.

Sie streckt suchend ihren Arm aus.

»Ist es so kalt?« will sie wissen.

Ich umfasse ihre Hand, die so warm ist, dass ich denke, sie hat Fieber.

»Fühlst du dich gut?« frage ich.

»Ja. Warum?«

»Nur so.«

»Ich habe geträumt«, sagt sie. »Von einer Fahrt über den Gotthardpass. Ich glaube, es war kurz nach dem tragischen Tod meines Vaters, als ich manchmal mit dem alten *Lancia* ausfuhr, um mich etwas von meiner Trauer abzulenken. Ich musste mich auf die Straße konzentrieren. So schweiften meine Gedanken nicht ständig in traurige Richtungen ab. Ich registrierte nur die markanten Erhebungen, steilen Taleinschnitte und sanften Matten. Mit der vorbeziehenden Landschaft kamen schöne Erinnerungen, an die Kindheit, an die Schaukel im Garten der Großmutter, eine Dampfschifffahrt mit meiner Schwester, an unsere Ferien in Italien. Dann erwachte ich.«

Ich ziehe Brigitte an ihrer warmen Hand zu mir und schmiege mich unter der Decke an sie wie an einen Ofen. Wir bleiben so liegen, bis das erste Licht ins Zimmer dringt. Vielleicht ist Brigitte wieder eingeschlafen. Ich nehme es an wegen ihres nun wieder gleichmäßigen Atmens. Ich stelle mich schlafend, versuche, mich nicht zu bewegen, an nichts zu denken. Aber dann erinnere ich mich an eine Fahrt im Mannschaftswagen von Mireille. Wir fuhren zusammen mit ihren Kolleginnen zu einem Spiel irgendwo im Hinterland. Alle waren aufgeregt, ausgelassen, lachten, sprachen fröhlich durcheinander, umarmten sich oder schlugen sich auf die Schulter. Draußen zog eine Schneelandschaft vorbei, ohne jede Erhebung, nur ab und zu ein Markstein oder ein schwarzer Baum. Diese Bilder folgen sich nun, ganz langsam, eins aufs andere, in meiner Erinnerung. Gelegentlich wird mir, ganz kurz, klar, was sie bedeuten, was ihre Abfolge, Vereinigung und Überlagerung bedeuten. Aber als ich darüber nachdenken will, sind die Bilder schon wieder weg, mitsamt den plötzlichen Eingebungen. Es bleiben ein paar abstrakte Begriffe, die Mireille, mich und was zwischen uns war, ungefähr erfassten. Etwa so: sie wusste, was sie wollte, was sie konnte, wohin sie gehörte. Aber obwohl ihre Ziele klar, bescheiden und naheliegend schienen, glaubte sie, trotz all ihres Selbstvertrauens, immer hinter ihnen zurückzubleiben. Sie täuschte sich fast nie. Und ich? Mir fällt nur ein, dass ich Mireille schon von Anfang an falsch einschätzte, in ihr eine Yogalehrerin statt eine passionierte Eishokeyspielerin gesehen hatte.

Gerade als ich mich frage, wie Mireille wohl mich bei unserer ersten Begegnung wahrgenommen hatte, sagt Brigitte: »Du zitterst ja. «

»Ja, mich fröstelt etwas«, erwidere ich und küsse sie auf den Nacken. Brigitte dreht sich und drückt mich fest an ihren warmen Körper.

»Und so?« fragt sie.

»Besser. Viel besser.«

Sofort habe ich eine starke Erektion.

»Warte«, sagt Brigitte, »ich muss schnell hinaus.«

Als sie wiederkommt, ist die Erektion weg. Auch Brigittes gut gemeinte Bemühungen ändern nichts daran. Ich beginne, sie zu streicheln. Sie löst sich langsam von mir und legt sich auf den Rücken. Ich beuge mich über sie und mache weiter. Manchmal stößt sie kurze Seufzer aus, winkelt die Arme an oder ballt ihre Hände zu Fäusten. Danach liegt sie reglos da.

»Darf ich dich etwas fragen?« frage ich nach einer Weile in die Dunkelheit.

»Was denn?«

»Die Liebe«, beginne ich zaghaft, »ich meine, nun weißt du ja schon einiges über mich.«

»Und nun möchtest du dasselbe von mir wissen.« Brigitte dreht sich auf den Rücken und schaut schweigend an die Decke.

»Nun, da gibt es nicht viel zu erzählen. In der Schulzeit ein paar kurze Affären mit Schulkollegen und dann einige Reisebekanntschaften. Später im Studium die Begegnung mit der großen Liebe. Anschließend Heirat und Scheidung. Danach zuerst Rückzug, dann Suche. Irgendwann Einstellung aufs Singledasein und Intensivierung meiner Pflichten als Patin der Tochter meiner Schwester. Und von Zeit zu Zeit eine Begegnung mit einem sympathischen Mann wie mit dir jetzt. Ich habe die Hoffnung noch nicht aufgegeben, suche aber nicht und genieße den Moment. Und ja, vielleicht ergibt sich doch noch mal was Dauerhafteres. Ich bin da offen.«

»Du bist geschieden?« frage ich.

»Ich bin nicht die Einzige.«

»Das schon.«

»Aber?«

»Nichts aber. Ich bin nur immer irritiert, wenn ich von einer Scheidung höre. Wahrscheinlich ist es aber nur die Neugier. Man fragt sich ja immer nach den Gründen, vielleicht umso mehr, wenn man selbst keine Erfahrung mit der Ehe oder einer längeren Beziehung hat. Aber diese Gründe bindet einem selten jemand auf die Nase.«

»Wenn es deine Neugier befriedigt, kann ich dir die Gründe in meinem Fall gerne nennen. Die sind so wenig einzigartig wie Scheidungen.«

Ich schäme mich meiner Neugier etwas und sage darum: »Lass nur.«

»Und wenn ich dir die Geschichte erzählen will?« fragt Brigitte und fährt fort, ohne meine Reaktion abzuwarten: »Also. Ich wechselte nach dem zweiten Semester an eine andere Uni und verliebte mich dort gleich am ersten Tag in einen neuen Mitstudenten. Zuerst lief nicht viel zwischen uns, eigentlich gar nichts. Dann wurden wir gemeinsam von einer Kollegin zu einer Party eingeladen. Wir verbrachten den ganzen Abend zusammen, stehend mit einem Glas Wein in der Hand, plaudernd, lachend, unsicher, aber doch wie in einer hermetischen Kugel. Partygäste, die an uns vorbeizogen, bedachten uns mit denselben Blicken, mit denen uns beide hier im Berghaus einige der anderen Gäste beäugen. Wir verabredeten uns schließlich für einen gemeinsamen Kinobesuch. Als wir uns dann ein paar Tage später beim Kino *Capitol* trafen, mussten wir feststellen, dass wir uns in der Zeit geirrt hatten. Roman Polanskis neuer Film *Der Pianist*, den wir sehen wollten, wurde erst zwei Stunden später gezeigt. Wir entschlossen uns kurzerhand, den Film zu schauen, der gerade begann. Es war ein Film aus einer Jiri Menzel-Retrospektive, die das *Capitol* während einer ganzen Woche im Vorabend-Programm zeigte. *Scharf beobachtete Züge* hieß er. Wir waren sofort eingenommen vom Charme und der Leichtigkeit dieses Films, der eigentlich eine tragische Geschichte erzählt. Rolando sprach mir aus der Seele, als er in der Pause sagte, Menzels Sicht der Welt sollte man fürs Leben pachten können. Wir hatten nach dem Film entsprechend viel zu reden und verbrachten den ganzen Abend und auch gleich die Nacht zusammen. Am Morgen darauf mussten wir nicht lange überlegen, wann und wo wir uns wiedersehen wollten. Wir gingen wieder ins *Capitol*, um uns einen weiteren Jiri Menzel-Film anzuschauen, und das wiederholten wir mitsamt den anschließenden gemeinsamen Nächten, bis die Retrospektive zu Ende war. Das war der Anfang meines gemeinsamen Lebens mit Rolando.

Von da an studierten wir Seite an Seite, steckten, wann immer es ging, zusammen, unternahmen gemeinsame Reisen. Und gegen Ende des Studiums begannen wir große Pläne zu schmieden: Heirat, Familie, Eigenheim, später eine gemeinsame Praxis. Konventionelle Pläne angehender Ärzte. Zuerst einmal heirateten wir. Nachdem unsere Beziehung in unserer Zeit als Assistenzärzte allein schon durch die langen und unregelmäßigen Arbeitszeiten auf eine harte Probe gestellt wurde, versuchten wir uns am zweiten Schritt, doch mit dem Kinderzeugen wollte es einfach nicht klappen. Wir machten uns langsam Sorgen, bis wir schließlich medizinisch abklären ließen, was unser Problem war. Als sich herausstellte, dass Rolando für unsere Kinderlosigkeit verantwortlich war, war er zuerst etwas beleidigt. Ich erklärte ihm, dass ich auch gerne ohne Kinder mit ihm zusammenleben würde. Das genügte ihm aber anscheinend nicht und er schlug vor, auf die Möglichkeiten der Reproduktionsmedizin zurückzugreifen. Dafür konnte ich mich wiederum nicht begeistern. Nachdem sich mit der Zeit alle unsere Gespräche, ja unser ganzes Leben nur noch um die technischen Aspekte des Kinderkriegens drehten, verstummten wir spätestens, nachdem ich meinen Standpunkt einmal mit den vielleicht etwas ungeschickt gewählten Worten auf den Punkt gebracht hatte, dass eine Frau doch keine Petrischale sei. Als Rolando mit der Zeit wieder etwas gesprächiger wurde, und ich mir schon gedacht hatte, dass er mit der Situation zurechtkommen und meine Einstellung akzeptieren würde, sagte er an einem Sonntagmorgen mitten im Frühstück: ›Dann lassen wir uns halt scheiden‹. Ich war baff. Zugleich waren aber in diesem Moment all meine Gefühle für Rolando dahin, ein fremder Mann saß da am Tisch. Rolando hatte sich mit einem Satz zu einer Erinnerung an die Vergangenheit gemacht, und so sagte ich nur: ›Ja, dann scheiden wir uns halt‹. Das war's. Und wie es weiterging, habe ich dir ja schon erzählt.«

Ich schweige. Im Geiste inspiziere ich die Gegenstände um uns herum: das alte weiße Waschbecken auf der Kommode, die weiße Kanne daneben, das Zierkissen, das an die gute alte Zeit erinnern soll, der Spiegel, vor dem sich Brigitte die Lippen geschminkt hat. Ich beginne wieder zu frieren und ziehe die Decke bis an die Nase hoch.

»Lass uns nach unten zum Frühstück gehen«, schlägt Brigitte vor, »sicher ist es wärmer im Speisesaal.«

Als Brigitte in ihr Zimmer gegangen ist, öffne ich die Läden. Der Wind hat sich gelegt. Es ist trüb, aber nicht mehr so neblig wie gestern. Vielleicht mag die Sonne später durchdringen. Vielleicht müssen wir auch wieder in die Höhe gehen, um sie zu sehen.

Es klopft zweimal leise an meine Tür. Ich erwarte, dass die Tür aufgeht und Brigitte eintritt. Aber nichts geschieht. Wahrscheinlich will sie alleine vorgehen. Ich beeile mich.

Der Speiseaal ist bereits voll, als ich eintrete. Es herrscht ein Stimmengewirr. Alle sprechen über das kalte Wetter. Ich sehe Brigitte nicht.

»Ein massiver Kälteeinbruch. Und das schon zu dieser Jahreszeit«, sagt der Herr am Tisch neben der Tür. Es ist der Jäger, mit dem wir uns vorgestern auf der Terrasse unterhalten hatten. Neben ihm sitzt die Dame mit dem Herrmann Hesse-Trostbüchlein.

»Früher Schnee ist hier oben nicht ungewöhnlich«, meint der Wirt, der eine Kanne Kaffee auf den Tisch stellt. »Hier kann es sogar im Sommer schneien.«

Ich sehe Brigitte immer noch nicht. Gerade als ich den Jäger fragen will, ob es gestattet sei, mich an seinen Tisch zu setzen, kommt sie aber hinter mir durch die Tür und stellt dem Jäger dieselbe Frage. Als sie sich gesetzt hat, schaut sie mich erschrocken an und fragt: »Was ist mit deinem Gesicht passiert?«

»Eine harmlose Prellung und über dem Auge ein ebenso harmloser Kratzer«, kommt mir der Jäger mit der Erklärung zuvor.

»Wie ist es dazu gekommen?« will Brigitte wissen. »Und warum hast du mir nichts davon gesagt?«

Ich erzähle, wie mir gestern der stürmische Wind den Laden ins Gesicht schlug.

»Ja der Wind, der heftige Wind aus Südwesten«, sagt der Jäger lakonisch.

»Sie haben es also auch bemerkt«, stellt Brigitte mit leiser Stimme und gesenktem Blick fest.

»Natürlich«, sagt der Jäger. »Aber was sollen wir machen? Warten. Noch mehr warten, als wir es bereits geübt haben. Mit Wandern können wir uns die Zeit bei diesem Wetter jedenfalls nicht vertreiben. Wir sind in diesem Haus gefangen und müssen uns mit uns selber beschäftigen.«

Unsere Tischnachbarin legt ihre Hand auf das Hesse-Büchlein, das sie offenbar stets bei sich hat.

»Ach was«, meint der Wirt, der uns zugehört hat. »Nur weil es etwas kälter geworden ist, müsst ihr doch nicht hierbleiben. Es regnet oder schneit ja nicht. Selbst wenn es hier unten nebligtrüb bleibt, kann es weiter oben auftun. Und beim Wandern wird euch dann auch wieder wärmer. Hier können wir leider nur schlecht heizen. Es sollte schon lange eine neue Heizung eingebaut werden. Geplant war eine elektrische Heizung, die über Sonnenkollektoren gespiesen wird, wie es sie heute schon auf den Dächern vieler Almhütten auf dem Weg hierher gibt. Gegen das Baugesuch wurde jedoch vom Naturfreundeverein rekurriert. Der Verein sieht in den Sonnenkollektoren eine zu starke Beeinträchtigung des Landschaftsbildes. Nun schließen wir halt einstweilen die Gasflaschen, die wir zum Kochen brauchen, an die beiden Wärmestrahler da drüben in der Ecke an.«

Brigitte bestätigt die Aufmunterung des Wirts, auch heute wandern zu gehen, mit unserer gestrigen Erfahrung, ohne zu erwähnen, dass uns der Nebel einen üblen Streich gespielt hatte. Es schaudert mich noch immer beim Gedanken an Brigittes Sturz. Und ihre Worte ›Nochmals Glück gehabt‹ klingen in der Erinnerung auf einmal ganz anders als gestern vor meiner Zimmertür. Ich frage mich, ob ich Brigitte genug ernst nehme. Gut, ich erzähle ihr mein ganzes Leben, ich vertraue ihr, ich interessiere mich für sie, vielleicht liebe ich sie sogar, Sex mit ihr ist schön und entspannend. Ich könnte mir vorstellen, mit jemandem wie ihr das weitere Leben zu verbringen. Ich habe ihr zwar noch nicht gesagt, wie die drohende Katastrophe mit mir zusammenhängt.«

»Träumst du?« fragt Brigitte. »Wir planen eine Wanderung, um die Sonne zu suchen.«

»Gehen wir nochmals zum Pass«, schlägt der Jäger vor.

»Bis auf euch beide kennen alle den Weg dahin und würden sich wohl selbst im dichtesten Nebel nicht verirren.«

Brigitte und ich schauen uns an.

»Vielleicht können wir den Wirt überreden, uns zu führen«, schlägt Brigitte vor.

»Sie vertrauen uns nicht?« fragt der Jäger Brigitte und schaut gekünstelt beleidigt in die Runde.

Brigitte sagt nur: »Es gibt unterschiedliche Arten von Erfahrung.«

Worauf der Jäger erwidert: »Nehmen sie mich nicht so ernst, schöne Frau. Gerne können wir uns vom Wirt führen lassen.«

»Geht leider nicht«, sagt dieser, der soeben hinter uns aufgetaucht ist, um den Tisch abzuräumen. »Ich erwarte weitere Instruktionen und muss mich hier vor Ort zur Verfügung halten. Auch in euerm Interesse. Vielleicht kann Elsa euch begleiten. Aber eigentlich wäre ich froh, sie würde hierbleiben und mir zur Hand gehen.«

»Dann müssen sie wahrscheinlich doch mit uns Vorlieb nehmen«, sagt der Jäger zu Brigitte. »Aber vielleicht beruhigt es sie, dass sie anstelle der Erfahrung eines Experten auf die flüchtige Erfahrung vieler Laien vertrauen können.«

Brigitte lächelt gequält freundlich.

»Wer kommt mit zum Pass?« will der Jäger wissen, der sich zu dieser Frage erhoben hat und prüfend in die Runde schaut.

Einige recken eine Hand empor, einige stehen gleich auf.

»Abmarsch in einer halben Stunde. Besammlung vor dem Haupteingang«, sagt der Jäger in militärischem Tonfall und lacht schrill.

Einige der mehrheitlich männlichen Gäste feixen laut, wohl weil sie diesen Tonfall aus Erfahrung kennen. Einer sagt: »Zu Befehl!«

Brigitte und ich sind die letzten, die den Speisesaal verlassen. Brigitte wollte sich noch vergewissern, ob meine Schramme über dem Auge tatsächlich so harmlos ist, wie der Jäger gesagt hat. Sie meinte, es sei wirklich nichts Ernstes, könne aber einige Tage oder Wochen dauern, bis die Wunde völlig verheilt sei. Vielleicht bleibe sogar eine kleine Narbe für immer.

Nach einer halben Stunde sind wir auch die letzten, die zu den marschbereiten anderen Gästen vor dem Haus stoßen. Offenbar wollen alle mit. Einige sind hochwinterlich gekleidet. Die meisten sind mit Wanderstöcken bewaffnet.

»Endlich«, sagt jemand etwas gereizt. »Jetzt kann's losgehen.«

Der Jäger geht voraus und wir zuhinterst. Ich bilde den Schluss. Die Nervosität weicht mit jedem Schritt in Richtung Pass aus der Gruppe. Alle konzentrieren sich auf den Weg. Vereinzelte Gespräche verstummen zu Gunsten prüfender Blicke in die Umgebung.

Um uns herum ein graubraunes Einerlei, nur unterbrochen vom Bach rechterhand und einigen großen Felsblöcken, die manchmal wie kleine Häuser wirken. Über uns eine graue Decke aus Wolken, die sich nicht bewegen. Zumindest lässt sich keine Bewegung erkennen, solange wir uns selbst fortbewegen. Es windet auch nicht, wodurch der Stillstand der Natur noch tiefer wirkt. Wir wandern wie im Schlund eines großen Tieres dem Pass entgegen. Der Weg wird steiler und unsere Kolonne zieht sich immer mehr in die Länge. Als das Tosen des Baches nicht mehr zu hören ist, vereinigt sich die reglose Landschaft mit einer seltsamen Stille. Obwohl wir eine stattliche Gruppe sind, fühle ich mich auf einmal alleine und habe das Gefühl, es könnte jeden Moment etwas passieren. Ich erschrecke, als jemand an der Spitze des Zuges mit gellender Stimme ruft: »Ich sehe den Pass!« Ich schaue vom

Weg auf, sehe aber nichts vom Pass, jedoch bemerke ich, dass es leise zu schneien begonnen hat. Ich gehe etwas schneller und schließe zu Brigitte auf. Als sie mich bemerkt, dreht sie sich kurz um und sagt: »Ich habe nichts vom Pass gesehen. Du? Hoffentlich sind wir bald da.«

»Wäre mir auch recht. Hast du den Schnee bemerkt?«

Der Weg führt an einem der haushohen Steine vorbei. Als wir ihn umrundet haben, treffen wir auf den Rest der Gruppe, der hinter dem Stein Halt macht. Jetzt, wo wir stehen, finde ich es noch kälter. Das hat nur den Vorteil, dass ich meine geschwollene Wange nicht mehr spüre. Als der Jäger uns sieht und die Gruppe für komplett hält, fragt er: »Sollen wir nicht besser umkehren?« Die Zustimmung der Mehrheit kommt fast ohne Worte aus. Nur jemand meint etwas enttäuscht: »Wir kennen doch den Weg.«

Schon kurz nachdem wir uns talwärts in Bewegung gesetzt haben, beginnt der Schneefall stärker zu werden. Es ist auch noch nebliger geworden. Bald sieht man nur noch etwa zwei Meter weit. Zum Glück bleibt der Schnee auf dem Weg liegen, so dass wir einfach der weißen Linie folgen können. Wir gehen eng aufgeschlossen und schnell. Offenbar zu schnell, denn eine Person rutscht auf dem vom Schnee glitschigen Weg und fällt ungeschickt. Es ist derjenige, der vorhin bedauert hat, dass die Mehrheit nicht zum Pass wollte. Brigitte hilft ihm auf und wischt ihm Schnee und Dreck von den Kleidern. Wir gehen vorsichtig weiter. Obwohl wir schon in der Nähe des Baches sein müssen, hören wir ihn nicht. Wohl wegen des Schnees, der die Geräusche dämpft.

Als wir endlich beim Berghaus ankommen, ist schon alles weiß wie im tiefsten Winter. Der Wirt begrüßt uns vor der Tür und kündigt an, dass er in einer halben Stunde Glühwein auftischen werde. Niemand reagiert, als er sagt: »Auch wenn Schnee zu dieser Jahreszeit hier oben nichts Besonderes ist, habe ich mir schon gedacht, dass ihr etwas früher zurückkommt.« Alle gehen ohne viel zu sprechen auf ihre Zimmer. Als ich die Zimmertür öffne, schlägt mir eisige Kälte entgegen, so dass ich mich nur schnell umziehe und wieder in den Speisesaal hinuntergehe, wo es wärmer ist.

Bald ist die Gruppe fast vollständig im Speisesaal versammelt. Geredet wird nicht viel. Die meisten sitzen zufrieden vor ihrem Glühwein. Elsa schenkt nach, sobald ein Glas leer ist. Niemand mag sie davon abhalten und so tut der Alkohol mit der Zeit seine Wirkung. Wir reden wieder über Probleme im Beruf oder beim Einschlafen, über Elektroautos und Steinböcke. Als ich einmal etwas von Heuschrecken sage, verstummen einige der Gespräche. Brigitte bemerkt meinen Fauxpas und will mir offenbar die Flucht nach vorn ermöglichen, als sie in die Runde sagt: »Roberto scheint ein Experte für Heuschrecken zu sein. Bis jetzt kam er leider nicht dazu, mir mehr von diesen Krabbeltieren zu berichten. Sicher wären aber die meisten von uns in der jetzigen Situation froh, mehr von diesen besonderen Insekten zu erfahren. Tust du uns den Gefallen, Roberto?«

Jetzt sitze ich gleich doppelt in der Falle. Hat sich Brigitte überlegt, dass ich mit jedem Wort über Heuschrecken die von mir versehentlich verursachte unangenehme Situation noch angespannter machen könnte? Oder glaubt sie vielleicht, dass zusätzliches Wissen immer ein gutes Mittel gegen Verunsicherung und Angst ist? Als ich von verschiedenen Seiten aufgefordert werde zu erzählen, fasse ich mir ein Herz.

»Nun gut, wenn es einem allgemeinen Interesse entspricht, kann ich gerne etwas über Heuschrecken erzählen«, beginne ich in forschem Ton. »Aber wo anfangen? Vielleicht am besten beim Erlebnis, das mein eigenes Interesse an Heuschrecken geweckt hat. Es war bei einem Vortrag, der im Rahmen der ersten nationalen Nachhaltigkeitswoche stattfand, einem jener mittlerweile zahlreichen Events, bei denen

Hochschulen durch Vorträge, Standaktionen, öffentliche Diskussionsrunden und anderes mehr den Bürgern auf verständliche Weise zeigen wollen, dass sie mit ihren Steuergeldern sorgsam und zu ihrem Vorteil umgehen. Angekündigt waren Vorträge über *Nachhaltigkeit in der Bildung, Frieden als Voraussetzung für Nachhaltigkeit* oder *Nachhaltige Mode*, aber auch Workshops mit Titeln wie *Dein erster Schritt in eine nachhaltige Zukunft* und sogar *Nachhaltig glücklich.* Auf dem Programm standen aber auch kontroverse Diskussionen wie *Klimagerechtigkeit – Wir und der Globale Süden* oder *Kognitive Dissonanz – Eisenbahn predigen und Flüge buchen.* Daneben gab es Vorträge zur nachhaltigen Ernährung wie *Zero Food Waste – ohne auf etwas verzichten zu müssen* oder *Insekten – die Schnitzel der Zukunft.* Dieser letzte Vortrag wurde zusammen mit einem *Apéro surprise* angekündigt. Obwohl das Forschungsteam, in dem ich damals arbeitete, im Rahmen dieser Nachhaltigkeitswoche nichts präsentierte, wurden wir für einige Tage freigestellt und zur Teilnahme an den Anlässen aufgefordert. Ich beschränkte mich auf den Vortrag mit dem Apéro.

Der Vortrag wurde gehalten von einem italienischen Professor namens Salvatore Sanji, einem quirligen kleinen Mann, der aussah wie der Philosoph Schopenhauer, im Gegensatz zu diesem aber ein permanentes Lächeln im Gesicht trug. Obwohl es im Vortrag um Insekten gehen sollte, beschränkte sich Sanji fast ganz auf Heuschrecken, die entweder sein Spezialgebiet waren oder uns auf den anschließenden Apéro vorbereiten sollten. Sanji beließ es nicht bei biologischen und ernährungswissenschaftlichen Ausführungen, sondern präsentierte uns diese im Rahmen einer richtiggehenden Kulturgeschichte der Heuschrecke. Er erzählte – immer begleitet von der Projektion eindrücklicher Bilder – von den verschiedenen Heuschreckenarten, ihrem Lebenszyklus und ihrem Verhalten; von urzeitlichen Riesenheuschrecken mit Flügelspannweiten bis zu dreißig Zentimetern; von der Ernährungsweise der Heuschrecken und Heuschreckenplagen; und natürlich von Heuschrecken als Nahrungsmittel des Menschen.

Ich hörte zum ersten Mal, dass es mehr als zwanzigtausend verschiedene Heuschreckenarten gibt, dass sie überall auf der Welt vorkommen, und dass sie so seltsame Namen tragen wie *Grünes Heupferd, Weinhähnchen, Warzenbeißer* oder *Italienische Schönschrecke.* Dass Heuschrecken springen und fliegen können, ist ja allgemein bekannt, dass sie auch differenziert akustisch kommunizieren können, hatte ich aber noch nie gehört. Bei den meisten Heuschrecken finden sich die Geschlechter durch Gesänge des Männchens, welche das Weibchen anlocken, wobei jede Art ihre eigenen Balzlieder hat. Die Hörorgane der Heuschrecken, die bei den meisten Arten an den Knien sitzen, dienen aber nicht nur der Wahrnehmung von Liebessignalen, sondern können sogar die Ortungslaute von Fledermäusen erkennen, und so vor dem Gefressenwerden bewahren.

Vom großen Appetit der Heuschrecken hatte ich zwar auch schon gehört, jedoch keine Vorstellung davon, wie groß er ist. Eine einzige Heuschrecke braucht täglich so viel Nahrung, wie sie selbst wiegt. Das ist achtzig Mal so viel wie beim Menschen. Ein großer Schwarm kann täglich mehr Nahrung verzehren als eine Million Menschen. Und Heuschrecken fressen von Geburt an viel. Bis sie flugfähig sind, müssen sie zwar fünf Häutungen durchmachen, die Ernährungsweise in allen Entwicklungsstadien bleibt aber die gleiche. Schon die Larven fressen Gras, Saatgut und Baumfrüchte und schälen sogar Zweige ab. Viele Arten verzehren auch Fleisch, Leder und noch vieles mehr, was ihnen in die Quere kommt.

Auch von Heuschreckenschwärmen und deren zerstörerischer Gefräßigkeit hatte ich natürlich schon gehört. Ja, ich konnte mir Heuschrecken eigentlich nur in mehr oder weniger großen Ansammlungen vorstellen. Aber auch diesbezüglich musste ich mich belehren lassen. Normalerweise leben diese Tiere solitär und krabbeln und hüpfen gesondert in ihren Revieren umher. Damit sie fliegen können, muss es über zwanzig Grad Celsius sein. Weil Heuschrecken wechselwarme Tiere sind, sitzen sie bei kaltem Wetter nur starr herum und werden erst lebendig, wenn Sonnenstrahlen sie erwärmen. Wenn hohe Temperatur und lockeres und feuchtes Erdreich die Eientwicklung begünstigen und die Dichte der Population ein bestimmtes Maß übersteigt, kann es aber dazu kommen, dass Nachkommen hervorgebracht werden, die sich von der Elterngeneration unterscheiden. Nach wenigen Generationen kann es so zu einer Wanderform kommen, deren Individuen größer sind und flugfähige Flügel besitzen.

Noch bis in die 1920er Jahre wurde angenommen, es handle sich bei diesen beiden Entwicklungsphasen um zwei verschiedene Arten, weil Aussehen und Verhalten der Tiere so verschieden sind. In der solitären Phase sind sie bräunlich und führen ein friedliches Dasein auf einem begrenzten Stück Land, wo sie ihre Nahrung sorgfältig auswählen. In der geselligen oder, wie die Zoologen sagen, gregären Phase, in der sie sich zusammenrotten und dann auch fliegen, sind sie gelb und fressen wahllos alles, selbst Nahrung, die ihnen eigentlich schadet. Was genau beim Übergang von der einen zur anderen Phase passiert, ist erst in Ansätzen bekannt. Chinesische Wissenschaftler haben herausgefunden, dass wahrscheinlich ein Pheromon dahintersteckt, ein Botenstoff mit einem süßlichen Duft, mittels dem die Heuschrecken untereinander kommunizieren. Sobald einige Tiere zusammenkommen, sondern sie diesen Duft ab und ziehen dadurch andere an, und je grösser der Schwarm wird, desto mehr des Botenstoffes sondert er in die Luft ab. Riechen können die Heuschrecken den Duft mit Rezeptoren an ihren Antennen.

Genetisch veränderte Heuschecken, bei denen diese Rezeptoren nicht mehr funktionieren, können den Duft aber nicht mehr riechen, was vermuten lässt, dass Heuschrecken so verändert werden können, dass sie immun gegen das Zusammenrottungspheromon sind und für immer in der harmlosen solitären Phase verharren. Damit ließen sich Heuschreckenplagen ein für alle Mal bannen. Aufgrund der heute weit verbreiteten Vorbehalte gegen das Aussetzen genetisch veränderter Tiere könnte dieses Pheromon auch nur als Lockmittel in Fallen eingesetzt werden, in denen die Tiere dann getötet werden. Auch eine Art Impfstoff ist denkbar, der das Andocken des Pheromons an den Rezeptoren hemmt. Aber all das ist noch Zukunftsmusik.

Durch die Verwandlung kommt es aber nicht automatisch zu Massenwanderungen von Schwärmen, dazu muss es nämlich fast dreißig Grad Celsius sein und die Tiere müssen sich in dichter Menge bewegen und ständig Berührungsreize von Artgenossen an ihren Hinterfüßen empfangen. Erst wenn die Tiere einander auf den Füssen herumstehen, löst dies in ihrem Köper die Produktion eines Hormons aus, das bewirkt, dass sie sich zusammenrotten, zu wandern beginnen und schließlich fliegen.

Wenn Heuschrecken aber erst einmal in Schwärmen fliegen, sind Superlative angebracht. In Nordwestafrika hat in den 1950er Jahren ein Schwarm von zweihundertfünfzig Kilometern Länge und zwanzig Kilometern Breite gewütet. Und in Südafrika soll es Ende des 18. Jahrhunderts sogar einen sechs Mal so großen Schwarm gegeben haben, der zum Glück vom Wind aufs offene Meer hinausgetrieben wurde. Die toten Insekten seien dann wieder mit der Flut ans Land gespült worden, wo sie sich am Strand auf einer Länge von achtzig Kilometern über einen Meter hoch aufgetürmt hätten.

Große Schwärme sind schon auf zehn Kilometer Distanz zu hören. Nicht umsonst werden Heuschrecken im Koran die Zähne des Windes genannt. Ein hoch aufsteigender Schwarm kann wie eine Wolke das Sonnenlicht verdecken. Obwohl Heuschrecken ausdauernde Flieger sind und Strecken bis zu fünftausend Kilometern zurücklegen können, besitzen sie nur eine geringe Manövrierfähigkeit. Ihr Flug ist weitgehend vom Wind abhängig. Was nicht heißt, dass sie vollkommen dem Wind ausgeliefert wären; sie warten oft lange, bis der für sie günstige Wind kommt. Da Winde von Gebieten mit Hochdruck zu solchen mit Tiefdruck wehen, treiben sie Heuschreckenschwärme oft von Südosten nach Nordwesten. Landen sie dann in feuchten Gebieten, begünstigt dies die Eiablage und der Schwarm kann sich schnell weitervermehren. Aber ebenso wie Schwärme bei günstigem Wind gewaltige Strecken zurücklegen können, können sie von ungünstigen Winden ins Wasser getrieben und so auf einen Schlag komplett ausgelöscht werden.

Professor Sanji baute neben diesen sachlichen Informationen immer wieder literarische Zeugnisse in seinen Vortrag ein, in denen Heuschrecken als Fluch oder Segen im wörtlichen oder übertragenen Sinn erschienen, wobei er sich in der Bibel ebenso gut auszukennen schien wie in der *Science-Fiction*-Literatur oder bei Kriminalromanen. Mehrmals zitierte er aus Büchern wie *Die Invasion der Killerheuschrecken* oder auch *Der Tanz der Heuschrecken: Ein Roman über den Raubtierkapitalismus.* Zudem erwähnte er diverse Horrorfilme, die von Heuschreckenplagen handeln, wie *Die achte Plage, Die Boten der Apokalypse* oder *Der Anfang vom Ende*, wobei er stets Bilder der jeweiligen furchterregenden Filmplakate einblendete. Über die populären dämonisierenden Darstellungen der Heuschrecken machte sich der Professor zwar mehrfach lustig, seinen Ausführungen verliehen sie aber durch das leichte

Schaudern, die allein schon die Buch- und Filmtitel auslösen, noch zusätzliche Spannung.

Und natürlich kam Sanji immer wieder auf die Bibel zu sprechen, in der rund dreißig Mal von Heuschrecken die Rede ist. Gemeint waren nach Sanji die Wanderheuschrecken, die unter den mehr als vierzig Heuschreckenarten in Palästina die gefährlichsten sind. Wenn Schwärme dieser Art in ein Land einfallen, können sie mehrere hundert Quadratkilometer Fläche bedecken, innerhalb kurzer Zeit alles Grün auffressen und Hungersnöte verursachen, wie es im Alten Testament in verschieden Büchern geschrieben steht. Besonders eindrucksvoll beschreibt der Prophet Joel die zerstörerische Wirkung der Heuschrecken aufgrund ihrer Gefräßigkeit, denn die von ihm verwendeten Bezeichnungen stehen für die Entwicklungsstadien des Insekts: ›Was die Raupen übrigließen, das fraßen die Heuschrecken, und was die Heuschrecken übrigließen, das fraßen die Larven, und was die Larven übrigließen, das fraß das Geschmeiß‹.

Sanji wies auch darauf hin, dass sich die Gefahr, die von Heuschrecken aufgrund ihrer Gefräßigkeit und ihrem massenhaften und organisierten Auftreten ausgeht, auch in der biblischen Metaphorik zeige, wenn Heuschrecken etwa mit feindlichen Heeren verglichen würden wie bei Jeremia. In einem positiveren Licht erschienen sie, wenn in ihrem Wirken Prüfungen Gottes oder göttliche Gerichtswerkzeuge gesehen würden. Bekanntlich sind die Heuschrecken die achte der zehn Landplagen, die Gott schickte, damit Moses das Volk Israel aus der Sklaverei in Ägypten führen konnte. Interessant ist, worauf Professor Sanji in diesem Zusammenhang hinwies, dass bei Moses zutreffend festgehalten wird, dass die Heuschrecken am Morgen vom Ostwind aus der Wüste herbeigeführt werden, und dass sie dann später durch den Westwind wieder vollständig weggeblasen werden und allesamt im Meer ertrinken. Als weniger zutreffend taxierte Sanji die biblische Annahme, dass es sich im Falle Moses um ein einzigartiges Ereignis in dieser Region gehandelt habe. Das konnten wir ja unlängst wieder sehen, als Heuschreckenschwärme viele Länder Ostafrikas heimsuchten und über den Iran bis nach Pakistan und Indien gelangten.

Auch in der Offenbarung des Johannes sind gemäß Sanji treffende Naturbeobachtungen eingeflossen. Die Heuschrecken der Apokalypse steigen aus den giftigen Dämpfen des Abgrundes auf und quälen die Menschen fünf Monate lang, also just während eines Heuschreckenlebens. Die Heuschrecken der letzten Tage werden als ähnlich gefährlich geschildert wie Skorpione und sollen diesen auch in ihrem Äußeren gleichen. An anderer Stelle der Apokalypse ist von Heuschrecken als dämonischen Mischwesen mit teils tierischer, teils menschlicher Gestalt die Rede; unten sollen sie aussehen wie Pferde und ihr Gesicht soll jenem von Menschen gleichen. Zudem wird berichtet, dass sie eine Art goldene Krone tragen. Wenn man an die Sprungkraft von Heuschrecken denkt und die Augen und die Form des Kopfes bei gewissen Arten genauer anschaut, sind diese Vergleiche gar nicht so falsch, wovon uns Sanji mit einigen Bildern überzeugte. Wenn man bedenke, so Sanji, dass das Opfer der Heuschrecken der Endzeit nicht mehr die Vegetation sei, sondern Menschen, die nicht zur selben auserwählten Glaubensgemeinschaft gehörten, so entspräche dies nur der Tatsache, dass sich viele Heuschreckenarten nicht nur vegetarisch ernährten. So gesehen seien auch die menschenfressenden Heuschreckenschwärme der Horrorfilme nicht völlig an den Haaren herbeigezogen. Schließlich konnte es sich der Professor nicht verkneifen, auch noch darauf hinzuweisen, dass die sieben Plagen der Endzeit im Gegensatz zu den ägyptischen Plagen länderübergreifend seien und darum gut zur aktuellen Globalisierung passen würden.

Auch auf die Tatsache, dass Heuschrecken einzeln keine Gefahr bilden, sondern oft bedroht und gefährdet sind, wird nach Sanji in der Bibel des Öfteren hingewiesen. So würde in den Psalmen ein Flüchtling mit einer Heuschrecke, die abgeschüttelt zu werden droht, verglichen, und bei Jesaja heiße es, dass sich die Bewohner der Erde gegenüber dem im Himmel thronenden Gott klein wie Heuschrecken fühlten. Im Buch der Sprüche würde den Heuschrecken attestiert, dass sie geordnet wie ein Heer auszögen, ganz ohne Führung durch einen König. Die instinktive Organisations- und Entscheidungsfähigkeit ganz ohne Hierarchie nannte Sanji ein hübsches Beispiel für die heute oft zum Vorbild von allerhand Erfindungen genommene Schwarmintelligenz. Wobei er hämisch grinsend anfügte, dass er sich nicht so sicher sei, ob dies ein gutes Vorbild sei, wenn man bedenke, wozu diese Intelligenz den Heuschrecken diene. Und Angst und Bang würde ihm, wenn er daran denke, dass diese Intelligenz nur innerhalb eines Schwarmes wirksam sei, dieser aber von außen durch Winde und ihre zufällige Richtung gesteuert und zuweilen komplett ausgelöscht werden könne.

Am Ende seiner Bezugnahmen auf die Bibel kam Sanji natürlich auch auf die Heuschrecke als Nahrungsmittel zu sprechen, wobei er immer von Delikatesse sprach. Obwohl bei Moses stehe ›Alles was Flügel hat und kriecht, soll euch unrein sein, und ihr sollt es nicht essen‹, bildete die Heuschrecke eine Ausnahme. Nach Levitikus seien sie die einzigen reinen und daher auch essbaren Insekten.«

»Wollt ihr noch mehr Glühwein?« unterbricht der Wirt plötzlich meinen Vortrag.

»Nein, nein. Jetzt nicht. Lassen sie den jungen Mann doch weiterreden«, sagt der Jäger etwas genervt und wirft dem Hüttenwart, der es doch nur gut meint, einen strafenden Blick zu.

»Wo bin ich steckengeblieben?«

»Bei den Heuschrecken als Delikatesse in der Bibel«, sagt der Jäger und schaut mich an, als wolle er sich für das störende Hereinplatzen des Wirts persönlich entschuldigen.

»Also. Dass Heuschrecken zu jener Zeit als Delikatesse galten, wird gemäß Sanji dadurch belegt, dass ein assyrisches Flachrelief aus dem siebten Jahrhundert vor Christus zeigt, wie Heuschrecken gedörrt, auf Kohlen geröstet, in Wasser gekocht oder in Butter gebacken und zusammen mit Granatäpfeln, der Delikatesse par excellence des Altertums, dem König Sanheribs aufgetischt werden. Aber auch der Philosoph und Kirchenvater Aristoteles soll Heuschrecken als Nahrung geschätzt haben, jedenfalls habe er in seinem Werk *Naturgeschichte der Tiere* geschrieben, dass sie am besten schmeckten im Larvenstadium. Aus dem Neuen Testament zitierte Sanji dann das Matthäus- und das Markus-Evangelium, die von der asketischen Lebensweise Johannes des Täufers in der Wüste berichten. Johannes soll sich nur von Honig, den er in Felsen fand, und Heuschrecken ernährt haben. Der Honig habe damals als Götterspeise gegolten, weil er von den Bienen produziert wird, die dem Himmel nahe sind. Aber wahrscheinlich, so Sanji, seien für Johannes auch die Heuschrecken eine Götterspeise gewesen, nicht nur weil sie von oben kommen, sondern weil sie Johannes in der Wüste gewissermaßen in den Mund geflogen seien.

Nach dieser Erinnerung ans Schlaraffenland gab Sanji einen Überblick, wo überall Heuschrecken als ganz normales Nahrungsmittel gelten und warum wir uns daran ein Vorbild nehmen sollten. Vielerorts in Afrika, Asien und Südamerika stünden Heuschrecken neben vielen anderen Insekten auf dem täglichen Speiseplan und seien auf dem Markt zu kaufen. Zusammengerechnet seien es wohl achtzig Prozent der Weltbevölkerung, die Insekten verspeisten. Und dies selten mangels Alternativen, sondern wegen des Geschmacks. In der arabischen Küche seien gegrillte Heuschrecken eine beliebte Vorspeise, in Kambodscha würden sie mit Erdnüssen gefüllt und im Wok gebraten und in Mexiko und Guatemala gälten mit Schokolade überzogene Heuschrecken als leckere Süßspeise, nach denen die Kinder ganz verrückt seien. Oft würden die Heuschecken zum Verzehr nicht nur eingesammelt, sondern eigens dafür gezüchtet.

Angesichts der wachsenden Weltbevölkerung und des damit steigenden Fleischkonsums sei es empfehlenswert, künftig auch in nördlichen Breiten mehr Insekten zu essen, ja sie sogar im großen Stil für diesen Zweck zu züchten. Dies versuchte Sanji mit Vergleichen von Nährwerten, Energieverbrauch und Umweltbelastung bei der Produktion verschiedener Fleischarten plausibel zu machen. Der mittlere Energiewert von Insekten sei mit dem von Fleisch unserer Nutztiere vergleichbar. Sonst seien Insekten dem Fleisch aber in jeder Hinsicht überlegen. So bestünden sie zu großen Teilen aus Proteinen, enthielten gesunde Ballaststoffe, seien aber arm an Kohlenhydraten und besäßen kaum Fett. Zudem lieferten sie meist hochwertigere Proteine als Rinder-, Schweine- und Geflügelfleisch. Und im Gegensatz zu diesen Fleischarten verfügten sie auch noch über hochwertige, ungesättigte Fettsäuren, Vitamine und Mineralien. Der Proteingehalt von Heuschrecken liege bei rund zwanzig Prozent, das sei etwa so viel wie bei Geflügel. Getrocknete Heuschrecken hätten aber einen Proteinanteil von fast siebzig Prozent.

Sanji machte auch deutlich, dass Insekten punkto Ressourcenverbrauch und Umweltbelastung viel besser abschnitten als andere Nutztiere, weil sie eine sehr gute Umwandlungsrate von Grünzeug in tierisches Protein hätten. Als wechselwarme Tiere bräuchten sie nämlich keine Energie, um die Körpertemperatur aufrechtzuerhalten. Für ein Kilogramm Insekten seien es nur zwei Kilogramm Futtermittel nötig, dieweil für ein Kilogramm Rindfleisch acht

Kilogramm benötigt würden. Während ein Rind mit zwölf Kilogramm Futtermittel so viel Protein produziere, wie ein Mensch pro Tag brauche, reiche das Protein von Insekten für mehr als einen Monat. Und Insekten verbrauchten auch kaum Trinkwasser und verlangten in der Haltung und Züchtung nur sehr wenig Platz. Schließlich emittierten sie im Vergleich zu anderen Nutztieren auch viel weniger CO_2 und andere Treibhausgase. Die Überlegenheit von Insekten als ressourcenschonende und nachhaltige Nahrungsmittel veranschaulichte Sanji dann auch noch mit erschreckenden Zahlen über die gegenwärtige Fleischproduktion.

Sollten Insekten in naher Zukunft das herkömmliche Fleisch ersetzen oder zumindest einen großen Teil davon, müsste die Produktion laut Sanji weg vom Wildfang und hin zur Zucht im großen Stil. Sanji erklärte uns, dass die Zucht geräusch- und geruchlos, technisch einfach und der Arbeitsaufwand klein sei. Zudem sei die Tötung von Insekten ethisch unbedenklich. Aber in Europa würden Insekten bislang vor allem als Futter für Reptilien gezüchtet. Erst in asiatischen Ländern wie zum Beispiel Thailand würden sie schon in großem Stil gezüchtet. Da sich Insekten in Regionen mit hohen Tempertaturen und hoher Luftfeuchtigkeit wohl fühlten, vermehrten sie sich dort sehr schnell und bräuchten kaum zusätzliche Energie, was ihre Zucht im Vergleich zu Europa noch nachhaltiger und umweltfreundlicher mache. Darum hätten auch verschiedene Welternährungsprogramme, die in Insekten die Lösung künftiger Nahrungsprobleme sähen, die Massenproduktion von Insekten in Ländern des Globalen Südens ausdrücklich empfohlen.

Das einzige Problem, das es jetzt noch zu lösen gäbe, so Sanji, sei die Aversion vieler Menschen, Insekten zu essen. ›Aber warum?‹ fragte er, ›warum werden Schnecken zur Vorspeise gegessen? Warum gelten Froschschenkel als Delikatesse? Sind denn Garnelen hübscher anzusehen als Mehlwürmer oder Heuschrecken?‹ Angst und Ekel vor Insekten sei doch reine Erziehungssache und daher auch überwindbar. Das zeige sich nur schon daran, dass noch bis anfangs des zwanzigsten Jahrhunderts in Deutschland und Frankreich Maikäfersuppe gegessen worden sei. Und dies nicht nur aus Not, sondern weil sie als schmackhaft gegolten habe. In einem alten Kochbuch sei Maikäfersuppe sogar als stärkende Nahrung für Schwächliche, Alte und Rekonvaleszente empfohlen worden. Und manchmal habe man Maikäfer auch gleich roh gegessen oder überzuckert als Nachspeise.

Zum Schluss forderte Sanji sein Publikum auf, sich doch gleich selbst davon zu überzeugen, wie schmackhaft Insekten sein können. Vor dem Hörsaal sei inzwischen ein Buffet mit verschiedenen Heuschreckenspezialitäten aufgebaut worden. Daraufhin öffnete er die Tür und forderte uns mit einer einladenden Armbewegung auf, die bereitgestellten Delikatessen zu probieren. Uns schien keine Wahl zu bleiben. Wohl darum fiel der Beifall für den informativen Vortrag eher verhalten aus. Langsam verließen wir den Saal, einige besonders gesprächig, um nicht zu schnell beim Buffet zu sein, andere ruhig und aufmerksam in alle Richtungen spähend, als suchten sie nach Fluchtwegen.

Irgendwann standen wir dann doch vor den reich gefüllten weißen Platten, vor denen auf kleinen Tafeln geschrieben stand, um welche Heuschreckenzubereitungsart es sich handelte: *Heuschrecken im Bierteig mit Tartarsauce, Teriyaki-Heuschrecken-Spiess, frittierte Heuschrecken mit Limetten-Dip, Hopper Nachos in Cuacamole, Burritos mit Chili con Heuschrecke* und so weiter. Zögernd griffen wir nach den ungewohnten Snacks. Und mussten dann feststellen, dass sie gar nicht so übel oder fremdartig schmeckten. Sie schmeckten nußig, teils auch nußig-süßlich. Auch von der Konsistenz her waren sie angenehm zu essen: frittiert sind sie außen schön knusprig und innen zart; eine andere Zubereitungsart erinnerte an knackige Kartoffelchips. Auf jeden Fall waren sie mastig, sodass ich mich bereits satt fühlte, nachdem ich von allen Platten eine Kostprobe genommen hatte. Auch Sanji hatte sich unters Publikum gemischt und freute sich, auf seine fragenden Blicke rundum zustimmende Reaktion zu erhalten.

So, das wär's, was ich ihnen über Heuschrecken erzählen kann. Ich hoffe, ich habe sie mit meinen Ausführungen nicht gelangweilt.«

»Überhaupt nicht«, sagt der Jäger. Aber bevor er weiterreden kann, fällt ihm der Herr ins Wort, der jeweils vor den Malzeiten kurz betet.

»Hochinteressant!« sagt er. »Dann müssen wir einfach darauf hoffen, dass der Wind den auf uns zukommenden Schwarm ins Meer treibt. Damit wäre dann die Katastrophe gebannt und wir könnten wieder etwas optimistischer in die Zukunft schauen. Wenn ich aber daran denke, dass bald einmal Heuschrecken zu unserer täglichen Nahrung gehören, freue ich mich nicht besonders auf die Zukunft.«

Einige raunen zustimmend. Der Jäger fragt jedoch mit der Mine des Überraschten: »Das haben sie nicht gewusst mit dem Wind?«

Noch bevor der Angesprochene erwidern kann, meint die Dame mit dem Herrmann Hesse-Trostbüchlein: »Vielleicht trifft es erst unsere Kinder. Wenn sie damit aufwachsen und nichts anderes kennen, werden sie sich wohl an die neuartige Nahrung gewöhnen und sich so wenig davor ekeln wie Johannes der Täufer oder dieser König Sanherpes.«

»Sanheribs«, korrigiert sie ihr Tischnachbar.

»Es ist sicher in erster Linie eine Sache der Gewöhnung«, sage ich zur Frau mit dem Hesse-Trostbüchlein gewandt.

Brigitte zwinkert mir zu, als sei sie stolz auf mich, dass es mir nicht nur gelungen ist, die von mir ungeschickterweise getrübte Stimmung der Gruppe wieder aufzuhellen, sondern gleich noch eine Diskussion angestoßen zu haben, in der Fragen des Wissens Gefühle der Angst überbieten.

»Aber warum sollten wir überhaupt Insekten als Fleischersatz essen?« mischt sich Brigitte dann selbst in die Diskussion ein. »Wir können ja in Zukunft auch einfach weniger oder kein Fleisch essen.«

»Tierisches Eiweiß braucht der Mensch«, gibt der Jäger zu bedenken.

»Auch mir würde es nichts ausmachen, kein Fleisch zu essen«, sagt die Frau mit dem Hesse-Trostbüchlein.

Die Diskussion wird immer lebhafter. Mit der Zeit zeichnen sich zwei Lager ab: Eine Gruppe, die in Zukunft eher weniger oder kein Fleisch essen würde, und eine andere, zu der auch ich gehöre, die glaubt, den Ekel überwinden zu können, weil ein Fleischersatz angesichts des natürlichen Proteinbedarfs des Menschen unumgänglich ist. Wenn jemandem ein Argument in der Diskussion nicht einleuchtet, wendet er oder sie sich an mich, als sei ich ein Experte. Ich versuche jeweils, so neutral wie möglich Auskunft zu geben, damit die gute Stimmung nicht kippt. Zur ersten Gruppe gehören vornehmlich die Älteren; Brigitte ist die die jüngste unter ihnen. In meiner Gruppe dürfte der Jäger als einziger viel älter sein als die anderen. Aus dem Diskussionsverlauf und den aufkommenden Fragen schließe ich, dass jene aus der ersten Gruppe auch noch auf einiges mehr als nur auf Fleisch verzichten würden, und dass sie sich in naturwissenschaftlichen Belangen gut auskennen. Umso erstaunlicher finde ich, dass ihnen Nachhaltigkeit wenig zu sagen scheint. Als ich diesen Begriff einmal in einer Antwort auf eine Frage des Herrn mit den guten Bibelkenntnissen benutze, belehrt er mich umgehend, dass es sich hierbei um einen Begriff aus der Forstwirtschaft handle, wir uns hier aber über die Zukunft der Menschheit und nicht über jene des Waldes unterhalten würden.

»Das ist der letzte Speck, den ich euch offerieren kann«, sagt der Wirt, der mit einer großen dampfenden Platte aus der Küche kommt. »Dann ist Schluss mit Fleisch. Und wenn es so weiter schneit, bekommen wir überhaupt keinen Nachschub mehr. Aber keine Angst, für ein bis zwei Wochen haben wir noch Vorräte. Und viel länger will ja sowieso niemand hierbleiben.« Hinter dem Hüttenwart kommt Elsa mit einer zweiten Platte mit Speck, Bohnen und Kartoffeln. Es riecht herrlich. Wir bemühen uns, die Tische möglichst schnell frei zu räumen und die Teller und das Besteck zu verteilen, damit das Festessen beginnen kann.

»Dafür wird der Wein nun immer besser«, sagt der Wirt, als er mit zwei Flaschen in der Rechten und einem Zapfenzieher in der Linken zurückkommt. »Wir müssen nämlich ab jetzt die Vorräte aus meinem kleinen Weinkeller trinken, und da ist manch guter Tropfen dabei.« Während sich die einen über diese Ankündigung zu freuen scheinen, sagt Brigitte: »Das ist mir aber nicht recht, dass sie uns den Wein anbieten, den sie womöglich über viele Jahre für sich aufgespart haben.«

»Ach was«, meint der Wirt, »den trinken wir jetzt. Niemand hier kann ja etwas dafür, dass der Nachschub momentan nicht funktioniert.«

Während des Essens redet niemand mehr von Heuschrecken oder anderen Nahrungsmitteln der Zukunft. Einige bieten ihren Nachbarn von ihrem Speck an, als wollten sie damit beweisen, dass es ihnen wirklich nicht schwerfällen würde, dereinst auf Fleisch zu verzichten. Meist werden ihre Angebote aber mit fast übertriebener Freundlichkeit zurückgewiesen. Auch jene, die wie Brigitte zuerst nur zögerlich vom Wein tranken, lehnen jetzt nur noch selten ab, wenn Elsa die Gläser nachfüllen will.

Nach dem Essen gehen die Gespräche lebhaft weiter. Ich verlasse den Speisesaal kurz, um auf der Terrasse frische Luft zu schnappen. Es schneit noch heftiger als am Nachmittag und der Schnee liegt bereits zwanzig Zentimeter hoch. Es windet auch stark und ist eiskalt, sodass ich schnell wieder ins Haus zurückgehe. Jetzt erst bemerke ich, wie laut im Saal gesprochen wird. Ich schaue mich um nach Brigitte, sehe sie jedoch nicht. Jemand macht ein Zeichen, das wohl sagen soll, sie sei bereits schlafen gegangen. Ich bleibe noch etwas bei den anderen an der Wärme. Als sich die Frau mit dem Hesse-Trostbüchlein zum Gehen aufmacht, bedankt sie sich fast überschwänglich für meinen Vortrag und meint, es habe doch immer etwas Beruhigendes, möglichst viel über die Hintergründe zu wissen.

Gerade als ich aufstehen will, um mich zurückzuziehen, stellt mir der Jäger eine Frage: »Was war denn ihres Erachtens die Ursache für den Ausbruch der Heuschreckenplage im Mittleren Osten anfangs Jahr? Auch technische Probleme, wie beim Entweichen dieser Riesenheuschrecken aus dem Zuchtbetrieb in Mali?«

»Vielleicht indirekt technische Probleme«, antworte ich zögernd. Ich bin unsicher, wie ausführlich ich auf die Frage des Jägers eingehen soll. Natürlich habe ich die Entwicklung in Ostafrika mitverfolgt, scheue aber vor einer allzu detaillierten Schilderung zurück, weil ich mir damit selber den Grund meines nicht ganz reinen Gewissens vergegenwärtigen müsste. Gerade gegen Abend bedrückt es mich bisweilen auch so schon genug.

»Wieso indirekt?« insistiert der Jäger und macht meinem Zögern ein Ende.

»Eher gesellschaftliches Versagen, würde ich sagen. Im Fall der Heuschreckenplage, über die sie mehr wissen wollen, waren es eher gesellschaftliche Faktoren, die die Katastrophe nicht verhindert konnten – wenn dies denn überhaupt möglich gewesen wäre. Der vom Menschen verursachte Klimawandel wird wohl zum Ausbruch beigetragen haben und ein

Bürgerkrieg hat dann verhindert, den Beginn der unheilvollen Entwicklung überhaupt zu bemerken und sie schnell mit Pestiziden im Keim zu ersticken. Der Ausbruch der Plage auf der Arabischen Halbinsel fand schon vor rund zwei Jahren statt, als es kurz hintereinander zwei starke, für diese Region ungewöhnliche Regenperioden gab. Ursache waren Zyklone, die auch eine Folge des gegenwärtigen Klimawandels sein dürften. Der Regen ließ vermehrt Heuschrecken aus Eiern schlüpfen, die schon lange unbemerkt im Wüstensand geschlummert hatten. Und durch die Feuchtigkeit wuchsen auch Pflanzen in der Wüste, so dass die Tiere üppig Futter fanden. Sonst sterben jeweils neunzig Prozent der Jungtiere. So gab es schon nach drei Monaten eine neue Generation und mit jeder Generation wuchs die Population um das Zwanzigfache. Und mit der massenhaften Vermehrung geht besagter Übergang von der solitären Verhaltensweise zum Schwarmverhalten einher. Dann musste der Schwarm nur noch den richtigen Wind abwarten, und der brachte ihn zuerst in den Jemen und von dort über das Horn von Afrika in den Iran und weiter ostwärts. Im Jemen wäre der Schwarm wahrscheinlich noch zu bekämpfen gewesen, aber in dem vom Krieg zerrütteten Land kümmerte sich niemand darum. Zwar gab es in der Region kürzlich noch ein ausgeklügeltes Beobachtungssystem, um die Gefahr von Heuschreckenschwärmen frühzeitig zu erkennen, aber dieses funktioniert heute nicht mehr, ebenso wenig wie der organisierte Einsatz verschiedener Techniken, um die Biester mit Gift zur Strecke zu bringen. Die Schwarmbekämpfung geht bislang nur mit Gift. Nur solitär lebende Heuschrecken haben natürliche Feinde wie Eidechsen, Greifvögel, Enten oder den Menschen. Haben sie das gregäre Stadium erreicht, helfen nur noch Pestizide, die am besten noch am Boden mit Spritzen, oder dann aus der Luft von Flugzeugen und Drohnen versprüht werden. Dass großen Schwärmen nur mit auch für

Menschen und andere Tiere schädlichen Chemikalien beizukommen ist, hat ja jüngst auch der misslungene Versuch gezeigt, die aus der Heuschreckenfarm in Mali entwischten Tiere mit einem biologischen Pestizid zu bekämpfen. Der Pilz, der bei der biologischen Bekämpfung eingesetzt wird, ist nur für Insekten tödlich. Es geht aber bei größeren Tieren zwei bis drei Wochen, bis er wirkt. Das war bekanntlich zu spät. Auch das Scheitern dieses Bekämpfungsversuches ist eine Art gesellschaftliches Versagen, denn die Betreiber der Heuschreckenzucht hatten sich dem Zeitgeist entsprechend verpflichtet, bei einem allfälligen Betriebsunfall mit der Folge des Entwischens eines Schwarmes nur biologische Pestizide einzusetzen. Selbst wenn die heute verfügbaren Mittel zur Bekämpfung von Heuschreckenplagen effektiv sind, ist ihr Einsatz immer noch ein Problem der Zeit und der Organisation, und natürlich muss man genug aufmerksam sein, um die Gefahr überhaupt zu erkennen, und darf dann auch nicht davor zurückschrecken, unkonventionell zu handeln. Das ist alles, was ich über die aktuellen Heuschreckenplagen weiß. An ihrer erfolglosen Bekämpfung sind wir alle in gewisser Weise mitschuldig. Weil die Katastrophen weit weg stattfinden, sind wir uns dessen leider kaum bewusst. Vielleicht ändert sich daran etwas durch die gegenwärtige Bedrohung durch den auf Europa zusteuernden Schwarm aus Mali, der uns einen spürbaren Schaden zufügen könnte. Vielleicht wird nun die Forschung intensiviert und Möglichkeiten der gentechnischen Veränderung gefunden, um die Heuschrecken in ihrem harmlosen solitären Zustand verharren zu lassen.«

»Aber«, meint der Jäger, der meinen Ausführungen aufmerksam zugehört hat, »wenn nur noch biologische Pestizide eingesetzt werden sollen, wenn die Skepsis gegenüber allen Eingriffen in die Natur zunimmt, wenn das Klima zunehmend verrücktspielt, sind die gegenwärtigen Katastrophen doch nur ein Vorgeschmack auf kommende, weit größere

Katastrophen.« Er schaut sinnierend auf den Tisch. Dann hebt er sein leeres Glas, schaut es an, schaut mich an, und sagt: »Ich frage mich schon die ganze Zeit, ob ein ähnliches solitäres und gregäres Verhalten nicht auch beim Menschen zu finden ist und ob es beim Menschen auch Entwicklungsphasen wären oder unterschiedliche Typen der Persönlichkeit oder einfach spontane Anpassungen an die jeweiligen Umstände? Oder geht das alles zusammen? Sucht der Mensch immer seine Individualität und merkt unter Umständen nicht, dass er nur im Strom mitschwimmt? Was meinen sie?«

»Das sind philosophische Fragen, die einem Ingenieur wie mir zu weit gehen«, antworte ich. Aber eigentlich möchte ich nur auf mein Zimmer gehen, um nach diesem Tag, an dem ich so viel gesprochen habe, dass ich mittlerweile das Gefühl habe, gar nicht mehr damit aufhören zu können, meine Ruhe zu haben. Um nicht unhöflich zu sein, sage ich, ich wolle nochmals auf die Terrasse, um nachzuschauen, was das Wetter mache. Ich hoffe, mich auf diesem Umweg davonstehlen zu können.

»Sie wollen wissen, woher der Wind weht?« fragt der Jäger lächelnd. »Dann gute Nacht.«

Als ich die Terrasse betrete, kommt es mir vor, als trete ich in eine andere Welt ein. Eine ergreifende Ruhe. Es hat mittlerweile aufgehört zu schneien, ist sternenklar, eiskalt und windstill. Ich stapfe durch den knietiefen Schnee Richtung Fahnenmast. Im Tal leuchten noch ein paar Lichter. Ich halte es aber nicht lange aus in der Kälte und stapfe ums Eck Richtung Haupteingang, um den Speisesaal nicht queren zu müssen. Ich bin froh, dass mir auf dem Weg nach oben niemand begegnet. In meiner Kammer ziehe ich die nass gewordenen Schuhe, Socken und Hosen aus. Als ich mir trockene Kleider angezogen habe, bemerke ich, dass es auch im Zimmer eiskalt ist. Ich ziehe mir noch eine Lage Kleider an, ziehe die Wollmütze über die Ohren und verkrieche mich unter die Bettdecke, wo ich mich zusammenrolle wie ein Fötus. Obwohl die Gespräche des Nachmittags noch nachklingen, mir dramatische Filmtitel und Bibelstellen, Bilder des Apéro-Buffets und der unendlichen Sandwüste schemenhaft durch den Kopf gehen, fühle ich mich gleichgültig und leer, alleine unter vielen fremden Menschen, die langsam, aber sicher, wie von Instinkt geleitet, einem unbekannten Ziel entgegenziehen.

FESTGEFAHREN

Ich bin wach. Aus einem tiefen Schlaf erwacht. Hat es an der Tür geklopft? Nein, jetzt klopft es. »Ja. Wer ist da?« Keine Antwort. Ich schäle mich unter der Decke hervor, taste mich zur Tür und öffne einen Spalt.

»Mir ist kalt«, sagt Brigitte. Sie steht im fahlen Schein der Glühbirne im Flur, eine Decke um sich gewickelt, so dass nur ihr Gesicht hervorlugt.

»Kann ich zu dir kommen?« Ohne eine Antwort abzuwarten, huscht sie in mein Bett. Als ich mich zu ihr lege, scheint sie schon eingeschlummert zu sein. Eng an Brigitte geschmiegt, unter einem Berg von Decken, schlafe auch ich schnell wieder ein.

Als Brigitte fragt: »Hörst du den Wind?« dringt schon Dämmerlicht in den Raum. Tatsächlich pfeift und heult der Wind nun wieder und schlägt auch wieder irgendwo einen losen Fensterladen hin und her. Dann und wann verstummt er für einige Sekunden oder Minuten, bevor er erneut losheult. Ob es wieder schneit? Wir stehen nicht auf, um nachzusehen. Wir bewegen uns nicht unter der Decke, um die Wärme zusammenzuhalten. Von Zeit zu Zeit schreckt uns der laute Schlag des losen Fensterladens auf.

»Irgendwie habe ich das Gefühl, als wüsstest du noch mehr über Heuschrecken«, sagt Brigitte nach einer Weile. Es klingt, als würde sie zur hölzernen Zimmerwand gegenüber sprechen. »Und wie kommt es, dass du dich so gut an den Vortrag dieses Professors erinnern kannst? Die Erinnerung an so viele Details ist doch nur möglich, wenn man sich selber intensiv mit der Materie auseinandergesetzt hat.«

Je länger Brigitte schweigt, desto angespannter werde ich, bis ich hellwach bin. Ich zögere wieder. Habe ich nicht gestern dem Jäger schon zu viel erzählt? Nicht dass ich mich durch meine Ausführungen verraten hätte. Aber meinem

Gewissen hat es nicht gutgetan. Was soll ich machen? Immerhin hat sich Brigitte mir anvertraut in einer Sache, die ihr Leben komplett verändert hat. Vielleicht hat sie ein Recht darauf, alles zu erfahren.

»Also gut, ich habe der Runde etwas verschwiegen, damit sie mich nicht in einem schlechten Licht sieht. Dir kann ich es sagen, du hast sicher Verständnis dafür.«

»Das sehen wir dann.«

»Deine Vermutung ist richtig. Ich habe mich tatsächlich noch etwas intensiver mit Heuschrecken beschäftigt. Ich habe selber Heuschrecken zu züchten begonnen, nachdem ich zur Einsicht gelangte, dass unser Perpetuum Mobile-Projekt nicht auf einen grünen Zweig kommt.«

»Das Projekt scheiterte?«

»Ob das Projekt scheiterte, lässt sich schwer sagen. Es läuft auch heute noch. Wie ich kürzlich gehört habe, wurden sogar neue Mitarbeiter eingestellt. Das Projekt scheiterte für mich. Denn wir stießen nicht immer auf neue, sondern immer wieder auf dieselben Probleme, so dass sich das Ziel in unendlicher Ferne aufzulösen schien. Mir jedenfalls kam es so vor. Andere im Team hatten den Eindruck, dass es nur logisch sei, wenn es bei einem so großen Ziel nur langsam vorangehe, oder sie brauchten, wie Izumi, gar kein erkennbares Ziel. Alle machten einfach ihre Arbeit, ja waren froh, wenn sie sich nach den endlosen, aber doch immer irgendwie gleichen Diskussionen der anstehenden Probleme wieder in ihre Arbeit an einem kleinen Teilproblem zurückziehen konnten. Dass sich der Nachhaltigkeit verpflichtete Projekte, die ja nicht nur eine von Menschen gesetzte Deadline haben, derart hinziehen und in Routine aufgehen können, erstaunte mich zuerst nur. Mit der Zeit machte es mich aber immer ungeduldiger. Diese Sisyphusarbeit war für mich unbefriedigend und ich hatte immer mehr das Verlangen nach einem klaren und in Reichweite liegenden Ziel, das ich allenfalls auch alleine verfolgen konnte.«

»Scheitern ist auch bei naheliegenden Zielen möglich«, wirft Brigitte ein.

»Aber dann möchte ich wenigstens selbst dafür verantwortlich sein.«

»Wir vollbrächten nichts auf dieser Welt, wenn wir nicht von falschen Vorstellungen geleitet würden«, fährt Brigitte fort. »Das ist von Fontenelle. Es braucht oft große, vielleicht falsche Ideen, um kleine, aber unerwartete Entdeckungen zu machen. Manchmal sind es sogar große Entdeckungen. Denk' nur an Flemings Entdeckung des Penizillins. Gewohnheit und Ausdauer sind für Erfinder oft wichtiger als Genialität. Mag sein, dass sich Entdeckungen gelegentlich unvermittelt ergeben. Aber man sollte auf sie vorbereitet sein. Es nützt nichts, wenn die Muse an die Tür klopft und man ist gerade nicht zuhause.«

»Ich zweifelte ja nicht am Projekt und seinen großen Zielen, nur an meiner Rolle darin«, unterbreche ich Brigitte und füge an: »Und ich habe von anderen gehört, denen auch die eigenen Zweifel wichtiger waren.«

»Zweifel und Schuldempfinden sind nicht dasselbe«, sagt Brigitte mit einem gequälten Lächeln, fordert mich dann aber auf, weiter zu erzählen, wie ein Elektroningenieur zur Heuschreckenzucht kommt.

»Ich kam anlässlich eines Kongresses in Kanada auf die Idee. Dass ich damit ernst machte, erklärt sich wahrscheinlich ebenso aus der als immer zermürbender empfundenen Arbeit im Perpetuum Mobile-Projekt, wie durch die Unterstützung und Ermutigung durch meine Mitbewohner in der Hausgemeinschaft. Aber auch der abrupte Gesinnungswandel von Jack und die unerwartete Begegnung mit Carla an diesem Kongress in Vancouver haben zur Realisierung meines Vorhabens beigetragen. Eines gab das andere.«

»*Audio, video, disco*!«

»Wie bitte?«

»Ich höre, ich sehe, ich lerne!«

»Also«, nun muss ich raus mit der Sprache, »ich wurde von Udo an diesen Kongress geschickt, wo ich unser Projekt vorstellen sollte. Der Kongress war Projekten aller Art mit dem Ziel der Nachhaltigkeit gewidmet und trug den vielsagenden Titel *Kongress der Hoffnung*. Udo ermahnte mich eindrücklich, unseren bescheidenen Projekterfolg im besten Licht zu präsentieren, also eher darüber zu berichten, was wir wollten, als darüber, was wir bereits hatten. Das passte gut zum Motto des Kongresses. Warum Udo gerade mich ausgewählt hatte für diese Aufgabe, weiß ich nicht. Vielleicht, weil meine Rolle im Projekt noch unklarer war als die der anderen. Eine zweiwöchige Pause vom Team und die anschließende Reise kamen mir ganz gelegen. Allein die Aussicht darauf hatte etwas Befreiendes. Schon die Vorbereitung meines Vortrags wurde zu einer Art Abrechnung mit dem Perpetuum Mobile-Projekt. Ich vergegenwärtigte mir nochmals all die Probleme der Elektromobilität, mit denen wir konfrontiert waren, um dann das Projekt in meinem Vortrag als Bewältigung einiger dieser Probleme erscheinen zu lassen. Diese nicht einmal vollständige Bilanz machte mir endgültig klar, dass es so nicht weitergehen konnte. Ob ich dem Publikum mit meinem Vortrag, der nur eine kleine Auswahl der bewältigten Probleme zur Sprache brachte, etwas vormachen würde, scherte mich nicht. Ich wollte mir nichts mehr vormachen.

Die Probleme, die wir immer wieder diskutierten, bevor wir uns hinter unserer Arbeit verschanzten, begannen und endeten meist bei der Batterie, dem Herzstück des Elektroautos. Im Prinzip funktioniert sie immer noch gleich wie zur Zeit ihrer Erfindung durch Alexander Volta im Jahr 1800, wenn auch viel effizienter. Die Hauptbestandteile der heutigen Batterie sind Lithium und Kobalt. Schon die Gewinnung dieser Elemente ist höchst problematisch. Kobalt stammt hauptsächlich aus dem Kongo und wird unter sehr fragwürdigen Bedingungen abgebaut. Von Kinderarbeit, Gewalt, Korruption und Umweltverschmutzung ist die Rede. Diese Probleme werden meist kleingeredet oder gleich so dargestellt, als handle es sich beim Abbau um die Gnade von Rohstoffkonzernen, armen Leute eine Arbeit zu geben; also nicht um eine neue Form der Ausbeutung, sondern um eine Chance für Afrika. Bei Lithium sieht es nicht viel besser aus. Der größte Teil davon stammt aus Chile, aus der *Atacama*-Wüste. Der Abbau ist einfach, es werden aber Unmengen Wasser dazu benötigt, das dann den armen Bauern fehlt, die sich über Jahrhunderte am Rand der Wüste an die ohnehin schon prekären Bedingungen angepasst haben. Also schon die Herkunft der elementarsten Teile des Elektroautos ist nicht nur in menschenrechtlicher, sondern auch in ökologischer Hinsicht sehr fragwürdig. Nicht anders sieht es aus mit der Fabrikation der Batterien. Diese findet noch größtenteils in China statt, wo Menschenrechte bekanntlich nicht sonderlich großgeschrieben werden. Selbst wenn man diese Abhängigkeit der Batterieproduktion dereinst überwinden sollte, zeigt sich am Beispiel Chinas schon das nächste ökologische Problem: Der Strom zur Herstellung der Batterien stammt aus Kohlekraftwerken. Der CO_2-Ausstoß wird einfach von der Straße in die Fabrik verlagert. Für China mit seinen smogverseuchten Großstädten mag dies Sinn machen. Aber natürlich ist ein Elektroauto erst ökologisch, wenn auch der Strom zu seiner Herstellung aus erneuerbarer Energie stammt.«

»Natürlich«, sagt Brigitte. »Aber China macht ja eigentlich nur, was die ganze Welt mit dem Emissionshandel macht. Besonders paradox an diesem Sankt-Florian-Prinzip kommt mir vor, dass es die Verschmutzung der Atmosphäre zu einer Art Recht macht, dessen Abtretung gegen Geld dann aber als moralischen Verzicht erscheinen lässt.«

»Vorübergehend mag es paradox sein, aber bleiben wir doch beim Elektroauto«, erwidere ich, etwas unfreundlich im Ton. »Du wolltest wissen, wie ich zur Heuschreckenzucht kam. Dabei haben nur meine Zweifel an der damals festgefahrenen Entwicklung des Elektroautos und ihr ungünstiger Einfluss auf unser Team eine Rolle gespielt, nicht prinzipielle Fragen, etwa ob man überhaupt Autofahren soll. Im Übrigen möchtest du ja auch nicht darauf verzichten.«

»Mit Maß«, sagt Brigitte pikiert, »mit Maß.« Den daraufolgenden Moment einer unangenehmen Stille unterbricht sie dann aber mit der Frage: »Wäre die saubere Produktion von Batterien denn möglich?«

»Wahrscheinlich schon, aber derzeit wohl noch nicht«, fahre ich fort in der Annahme, dass Brigittes Interesse an meiner rätselhaft erscheinenden Beschäftigung mit Heuschrecken ihre Verstimmung überwiegt. »Nachdem in den letzten Jahren fast im Wochentakt eine neue Superakku angekündigt wurde, die sich dann aber meist schnell als unbrauchbar erwies, scheint sich gerade jetzt eine vielversprechende Alternative durchzusetzen. Eine Erfindung des Physikers John Goodenough, des mit siebenundneunzig Jahren ältesten Nobelpreisträgers, der schon bei der Entwicklung der Lithium-Ionen-Batterie maßgebend war. Nun hat er zusammen mit einer portugiesischen Wissenschaftlerin eine Batterie entwickelt, in der Kobalt durch Glas ersetzt wird, was die Leistungsfähigkeit, Langlebigkeit und Sicherheit der heutigen Batterie um ein Mehrfaches erhöht. Diese Glasbatterie, die bald Marktreife erlangen dürfte, lässt sich innerhalb von Minuten aufladen, ist nicht entflammbar und funktioniert sowohl bei Hitze als auch bei Kälte gleich gut. Wird nun auch noch das Lithium durch Natrium ersetzt, was prinzipiell möglich erscheint, wird diese neuartige Batterie noch nachhaltiger.«

»Das sieht doch ganz gut aus«, meint Brigitte. »Hochbetagte Männer und namenlose Frauen lösen die letzten Probleme. Aber was glaubst du, warum werden immer noch so wenige Elektroautos gekauft?«

»Noch ist es nicht so weit mit dieser Glasbatterie, und mit der Lösung eines Problems sind die damit verbundenen Probleme noch nicht gelöst, sondern zeigen sich meist erst in ihrer ganzen Tragweite. Es ist ein ganzer Wust von Gründen, die den Kauf eines Elektroautos im Moment noch nicht attraktiv machen. Als die drei wichtigsten gelten Reichweite, Infrastruktur zum Laden und Preis. Die Experten nennen es kurz R.I.P. Wahrscheinlich sind sie sich nicht bewusst, dass dies die englische Abkürzung für ›Ruhe in Frieden‹ ist. Vielleicht meinen sie es aber auch ironisch. Könnte sein, dass sie den Scheintod meinen, als der sich das momentane Ausbleiben der großen Nachfrage angesichts der vielversprechenden Entwicklung betrachten lässt. In der Tat sind Elektroautos noch vergleichsweise teuer. Selbst bei der potentiellen Kundschaft, die es sich leisten kann, zeigt sich, dass der Preis eine Rolle spielt, denn sobald staatliche Prämien oder sonstige Vergünstigungen zur Förderung der Elektromobilität reduziert werden, lassen auch die Autokäufe nach. Wenn aber die gesamte Autoindustrie auf Elektromobilität umsteigt und auch kleinere Fahrzeuge produziert, dürfte ein Elektroauto bald für die meisten erschwinglich sein. Die Vision von Udo Walder wird wohl weniger durch technische Entwicklungen, sondern durch die massenhafte Produktion realisiert, wie dies schon Henry Fords *Modell T* zeigte. Dann sind da aber noch die Probleme von Reichweite und Ladeinfrastruktur. Mittlerweile gibt es Batterien, mit denen sich mehr als dreihundert Kilometer fahren lassen, mehr als das Doppelte als noch vor fünf Jahren. Dies geht leider erst mit sehr großen

Batterien, die eine schlechte Energiebilanz haben. Die Reichweite scheint aber ohnehin ein eingebildetes Problem zu sein, denn ein Auto wird durchschnittlich nur für dreißig bis vierzig Kilometer pro Tag benutzt. Die Leute haben aber trotzdem Angst, irgendwo auf freiem Feld stehen zu bleiben, oder im Winter schlotternd an einer Ladestation lange warten zu müssen. Andere haben Angst, dass die Batterie leer ist, wenn sie vor dem Haus in ihren Wagen steigen und gleich losbrausen wollen, oder, in deinen Worten: fliehen wollen. Diese Befürchtung ist umso seltsamer, als ihnen dies schon von ihrem Auto mit Verbrennungsmotor vertraut sein sollte, wenn sie einmal versehentlich das Licht nicht ausgeschaltet haben.«

»Unsere Ängste sind immer nur Übertragungen und Vergrößerungen von Ängsten, die wir bereits kennen«, meint Brigitte, und fährt mit leicht triumphierendem Unterton fort: »Da siehst du mal, was die Einbildung, wie du es nennst, punkto Auto für eine Rolle spielt!«

»Tatsächlich sind die Ängste vor einer leeren Batterie nicht unbegründet, solange die Ladeinfrastruktur erst rudimentär ausgebaut und das Laden noch eine Geduldsprobe ist«, fahre ich sachlich fort. »Am einfachsten ist es, wenn man ein eigenes Haus und einen Parkplatz mit Lademöglichkeit hat. Gegenwärtig sind dann auch die meisten Elektroautobesitzer Eigenheimbesitzer und tanken fast immer bei sich zuhause. Unterwegs kann das Warten beim Laden schon lästig sein, vor allem im Winter, wenn der Ladeprozess sowieso etwas länger dauert. Kälte vertragen die Elektroautos noch nicht und heizen braucht besonders viel Strom und zwingt zu noch häufigerem Laden.«

»Dann täuscht es also nicht, dass das Elektroauto den Wohlhabenden vorbehalten ist«, bemerkt Brigitte spitz. »In meiner Straße sehe ich jedenfalls nur in Garageneinfahrten von Eigenheimen Elektroautos stehen. Wahrscheinlich handelt es sich sowieso meist um Zweitwagen. Die Verbrenner lässt man in der Garage und demonstriert mit dem Elektroauto draußen sein grünes Gewissen.«

»Genau das wollten ja Udo Walter und unser Team ändern«, rufe ich in Erinnerung. »Ein Elektroauto für alle. Das sollte prinzipiell möglich sein. Aber es dauert. Und dass eine Revolution, von der am Schluss alle profitieren, von oben kommt, ist ja nicht ungewöhnlich. Das zeigte sich auch bei der Verbreitung des Autos im letzten Jahrhundert. Udo war sogar der Meinung, dies sei das Einzige, was dieser Elon Musk verstanden habe. Der hohe Preis der heutigen Elektroautos täuscht auch darüber hinweg, dass sie im Betrieb und Unterhalt billiger sind als die Verbrenner, denn Elektrizität ist billiger als Benzin und da ein Elektroauto nur aus einem Sechstel der Teile eines Verbrenners besteht, kann auch viel weniger kaputt gehen. Aber selbst, wenn das Elektroauto für eine Mehrheit erschwinglich wird, das Laden viel schneller und überall geht und die Reichweite genug groß beziehungsweise die Reichweitenangst überwunden ist, bleiben noch genug gute Gründe, jetzt noch kein Elektroauto zu kaufen. Was passiert mit ausrangierten Batterien, die dereinst in großer Zahl anfallen? Lässt sich der Strom bedarfsgerecht verteilen? Gibt es überhaupt genug Strom? Denn neben der Elektromobilität soll auch die Digitalisierung der Gesellschaft vorangetrieben werden, die Mobilfunknetze der Zukunft brauchen viel mehr Strom, ebenso die Kryptowährungen und wer weiß was sonst noch. Noch nie war die Menschheit so abhängig von Elektrizität. Und wer bezahlt die Straßeninfrastruktur, die heute aus Treibstoffzöllen finanziert wird? Wie lassen sich die neuartigen Gefahren, vor allem Batteriebrände, verhindern und bekämpfen? Es mangelt nicht an Lösungsvorschlägen für all diese Probleme, aber oft sind sie dermaßen ausgeklügelt, dass sie fast unglaubwürdig wirken. So wurde zum Beispiel vorgeschlagen, die nach rund zwanzig Jahren im Auto nicht mehr brauchbaren Batterien als Stromspeicher zur Entlastung des öffentlichen Stromnetzes einzusetzen, sie als Puffer für die Über- und Unterangebote an unregelmäßig anfallendem, aber künftig immer mehr werdenden Strom aus Windrädern und Solarzellen zu nutzen und dadurch auch die zunehmende Gefahr von Blackouts zu verhindern. Fast zu elegant, nicht? Und dann wäre da noch die Frage, ob sich der Elektromotor mit Batterie überhaupt als einzige Antriebsform künftiger Autos durchsetzt, oder ob es vielleicht doch die Brennstoffzelle ist, mit der Strom an Bord durch die Reaktion von Wasserstoff und Umgebungsluft produziert wird und nur noch harmloses Wasser aus dem Auspuff tropft? Obwohl diese Art der Stromproduktion gerade noch als wirkliche Alternative galt, weil die Auftankeizeiten äußerst kurz, die Reichweite sehr groß und die Kältetauglichkeit garantiert ist, haben fast alle Autohersteller ihre Forschung in diese Richtung eingestellt – mit Ausnahme von *Toyota*, immerhin der größte Autohersteller der Welt. Gegen die Wasserstofftechnologie spricht, dass bei der Erzeugung von Wasserstoff durch Elektrolyse Strom gebraucht wird, der ebenfalls noch mehrheitlich aus fossilen Quellen stammt. Dabei geht ein Drittel der Energie verloren. Durch weitere Energieverluste ist der Gesamtwirkungsgrad eines mit Wasserstoff betriebenen Autos dann gerade mal halb so hoch wie der eines mit Batterie betriebenen. Ich weiß nicht, welches Ziel die japanischen Ingenieure verfolgen.«

Ich stehe auf, umhülle mich mit einer Wolldecke und gehe zum Fenster. Immer noch derselbe dichte Nebel. Den Wind höre ich aber nicht mehr. Ich öffne kurz das Fenster: weiße, blendende Stille. Ich schließe das Fenster sofort wieder und schaue in den Nebel, der sich in alle Richtungen zu bewegen scheint, bis mir fast schwindlig wird. Wie ich mich umkehre, lacht mich Brigitte mit zur Seite geneigtem Kopf amüsiert an und meint: »Und dann noch das Problem, dass wohl einige kein Elektroauto kaufen werden, weil es oft als selbstfahrendes Auto angekündigt wird, sie aber weiterhin selbst fahren wollen – wie ich zum Beispiel.«

»Wie gesagt, das selbstfahrende Auto sehe ich nicht als großes Problem, wenn es denn je realisiert wird, aber tatsächlich wurde es in unserem Projekt zum Problem für mich. Und zwar, weil Jack seine Einstellung zur Künstlichen Intelligenz von einem Tag auf den anderen geändert hatte. Jacks Gesinnungswandel brachte für mich das Fass zum Überlaufen.«

Ich schlage vor, mit dieser Geschichte nach dem Frühstück weiterzufahren.

»Hast du Hunger?« will Brigitte wissen.

»Eigentlich nicht«, muss ich gestehen.

»Also dann bleiben wir hier an der Wärme und du erzählst mir die Geschichte zu Ende, bis ich alles weiß. Sicher haben sie noch heißen Kaffee in der Küche, wenn wir später runterkommen.«

Ich lege mich wieder neben Brigitte und mache es mir bequem zwischen Kissen und Decken. Dann überlege ich, wie ich die Geschichte am besten erzähle. Es fällt mir kein besonderes Konzept ein und ich erzähle einfach, wie es mir gerade einfällt, und möglichst ausführlich. Ich habe ja schon ein schlechtes Gewissen, weil ich bis jetzt zu viel verschwiegen habe.

»Wie alle schon beim Start des Projekts vermuteten, entpuppte sich Jack als dessen eigentlicher operativer Leiter, während Udo sich nur sporadisch ins praktische Geschehen einschaltete, etwa wenn er über einen zusätzlichen Kredit des Wissenschaftsfonds informierte oder eine Zwischenbilanz des Projektfortschritts präsentierte. An den für mich immer unerträglicher werdenden Diskussionen über all die vielen uns auch nur minim tangierenden Probleme der Elektromobilität nahm Udo nur selten teil, und wenn, mischte er sich sachlich kaum ein und versuchte nur, Optimismus zu verbreiten. ›Das sollte doch lösbar sein‹, war eine seiner liebsten Wendungen, um uns aufzumuntern. Nur Jack musste nie aufgemuntert werden, ihm schien ja auch immer eine Lösung einzufallen oder vorzuschweben. Ihre Umsetzung war dann entweder die Arbeit der anderen oder sie musste sich erst in sehr weiter Zukunft bewähren und konnte bis dahin im Vagen bleiben. Sowieso war Jack ein Meister der Prognose in Permanenz. Er kam mir manchmal vor wie der gelbe Zettel an seiner Bürotür, auf dem stand ›Bin gleich zurück‹.

Da unmittelbar nur wenig an Jacks Ideen und Empfehlungen kratzen konnte und seine Glaubwürdigkeit auch davon profitierte, dass jedem Anfang ein Zauber innewohnt, verbreitete auch er immerzu Optimismus. Dem wurde noch dadurch Vorschub geleistet, dass er es einerseits verstand, seine komplexen Vorstellungen in vertraute Bilder zu fassen. Andererseits musste Jack unsere Sitzungen meist früher verlassen, weil seine Präsenz noch anderswo gefragt war, sodass er nicht gezwungen war, auf unsere Nachfragen einzugehen. Wir mussten ihm einfach vertrauen. Aber selbst Xavier schien dies nicht allzu schwer zu fallen, obwohl er Experten in Fragen der Künstlichen Intelligenz im Allgemeinen nur für aufgeblasene Programmierer hielt, die lieber bei ihrem Kerngeschäft bleiben und seriöse Arbeit leisten sollten.

Während Jack immer gut darüber informiert schien, womit wir anderen uns gerade beschäftigten, und uns auch stets konstruktive Ratschläge geben konnte, wussten wir anderen kaum, womit er sich in seiner täglichen Arbeit eigentlich beschäftigte. Wir wussten zwar, mit welchen Problemen der Künstlichen Intelligenz für ihre Nutzung im selbstfahrenden Auto er sich theoretisch befasste und welche Lösungen ihm vorschwebten, aber wie sich sein praktisches Vorgehen gestaltete, blieb uns weitgehend verborgen. Wir wussten nur, dass er zu gegebenem Zeitpunkt, er sprach von der ›Reife unseres Autos‹, ein brachliegendes Fabrikareal als Testgelände anmieten wollte, auf dem dann einige Prototypen ›unseres Autos‹ umherkurven und ›lernen‹ und ›trainieren‹ sollten. Bis die ›Reife‹ dies erlaubte, simulierte Jack seine Ideen in einem Drei-D-Modell am Computer. Wenn wir ihm bei seinen Trockenübungen am Bildschirm mit den kleinen grellfarbenen Automodellen jeweils kurz über die Schulter schauten, hatten wir den Eindruck, als sei er in ein ganz gewöhnliches Computerspiel vertieft – und zwar eines, das nicht ganz auf der Höhe der Zeit war. Wahrscheinlich darum schenkte niemand den ›Experimenten‹ oder ›ethnografischen Beobachtungen‹, wie Jack diese ›Arbeit‹ nannte, größere Aufmerksamkeit.

Die sporadische Zusammenarbeit mit Jack bei der Lösung von Problemen, die quer zu unseren Zuständigkeitsbereichen lagen, ermöglichte nur beschränkt Einblick in Jacks Arbeit. Sogar Xavier, der von Jack mit der Programmierung seiner Ideen beauftragt wurde, wusste nicht viel mehr. Auch ihm blieb verborgen, wie genau das Verhalten der Modellautos auf dem Bildschirm mit der Wirklichkeit zusammenhing. Dass wir alle auch nicht besonders neugierig waren, mehr über Jacks praktische Arbeit zu erfahren, mochte mit seinen originellen Auffassungen von Künstlicher Intelligenz zu tun haben, gaben sie uns doch das Gefühl, an etwas wirklich ganz Neuartigem zu arbeiten. Ich könnte mir gut vorstellen, dass diese Faszination auch der Grund war, warum Udo Jack angestellt hatte und ihm weitgehend freie Hand ließ.

Jack verstand unter Künstlicher Intelligenz nichts, das der menschlichen Intelligenz entspräche und ihr nachgebildet werden müsste, sondern etwas Eigenständiges, dem Menschen so fremd wie die Intelligenz eines Elefanten oder einer Schlange. Aber, so glaubte Jack, weil wir für fremde Arten der Intelligenz keine Sprache hätten, könnten wir über sie wohl oder übel nur mit Begriffen für unsere eigene Intelligenz sprechen. Dass Künstliche Intelligenz auch gewisse Eigenschaften mit der unseren gemeinsam hat, darüber hinaus aber meist nur den Eindruck von Gemeinsamkeiten erweckt, verleitete Jack zufolge einige ihrer Entwickler und Verkünder vorschnell zur Annahme, es ginge nur darum, die Natur zu imitieren oder den Menschen nachzubauen. Diese Ansicht vertraten ja auch Izumi und Mireille, denen Jack immer wieder vorwarf, nur die Resultate der Intelligenz im Auge zu haben, nicht aber den Weg dahin, nur ihren Zweck, nicht aber, was in ihrem Inneren vor sich geht.

Für ebenso irreführend hielt Jack die Idee, sich bei der Entwicklung unseres selbstfahrenden Elektroautos an jener verblüffenden Künstlichen Intelligenz zu orientieren, die in unschlagbaren Schachprogrammen steckt, wie Xavier eines entwickelt hatte. Auch wenn solche Programme mittlerweile selbst lernen könnten und nicht mehr vom Menschen abhängig seien, funktionierten sie doch immer nur in geschlossenen Systemen mit vorgegebenen Spielregeln. Auch ließen sich ein erfolgreiches Programm für Schach und eines für *Go* nicht in einem Programm vereinigen. Nur aufgrund der enormen Rechenleistung heutiger Computer und der riesigen Menge von möglichen Spielzügen, die man ihnen zur Berechnung verfüttere, seien diese Programme erfolgreicher als die besten Spieler, was dann zum irrigen Schluss führe, sie seien nicht nur leistungsfähiger als die menschliche Intelligenz, sondern sie teilten auch alle ihre Eigenschaften. Dass es sich um eine *andere* Art der Intelligenz handeln könnte, die zu den besseren Ergebnissen führe, würde übersehen. Auch dass es oft nur dieselben und zuweilen sogar schlechtere Ergebnisse seien, falle bei diesem Fehlschluss nicht auf.

Für die große Mehrheit der Anwendungen Künstlicher Intelligenz, einschließlich selbstfahrender Autos, seien geschlossene Systeme aber eben nicht zum Vornherein gegeben, sondern müssten immer wieder an die wechselnden Umstände angepasst werden – Baustellen kämen und verschwänden wieder, Eisregen könne in Sekundenschnelle zu Glatteis führen und in Frankreich gälte auf Autobahnen bei Regenwetter eine niedrigere Höchstgeschwindigkeit als bei Sonnenschein, während anderswo bei jedem Wetter dieselbe Höchstgeschwindigkeit gälte und es in wieder anderen Ländern gar keine Höchstgeschwindigkeit gäbe. Oder: ein Stromausfall aufgrund einer defekten Batterie könne Fehlfunktionen oder eine Vollbremsung verursachen, die nicht nur für das betroffene Auto, sondern auch für andere Verkehrsteilnehmer und Unbeteiligte schlimme Folgen haben könnten.

Jack kritisierte zudem die Auffassung, dass die immer größeren Datenmengen, die der Künstlichen Intelligenz zur Verarbeitung zur Verfügung stehen, zu immer besseren Ergebnissen führen müssten. Denn einerseits seien die Muster, die die Künstliche Intelligenz zu erkennen vorgäbe, nicht immer Ausdruck notwendiger Beziehungen, sondern oft nur von Beziehungen zwischen Daten, die zwar gleichzeitig, aber nicht zwingend abhängig voneinander variierten. Und welche Abhängigkeit dann als zwingend angenommen werde, sei eine Frage der Interpretation. Auch in großen Datenmengen sprächen die Daten nicht für sich selbst und es gälten immer noch die Gesetze der Statistik. Und diese zeigten sogar, dass vermeintliche Beziehungen in großer Zahl immer problematischer würden. Es müsse darum damit gerechnet werden, dass Künstliche Intelligenz nicht nur immer mehr Muster erkennen könne, sondern dass immer mehr dieser Muster gar nicht existierten. Der Anteil der scheinbaren Zusammenhänge übersteige schnell einmal die wahren Zusammenhänge. Es entstehe eine Art Rauschen, das tatsächliche Zusammenhänge übertönen könne. Und dies sei umso gefährlicher, als dieses Rauschen auch verschleiere, wie die Künstliche Intelligenz zu ihren richtigen Resultaten gelange. Je mehr Daten sie zur Verfügung habe und je besser sie darin werde, selbst zu lernen, desto weniger wüssten ihre Schöpfer, was in ihr vorgehe – und desto weniger könnten sie mit ihren Interpretationen eingreifen und allfällige Irrtümer rechtzeitig erkennen und korrigieren.

Aus all diesen Gründen kann man gemäß Jack das eigenständige Lernen der Künstlichen Intelligenz weder auf ein noch so systematisches Wühlen in riesigen Datenmengen beschränken, noch sollte man sich nur an der geistigen Tätigkeit des Menschen und seinem Gehirn orientieren. Man müsse vielmehr von etwas ausgehen, das dem ganzen menschlichen Körper und der Anpassung seines Verhaltens in ständig wechselnden Umgebungen entspreche. Kurz, man müsse, in unserem Fall, das Auto als Entsprechung zum ganzen menschlichen Körper zur Basis der Entwicklung seiner Intelligenz machen und dürfe nicht einfach nur seinen Fahrer oder dessen Intelligenz zu imitieren versuchen. Jack sprach darum von ›Autointelligenz‹, zu der er noch die kleinste Schraube des Autos rechnete. Und er meinte, ebenso wie die menschliche Intelligenz aus der Beschaffenheit und den Bewegungen des Körpers hervorgehe, gehe auch die Autointelligenz aus der materiellen Beschaffenheit des Autos und seinen Bewegungen auf der Straße und im Verkehr hervor. Auch die Autointelligenz müsse deshalb von unten nach oben aufgebaut werden und nicht umgekehrt. Und die Beobachtung des Verhaltens des Autos in der materiellen Wirklichkeit sei dabei gerade so wichtig, wenn nicht wichtiger als jede intellektuelle Rekonstruktion dieses Verhaltens.

Eine Gemeinsamkeit der Autointelligenz mit der menschlichen Intelligenz sah Jack jedoch im kindlichen Lernen, das über vorgeformte Stufen der körperlichen Entwicklung erfolgt und durch Erfahrung und logische Kombination, Bildung und Umgestaltung von Denk- und Verhaltensmustern, Interpretation, Erinnerung, Vergessen, Neugier und Irrtum vom bloßen Tasten zum kreativen Umgang mit stets wechselnden Umgebungen führt. Wie alle diese für das kindliche Lernen typischen Vorgänge das Vorbild für das Lernen der Autointelligenz sein sollten, glaubte Jack, dass es dann auch einer Unterstützung bedürfe, die falsche Schlüsse, Interpretationen und Erinnerungen korrigiere, vergessen gegangenes Wissen in Erinnerung rufe und die zuweilen mangelnde Neugier wiedererwecke. Und er war zutiefst davon überzeugt, dass dies keine Maschine, sondern nur ein Mensch sein könne, ein Lehrer, oder ein Kurator, wovon er vorzugsweise sprach. Denn die über alle Formen von Gedächtnis hinausgehende Erinnerung, aber auch das Vergessen und das Vergessenkönnen, die Bewertungen und die Umwertungen, die Neugier und die Motivation ließen sich einer Künstlichen Intelligenz nur sehr beschränkt einpflanzen.

Die zwei Hauptargumente Jacks für eine bleibende Abhängigkeit der Künstlichen Intelligenz vom Menschen waren, dass diese Intelligenz keinen Spaß versteht und sich leicht täuschen lässt, während es dem Menschen leichtfalle, Witze zu verstehen, und der Mensch geradezu ein Meister der Täuschung sei, ein Wesen, das nicht nur täusche und getäuscht werde, sondern sehr viel von gezielter Täuschung verstehe. Schon mit dem Verständnis sprachlicher Formulierungen habe die Künstliche Intelligenz ihre liebe Mühe. Zur Veranschaulichung brachte Jack gerne das Beispiel mit der Trophäe und der Kiste: Während fast jeder Mensch bei den Sätzen ›Die Trophäe passt nicht in die Kiste, weil sie zu groß ist‹ und ›Die Trophäe passt nicht in die Kiste, weil sie zu klein ist‹ verstehe, dass sich das ›sie‹ im ersten Fall auf die Trophäe und im zweiten Fall auf die Kiste beziehe, sei die Künstliche Intelligenz nur in fünfzig Prozent ihrer Interpretationsversuche erfolgreich. Und bei Witzen liege sie dann nicht einmal zufällig richtig, sondern sei bloß noch irritiert.

Einen Witz zu verstehen, verlange offenbar sehr umfangreiche Fähigkeiten, wozu die Künstliche Intelligenz wohl nie fähig sein werde. Es sei ja überhaupt ein Wunder, dass Leute ohne jede Bildung Witze verstehen und darüber lachen könnten. Natürlich setze Humor Sprachkenntnis voraus und sei ebenso von der jeweiligen Kultur abhängig wie der Geschmack oder die Moral. Während sich aber ethische Fragen noch diskutieren ließen, sei dies bei Witzen so wenig möglich wie beim Geschmack. Entweder begreife man die Pointe sofort oder gar nicht, ein quantitatives Verständnis eines Witzes gäbe es nicht. Das Entscheidende an Witzen scheine, dass man nicht zum Voraus wisse, worauf die Pointe hinauslaufe. Man erwarte aufgrund des Anfangs und dem Verlauf der Geschichte einen bestimmten Ausgang, und dann geschehe, explosionsartig, etwas anderes, das aber ebenso logisch sei. Man lache also auch, weil man das Falsche erwartet habe, aber am Schluss doch alles verständlich und sinnvoll sei. Man werde getäuscht, aber werde sich der Täuschung im letzten Moment gerade noch bewusst. Man lache darum auch immer über sich selbst. Zu solcher Selbsterkenntnis werde die Künstliche Intelligenz nie fähig sein.«

»Ein gutes Argument«, wirft Brigitte ein. »Es erinnert mich an einen Zeitungsartikel, den ich kürzlich gelesen habe. Darin wurde von einem Experiment berichtet, bei dem ein Schriftsteller zusammen mit einer zum literarischen Schreiben programmierten Künstlichen Intelligenz einen Text verfassen sollte. Abwechslungsweise steuerten der Schriftsteller und die Künstliche Intelligenz einen Satz bei, was zu Beginn offenbar ganz gut klappte. Der Künstlichen Intelligenz sei es anfänglich sogar gelungen, nicht nur sinnvolle Sätze zu kreieren, sondern mit ihnen auch eine gewisse Atmosphäre zu erzeugen. Nach dem vielversprechenden Anfang habe die Künstliche Intelligenz dann aber bald einmal den Faden verloren, der eine Geschichte ausmacht. Und, als hätte sie ihre Hilflosigkeit selbst erkannt, habe sie daraufhin noch mit ein paar besonders exotisch oder lustig anmutenden Anekdoten aus ihrem enormen Gedächtnis zu punkten versucht, um dann am Ende nur noch zusammenhangslosen Unsinn zu erzählen. Große Anfänge, keinen Sinn für Geschichten, die sich oft nicht vorhersehbar entwickeln, Hang zum Anekdotischen, keinen Sinn für Bedeutungsverschiebungen, unfähig, mit Mehrdeutigkeiten umzugehen und mit Ironie, unfähig zu lachen, nicht gefasst auf Überraschungen! Mir schien, als habe die Künstliche Intelligenz, die hier am Werk war, mehr mit den Ansichten ihrer Propheten zu tun als mit menschlicher Intelligenz. Ein noch so potenter nimmermüder Rechner und ein monumentales Gedächtnis, das nur eine Sammlung nackter Daten ist, machen tatsächlich noch keine menschliche Intelligenz, da hatte Jack wohl recht.«

»Das sahen die meisten von uns auch so. Darum waren wir ja dann auch alle verblüfft, als Jack sich eines Tages abrupt von der Künstlichen Intelligenz abwandte und unserem Projekt den Rücken kehrte – noch bevor er begonnen hatte mit den Experimenten und Beobachtungen, wie reale Autos in der realen Welt ihre Intelligenz aufbauen und trainieren, und wie das System mit den Kuratoren praktisch zu organisieren wäre. Für seinen Rückzieher genügte es ihm, in der Computersimulation zu verfolgen, wie sich die Entstehung der Autointelligenz durch ständige Änderung der Umgebung und immer wieder neue Anpassung der Regeln durch ihn, den ersten und einzigen Kurator, Schritt für Schritt entwickelte.

In relativ kurzer Zeit gelang es Jack, die wesentlichen Probleme zu identifizieren, Regeln für das Funktionieren der Autointelligenz zu bestimmen und festzulegen, wo sie sich durch selbständiges Lernen selbst überlassen werden kann und wo sie durch einen Kurator begleitet werden muss. War dieser Rahmen einmal bestimmt, überließ Jack meist Xavier die weitere Programmierung und prüfte in seiner Rolle als erster Kurator nur noch, wie erfolgreich die Algorithmen in den Simulationen arbeiteten und wie sich sein Eingreifen als Kurator noch mehr einschränken ließe. Der Erfolg von Jacks Vorgehen zeigte sich vor allem daran, dass die Zahl der kleinen bunten Modellautos, die auf dem Bildschirm miteinander kollidierten, in Hindernisse krachten oder Menschen überfuhren, stetig kleiner wurde.

Bei seinen Beobachtungen und Interpretationen der Simulationen ging Jack tatsächlich wie ein Ethnograf vor, der bei Menschen in einer fremden Kultur Regelmäßigkeiten und Spielräume ihres Verhaltens feststellen will, dabei aber immer auch seine Rolle als Beobachter und Interpret berücksichtigt. Schnell erkannte er, dass auch der Lernprozess der Autointelligenz in zwei Phasen verläuft. In der ersten sind Imitation, Prägung und die Interaktion mit anderen Verkehrsteilnehmern entscheidend, in der zweiten sind es dann die einschneidenden Erlebnisse, die Entscheidung moralischer Dilemmata und die Entwicklung eines Sinnes für alles Mögliche.

Regeln für das einfache Manövrieren des Autos aufzustellen und sie in geschlossene Systeme zu seiner Steuerung zu integrieren, ist relativ einfach, ebenso die Bestimmung von Regeln für die Steuerung der Interaktion mit anderen, die ja teils in den Verkehrsregeln vorgegeben sind. Auf dieser Stufe betrachtete Jack das permanente Sammeln und Verarbeiten von Erfahrungen und Informationen als entscheidend und

Imitation und Wiederholung als zentrale Prinzipien des Lernens, die die Autointelligenz prägen und sie zur normalen Verkehrsteilnehmerin machen. Aber nicht einmal auf dieser Ebene konnte die Künstliche Intelligenz seines Erachtens ganz sich selbst überlassen, ganz dem Selbstlernen anvertraut werden, da sich weder das Beschleunigen in Kurven mit unterschiedlichen Radien und das Einparken in ein einziges Steuerungssystem integrieren lasse, noch die auf den aktuell verfügbaren Sensoren beruhende Bilderkennung klar zwischen bewegten und unbewegten Objekten unterscheiden könne. Und auch die oft gepriesene Schwarmintelligenz, die das Verhalten verschiedener Autos in wechselseitiger Abstimmung koordinieren soll, könne in die Irre führen. Schließlich seien da noch die inneren Hindernisse, denn nie lasse sich verhindern, dass das Falsche gelernt oder das Gelernte mit der Zeit falsch werde. Zur Koordination, Korrektur und Überwindung von hinderlichen Prägungen und Routinen hielt Jack darum schon auf der ersten Stufe einen Kurator für unerlässlich.

Obwohl ein Kind noch immer viel schneller lernen könne, was eine Katze ist, als jede Künstliche Intelligenz, müsse ihm jemand sagen, dass es einen Tiger nicht streicheln soll. Und weil Künstliche Intelligenz auch mittels Kameras, Radar, Ultraschallsensoren und wer weiß was noch, immer noch nicht klar unterscheiden könne zwischen einem auf der Fahrbahn liegenden Blatt und einem Stein, brauche es jemanden, der ihr sage, dass sie das Blatt ohne Geschwindigkeitsreduktion überfahren könne, bei einem Stein das Tempo aber reduzieren oder anhalten sollte. Noch mehr Schwierigkeiten als mit der Einordnung und Einschätzung statischer Objekte habe die Künstliche Intelligenz mit Dingen oder Menschen in Bewegung. Hüpfe etwa ein Kind über den Zebrastreifen, überquere eine gebrechliche Person mit einem Rollator die Straße oder verlangsame jemand mitten auf der

Straße seinen Schritt, um sich auf den Bildschirm seines Smartphones zu konzentrieren, sei für die Künstliche Intelligenz nicht immer klar, ob es sich um Menschen handele oder um Blätter, die im Wind tanzen, aber problemlos überfahren werden können. Die Künstliche Intelligenz dürfe darum nicht nur das Wiedererkennen perfektionieren, sondern müsse richtig sehen lernen.«

»Was heißt ›richtig sehen‹?«, will Brigitte wissen. »Dazu müsste das Auto doch ständig seine Richtung wechseln.«

»Im Verkehr geht dies natürlich nicht. Das wusste auch Jack. Gerade darum glaubte er, um nicht stets aufs Neue Täuschungen zu erliegen, müsse der Kurator eingreifen, am besten indem er die Umgebung, in der das Auto fahre, immer wieder variiere und der Autointelligenz so die Gelegenheit gäbe, möglichst viele Fehler zu machen. Dabei müsse er – zumindest solange noch nicht alle Autos von einer Künstlichen Intelligenz gesteuert würden – immer auch Situationen aus der realen Welt berücksichtigen, denn es sei zwar schwer vorstellbar, aber gar nicht so selten, dass ein Autofahrer einen anderen absichtlich, sei es im Jähzorn oder gar aus Rachegefühlen, ramme. Keinesfalls dürfte sich in der Künstlichen Intelligenz ein Reaktionsmuster einnisten, das dem Zorn freie Bahn lasse oder nach Rache trachte.

Jack nahm aber an, auch wenn dereinst alle Autos von Künstlicher Intelligenz gelenkt würden und sich zur Optimierung ihres Fahrverhaltens ständig aneinander orientieren könnten, also die Schwarmintelligenz zum Tragen komme, sei ein Kurator nicht überflüssig, auch wenn er im Allgemeinen nur sehr bedingt korrigierend eingreifen könne. Der unkritische Glaube an die überlegenen Fähigkeiten der Schwarmintelligenz hatte nach Jack mit einer falschen Vorstellung von Schwärmen im Tierreich zu tun. Wie ihm nämlich eine Biologin, eine seiner zahlreichen Freundinnen, einmal erklärt hatte, sind Schwärme von Insekten oder Fischen weder egalitär organsiert, noch führten ihre Entscheidungen, wenn man dies überhaupt so nennen könne, immer zum Erfolg. Zwar gäbe es in Schwärmen keine Leittiere mit besonderen Eigenschaften wie in Rudeln, aber es gäbe immer einzelne Individuen, die besonders schnell eine Entscheidung fällten, sei es, weil sie besonders nahe am Geschehen seien, sei es, weil sie besonders aufmerksam, entscheidungsfreudig oder entscheidungshungrig seien – also eine Art Führer, denen dic anderen dann blindlings folgten. Dass dies in neun von zehn Fällen gut ausgehe, täusche darüber hinweg, dass zuweilen auch ein ganzer Schwarm in die Irre geführt und manchmal völlig ausgelöscht werde. Schwarmintelligenz könne schnell in Schwarmdummheit umschlagen. Anstatt dass sich die Gefolgschaft am *Worst Case* orientiere, halte sie sich ans unhinterfragte Ideal des vorauseilenden Führers. Die Illusion, dass es in jedem Fall eine dem Einzelnen überlegene Entscheidung des Kollektivs geben könne, komme von der falschen Auffassung, dass es sich bei Schwärmen nur um eine Ansammlung unverbundener Individuen handle. Diese bildeten aber ein Kollektiv mit eigenen Regeln, und eine davon animiere dazu, schnell und unkritisch der Entscheidung eines Einzelnen zu folgen. Aber letztlich seien es ja überhaupt keine Entscheidungen eines Individuums oder eines Kollektivs, die über das Schicksal eines Schwarmes entschieden, sondern äußere Umstände, die Temperatur, der Wind, die Strömung.

Aus diesen Informationen der Biologin schloss Jack, dass auch Schwärme nicht sich selbst überlassen werden dürfen, sondern einen Kurator bräuchten. Präventiv könne dieser eingreifen, wenn er sich korrigierend in den Aufbau des kollektiven Gedächtnisses eines Schwarmes einschalte, was ihm umso besser gelänge, je mehr Ortskenntnisse er besäße. Ein

Schwarm von Autos sei umso besser vor Irrtümern und Abstürzen gefeit, je mehr er sich innerhalb von Arealen bewege, die den Ortskenntnissen des Kurators entsprächen. Nur innerhalb solcher Blasen könne ein kollektives Gedächtnis entwickelt werden, dessen Voraussicht weiterreiche, als die Entscheidungen des Führers. Aber manchmal reiche auch dieses vorausschauende Lotsenwissen nicht, und der Kurator könne im besten Fall, wenn er erste Anzeichen eines Fehlverhaltens erkenne, nur noch den ganzen Schwarm an der weiteren Fortbewegung hindern, indem er den Verkehr zum Stillstand bringe.

In der zweiten Phase, in der sich die Autointelligenz nach Jacks Vorstellung entwickeln soll, sind die Probleme noch kniffliger, denn nun sind die zu überwindenden Hindernisse meist innerer Natur. Oft muss auf dieser Stufe das bereits Gelernte, das sich zu Routinen verfestigt hat, die die Gesamtheit der denkbaren und erfahrbaren Möglichkeiten einschränken, revidiert werden. Und das Lernen wird schwieriger, weil neue Regeln und Erfahrungen nicht mehr so einfach in Fleisch und Blut übergehen und immer weniger aus Fehlern gelernt werden kann. Es sei denn, diese Fehler sind genug groß und werden als einschneidende Erlebnisse erfahren, als Erlebnisse, die man nicht mehr vergisst, weil sie wehtun. Weil die Empfindung von Schmerz auch beim Menschen über das betroffene Organ hinausgeht und mithin den ganzen Körper in seiner Existenz zu bedrohen scheint, entwickelte Jack auch für das Auto ein System, bei dem falsche Reaktionen auf große Fehler die ganze Autointelligenz in Frage stellen, ihr mit Stillstand und Vernichtung drohen. Für solche besonders gefährlichen Fehler kreierte er in seinen Simulationen immer neue Situationen, in denen Menschen zu Tode kamen. Der Wirkung seiner Versuche auf den Rest des Teams bewusst, sprach Jack oft davon, dass diese Opfer nötig seien, damit die Autointelligenz die grundlegenden Dinge im Gedächtnis behalte, denn nur wenn sie sich selbst auch als mögliches Opfer sehen lernte, könnte sie künftige menschliche Opfer verhindern.

Vielleicht weil Jacks Vorgehen ganz im Gegensatz zur zeitgenössischen Lernpsychologie stand, die mit positiven Reizen und Wohlfühlatmosphäre die kognitiven Leistungen verbessern will, und uns zu richtigem Verhalten eher sanft schubsen anstatt heftig stoßen will, konnten wir uns nicht richtig für sie erwärmen, auch wenn wir alle seine Notwendigkeit einsahen. Am schwersten tat sich Galenia mit den manchmal brutalen Experimenten ihres Freundes. Das zeigte sich deutlich, nachdem Jack einmal in einer Kaffeepause erklärt hatte, dass sein Vorgehen nicht nur dazu diene, der Autointelligenz ein Gedächtnis einzupflanzen, das sie vor Täuschungen bewahre und vorausschauend mache, sondern gleich noch weitere Schwächen zu überwinden helfe, wie mangelnde Neugier, mangelnde Vorsicht und mangelnde Zurückhaltung. Als Jack dann sagte, aus der Angst der Autointelligenz, dass ihr etwas wehtun könnte, entstehe ganz automatisch die Neugier zu erfahren, was ihr wehtun könnte, sowie die Vorsicht und die Zurückhaltung, Dinge zu tun, die ihr wehtun könnten, stand Galenia auf und verließ die Runde. Danach machte sie längere Zeit einen Bogen um Jack. Jemand war sogar der Meinung, dass sie Jack nicht nur mied, sondern ihn verlassen hatte.

Auch für das sich in der zweiten Lernphase pointierter stellende Problem der ethischen Entscheidungen fiel Jack eine originelle Lösung ein. Schon allein, weil die Autointelligenz weder müde, unachtsam oder jähzornig wird, nie betrunken ist und nie aufs Smartphone schaut, konnte sie immer mehr Unfälle vermeiden. Die wenigen Unfälle, die sich trotzdem noch ereigneten, ließen sich fast immer als *reine* Unfälle, und nicht mehr als moralische Verfehlungen oder Straftaten einer Person begreifen. Nur noch äußerst selten würde jemand persönlich haftbar gemacht werden können, allenfalls noch der Hersteller des Autos, der Entwickler der Autointelligenz oder, in Jacks Konzept, ein Kurator. Je besser die Autointelligenz aber bei der Vermeidung von Unfällen wurde, desto mehr kam es zu Situationen, bei denen sie zwischen zwei Übeln entscheiden musste. Zumeist stand sie vor Dilemmata der Art, ob in einer unvorhersehbaren Situation der Tod des Fahrers oder der eines anderen Verkehrsteilnehmers vermieden werden soll, ob der Tod eines Kindes, der eines Erwachsenen oder der einer Greisin vermieden werden soll, und wie reagiert werden soll, wenn drei Personen im Auto sitzen, das auf der Küstenstraße in die Tiefe stürzen würde, wenn es dem entgegenkommenden Auto, in dem nur eine Person sitzt, ausweichen würde. Wann sollte die Autointelligenz in solchen Fällen aktiv werden, wann sollte sie besser nichts tun?

Jack fand eine pragmatische Lösung, zu der er durch die Beschäftigung mit dem klassischen Weichenstellerproblem gelangte. Angenommen, eine Straßenbahn ist außer Kontrolle geraten und droht, fünf Personen zu überrollen. Durch Umstellen einer Weiche könnte die Straßenbahn auf ein anderes Geleis umgeleitet werden. Unglücklicherweise steht dort aber eine weitere Person. Darf durch Umlegen der Weiche der Tod einer Person in Kauf genommen werden, um das Leben von fünf Personen zu retten? Intuitiv halten die meisten Menschen das Umstellen der Weiche für richtig. In einer neuen Studie wurden die Teilnehmer zusätzlich gefragt, wie sie entscheiden würden, wenn sie selbst eine der vom Tod bedrohten Personen wären. Nun war es fast allen nur noch wichtig, sich selbst zu retten. Aber nicht nur der gesunde Menschenverstand, auch allgemeine ethische Argumente, die zu diesem Problem vorgebracht werden, und eine Vielzahl objektiver und subjektiver Gründe ins Spiel bringen, gelangen zu unterschiedlichen Schlussfolgerungen. Zudem scheint auch der kulturelle Hintergrund eine Rolle zu spielen. Er kann zum Beispiel nahelegen, ob in erster Linie Kinder oder eher alte Menschen geschützt werden sollen. Angesichts dieser verwirrenden Situation für die Autointelligenz, die innerhalb von Sekundenbruchteilen entscheiden muss, sah Jack keine Möglichkeit für das Eingreifen eines Kurators.

Aber dann gibt es da auch noch die juristischen Beurteilungen solcher Dilemmata, die zwar ebenso unterschiedlich ausfallen, aber zumindest innerhalb eines bestimmten Landes während einer bestimmten Zeit konsistent sind. Und hier setzte Jack mit seiner Lösung an. Für viele Entscheidungen der Autointelligenz könne man einfach Gerichtsurteile als Vorlage heranziehen, auch wenn diese nur von relativer Gültigkeit seien. Warum für die Entscheidungen der Autointelligenz etwas Besseres verlangen, als was ein Gericht kurze Zeit nach dem Unfall zur Richtigkeit dieser Entscheidungen aufgrund des jeweils geltenden Gesetzes feststelle? Die Schuldfrage sei damit zumindest für all jene Fälle vom Tisch, in denen Gerichtsurteile vorlägen. Dem Kurator falle in diesem Konzept der Entscheidungsfindung nur noch die Aufgabe zu, die Autointelligenz ständig mit den neuesten Gerichtsurteilen zu füttern.

Natürlich gäbe es auch auf diese Weise unentscheidbare Fälle, an einem Ort mehr, am anderen Ort weniger, aber überall äußerst wenige. Um diese auch noch zu reduzieren, versuchte Jack, der Autointelligenz zusätzlich zu ihrem Sinn für die Wirklichkeit, der die Anpassung des Fahrens an verschiedene physische und rechtliche lokale Realitäten erlaubt, auch noch einen Möglichkeitssinn zu geben, der zwar nicht eine Anpassung an *alles* Mögliche erlaubt, aber allem Möglichen gegenüber offen ist, um auf diese Weise die Anpassung noch weiter zu verbessern. Dies bewerkstelligte er durch den Einbau von Elementen in die Steuerungsprogramme, die deren Ablauf und Zusammenwirken da und dort verlangsamten, ihnen von Zeit zu Zeit Pausen auferlegten, sie sporadisch zu einem Neustart veranlassten oder den Schwerpunkt ihrer Berechnungen variierten, etwa indem sie den Bezug des Lernmechanismus einmal aufs Gedächtnis und ein andermal auf die sinnliche Wahrnehmung legten. Alles Maßnahmen, die der Autointelligenz zur Entspannung von der zunehmenden Last ihres Gedächtnisses, den sich immer tiefer einprägenden Routinen und dem durch zu große Konzentration verursachten Tunnelblick verhelfen sollten. Nur so, glaubte Jack, könne die Autointelligenz mehr Distanz zu ihrer ursprünglichen und aktuellen Programmierung gewinnen und für Neues offenbleiben und mit der Zeit auch ein Gespür und eine Ahnung für Unberechenbares und Unvorhersehbares entwickeln. Die Autointelligenz müsse nicht nur neugierig darauf sein, *ob* etwas hinter der nächsten Kurve sei, sondern bereits eine Ahnung davon haben, *was* es sein könnte.

In seiner anschaulichen Sprache formuliert, schwebte Jack eine Autointelligenz vor, die sich in der ersten Phase ihrer Entwicklung mit Paul Klees kindlichen Bildern, mit ihren klaren Formen und eindrücklichen Farben, vergleichen lässt, die aber in der zweiten Phase in ein Gemälde William Turners übergehen sollte, in dem die Wirklichkeit, mag sie auch noch so verschwommen dargestellt sein, nicht nur immer noch klar genug durchscheint, sondern den Betrachter ins Bild einbezieht, indem sie sein Bewusstsein und seinen Blick in bestimmte Richtungen lenkt und darüber hinaus eine Ahnung entstehen lässt, was alles auch noch wirklich sein könnte.

Jack gab seiner Autointelligenz den Namen *KLOSEM*, die Abkürzung für ›Kuratiertes Lenksystem für die Orientierung elektrischer Mobile‹, und glaubte, die ideale Synthese der sich noch immer konkurrierenden Systeme für selbständiges Fahren von *Tesla* und *Google* gefunden zu haben. Beim

System von *Tesla* tastet das Auto seine Umgebung permanent ab und berechnet sein Verhalten und seine Route jedes Mal neu. Daten werden bei diesem System zwar auch an eine *Cloud* gesandt, aber nur zur Unterstützung, die Entscheidungen treffen letztlich die Rechner in den einzelnen Autos. Dieses System bedarf großer Rechenleistung, vielleicht so groß, dass sie nie ordentlich zu bewältigen ist. Darum setzt das System der *Google*-Tochterfirma *Wayamo* vor allem auf die Steuerung durch die *Cloud*. Auch in diesem System tasten die Sensoren der Autos dauernd ihre Umgebung ab, geben dann aber die Daten an die *Cloud* weiter, wo sie zu digitalen Karten verarbeitet werden, die an die einzelnen Autos zurückgesandt werden. Die Autos orientieren sich dann nicht direkt an der Umgebung, sondern an diesen Karten. Umgebungsänderungen werden nur über die Orientierung an den Karten wirksam. Mit dem in der *Cloud* bereitgestellten digitalen Gedächtnis fahren die Autos mehr oder weniger auswendig auf der Straße, eigentlich wie auf Schienen. Jack versuchte mit seinem System, die all zu starren Vorgaben dieses zentralistischen Systems zu relativieren und flexibler zu machen. Er setzte auf die höhere Sensibilität des *Tesla*-Systems, versuchte aber dessen noch ungenügende Rechnerleistung zu kompensieren. Sein Kurator erschien ihm als Schlüssel der Synthese.

Und dann, als *KLOSEM* so weit war, dass es mit realen Autos auf dem leerstehenden Fabrikgelände hätte getestet und perfektioniert werden können, gab Jack auf. Noch in derselben Woche, in der uns Xavier, der durch seine enge Zusammenarbeit mit Jack den Entwicklungsstand am besten kannte, mehrfach angedeutet hatte, dass der Schritt von der Simulation zum Fahren in der Wirklichkeit kurz bevorstünde, tat uns Jack seinen Entschluss kund. Ich weiß noch genau, wie er an jenem Freitagnachmittag im November zu mir kam und mich mit den Worten ›Komm doch bitte mal zu mir rüber, ich muss euch etwas Wichtiges sagen‹ in sein

Büro beorderte. Die anderen warteten schon, auch Udo und die Sekretärin waren da. Es herrschte eine lockere, erwartungsvolle Stimmung – so wie oft vor einem Wochenende um diese Tageszeit. Es wurde lebhaft geplaudert. Die einen – wohl jene, die glaubten, Jack würde nun die besagte ›Reife unseres Autos‹ verkünden – machten allerhand fröhliche und lustige Bemerkungen. Andere – die eher damit rechneten, dass Jack eine Verzögerung bekannt geben würde, da die Organisation der Kuratoren vielleicht doch nicht so einfach war wie jene von Fluglotsen, oder dass Jack mit der Konzeption des Möglichkeitssinns nicht vorankam – fielen eher durch skeptische und ironische Einwürfe auf. Noch als Jack das Wort ergriffen hatte, plauderten einige munter weiter.

Erst als er mit etwas lauterer Stimme wiederholte ›Ich werde aus dem Projekt aussteigen, ich kann nicht mehr weiter machen‹ wurde es schlagartig still. Die meisten von uns waren baff, einige schauten einander ungläubig an. Noch bevor Jack weitersprechen konnte, platzte Mireille mit der Frage heraus ›Jetzt, wo es fast keine Unfälle mehr gibt?‹ ›Gerade deshalb‹, sagte Jack. Seine ernste Miene änderte sich auch nicht, als Udo mit einer aufmunternden Bemerkung versuchte, Jack davor zu bewahren, aufgrund eines kleinen, wahrscheinlich schon bald lösbaren Problems den Bettel hinzuschmeißen.

Jack hörte mit gesenktem Haupt zu. Dann lächelte er gequält, sah uns schweigend an und begann mit seiner Erklärung. ›Vorgestern hat sich seit langem wieder einmal ein Unfall ereignet‹, sagte er. ›Auf dem Bildschirm harmlos, in der Wirklichkeit eine Tote‹. Und er habe sich wie ein Mörder gefühlt und sogar geglaubt andere, die künftigen Kuratoren, mit seiner Entwicklung zu Mördern zu machen. Blitzartig sei ihm klar geworden, dass sich Unfälle mit Toten zwar auf eine verschwindend kleine Zahl reduzieren, nicht aber prinzipiell vermeiden ließen. Quantität sei in Qualität umgeschlagen.

Gerade angesichts der kaum mehr wahrnehmbaren Zahl der Unfälle, die sein System noch zulasse, habe er realisiert, dass es nicht mehr um Zahlen gehe, sondern um die Schuld, die *immer* auf ihn zurückfallen würde. ›Und damit‹, schloss er seine Erklärung, ›mit dieser Schuld oder auch nur dem Bewusstsein, dass sie *mich* treffen kann und mit Sicherheit mich treffen wird, kann ich nicht leben‹.

Wir waren ratlos, wussten nicht, was sagen oder fragen, wagten kaum mehr, einander anzusehen. Wieder war es Mireille, die zuerst das Wort ergriff, wahrscheinlich weil sie es eilig hatte, wie ich vermutete. Sie hatte gleich ihre riesige Sporttasche mit der Eishockeyausrüstung in Jacks Büro geschleppt und sich seine Ausführungen auf der Tasche sitzend angehört. ›Hundertprozentige Sicherheit gibt es nicht‹, meinte sie. Und dann machte sie darauf aufmerksam, dass es vor fünfzig Jahren noch sechs Mal mehr Verkehrstote gegeben hatte als heute, obwohl die Zahl der Autos inzwischen massiv angewachsen sei, und die nun mit *KLOSEM* noch verbleibende klitzekleine Zahl wohl auch nicht von einem einzelnen zu verantworten wäre, sondern allenfalls vom ganzen Team, das an der Entwicklung, der Betreuung, der Produktion und so weiter beteiligt sei. Schon im Aufstehen und nach ihrer schweren Tasche greifend sagte sie: ›Wenn ich ein Tor schieße, steht immer das ganze Team dahinter, und wenn ein Hüter den Puck nicht halten kann, so ist es immer das Team, das nicht verhindern konnte, dass er in diese Situation kam‹. Und dann, ohne eine Reaktion abzuwarten, verließ Mireille kopfschüttelnd den Raum, ihre Tasche hinter sich herziehend. Jack verzog nur das Gesicht. Es war ihm anzusehen, dass er nichts sagen wollte. Als Udo demonstrativ auf seine Uhr schaute, waren wir erleichtert und nahmen es als ein Zeichen, dass der Arbeitstag beendet und eine allfällige weitere Diskussion von Jacks Entscheidung und seinen Beweggründen auf nächste Woche vertagt sei. Auch Jack schien so zu empfinden, wie sein dankbarer Blick in Richtung Udo andeutete.

Über das folgende Wochenende dachte ich weniger darüber nach, was uns Jack gesagt hatte und was seine möglichen Beweggründe waren, sondern was ich machen würde, wenn er uns tatsächlich verlassen sollte. Es wurde mir schnell klar, dass ich ebenfalls aus dem Projekt aussteigen würde, weil ich mich im Projekt ja schon länger nicht mehr wohl fühlte, mich immer mehr davor fürchtete, selbst der vorherrschenden Ideologie des Perpetuum Mobiles zu erliegen, über die man sich mokieren konnte, die aber immer mehr unseren Alltag bestimmte. Jacks Ausstieg war da ein willkommener Anlass, der mir die Entscheidung erleichterte. Ganz abgesehen von seinen Beweggründen, über die die anderen intensiv spekulierten. Aber dies will ich dir nun ersparen. Für mich taten diese Spekulationen nichts zur Sache.«

»Mich würden sie aber interessieren«, sagt Brigitte. »Wir haben doch genug Zeit. Was meinten denn die anderen?«

»Nun gut. Wenn es dich interessiert. Es ist mir noch gut in Erinnerung, wie die andren über Jack dachten, weil die meisten ihre Ansichten sehr pointiert äußerten. Kein Wunder, konnte doch Jacks Entscheid für das ganze Projekt und für jede und jeden ganz persönliche einschneidende Konsequenzen haben. Alle hatten sich schon nach dem Wochenende ihre Meinung gemacht. Diesen Eindruck hatte ich jedenfalls, als ich am Montag kurz nach neun das Institutssekretariat betrat, wo außer Udo, Galenia und den Handwerkern alle versammelt waren und das einzige Thema Jacks Entschluss war.

Als ich hereinkam, dozierte die Sekretärin gerade über die Liebe. Sie war der Meinung, dass Jack seinen Entscheid vor allem wegen Liebeskummer gefällt hatte. Während andere nur vermuteten, dass Galenia Jack verlassen hatte, war sie überzeugt davon. Sehr wahrscheinlich, meinte sie, sei sich

Jack erst bewusst geworden, dass er Galenia wirklich liebte, als sie ihn verlassen hatte. Und erst wenn der Mensch Gelegenheit hätte, über eine persönlich verlorene Liebe nachzudenken, werde er sich bewusst, dass es sich bei der Liebe nicht um ein Ideal handle, das sich verwirklichen oder auch nur anstreben lasse, sondern dass sich der Mensch in der Liebe nur verwirkliche, weil sie ihm seine immer gleichermaßen absurde Situation vor Augen führe, ihn aber gleichzeitig daran hindere, die Konsequenzen aus dieser Einsicht zu ziehen. Jack habe nun, so die Theorie der Sekretärin, diese Zurückhaltung durch die Liebe verloren, worauf ihm auf einmal alles gleichermaßen absurd vorgekommen sei, seine Existenz, *KLOSEM*, unser Projekt, eben alles. Für Jack sei die Welt untergegangen, und weil es *ihm* so vorgekommen sei, hätte er sich auch dafür verantwortlich gefühlt.

Zu diesen psychologischen Überlegungen der Sekretärin meinte Mireille, dann brauche Jack also nur eine neue Freundin und schon könne er weiter machen. Nur sie selbst lachte über diesen Vorschlag. Einige schauten zur Tür, wahrscheinlich weil sie befürchteten, Galenia könnte jeden Moment hereinkommen. Mireille wiederholte dann nur noch einmal in anderen Worten, was sie schon am Freitag vor ihrem eiligen Abgang gesagt hatte: dass Jack alles nur aus seiner Perspektive sehe und auf sich beziehe, dass er dem Individualismus bis hin zum Egoismus und zur Egomanie huldige und nicht an die andern, die Gemeinschaft denke, an unser Team, das mit ihm zusammen für das gemeinsame Werk verantwortlich sei und bei Unfällen gemeinsam die Schuld trage. Für Mireille war klar, dass es Jack nicht an Vertrauen in sich mangelte, sondern an Vertrauen in uns.

Auch für Xavier war Jack einem Trugschluss erlegen, nur machte er nicht ein mangelndes Vertrauen ins Team dafür verantwortlich, sondern ein Misstrauen gegenüber dem nur beinahe vollkommenen Funktionieren von *KLOSEM*. Die kleine, aber immer klarer eingrenzbare Unsicherheit, alles Menschenmögliche bei der Entwicklung dieses Systems getan zu haben, hätte letztlich zu einem ebenso mangelnden Vertrauen in die Sache wie in sich selbst geführt. Jack bräuchte weder eine neue Freundin noch ein Team, er müsste einfach nur auf dem jetzt schon so erfolgreichen Weg weiterarbeiten und mit der Zeit lehre ihn der Erfolg, dass sich auch das Vertrauen in unvollkommene Dinge lohne, in Verfahren, die noch nicht völlig durchschaut seien. In fast allem, was wir Menschen täten, stecke noch ein Geheimnis. Wir könnten es für göttlich oder dämonisch halten, aber für den Fortbestand des Lebens würden wir es einfach hinnehmen.«

»Vertrauen in die Sache! Das kenne ich gut aus meiner früheren Arbeit als Anästhesistin«, meint Brigitte, die sich nun noch mehr für die verschiedenen Reaktionen auf Jacks Ausstieg aus dem Projekt zu interessieren scheint. »Auch wenn sich manche Patienten vor der Narkose mehr fürchten als vor dem Eingriff, kann man der Narkose heute fast vollkommen vertrauen. Es ist zwar immer noch nicht restlos geklärt, wo und wie genau sie wirkt. Wir wissen nur, dass sie etwas anderes ist als der Schlaf, und dass in der Narkose wahrscheinlich auch nicht geträumt wird. Lediglich beim Aufwachen aus der Narkose treten manchmal Träume auf, meist erotische. Wir wissen zudem, und das ist das Wichtigste, dass die Kommunikation zwischen den Hirnzellen in Narkose auf eine Weise vor sich geht, die das Schmerzempfinden unterbindet. Was wir nicht wissen, ob der Patient sich erinnern kann, was während der Narkose geschieht. Vielleicht geht alles unbemerkt vorbei, oder es wird bemerkt, tritt aber nicht ins Bewusstsein. Oder aber es tritt erst später und möglicherweise in neuer Reihenfolge ins Bewusstsein. Letzteres würde erklären, warum die Narkose mit dem Traum verwechselt werden kann. Aber auch wenn das Geheimnis der Narkose noch nicht restlos gelüftet ist, werden jedes Jahr

Millionen von Operationen unter Narkose durchgeführt. Und obwohl jedes einzelne der drei Medikamente, die zur Narkotisierung eingesetzt werden, das Schlafmittel, das Schmerzmittel und das Mittel zur Entspannung der Muskulatur, in falscher Dosierung tödlich sein kann, genießt die Narkose fast absolutes Vertrauen. Die moderne Medizin wäre ohne sie unvorstellbar. Natürlich können Fehler gemacht werden. Der todesähnliche Zustand kann durch eine kleine Unachtsamkeit im Tod enden und dafür trägt jemand die Verantwortung, aber nicht für die Methode. Wer wüsste das besser als ich.«

»Wenn das Wissen um den Erfolg der Narkose so beruhigend ist, wovor fürchten sich denn die Patienten?« will ich wissen.

»Ganz verschieden«, sagt Brigitte gedankenverloren. »Die einen befürchten, dass die Narkose nicht komplett wirkt und sie deshalb Schmerzen spüren könnten. Gewisse glauben sogar, dass sie mitten in der Narkose aufwachen könnten. Andere fürchten sich davor, dass ihnen unter Narkose die Kontrolle entgleitet, dass sie mitten auf dem Operationstisch das Wasser nicht halten können oder etwas Dummes sagen, vielleicht auch ein gut gehütetes Geheimnis ausplaudern. Dass etwas von dem geschieht, ist aber sehr viel unwahrscheinlicher als ein Misslingen des chirurgischen Eingriffs. Eigentlich seltsam, dass die Chirurgen trotzdem oft als die Helden der Medizin gelten und die Anästhesisten in ihrem Schatten stehen. Sie werden gerade noch bei der Vorbereitung auf die Operation und bei der Einleitung der Narkose wahrgenommen. Was genau sie machen und insbesondere ihre Anstrengung, während der Operation beharrlich aufmerksam zu sein, bleiben im Dunkeln. Auch was genau geschieht, wenn Anästhesisten bei der Einleitung der Narkose dem Patienten seine Angst zu nehmen versuchen, wird kaum bemerkt. Wir beruhigen den Patienten, indem wir ihn in ein Gespräch verwickeln, indem wir ihn auffordern, etwas über sich zu erzählen. Ich war aber immer wieder erstaunt, dass wir die Patienten eigentlich auch etwas ganz anderes fragen könnten und sie doch immer etwas über sich und ihr Leben erzählen würden. Wahrscheinlich nimmt es ihnen die Angst am meisten, wenn sie das Gefühl haben, bis zum letzten Moment die Kontrolle über sich und ihr Leben zu behalten. Oft vermutete ich, wenn diese Gespräche länger dauern würden, hätten einem einige der Patienten genau das erzählt, wovor sie sich am meisten fürchteten, dass sie es unter Narkose preisgeben könnten.«

»Wenn ich dir so zuhöre, habe ich den Eindruck, als würde dich dein an den Nagel gehängter Beruf immer noch begeistern«, sage ich.

»So verschieden ist meine aktuelle Tätigkeit ja nicht«, meint Brigitte lachend. »Ich fordere die Menschen zum Erzählen auf und höre ihnen geduldig zu. Manchmal frage ich nach, animiere sie weiterzuerzählen und gebe ihnen unverbindliche Ratschläge. Ich habe dir ja schon erzählt, dass ich im Laden meiner Schwester arbeite, wo verunsicherte Menschen Mittel gegen ihre meist unbestimmten, manchmal auch nur befürchteten Probleme suchen. Indem ich sie in ein Gespräch verwickle, bringe ich sie zum Sprechen über sich selbst. Oft genügt dies, damit sie sich über ihre Probleme klar werden. Und das ist dann meist auch schon der größte Teil der Heilung oder Beruhigung. Vielleicht kaufen die meisten Kunden einen der für ihr Problem empfohlenen Halbedelsteine nur aus Dankbarkeit und legen ihn zuhause in die Schublade, anstatt ihn auf dem Körper zu tragen. Das mag auch erklären, warum wenig über die Wirksamkeit dieser Halbedelsteine bekannt ist und ihre Wirkung in erster Linie dem Glauben zugeschrieben wird. Letztlich ist es Vertrauenssache – die auch in meinem neuen Beruf durch ein Gespräch eingeleitet wird. Einmal hat sich ein Kunde, der mir seine ganze Lebensgeschichte anvertraute, sogar in mich verliebt. Obwohl auch er mir sympathisch war, konnte ich seine Gefühle nicht erwidern. Wie mir meine Schwester später erzählte, habe dies den Verliebten in eine tiefe Krise gestürzt. Er sei nie mehr in den Laden gekommen und habe sich mit Sport zu helfen versucht, er sei sogar ein bekannter Skispringer geworden. Da es letztlich doch immer das Vertrauen in Menschen und nicht in die Sache ist, vermute ich, dass auch Jacks Problem nichts mit mangelndem Vertrauen in sein fast perfektes System namens *KLOSEM* zu tun hatte, vielleicht überhaupt nichts mit Vertrauen.«

»Darum leuchtete mir unter allen Spekulationen zu Jacks Beweggründen jene von Izumi am ehesten ein, die nichts mit Vertrauen zu tun hatte, allenfalls mit einer Art Urvertrauen. Auch Izumi war der Meinung, dass Jack einem Trugschluss erlegen sei, nämlich dass er den prinzipiellen Unterschied zwischen Quantität und Qualität nicht verstanden hätte. Fälschlicherweise hätte Jack angenommen, dass die große Zahl früherer Autounfälle, von der Mireille gesprochen hatte, und die anfänglich auch noch häufigen Unfälle in seinen Simulationen nur abstrakte Zahlen seien, die einen nichts angingen. Aber es seien eben nie nur Zahlen, sondern immer menschliche Schicksale, die einen in jedem Fall betroffen machen müssten. Die Schuld könne einen nicht erst treffen, wenn man das Schicksal besser wahrnehmen könne, sondern sei immer da, würde nur nicht immer wahrgenommen. Aber man bemerke die Möglichkeit, stets schuldig werden zu können, kaum, wenn man in die Arbeit versunken oder der Liebe verfallen sei. Meistens seien es äußere Anlässe, die uns eine Schuld bewusst machten und darum könnte auch er sich vorstellen, dass es bei Jack Liebeskummer gewesen sei – wenn es denn zutreffe, dass er von Galenia verlassen worden sei.

Aber Izumi war überzeugt, dass der Mensch oder doch die allermeisten Menschen mit einem Schutzmechanismus ausgestattet sind, der ihnen erlaubt, mit der immer möglichen Schuld zu leben, eine Art Urvertrauen, dass es trotz allen Unfällen und aller Schuld gut kommen wird und es sich lohnt weiterzumachen.

Gerade während Izumi seine philosophischen Überlegungen zu Ende führte, betraten Udo und Galenia das Sekretariat. Udo schnappte gleich die letzte Bemerkung von Izumi auf und sagte in seiner gewohnt aufmunternden Art ›Natürlich machen wir weiter! Ich habe die Stelle von Jack bereits neu ausgeschrieben‹. Er hätte übers Wochenende mit Jack gesprochen und jetzt, wo er den Hintergrund besser kenne, könne er Jacks Entscheidung akzeptieren. Damit sei für ihn der Fall abgeschlossen und wir müssten nach vorne schauen. Niemand traute sich zu fragen, was der Hintergrund war, ob eine der Mutmaßungen zutreffen würde und ob es allenfalls noch andere Beweggründe gab, umso weniger, als Udo nach seiner Mitteilung Galenia auf eine Weise angeschaut hatte, als wollte er sich vergewissern, alles richtig gemacht zu haben. Als Jacks Freundin hatte sie natürlich mehr gewusst als alle anderen. Dann verließ uns Udo und der Fall war auch für mich erledigt. Jack ging also endgültig und damit stand auch mein Entschluss fest.

Wie um zu überprüfen, ob sie mit ihrer Vermutung richtig lag, richtete sich die Sekretärin an Galenia und fragte sie vorsichtig, was denn nun wirklich hinter Jacks Gesinnungswandel stecke. Galenia schien über die Frage nicht überrascht, sagte dann aber, so genau wüsste sie das auch nicht, sie könnte sich vorstellen, dass es etwas mit Jacks Neigung zu Depressionen und seinem Drogenkonsum zu tun habe. Davon wusste ich nichts. Ich wusste nur, dass Jack Alkohol nicht abgeneigt war. Die Sekretärin sah uns triumphierend an. Sie glaubte wohl, dass Galenia solche intimen Kenntnisse nur preisgeben würde, wenn sie Jack tatsächlich verlassen hatte. Etwas scheinheilig, aber stellvertretend für uns alle, fragte die Sekretärin dann stotternd ›Was, Jack, depressiv, Drogenkonsument?‹ Galenia nickte, als sei sie erstaunt, dass nur sie das wüsste, und fragte uns, ob wir nie festgestellt hätten, wie Jack zwischen Hochs und Tiefs schwankte, wie er immer nur mit sich selbst beschäftigt gewesen sei, wie er fast zwanghaft habe arbeiten müssen und doch immer das Gefühl gehabt habe, sich nie genügen zu können. Damit die Hochgefühle überwögen oder die Gefühle zumindest ausgeglichener seien, nähmen viele Depressive Medikamente oder ließen sie sich vom Psychiater verschreiben. Jack habe Kokain konsumiert, nicht in übertriebenen Dosen, einfach um sich besser zu fühlen, um seine Arbeit besser erledigen zu können. Koks stelle das menschliche Ego in den Mittelpunkt, mit den bekannten Folgen. Jetzt schaute uns Mireille mit einem triumphierenden Blick an – als bräuchte es noch mehr Beweise für ihre Interpretation von Jacks Verhalten. Es sei nun Folgendes passiert, fuhr Galenia fort, Jack habe vor einiger Zeit aus reiner Neugier damit begonnen, anstelle von Kokain halluzinogene Pilze auszuprobieren, was gemäß seinen Schilderungen dazu führte, dass er sich weniger als Mittelpunkt der Welt fühlte, sondern als Teil des Ozeans, weniger als Teil eines geschlossenen Systems, sondern mehr und tiefer verbunden mit der umfassenden Natur und der ganzen Menschheit. Die vorübergehende Lockerung der Abgrenzung des Ichs von der Umwelt hätte bei Jack offenbar auch dahingehend nachgewirkt, dass er mehr Qualitäten wahrzunehmen begann, wo er früher nur Zahlen gesehen hatte, dass er nicht nur mehr Distanz zu sich selbst entwickelte, sondern sich aus der Perspektive anderer zu sehen begann und dadurch auch diese mehr als Menschen statt als bloße Elemente eines Systems oder als kalte Zahlen wahrnahm. Und dies habe ihn dann wohl zur Überzeugung geführt, dass auch eine mögliche Schuld immer auf den Menschen, ihn eingeschlossen, zurückfalle. Zum Schluss sagte Galenia ›So genau weiß ich es auch nicht, aber das wäre meine Theorie‹. Izumi, der während ihren Ausführungen nur immerzu genickt hatte, lächelte wissend, als sie fertig war.«

»Und du? Du hast dir wirklich keine weiteren Gedanken zu Jacks Beweggründen gemacht?« will Brigitte wissen.

»Nein. Ich fand alle Spekulationen mehr oder weniger einleuchtend. Aber für mich stand damals etwas anderes im Vordergrund. Eine eigene Meinung zu Jack zu entwickeln, hätte an meiner Einstellung zum Projekt und meiner Entscheidung, es zu verlassen, nichts geändert. Dass ich der Einzige war, der in dieser Sache nicht Stellung bezog, wie es Mireille mit einer spitzen Bemerkung nannte, war mir egal. Aber auch jetzt, wenn ich nach all den Jahren aus Distanz zurückblicke, verstehe ich Jack nicht. Kurz nachdem er es uns gesagt hatte, empfand ich eine gewisse Enttäuschung, als hätte er das große Vertrauen missbraucht, das wir in ihn und seine Ideen gesetzt hatten. Ich wurde mir dann aber sogleich gewahr, dass es die Vertrauensseligkeit von uns allen war, die mich letztlich gestört hatte, denn sie war es, die uns mit der Zeit glauben ließ, unser Projekt habe tatsächlich etwas von einem Perpetuum Mobile – eine durch unser Vertrauen endlos laufende Maschine, die mich als kleines Rädchen in ihr Getriebe einschloss. Ich fühlte mich in diesem Projekt gefangen und wollte ausbrechen, selber etwas machen. Jacks Entscheid hatte mich nicht nur veranlasst, sondern richtiggehend ermutigt, diesen Schritt zu tun.«

»Du dachtest wohl, der Starke ist am mächtigsten allein, wie es in Schillers *Wilhelm Tell* heißt«, meint Brigitte.

»Schön gesagt, auch wenn es die Sache nicht ganz trifft«, sage ich nach kurzer Überlegung. Als ich Brigitte daraufhin anschaue und sich unsere Blicke treffen, fragt sie »Warum?«

und hält einen Moment inne. »Warum hast du Jack nicht verstanden? Er hat euch seine Beweggründe doch gut erklärt. Dostojewski hat es in *Die Brüder Karamasow* etwa so gesagt: ›Jeder von uns ist vor allen an allem schuldig, ich aber bin es mehr als alle anderen‹. Jetzt würde ich gerne eine Tasse Kaffee trinken. Wollen wir hinuntergehen?«

Ich bin froh, dass Brigitte dies vorschlägt und stimme sofort zu. Als sie sich vor dem Spiegel die Lippen schminkt, schaue ich ihr genau zu. Ich bewundere, mit welcher Akkuratesse sie es tut, und doch mit einer Selbstverständlichkeit und Leichtigkeit. Ich bewundere sie. Und ich bewundere ihre Bildung, die es ihr einfacher zu machen scheint als mir, die Welt zu verstehen. Sie kennt die schon hundertmal gedachten Gedanken bis hin zu ihrer eleganten Formulierung durch namhafte Geister, während ich als typisches Fernsehkind immer wieder neu damit beginnen muss, mir die Welt aus vielen Einzelheiten zusammenzustückeln. Und ständig muss ich um die richtigen Worte ringen. Vielleicht trifft Brigitte es nicht immer ganz genau, aber sie scheint auf alles besser vorbereitet zu sein als ich. Schon ihr Anblick verrät, dass sie alles gelassener angeht. In jedem Moment wirkt sie entspannt.

KONGRESS DER HOFFNUNG

Im Speisesaal ist niemand und es ist kalt. Ich gehe in die Küche, um zu schauen, ob der Wirt hier ist oder Elsa. Ich sehe aber niemanden. »Niemand da?« rufe ich.

»Komme gleich!« ruft eine Stimme von draußen und dann kommt der Wirt auch schon durch die hintere Tür. Er zieht seine Wollmütze vom Kopf und wischt sich den Schweiß von der Stirn. »Ich musste Schnee schaufeln«, sagt er keuchend. »Wenn das nicht regelmäßig gemacht wird, wird es immer anstrengender und zeitraubender. Wollen sie noch eine Tasse Kaffee?«

»Gerne«, erwidere ich und frage den Wirt, warum es auf einmal so kalt ist im Speisesaal.

»Wir heizen im Moment mit unserem Notofen nur noch während den Mahlzeiten. Leider ist der Speisesaal der einzige Raum im Haus, den wir beheizen können. Und selbst dafür müssen wir sparsam mit dem Gas umgehen. Wir haben nur noch fünf Flaschen vorrätig und Gas brauchen wir auch zum Kochen. Ich habe die anderen Gäste nach dem Frühstück aufs Zimmer geschickt. Dort ist es ohne Heizung am wärmsten. Je mehr Personen in einem Zimmer, desto wärmer. Zudem hat man zusätzliche warme Kleidung in Reichweite und kann sich im Notfall unter die Bettdecke verkriechen. Zum Mittagessen heizen wir dann wieder. Wir sind eigentlich nicht auf Winterbetrieb eingestellt und wissen nicht, bis wann unsere Gäste noch bleiben wollen. Wenn das Wetter nicht besser wird und uns die Vorräte und der Brennstoff ausgehen, werden wir wohl oder übel Ende nächster Woche schließen müssen. Ich hoffe, es macht ihnen nichts aus, wenn sie sich für ihren Kaffee etwas Warmes zum Anziehen holen müssen.«

»Keineswegs«, sage ich. »Ich verstehe sehr gut, dass jetzt alles rationiert werden muss. Mit der Kälte können wir uns ja arrangieren, problematischer wird es, wenn die Lebensmittel ausgehen. Sie glauben, schon nächste Woche?«

»Ungewiss«, antwortet der Wirt. »Erfahrungsgemäß ist so ein früher Wintereinbruch nur kurzfristig. Und die Lebensmittel lassen sich strecken. Aber irgendwann ist dann endgültig Schluss.«

»Hoffen wir, die Zeit reicht aus, bis wir genauer wissen, wie es mit dieser drohenden Heuschreckeninvasion weitergeht. Übrigens, ich bin nicht allein im Speisesaal. Würden sie uns bitte zwei Tassen Kaffee bringen.«

Brigitte hat es sich in die Ecke links neben der Küchentür bequem gemacht, gerade unter dem Bild von der Wiedereröffnung des Berghauses nach der Lawinenkatastrophe. Sie schlottert leicht und hat sich die Ärmel ihres Pullovers über die Hände gezogen. Ich erzähle ihr, dass jetzt jeweils nur noch während den Mahlzeiten im Speisesaal geheizt werde und die anderen Gäste auf ihre Zimmer geschickt worden seien. Auch wir gehen kurz auf unsere Zimmer, aber nur um wärmere Kleider zu holen. Als wir wieder kommen, stehen ein dampfender Kaffeekrug und zwei Tassen auf dem Tisch. Nach dem ersten Schluck fragt Brigitte: »Willst du nicht mit deiner Geschichte weiterfahren? Ich bin gespannt zu hören, was an diesem Kongress der Hoffnung passiert ist, das dich bewogen hat, Heuschrecken zu züchten. Ich habe nun zwar schon viel über Heuschrecken, Elektromobilität und Künstliche Intelligenz erfahren, aber wie alles mit den Heuschrecken zusammenhängt, weiß ich noch immer nicht.«

»Ist es nicht zu kalt hier?« will ich wissen.

»Wir haben ja den heißen Kaffee«, meint Brigitte und schmiegt sich an mich. »Und du musst nicht überall dermaßen in die Einzelheiten gehen wie bei Jacks Ideen zur Künstlichen Intelligenz, obwohl es durchaus interessant war und mir Jack als Menschen nähergebracht hat.«

»Dann versuche ich, rascher zur Pointe zu kommen. Zu kurz kann ich es aber auch nicht machen, wenn du schon alles wissen willst.«

»Bis zum Mittagessen sollte die Zeit reichen. Und zur Belohnung wird es dann auch wieder wärmer; die anderen Gäste kommen herunter und der Ofen wird entflammt«, sagt Brigitte lachend und küsst mich mit ihren frisch geschminkten Lippen auf die Wange.

»Ich bereitete mich also auf den Kongress vor. Schrieb das Referat und stellte eine *Power-Point*-Präsentation mit hübschen Bildern, Schemata und Statistiken zusammen, die mit ihren grellen Farben fast an die funkelnden Präsentationen Izumis heranreichte. Den Schwerpunkt legte ich einerseits, wie von Udo gewünscht, auf einige der kleinen Erfolge, die unser Projekt bis dahin verbuchen konnte, andererseits auf Jacks Konzept des *KLOSEM*, dessen Realisierung zwar noch in weiter Ferne lag – wenn es denn überhaupt realisierbar war –, das mir persönlich aber gut gefiel. In der kurzen Zusammenfassung, die ich für das Kongressprogramm einreichen musste, erwähnte ich diesen zweiten Punkt nur nebenbei. Als ich nach einigen Wochen die Unterlagen für den Kongress erhielt, entdeckte ich im Programm, dass Carla, die aus unserer früheren Wohngemeinschaft, in mehreren Symposien als Moderatorin aufgeführt war. Aus den Angaben zu ihrer Person war ersichtlich, dass sie für die *FAO* tätig war, in Vancouver lebte und Mutter dreier Kinder war. Ich freute mich, sie bald wieder zu sehen, und beschloss, nachdem ich meinen Vortrag gehalten und mich damit aus meinem Projekt verabschiedet haben würde, an den von ihr moderierten Symposien teilzunehmen. Und das machte ich dann auch.

Schon beim Empfang des Kongresses begegnete ich Carla, die sich ebenfalls freute, mich wiederzusehen. Wie früher zeigte sie ihre Gefühle mit einer übermäßig innigen Umarmung. Einem ihrer Kollegen stellte sie mich dann gleich als früheren Liebhaber vor, was mir etwas peinlich war. Sie entschuldigte sich, nicht an meinem Vortrag teilnehmen zu können, weil sie zur gleichen Zeit eine andere Verpflichtung hätte, aber ich könne dann beim gemeinsamen Nachtessen mit ihr den Vortrag gleich noch einmal halten, sie interessiere sich dafür, was ich so treibe. Noch bevor ich sagen konnte, dass und warum ich meinen Vortrag nur einmal halten werde und dass ich beschlossen hätte, an den von ihr moderierten Sitzungen teilzunehmen, piepste Carlas Handy und ihre Aufmerksamkeit galt dem Telefongespräch, in dem es offenbar um ihre Kinder ging. Dann war sie plötzlich verschwunden. Während des ganzen Kongresses sah ich sie noch oft am Telefon und immer sagte sie, mit demselben um Verständnis bittenden Blick, ›die Kinder‹.

Mein Vortrag ging mir gut von der Hand. Ich konnte die erlaubte Sprechzeit fast auf die Sekunde einhalten. Wie meine Ausführungen ankamen, konnte ich jedoch nicht richtig einschätzen. Wenn in der auf einen Vortrag folgenden Diskussionsrunde weder Fragen gestellt werden, noch Kritik vorgebracht wird, wurde entweder alles gesagt, oder es wurde nichts oder so wenig gesagt, dass sich kein Anwesender mit einer Frage oder Kritik auf das tiefe Niveau des Referenten herunterlassen will. Mir war's egal. Ich hatte in der Pause aber kaum den Raum verlassen, als ich umringt wurde von mehreren krawatierten Herren in dunklen Anzügen, die sich mir vorstellten und ihre Visitenkarten entgegenstreckten – alles Vertreter großer Autokonzerne mit Interesse an Elektromobilität, und alle wollten sie mehr über *KLOSEM* erfahren. Offenbar hatte ich mit meiner Darstellung den Eindruck erweckt, es ließe sich mit Jacks Ideen schon bald viel Geld verdienen. Von Jacks Bedenken und dass er das Projekt verlassen hatte, erwähnte ich nichts. Ich sagte lediglich, dass ich das Projekt bald verlassen würde und ihnen darum eine Visitenkarte des Projektleiters Professor Udo Walder gäbe, an den sie sich mit ihren Fragen gerne wenden könnten. Einige der Herren verfolgten mich noch während des ganzen Kongresses mit ihren Fragen zu *KLOSEM*. Für mich war die Sache aber erledigt. Und in den Pausen der von Carla moderierten Sitzungen, an denen ich bis zum Schluss des Kongresses teilnahm, ging ich dann gar nicht mehr vor die Tür, um nicht von diesen Herren behelligt zu werden. Stattdessen unterhielt ich mich mit Carla, wenn sie nicht gerade am Telefon war, oder mit einer anderen der an diesen Sitzungen teilnehmenden Personen.

Entspannt folgte ich nach der pflichtschuldigen Ablieferung meiner Präsentation Vorträgen zu den unterschiedlichsten Themen, von denen mir drei besonders in Erinnerung geblieben sind, weil sie mich auf die Idee mit der Heuschreckenzucht brachten und darauf hinwiesen, wie schnell angesichts der drohenden Klimakatastrophe etwas getan werden muss und auch von einem Einzelnen getan werden kann.

Es begann mit einem Vortrag zur Subsidenz, wovon ich bis dahin noch nie gehört hatte. Ein älterer Geologieprofessor der University of Pittsburgh erläuterte, dass der Anstieg des Meeresspiegels zwar das sichtbarste Zeichen des Klimawandels sei, als noch akuter erwiese sich jedoch in vielen Regionen der Welt ein Phänomen, das kaum Beachtung fände, die Subsidenz. So wird das Absinken der Böden genannt, das gleichzeitig, aber viel schneller als der Anstieg des Meeresspiegels vor sich geht. Verursacht wird es durch die zu intensive Grundwassernutzung und Trockenlegung von Böden für die Landwirtschaft oder den Bau neuer Siedlungen. Die übermäßige Wasserentnahme führt zur Verdichtung des

Erdreichs und dadurch zum Absinken der Oberfläche. In einigen Regionen sinkt der Boden jedes Jahr um zwanzig bis dreißig Zentimeter ab. Dieser ebenfalls vom Menschen verursachte Prozess spielt sich auf Flächen von tausenden Quadratkilometern auf fast allen Kontinenten ab.

Wozu der Klimawandel Jahrzehnte benötige, erledige die Subsidenz meist in wenigen Monaten, erklärte uns der Geologe. Er sah aus wie Robin Williams und erweckte dadurch den Eindruck, als könne er seinen Ausführungen etwas Amüsantes abgewinnen. Oder dann war das fröhliche Grinsen der Zuhörer einfach nur ein Reflex darauf, dass sie in ihrer Ahnungslosigkeit ertappt wurden.

Angetrieben wird der Prozess der Subsidenz von steigenden Bevölkerungszahlen und dem Wirtschaftswachstum. Betroffen sind nicht nur ländliche, vom Ackerbau geprägte Landschaften, sondern auch große Städte, vor allem solche in flachen Küstenregionen und Sedimentbecken im Binnenland. Das Phänomen tritt in gemäßigten und trockenen Klimazonen auf, sobald mehr Grundwasser aus dem Boden entnommen wird, als durch Niederschläge zurückfließt. Je nach Gestein und Ausmaß kann das Absinken endgültig oder umkehrbar sein. Besonders betroffen ist etwa die indonesische Hauptstadt Jakarta. Schon vierzig Prozent des Stadtgebietes liegen mittlerweile unterhalb des Meeresspiegels. Und die Stadt sinkt weiter. Denn unzählige Grundwasserbrunnen wurden in den letzten Jahren von Migranten aus dem Hinterland, die in die Hauptstadt flüchteten, illegal und unkontrolliert in den Boden getrieben. Erholen kann sich der Grundwasserstand trotz den großen Niederschlagsmengen nicht mehr, weil Beton und Asphalt das Erdreich unter der Stadt versiegeln.

Da nützten eine Reduktion des CO_2-Ausstoßes, grüne Energien oder Elektromobilität wenig, meinte der Professor, eher schon eine Umstellung der Landwirtschaft, eine weniger intensive Nutzung des Bodens, die nicht nur ein weiteres Absinken der Erdoberfläche auf dem Lande, sondern auch die Landflucht der Bevölkerung in die Stadt verhindern könnte. Am Schluss seines Vortrags zeigte er uns noch einige Bilder. Auf den meisten waren die von ihm als so dramatisch beschriebenen Veränderungen kaum zu sehen, nur eines zeigte ein riesiges schwarzes Loch, groß wie der Krater eines Meteoriteneinschlags, mitten in einem städtischen Wohngebiet.

Als Carla die anschließende Diskussion mit einer lustigen Bemerkung zu diesem Bild eröffnete, war dem Publikum nicht mehr zum Lachen zumute, und Carla korrigierte ihren Fehltritt sofort mit ein paar Worten von fast übertriebener Sachlichkeit.

Dass die vom Geologen geforderte Umstellung der Landwirtschaft generell dringend nötig ist, machte auch ein Vortrag in einem anderen Symposium klar, der mich an die Ausführungen von Professor Sanji erinnerte. Als Sanji die Vorteile von Insekten als Nahrungsmittel gegenüber Fleisch pries, hatte er Zahlen zum Ausmaß des heutigen Fleischkonsums und zur Produktion von Fleisch weitgehend ausgespart. Jetzt erfuhr ich in einem Vortrag eines afrikanischen Ökonomen die erschreckenden Zahlen. Er sagte, dass siebzig Prozent der weltweiten Landwirtschaftsflächen für die Nutztierhaltung gebraucht würden, aber das gewonnene Fleisch nur etwas mehr als fünfzehn Prozent der benötigten Nahrungsenergie liefere. Oder, dass zwei Drittel aller produzierten pflanzlichen Proteine in den Magen von Nutztieren gelange. Und dass die Treibhausgasemissionen der Landwirtschaft einen Viertel der weltweiten Treibhausgasemissionen verursachten, wovon achtzig Prozent aus der Nutztierhaltung stammten. Das sei etwa gleich viel wie die Emissionen der gesamten Transportindustrie. Verblüfft hat mich auch, dass in der kleinen Schweiz pro Hektare Land doppelt so viele Nutztiere gehalten werden wie im übrigen Europa.

Diese Zahlen seien noch erschreckender, sagte der Referent, wenn man bedenke, dass sich der globale Fleischkonsum, der sich seit den 1960er Jahren bereits vervierfacht habe, bis Mitte des Jahrhunderts wahrscheinlich nochmals verdoppeln werde.

Carla wies bei der Einführung zur anschließenden Diskussion gleich mehrmals darauf hin, dass bei der Verpflegung an diesem Kongress besonders darauf geachtet worden sei, dass mehrere vegetarische Menus auf der Speisekarte stünden und dass das wenige Fleisch ausschließlich aus biologischer Produktion stamme.

Dass man damit aber nicht unbedingt auf der sicheren Seite ist, zeigte dann gerade der anschließende Vortrag, in dem auf die Ökobilanz der Fleischproduktion eingegangen wurde und auf die Bio-Label, mit denen auch Fleischprodukte beworben werden. Klar sei, dass sich die Produktion von Pouletfleisch weniger auf die Umwelt auswirke als die von Rindfleisch, aber auch bei letzterem gäbe es riesige Unterschiede im ökologischen Hufabdruck und die Kennzeichnung durch ein Bio-Label würde oft nur darüber hinwegtäuschen. Für das als Natura-Beef bekannte Rindfleisch brauche es zum Beispiel immer zwei Tiere, die Mutterkuh und ein Kalb, um ein Tier zu mästen. Wenn das Kalb von einer Milchkuh stamme, werde die Mutter nur zu einem kleinen Teil der Umweltbilanz von Rindfleisch angerechnet, der Rest gehe aufs Konto der Milch. Auch gäbe es besonders delikates Rindfleisch, das als biologisch verkauft werde, für dessen Produktion aber die fünfzigfache Fläche im Vergleich zum Rindfleisch mit der geringsten Auswirkung auf die Umwelt nötig sei. Diese enorme Bandbreite bei der Umweltbilanz von ein und demselben Lebensmittel könne mit einem Bio-Label oft verdeckt werden.

Wenn man die gesamte Ökobilanz eines Lebensmittels anschaue, sähe man aber, dass Bio-Produkte nicht immer besser seien. Für biologisch angebaute Produkte brauche man zum Beispiel immer mehr Fläche als bei konventioneller Produktion. Darum wäre es für die Umwelt etwa besser, Tofuprodukte aus nicht-biologischem Anbau zu kaufen anstelle von Bio-Fleisch. Sobald aber Lebensmittel durch ein Bio-Label gekennzeichnet seien, würden sie als natürlich wahrgenommen, und die Konsumenten hätten das Gefühl, dass sie nicht nur gesünder seien und besser schmeckten, sondern auch umweltfreundlicher hergestellt würden. Dass viele Menschen ein unrealistisches Bild der Lebensmittelproduktion hätten, nutze die Werbung der Lebensmittelindustrie geschickt aus. Egal ob Schokolade oder landwirtschaftliche Produkte, immer werde gezeigt, wie Lebensmittel in kleinem Maßstab hergestellt werden, quasi wie bei Großmutter im Garten. In der Werbung stelle der Chocolatier jede einzelne Praline von Hand her und die Bauern auf dem Feld putzten jede Karotte einzeln. Die großen Kakaoplantagen oder ganze Landstriche, die für die Produktion eines besonders natürlichen Rindfleisches benötigt werden, kämen nie ins Bild.

Wer wüsste heute noch, wie es auf einem Bauernhof aussehe, und wer sei schon einmal in einem Schlachthof gewesen. Anstelle von Wissen und Erfahrung mache sich meist nur Empörung breit. So hätte es auch einen Aufschrei gegeben, als kürzlich ein Metzger ein Rind in aller Öffentlichkeit geschlachtet habe. ›Es gibt eben viele schlechte Dinge, die wir nicht sehen wollen‹, sagte der Referent am Schluss seiner Ausführungen mit sichtbarer Empörung – worauf fast alle Zuhörer zustimmend lächelten.

Als Carla die anschließende Diskussion mit den Worten einleitete ›Wer empört sich nicht bei diesem Thema?!‹, verfinsterten sich die Minen der meisten Anwesenden, und in der nachfolgenden Diskussion gerieten die sonst meist höflich und mit Interesse formulierten Fragen und Antworten,

Einwände und Anmerkungen fast allesamt zu hitzigen Standpunktbekundungen und Anschuldigungen. Die Gemüter beruhigten sich erst wieder, als der Referent einen Hinweis mit den Worten begann ›ich als Bauernsohn …‹. Carla atmete sichtbar auf und nannte den Hinweis des Referenten gleich ›das stimmige Schlusswort‹ des morgendlichen Symposiums, wünschte allen eine gute Mahlzeit und weiterhin anregende Diskussionen – und war schon wieder am Telefon.

In verschiedenen Vorträgen wurden am Nachmittag Ideen präsentiert, wie der gegenwärtige Fleischkonsum verhindert oder wenigstens eingedämmt werden könnte, wobei alle davon ausgingen, dass weder staatliche Verbote noch Eigenverantwortung der Konsumenten zum Ziel führten, vielmehr könne es nur darum gehen, Produzenten und Konsumenten zu sensibilisieren und ihnen Alternativen anzubieten. Die meisten dieser Vorträge folgten demselben Schema: Nach der Darstellung eines Sachverhaltes, den eigentlich niemand mehr tolerieren möchte, wurde eine Lösung in unterschiedlichem Zustand der Vollendung präsentiert, und in einem dritten Schritt auch noch gezeigt, dass sich die nachhaltige Lösung nicht nur rechne, sondern sogar oft ein lukratives Geschäft sei. Stets wurde der unternehmerische Aspekt nachhaltiger Projekte betont; fast jede Idee schien problemlos in ein Startup zu münden, ob es nun um die Publikation von Kinderbüchern oder die Produktion von Fleischersatz ging.

Von den Vorträgen zur Sensibilisierung ist mir besonders jener gut in Erinnerung geblieben, der das Projekt eines sprachwissenschaftlichen Instituts vorstellte, das sich mit den allgegenwärtigen Anspielungen auf Fleisch in unserer Sprache beschäftigte und Vorschläge machte, wie die Sprache gereinigt werden könnte, um dem üppigen Fleischkonsum entgegenzuwirken. Ich war mir bis dahin gar nicht bewusst gewesen, wie verbreitet Fleischmetaphern in nahezu allen Bereichen der Wirklichkeit sind. Auch wenn es gar nicht um Fleisch geht, suchen wir uns das Filetstück aus oder begnügen uns mit einer abgespeckten Variante. Weil Nutztierhaltung und Fleischverzehr so tief in unseren Ernährungsgewohnheiten verankert seien, führte die Referentin aus, seien sie auch Teil unseres Denkens und Fühlens geworden und widerspiegelten sich in unserem Sprachgebrauch. Es sei daher anzunehmen, dass gewisse Sprachformen unbewusst den großen Fleischkonsum in unserer Gesellschaft begünstigten. Fast jede Speisekarte und ungezählte Redeweisen der Alltagssprache spielten dabei eine Rolle. Schon sprachlich schiebe sich Fleisch auf der Speisekarte in den Vordergrund; fast immer fungiere es als Namensgeber für das gesamte Gericht. Wir äßen Schnitzel mit Pommes frites und nicht Pommes frites mit Schnitzel. Diese Hierarchie setze das Fleisch in den Mittelpunkt und schiebe die pflanzliche Nahrung an den Rand. Auch in unserer Alltagssprache sei Fleisch zentral. Wir röchen den Braten, ließen Menschen im eigenen Saft schmoren oder rupften ein Hühnchen miteinander. Und wenn's darauf ankomme, gehe es um die Wurst. Die Referentin verglich die Vielzahl der Fleischmetaphern in unserer Sprache mit einer Art Schleichwerbung der Fleischindustrie, die uns ständig beriesele und weite Teile der Wirklichkeit als Schlachthöfe, Fleischrestaurants und Wurstereien erscheinen lasse. Fleischmetaphern würden starke Gefühle hervorrufen und ließen Fleischkonsum als etwas Gutes und Begehrenswertes erscheinen. Man dürfe die Wirkung dieser Metaphern nicht unterschätzen, zeigten sie doch nicht nur, dass Fleischessen in unserer Kultur weitgehend als Norm gälte, sondern uns auch animierten, uns an diese Norm zu halten und Fleisch zu essen.«

»Aber was ist mit den Wurstfingern, den speckigen Haaren oder der Nachbarin, die eine dumme Kuh ist?« wendet Brigitte ein. »Geht es hier nicht eher um eine Abwertung von

Fleisch und Nutztieren, die der positiven Wirkung der anderen Metaphern entgegensteht?«

»Die Referentin sah darin nur eine indirekte Verstärkung der Wirkung, da Fleisch ja auch hier noch die Bezugsgröße für unser Denken und Fühlen sei. So oder so habe unsere Sprache eine ›fleischverstärkende‹ Wirkung, wie sie es nannte.«

»Und was schlug sie vor, um dies zu ändern?« will Brigitte wissen.

»Erst einmal müsse man sich diese Metaphern und ihre Wirkung bewusst machen. Dann könne man versuchen, sie gezielt zu vermeiden oder sie durch alternative Redeweisen ersetzen. Anstatt ›das ist mir wurst‹ könne man sagen ›das ist mir egal‹. Oder man weiche auf Begriffskreuzungen wie ›Vegi-Burger‹ oder ›Tofu-Gulasch‹ aus. Besonders in der Erziehung von Kindern müsse auf den korrekten Sprachgebrauch geachtet werden. In neuen Kinderbüchern müssten bestimmte Redensarten vermieden und klassische Kinderbücher überarbeitet werden. Wenn der Prinz und die Prinzessin heiraten, gäbe es halt für einmal keinen Festbraten, sondern das Tofu-Gulasch. Mit all diesen Bemühungen könne dann Pflanzliches immer mehr in die Sprache der Fleischkultur eindringen, bis es das Fleisch auch gedanklich ablöse und sich schließlich auf das Verhalten auswirke und immer mehr alternative Nahrungsmittel zu Fleisch konsumiert und produziert würden.

Entscheidend war für mich dann das Symposium mit den Vorträgen zu den Alternativen zum Fleisch. Und hier ganz besonders der Vortrag eines spanischen Ingenieurs, der die Bedeutung von Algen als Nahrungsmittel und möglichen Fleischersatz beleuchtete und zudem eine von ihm entwickelte vollautomatisierte Algenfarm vorstellte, zu deren Betrieb nicht viel mehr als Sonnenlicht benötigt wird. Von Algen wusste ich bis dahin nur, dass sie in Ostasien und in einigen Gebieten Nordeuropas wie Island oder Irland als Nahrungsmittel dienen. Dass man Algen überhaupt essen kann, habe ich zum ersten Mal in Jules Vernes Roman *20.000 Meilen unter dem Meer* gelesen. Algen sind ja wahre Wunderwesen, Meister der Photosynthese, wahrscheinlich die ersten Lebewesen auf der Erde, bei denen dieser Prozess stattgefunden hat. Nur mittels Licht und etwas Wärme vermögen sie aus CO_2 und Wasser Biomasse hervorzubringen und dies auch noch viel effektiver und schneller als jede Landpflanze. Algen wachsen bis dreißigmal schneller als diese. Bei einem Baum dauert es fast zehn Jahre, bis er Früchte trägt, bei Algen sind es nur wenige Monate oder Wochen, oft sogar nur Tage. Algen wachsen nicht nur im Meer, wie ich glaubte, sondern es gibt sie in allen Gewässern und auch auf dem Land. Sogar auf den sich langsam abtauenden Schneefeldern im Hochgebirge und in Polarregionen sind sie zu finden.

Im Vortrag wurde auch erwähnt, dass Algen aufgrund ihrer hohen Anteile an Kohlenhydraten, Proteinen, Vitaminen, Fettsäuren, Jod, Mineralstoffen und Spurenelementen sehr vielfältig verwendet werden können, von den zigtausenden Algenarten aber heute erst etwa einhundertfünfzig industriell genutzt würden. Aus gewissen Arten ließen sich alternative Kraftstoffe gewinnen wie Bio-Diesel, Bio-Gas oder Wasserstoff. Und mit Algen gehe dies zehn Mal schneller als mit vergleichbaren Rohstoffen wie Mais oder Raps. Das zur Kultivierung der Algen notwendige CO_2 könne aus Abgasen von Kraftwerken oder Müllverbrennungsanlagen gewonnen werden, womit die Algenproduktion der Klimaerwärmung gleich auf doppelte Weise entgegenwirke. Eine ähnliche Doppelfunktion übernähmen Algen bei der Abwasserreinigung, wo sie ausgeschwemmte Düngemittel bänden und Krankheitserreger unschädlich machten und so der Desinfektion des Trinkwassers dienten. Insbesondere Kieselalgen ließen sich auch als Nahrungsergänzung oder in Kosmetikprodukten verwenden. Und aus Braunalgen ließen sich Verdickungs- und Geliermittel gewinnen. Auch in der Medizin kämen aus Algen gewonnene Produkte zur Anwendung, weil sie sich unter anderem positiv aufs menschliche Immunsystem, das Herz und die Hautalterung auswirkten. Aus Algen lasse sich zudem eine Form der Cellulose gewinnen, die zum Beispiel als Verstärkungsmaterial für Werkstoffe gebraucht werden könne. Sogar eine umweltfreundlichere, da biologisch besser abbaubare Alternative zu Tinte lasse sich aus Pigmenten von Algen gewinnen.

Obwohl heute in fast siebzig Prozent der auf der Welt konsumierten Lebensmittel in irgendeiner Form Algen steckten, liege der Schwerpunkt ihrer Nutzung als Nahrungsmittel immer noch in Ostasien, wo vor allem verschiedene große Algenarten roh als Salat oder gedünstet als Gemüse gegessen würden. In Ländern wie Japan sei der Anbau von Rotalgen, die für Sushi gebraucht würden, ein bedeutender Wirtschaftszweig. Menschen hätten wohl schon immer Algen gegessen und es gäbe die Vermutung, dass die Besiedelung Amerikas durch die reichen Algenvorkommen an den Küsten begünstigt worden sei.

Zur Verwertung für den Ersatz von Fleisch besonders interessant sei die Chlorella-Alge. Im Vergleich zur Rinderleber liefere sie zwei bis drei Mal mehr Vitamin B-12 und sie sei eine gute alternative Proteinquelle, wenn auch etwas weniger ergiebig als Insekten. Nachhaltigkeit und Klimabilanz bei der Proteinproduktion seien auch bei Algen großartig. Der Wasserverbrauch für die Zucht von Rindern liege mehr als achthundert Mal höher als für die gleiche Menge Algen und punkto CO_2 sei das Verhältnis siebzig zu eins. Der Anbau von Algen brauche zudem kaum Land und eigne sich auch in Gebieten, wo Landwirtschaft nicht möglich sei, etwa in Wüsten, die sogar eine besonders günstige Umgebung zur

Algenzucht darstellten. Traditionell erfolge die Gewinnung der Algen direkt aus dem Meer, heute aber immer mehr auch in Anlagen auf dem Land, in denen sich auf kleinstem Raum große Mengen von Mikroalgen kultivieren und einfach ernten ließen.

Ein solches Verfahren schilderte nun auch Pedro – so hieß der Referent, den ich später durch Carla besser kennenlernte. Faszinierte mich schon seine Schilderung der wunderbaren Fähigkeiten der Algen und ihrer Verwendungsmöglichkeiten, war seine Beschreibung der vollautomatischen Algenfarm, die er am Rande der spanischen Wüste *Tabernas* aufgebaut hatte, das eigentliche Highlight seines Vortrags.«

»In dieser Wüste war ich schon«, unterbricht mich Brigitte. »Die einzige Wüste Europas. Eine faszinierende Landschaft mit schroffen Bergen, Grassteppen und da und dort einer grünen Oase. Und natürlich die Überreste der Kulissen von vielen berühmten Filmen, die hier gedreht wurden. Ganze Dörfer, von denen die meisten nur noch Ruinen sind. Eines davon hatten sie zur Zeit meines Besuches gerade wieder in Stand gestellt für die Nutzung als Freizeitpark. *Once Upon a Time in the West* von Sergio Leone wurde hier gedreht und viele andere Wild West-Filme, aber auch Filme wie *Cleopatra* mit Elizabeth Taylor und Richard Burton oder *Lawrence of Arabia* mit Peter O'Toole und Omar Sharif.«

»Das erfuhr ich auch von Pedro. Im Fernsehen hatte ich fast alle die in dieser Wüste gedrehten Filme schon als Teenager gesehen, erfuhr nun aber zum ersten Mal, wo sie entstanden sind. Zurück zu den Algen: Pedro kam bei einer Reise nach Israel, wo er eine der größten Algenfarmen der Welt in der Wüste *Arava* besuchte, auf die Idee, eine ähnliche Anlage in der Wüste *Tabernas* zu bauen. Weil weite Teile der Wüste unter Naturschutz stehen und touristisch genutzt werden, hatte er zwar Bedenken, eine Genehmigung für sein Projekt zu erhalten. Da in dieser Wüste aber schon lange mit

Sonnenenergie experimentiert wird und eines der größten Solarkraftwerke Europas gebaut wurde, erhielt er die Genehmigung für sein ebenfalls zukunftsweisendes Projekt sofort.

Auf dem ersten Bild, das er uns von seiner Algenfarm zeigte, war nur ein überdimensionales Gewächshaus zu sehen. Pedro erläuterte, dass sich der Glaspalast in der gleißenden Sonne über mehr als eine Hektare erstrecke und nur der lichtdurchlässige Schutz des Algenreaktors, einer Art Aquarium, sei. Auf dem folgenden Bild, das das Innere des Glashauses zeigte, war jedoch nichts zu sehen, was einem Aquarium glich, sondern viele aneinandergereihte Batterien von langen grünen Röhren, die mich an eine Konstruktion mit Heizungsradiatoren erinnerte, die ich einmal in einer Kunstausstellung gesehen hatte. Mit diesem Röhrensystem, so Pedro, könne die Wasseroberfläche um ein Mehrfaches vergrößert und so die Sonneneinstrahlung besonders effizient genutzt werden. Durch die mehr als fünfhundert Kilometer Glasröhren würden täglich sechshunderttausend Liter Wasser gepumpt, wobei sich die Algen mehrmals täglich teilten und nach knapp einer Woche geerntet werden könnten.

Früher habe man die Startkulturen, gewissermaßen das Saatgut für die Algenzucht, bevor man sie in die Röhren füllte, noch eigenhändig in Reagenzgläsern heranzüchten müssen, und auch beim Absaugen der reifen Algen, dem Abscheiden des überschüssigen Wassers in einer Zentrifuge, sowie der anschließenden Sprühtrocknung und der Verpackung des Endprodukts seien noch manuelle Eingriffe nötig gewesen. Seine Erfindung habe diese Prozesse nun vollständig automatisiert. Nur noch die An- und die Auslieferung und das Steuerungsprogramm müssten überwacht werden, wozu eine bis zwei Personen ausreichten, und zwar auch solche ohne besondere Qualifikationen. Früher seien zum Betrieb der Anlage fast zwanzig ausgebildete Arbeitskräfte nötig gewesen. Weitere kleine Abhängigkeiten bestünden in der

Wartung und Reinigung des Systems. Groß sei höchstens die Abhängigkeit vom Wasser, da die Flüsse in der Nähe aufgrund der unregelmäßigen, wenn auch manchmal heftigen Niederschläge in der *Tabernas*-Wüste nur episodisch Wasser führten. Wasser müsse darum ständig mittels großer Tankwagen zur Anlage transportiert werden. Geplant sei schon lange eine Wasserleitung, aber weil diese den Geldgebern im Vergleich zur Anlage selbst als ein zu konventionelles Unternehmen erscheine, fehle bis anhin das Geld. Strom, natürlich aus Sonnenenergie, brauche es nur zum Betreiben des Steuerungsprogrammes und der verschiedenen Roboter. Den Rest der benötigten Energie liefere die Sonne direkt in Form von Licht und Wärme.

Da mich manches in Pedros Vortrag an Sanjis Vortrag über die Heuschrecken erinnerte, aber auch an unser Elektroautoprojekt und insbesondere an Jacks Ideen zur Künstlichen Intelligenz, und in mir noch beim Zuhören die Ahnung aufkeimte, dass dies alles irgendwie zusammengebracht werden könnte, stellte ich Pedro in der anschließenden Diskussion unzählige Fragen – ohne zu bemerken, dass sich auch andere in die Diskussion einbringen wollten. Erst als mich Carla darauf hinwies, dass es auch später noch die Möglichkeit gäbe, mit dem Referenten zu sprechen, worauf Pedro zustimmend nickte, wurde ich mir meines unhöflichen Vordrängens bewusst.

Nachdem Carla die Sitzung mit den Worten beschlossen hatte, dass sie persönlich dafür besorgt sein werde, bei der Durchführung des Kongresses im nächsten Jahr zur Verpflegung auch ein Menu mit einem Algenschnitzel anzubieten, und die meisten Zuhörer, wahrscheinlich schon in Vorfreude auf das abendliche Unterhaltungsprogramm, den Saal eilig verlassen hatten, ging ich zum Referenten, um mich für seine interessanten Ausführungen zu bedanken – nicht ohne die

Hoffnung, dass er mir anbieten könnte, noch mehr von seinem Projekt zu erzählen und auf weitere Fragen einzugehen. Solche Hintergedanken wären aber gar nicht nötig gewesen, da Carla, die sich zu uns gesellte, vorschlug, sie zum Essen bei ihr zuhause zu begleiten, anstatt am offiziellen Kongressdinner teilzunehmen; sie müsse der Kinder wegen nachhause und würde sich freuen, sich mit uns zu unterhalten, wenn wir einander schon nach so langer Zeit endlich einmal wiedersähen. Pedro schien die Einladung ebenso gerne anzunehmen wie ich. Auch als mich Carla dann Pedro vorstellte, erwähnte sie, dass ich ein früherer Liebhaber gewesen sei. Als sie Pedro mir vorstellte, sagte sie dasselbe. Wir verbrachten einen schönen Abend bei Carla und ihren drei Kindern. Ich erfuhr noch vieles über Pedros Algenfarm und seine weiteren Pläne.

Und ich sprach meinen Entschluss, mich vom Perpetuum Mobile-Team zu verabschieden, zum ersten Mal vor anderen laut aus – womit es kein Zurück mehr gab. Vielleicht war es sogar der Bericht eines der Kinder von Carla, der mich zur öffentlichen Verkündung meines Entscheids ermutigt hatte. Olivia, Carlas jüngste Tochter, erzählte stolz, dass sie auf dem Schulweg eine Mutprobe bestanden habe. Sie habe einen lebenden Regenwurm hinuntergeschluckt, und der Wurm habe ihr gar nicht schlecht geschmeckt. Plötzlich erschien mir die sich erst undeutlich abzeichnende Idee einer vollautomatisierten Heuschreckenfarm als ein realistisches Ziel für eine neue Tätigkeit.

Carla schien während des ganzen Abends im Hintergrund beschäftigt – kochte, tischte auf, räumte ab, telefonierte – und ihre Kinder unterhielten sich mit uns. Sie hörten aufmerksam zu, wenn wir über die Algenfarm sprachen. Wenn sie etwas nicht verstanden, fragten sie sofort nach. Oft schienen ihre Fragen zwar einfach, ließen sich aber nur schwer, wenn überhaupt befriedigend beantworten. So wollte Paolo wissen, was denn passiere, wenn die Steuerung der Algenfarm einmal ausfalle und aufgrund der Automatisierung alle vergessen hätten, was sie nun tun müssten. Als die Kinder zu Bett gegangen waren, setzte sich Carla zu uns. Doch kaum hatten wir ein Gespräch über die alten Zeiten begonnen, klingelte ihr Handy. Sie sagt nur entschuldigend ›mein Mann‹ und zog sich für das Gespräch ins Nebenzimmer zurück. Da wir sichtlich müde waren, als sie wiederkam, war ich froh, dass sie vorschlug, ein Taxi zu bestellen, das uns in unsere Hotels bringen sollte. Beim Abschied schlug sie vor, nach der morgendlichen Schlusssitzung des Kongresses am folgenden Tag gemeinsam einen kleinen Ausflug nach Squamish, einer kleinen Stadt am Ende der Howe-Bucht nördlich von Vancouver zu machen. Es gäbe dort einen riesigen Granitmonolithen, den zweithöchsten der Welt, und einige andere Sehenswürdigkeiten, neuerdings auch eine Gondelbahn, die zu einem fantastischen Aussichtspunkt führe. Zudem habe das Städtchen eine betuliche Atmosphäre, die uns nach der Hektik des Kongresses sicher guttun würde. Wir willigten sofort ein; ich in Vorfreude, als eine von der Vergangenheit losgesagte Person bereits am nächsten Tag zu neuen Ufern aufbrechen zu können.

Nachdem wir anderntags die Schlusssitzung mit all ihren Dankesreden und Lobhudeleien für den Einsatz aller Beteiligten im gemeinsamen Kampf gegen den Klimawandel hinter uns gebracht hatten, fuhren wir mit Carlas Pickup der Küste entlang nach Squamish, wo wir uns zuerst einmal in einem kleinen Bier-und-Burger-Lokal am Hafen verköstigten und eine Weile den vorbeiziehenden Booten nachschauten. Carla wirkte sehr entspannt und bemerkte auch einmal, dass sie sich an diesem Ort immer wie zuhause fühle. Ihr Mitwirken am Kongress musste für sie sehr anstrengend gewesen sein. An diesem Tag klingelte auch ihr Telefon kein einziges Mal. Irgendwie ging die angenehme Stimmung des Ortes, die

Carla schon am Vorabend erwähnt hatte, langsam auf uns alle über. Wir verzichteten auf die geplante Fahrt mit der Gondelbahn und flanierten ziellos durch die Straßen. In einer kleinen Buchhandlung mit einer Kaffeebar blieben wir etwas länger. Pedro und ich stöberten in den Regalen, während Carla an der Theke mit der Besitzerin plauderte. Zur Erinnerung an den gemeinsamen Ausflug kauften Pedro und ich einige Postkarten und ich fand zu meiner Überraschung in der antiquarischen Abteilung im hinteren Teil des Ladens eine Biographie über Nikola Tesla. Ich kannte das Buch. Ich hatte es in meiner Jugend oft aus der Quartierbücherei ausgeliehen, vor allem wegen seiner grotesken Bilder. Gelesen hatte ich es nur oberflächlich. Mit dem Vorsatz, das Buch gleich auf dem Rückflug nach Europa einmal gründlich zu lesen, kaufte ich die abgenutzte Ausgabe. Auf der Heimfahrt nach Vancouver sangen wir unisono die alten Songs mit, die das Autoradio spielte. Ich war definitiv auf dem Weg zu etwas Neuem.«

Ich habe gar nicht bemerkt, dass sich inzwischen die anderen Gäste im Speisesaal versammelt haben und es nun auch wieder wärmer ist. Erst das Klirren von Geschirr und Besteck, das Elsa beim Decken der Tische verursacht, hat mich wieder aufmerksam für die nähere Umgebung gemacht.

»Und, hast du das Buch auf der Heimreise gelesen?« will Brigitte wissen.

»Zu meiner Schande muss ich gestehen, dass ich es bis heute nicht gelesen habe. Nur die bizarren Bilder von Tesla und seinen Experimenten habe ich mir zum wiederholten Mal angeschaut. Ich las auf der Rückreise vom Kongress die Zeitungen, die beim Einstieg ins Flugzeug verteilt wurden, um mich auf dem Laufenden zu halten, was in der Zwischenzeit zuhause alles geschehen war. Darunter auch ein interessantes Interview mit dem *CEO* eines großen französischen Energiekonzerns, das eigentlich ganz gut auf den Punkt brachte, was ich an diesem Kongress erfahren hatte. Der

CEO, ein Bauernsohn, wie er betonte, sagte im Interview, dass wir nun beim Klimaschutz am Wendepunkt stünden, dass er seine Firma bereits zur nachhaltigsten der Welt gemacht habe und dass bald die ganze Weltwirtschaft vom Kampf gegen den Klimawandel profitieren werde. Dass der billigste und schnellste Weg zu mehr Klimaschutz das Einsparen von Energie sei und dass dabei die Digitalisierung eine besonders hilfreiche Rolle spiele. Diese habe zwei Kapitel: Das erste habe bereits die Art und Weise, wie wir mit anderen Menschen zusammenlebten, verändert, das zweite werde nun die Art und Weise verändern, wie wir mit unserer Umwelt zusammenlebten. Neuartige Steuerungen könnten den Energieverbrauch massiv senken. Und die Regierungen hätten erkannt, dass sie diese Prozesse mit Gesetzen und vor allem finanziellen Anreizen beschleunigen müssten. Die Entwicklung ökologischer Technologien würde immer profitabler. Die Richtung stehe fest, auch wenn der Weg lang sei – aber schließlich ginge es um den größten Umbruch der Energienutzung in der Geschichte der Menschheit.

Natürlich beschäftigte mich auf diesem Flug auch meine eigene Geschäftsidee. Ich hoffe wirklich, dass ich demnächst dazukomme, diese Tesla-Biografie einmal gründlich zu lesen.«

»Von deiner Geschäftsidee kannst du mir nach dem Essen erzählen«, sagt Brigitte, während sie die Teller auf dem Tisch so verschiebt, dass der Wirt den Suppentopf hinstellen kann.

RETTUNG GÖTTERSPEISE

Nach dem Essen – es gab nach der Suppe nur noch Trockenfleisch, Käse und Schüttelbrot – sind neben Brigitte und mir nur noch der Jäger und der Bibelkundige im Saal. Die anderen sind schnell wieder auf ihre Zimmer gegangen. Der Jäger und der Bibelkundige diskutieren hitzig miteinander. Aus den Brocken, die ich aufschnappe, kann ich mir nicht zusammenreimen, worüber sie sprechen. Einmal sagt der Jäger laut: »Die Wissenschaft ist dazu da, uns zu beruhigen, und die Kunst soll uns beunruhigen«, worauf der Bibelkundige heftig widerspricht: »Es ist genau umgekehrt, die Wissenschaft soll uns beunruhigen und die Kunst beruhigen.«

»Was meinst du?« fragt Brigitte.

»Nun, die Wissenschaft«, sage ich nach kurzem Nachdenken.

»Nein, nein. Ich meine, ob es hier zu laut ist, damit du weiterfahren kannst mit deiner Geschichte.«

Ich muss lachen, wodurch ich unfreundliche Blicke des Jägers und des Bibelkundigen auf uns ziehe. Ich versuche entschuldigend zu lächeln. Es ist unhöflich, andere zu belauschen; aber wir tun es fast zwanghaft. Als ich mich Brigitte zuwende und ihr zuflüstere, dass wir wohl auch besser nach oben gehen sollten, kassiere ich gleich nochmals finstere Blicke. Wir gehen.

Nachdem wir uns in meinem Zimmer unter die Decken verkrochen haben und uns gegenseitig warm geben, erzähle ich weiter: »Als ich von Vancouver zurück war, ging alles sehr schnell. Ich informierte Udo über meine Entscheidung, das Team zu verlassen. Er sagte nur ›schade‹, schien aber nicht weiter überrascht zu sein und machte auch keine Anstalten, mich zurückzuhalten, oder auch nur nach meinen Gründen zu fragen. Wahrscheinlich dachte er, dass mein Ausscheiden aus dem Projekt so selbstverständlich mit Jacks Abgang verbunden sei, wie ich einst über Jack ins Projekt gerutscht war, und sagte darum nur, dass wir dann gleich eine Abschiedsfeier für beide machen könnten. Ich wusste nicht recht, ob ich mich über Udos gleichgültige Reaktion ärgern oder freuen sollte, jedenfalls verschonte sie mich davor, mich rechtfertigen zu müssen. Wirklich schade sei nur, meinte Udo, dass Jack nicht mehr dabei sein werde, jetzt, wo schon mehrere Anfragen zu *KLOSEM* eingegangen seien. Offenbar hätte ich mit meinem Vortrag in Vancouver großen Eindruck gemacht. Ich nahm es als Kompliment.

In den folgenden Tagen schloss ich zügig alle noch ausstehenden Arbeiten ab. Und wie so oft, wenn man in Gedanken schon ganz woanders ist, ging es besonders flott voran. Zwei Tage vor meinem letzten Tag beim Perpetuum Mobile-Team, an dem dann auch die Abschiedsfeier für Jack und mich stattfand, saß ich am aufgeräumten Schreibtisch in meinem Büro, das sich anfühlte wie eine riesige, jeden Laut schluckende Halle, und schaute gelassen zum Fenster hinaus. In dieser Ruhe spürte ich eine große intellektuelle Kraft in mir.

An der Abschiedsfeier hielt Udo eine kurze Rede, in der er aber gleich mehrfach auf die vielen in letzter Zeit an ihn gerichteten Fragen zu *KLOSEM* hinwies, wahrscheinlich, um Jacks Leistung zu würdigen und sein Bedauern über seinen Weggang auszudrücken, vielleicht aber auch, um einen – wenn auch sich erst abzeichnenden – Erfolg des Projektes hervorzuheben und damit die verbleibenden Mitglieder des Teams für die weitere Arbeit zu motivieren. Mochte Udo auch zum selben Mittel der Beschönigung gegriffen haben wie ich in Vancouver, so schien es bei ihm doch weit weniger eine absichtliche Täuschung seiner Zuhörerschaft zu sein, denn Udo glaubte an den Erfolg seines Projekts. Am Ende seiner Rede forderte er Jack und mich auf, auch noch ein paar Worte zu sagen.

Jack erhob sich und schaute, fast etwas ängstlich, in die Runde; dann sagte er aber nur nochmals – zur Enttäuschung aller, die ein paar klärende Wort erwartet hatten – es tue ihm leid, dass er nicht weitermachen könne, und er hoffe sehr, dass sein Entschluss dereinst für alle nachvollziehbar werde, was aber wahrscheinlich niemandem nur durch Nachdenken gelänge, sondern nur durch eine einschneidende Erfahrung, die jeder und jede selber machen müsste. Abschließend bedankte sich Jack für die kollegiale Zusammenarbeit und entschuldigte sich abermals, womit er wohl bei einigen auch noch den letzten Rest seiner Glaubwürdigkeit verspielte. Als sich Jack wieder gesetzt hatte, schaute er mich auf eine Weise an, von der ich heute noch nicht weiß, ob er mir damit sagen wollte, dass er sich zumindest von mir verstanden fühlte, oder einfach, dass ich nun an der Reihe sei, etwas zu sagen.

Ich erhob mich, dankte ebenfalls für die Zusammenarbeit, die mich fachlich und menschlich vorangebracht hätte, und wies darauf hin, dass die Beweggründe für meinen Ausstieg andere seien als die von Jack, nämlich das Bedürfnis nach Selbständigkeit, nach der Gründung eines eigenen Unternehmens, über dessen Art ich jedoch noch nichts verraten wolle, nur so viel, dass es zwar um etwas ganz anderes gehen werde, dass das große Ziel aber immer noch dasselbe sei.

Natürlich wurde ich beim anschließenden Apéro von allen Seiten mit der Frage bestürmt, worum es denn gehen werde in meinem Projekt. Ich hielt aber dicht, zumal meine Idee der Heuschreckenfarm damals ja auch noch recht unausgegoren, um nicht zu sagen, nebulös war. Ausgerechnet Udo versuchte mich vor den Neugierigen mit dem Hinweis in Schutz zu nehmen, dass das Ausplaudern angestrebter Ziele zu einem zu frühen Zeitpunkt das Erreichen dieser Ziele nicht selten beeinträchtigen würde. Sicher würde ich, meinte er, wenn die Zeit reif sei, das Geheimnis lüften oder, noch besser, mein Erfolg würde ganz ohne mein Zutun publik werden.

Der Einzige, der sich nicht für meine Zukunftspläne zu interessieren schien, war Izumi. Er schien aber auch der Einzige, der den Ausstieg von Jack und mir aufrichtig bedauerte. Mehrmals wiederholte er, den Tränen nahe, wie er die Zusammenarbeit mit uns geschätzt habe, und an welche gemeinsame Lösung eines Problems er sich noch gut erinnern könne. Für unsere Zukunft wünschte er uns viel Geduld und *Ikigai*. Das bedeutet auf Japanisch ›Lebenssinn‹ oder ›das, wofür es sich zu leben lohnt‹, wie er uns erklärte. Izumi überreichte Jack und mir auch ein Abschiedsgeschenk. Es war so kunstvoll verpackt, dass ich mich kaum getraute, es auszupacken. Als ich es später doch tat, hielt ich ein kleines Buch mit dem Titel *Ikigai* in Händen. Es war ein Ratgeber, in dem grundlegende Lebenseinstellungen erläutert wurden wie ›Klein anfangen‹, ›Loslassen lernen‹, ›Harmonie und Nachhaltigkeit leben‹, ›Die Freude an kleinen Dingen entdecken‹, ›Im Hier und Jetzt sein‹ oder ›Das Leben ist eher ein Gleichgewicht aus vielen kleinen Dingen, als etwas, das von einem übergeordneten einheitlichen Ganzen diktiert wird‹. Ich nahm das Büchlein in den ersten Monaten, in denen ich mich auf den Weg zur Realisierung meines eigenen Projektes machte, immer wieder zur Hand. Auf den ersten Blick abgedroschen erscheinende Lebensweisheiten halfen mir mehr als einmal durchzuhalten.

In den folgenden Monaten machte ich mich daran, meine Idee in die Tat umzusetzen. Ich recherchierte, welche Unternehmen im Bereich der Insektenzucht schon existierten, was genau sie taten und was ich vom bereits Existierenden übernehmen und verbessern könnte. Immer wieder entdeckte ich, dass es mir an praktischen Kenntnissen zur Realisierung meines Projekts mangelte, und sobald ich einen dieser Mängel überwunden hatte, zeigte sich sogleich der nächste. Ich besuchte auch einige Firmen und sprach mit den Mitarbeitenden, wobei ich feststellen musste, dass meine Gesprächspartner umso zurückhaltender mit ihren Informationen wurden, je mehr es um technische Details ging. Selbst Pedro, den ich des Öftern kontaktierte, schien mir, nachdem er vernommen hatte, dass ich ein eigenes Projekt nach dem Vorbild seiner Algenzucht realisieren wollte, etwas wortkarg. Angesichts des übergeordneten Ziels, das wir alle verfolgten, irritierte mich diese Geheimniskrämerei. Auch hier schien nun jeder zuerst einmal Unternehmer in eigener Sache zu sein.

Mir kam jedoch entgegen, dass die Realisierung nachhaltiger Projektideen heute von vielen Seiten gefördert wird, dass mich die Mitbewohner in meinem Haus unterstützten – und dass es den Zufall gibt. Meine ehemalige Hochschule bot Workshops zur Gründung von Startups mit besonderer Berücksichtigung der Nachhaltigkeit an, an denen auch Alumni für wenig Geld teilnehmen konnten. Ich schrieb mich sofort in einen der Kurse ein und lernte dort viel. Auf die permanente Ermutigung zum Unternehmertum wurde fast noch mehr Wert gelegt als auf die Vermittlung des praktischen Wissens. Aber natürlich ist es für einen in diesen Dingen nicht bewanderten Ingenieur nur schon gut zu wissen, was bei der Erstellung eines Businessplans alles zu berücksichtigen ist, was ein skalierbares Geschäftsmodell ist, welche Rechtsformen sich für ein Unternehmen anbieten, wie bei der Mittelbeschaffung vorzugehen ist, wie bei der Werbung und so weiter.

Auch meine Mitbewohnerinnen und Mitbewohner waren mir eine große Hilfe, gingen sie doch alle Tätigkeiten nach, die irgendwie mit Nachhaltigkeit zu tun hatten. Mit einigen von ihnen konnte ich nächtelang über meine Ideen diskutieren. Schon allein die Möglichkeit, meine Gedanken auszusprechen, gab diesen oft – im Gegensatz zu den in meinem

Kopf herumschwirrenden Ideen – eine Gestalt und eine Verbindlichkeit, die mich animierten, sie weiter zu verfolgen und in die Tat umzusetzen. Besonders die Gespräche mit Roger und Eveline, einem Architektenpaar, waren für mich sehr fruchtbar – auch wenn sie letztlich immer irgendwie um die architektonische Vision der beiden kreisten. So, wie die beiden sich selbst als völlig unabhängige Individuen begriffen, stand in ihrer Vision das einzelne Individuum im Mittelpunkt. Nur in Räumen, in denen sich dieses verwirklichen kann, so glaubten sie, könne auch das Gemeinschaftsgefühl entstehen, das für unser Handeln im Hinblick auf die drohende Klimakatastrophe so dringend sei. Sie wollten so bauen, dass sich alle unabhängig voneinander bestmöglich auf dasselbe Ziel hin entwickeln können.

Kevin und Deborah, die mit ihrem Sohn Noah in der Etage über mir wohnten, waren auf eine andere Art hilfreich. Beide berufstätig – Kevin leitete bei der Stadtverwaltung das Amt für Fahrradwege und Debi war Fundraiserin bei einem Kinderhilfswerk –, waren sie vor allem beschlagen in Fragen der Organisation und der Überzeugungsarbeit. Gespräche mit ihnen fanden zwar meist nur in den kurzen Begegnungen im Treppenhaus statt, aber immer hatten sie ein paar praktische Tipps für mich. So riet mir Debi, kaum hatte sie von meinem Projekt gehört, die Finanzierung mittels *Crowd Funding* zu bewerkstelligen. Noch nie sei die Zeit für diese Finanzierungsmethode für ein Projekt wie das meine günstiger gewesen. Oder Kevin riet mir, für meine Anlage einen der kleinen Bauernbetriebe, von denen immer mehr Pleite gingen, weil sie den Auflagen der nachhaltigen Produktion nicht gewachsen seien, zu kaufen. Damit könnte ich auch gleich noch ein Beispiel für die sinnvolle Umnutzung geben.

Am meisten Unterstützung erhielt ich von Stella-Marie und Frauke, dem Paar, das mit seinen beiden Kindern den

Dachstock bewohnte. Zu ihnen hatte ich von allen Nachbarinnen die engste Beziehung. Ich war oft bei ihnen zu Besuch, unternahm mit ihnen gemeinsame Ausflüge oder hütete ihre Kinder, wenn sie ins Kino oder ins Konzert gingen. Die sanfte Emilie, Stella-Maries Tochter, wollte zu meiner Irritation immer mit ihren Barbie-Puppen spielen, und Nils-Elias, Fraukes Sohn, war ganz versessen auf Computerspiele wie *War of Empires* oder *Tribal Wars*. Ließ man ihn nicht an den Computer, konnte er sehr ungeduldig werden und seine Frustration an seiner Schwester abreagieren. Wie Stella-Marie und Frauke ließ ich Nils-Elias darum seine Computerspiele spielen – wenn auch aus anderen Gründen als seine Eltern. Diese glaubten nämlich oder sagten wenigstens, dass diese Spiele eine gute Möglichkeit böten, um kontrafaktisches Denken und die kritische Reflexion gewalttätiger Konfliktlösung einzuüben. Stella-Marie, eine ausgebildete Psychologin, zitierte dazu auch schon mal eine einschlägige empirische Studie. Als größtes Anliegen in der Erziehung ihrer Kinder galt den beiden jedoch die Vermittlung eines Verhaltens, das die Natur schützt, sie nicht verletzt, nicht noch mehr zerstört. Zoobesuche, Bergwanderungen oder Ferien an unberührten Sandstränden galten alle dem einen Zweck: den Kindern den Respekt vor der Natur beizubringen. Reisen in die hinterste Ecke der Welt konnten sich die beiden ja auch leisten, denn ihre Agentur zur Beratung von Paaren mit unerfülltem Kinderwunsch lief hervorragend. Zu ihrer Tätigkeit prädestinierte sie nicht nur die eigene Erfahrung, sondern auch, dass Frauke einst zu rechtlichen Fragen der Reproduktionsmedizin promoviert hatte, und dass Stella-Marie als Psychologin kompetent auf Fragen von zuweilen verunsicherten Paaren eingehen konnte, die etwa wissen wollten, ob es bei der kognitiven Entwicklung Unterschiede zwischen einem künstlich und einem natürlich gezeugten Kind gäbe.«

»Ein sehr widersprüchliches Paar«, wirft Brigitte ein.

»Warum? Weil sie alles unternehmen, um ihren Kindern die unberührte Natur zu zeigen und dabei im Moment noch nicht darum herumkommen, unsaubere Spuren in der Natur zu hinterlassen?«

»Nein«, meint Brigitte sinnierend. »Grundlegender. Ihr Verständnis der Natur und die künstliche Zeugung eines Kindes passen nicht zusammen. Aber«, sagt sie dann lächelnd, noch bevor ich nachfragen kann, wie sie das meint, »ich habe dich unterbrochen. Wie geht deine Geschichte weiter?«

»Nun, die Beschäftigung mit dem allgemeinen Konzept und der Firmengründung ließ mich anfänglich fast vergessen, dass meine Projektidee auch inhaltlich konkrete Gestalt annehmen musste. In dieser Hinsicht tat ich mich anfänglich schwer. Bis ich entdeckte, dass ich nun anders an die Sache herangehen musste als im bisherigen Projekt, in dem ich gewohnt war, einen in gewissen Grenzen vordefinierten Beitrag zum Ganzen leisten zu müssen. Nun konnte ich nicht mehr nur passende Steine suchen und dann einen auf den anderen legen. Ich musste immer das nicht vorgegebene Ganze im Blick haben. Das sah ich zum ersten Mal, als ich an meinem Schreibtisch mit meinen Gedanken stecken blieb und, um meinen Kopf frei zu kriegen, einen längeren Spaziergang machte. Im Gehen begann ich, meine Heuschreckenfarm zu sehen, die ganze große Anlage und alles, was darin ist, bis ins letzte Detail, und selbst verborgene Winkel verwandelten sich im Gehen in konkret Fragen, die meine weiteren Überlegungen in die Richtung möglicher Antworten leiteten. Zurück im Büro brauchte ich nur noch aufzuzeichnen, was sich vor meinem inneren Auge abgespielt hatte und welche Fragen noch zu klären waren. So konnte ich gezielt recherchieren und meinen Plan immer mehr konkretisieren. Schnell fand ich heraus, was und wie viel welche Heuschreckenart frisst, wie viel Platz eine bestimmte Zahl Heuschrecken braucht, bei welcher Temperatur die Tiere gehalten werden müssen, welche Bauten nötig sind, welche Glasverschalungen, welche Röhren, welche Heiz- und Kühlvorrichtungen, wie viel Wasser, wie viel Strom und so weiter und so fort. Als bei weiteren Spaziergängen zur Überwindung von Blockaden derselbe Prozess einsetzte, sich das Ganze immer genauer vor meinem inneren Auge auftat, erhob ich das Gehen zur eigentlichen Methode für meine Erfindung. So konkretisierte sich meine Heuschreckenfarm immer mehr, bis ein präziser Plan vorlag, der von der Beschaffung der Heuschrecken, dem Bau der Anlage, über deren Klimatisierung und Unterhalt bis zum Vertrieb des Endproduktes reichte. Nur noch eine Frage blieb offen, die Frage der Steuerung der gesamten Anlage mittels eines Computerprogramms. Und ich wusste noch nicht einmal, wie diese Frage richtig zu stellen war. Mein diesbezügliches Wissen genügte gerade noch zur Konstruktion eines Roboters, der eine einfache manuelle Arbeit ersetzen oder als Einparkhilfe dienen kann. Weiter reichte es nicht. Ich brauchte Hilfe.

Und dann der Zufall. Ich ging eines Abends in die Bar, wo ich einst Jack kennengelernt hatte. Und wer sitzt da, schief und angetrunken auf einem Barhocker? Jack! Er freute sich, mich zu sehen. Mir ging es nicht anders. Ich erzählte ihm von meinem Projekt und von der noch offenen Frage – ohne daran zu denken, dass gerade er mir in dieser Sache weiterhelfen könnte. Während des Zuhörens hatte er aufgehört zu trinken, stellte mehrfach Fragen und schüttelte hin und wieder ungläubig den Kopf, als hätte er mir ein solches Projekt, zu dessen Realisierung nicht mehr viel fehlte, gar nicht zugetraut. Am Schluss sagte er ›die Entwicklung eines solchen Steuerungsprogramms scheint keine Hexerei zu sein, soll ich es dir schreiben?‹ Er hätte im Moment genügend Zeit, halte nur dann und wann einen Vortrag und denke darüber nach, seine Doktorarbeit doch noch zu Ende zu bringen, obwohl er sie nun völlig neu schreiben müsste. Auch habe er schon zu viel Zeit damit verschwendet, in der Bar zu sitzen und zu warten, bis Galenia wieder einmal vorbeikäme. Zudem interessiere ihn mein Projekt wirklich und er sei mir immer noch etwas schuldig. Was er damit meinte, war mir nicht klar, und ich fühlte mich auch etwas überrumpelt von seinem Angebot, dennoch nahm ich sofort an.

Schon am kommenden Tag trafen wir uns. Ich zeigte Jack meinen Plan, erläuterte da und dort etwas und äußerte meine Vermutungen, wie das noch fehlende Programm die Steuerung der Abläufe übernehmen könnte. Jack fragte immer wieder nach, machte fortwährend Notizen und erwähnte ab und zu schon eine Idee, wie er die Sache angehen wollte. Als wir mit der Arbeit fertig waren, hätte ich eigentlich gerne mit Jack zusammen den Abend verbracht, mit ihm zusammen gegessen und einen guten Wein getrunken, und natürlich über unsere Zeit im Perpetuum Mobile-Team gesprochen, über seine Doktorarbeit, über Galenia und vieles mehr. Aber Jack bestand darauf, nachhause zu gehen und gleich mit der Arbeit am Programm zu beginnen, solange ihm das meiste aus unserem Gespräch noch präsent sei. Er werde sich melden, sagte er. Und so ließ ich ihn mit einer Kopie meines Planes ziehen.

Als ich nach fast einer Woche noch immer nichts von Jack gehört hatte, wurde mir ein wenig bange. Ich fragte mich, ob ich ihn nicht zu schnell und zu arglos in mein Projekt eingeweiht hatte, ob ich ihm vertrauen konnte. Doch dann erschien er, unangemeldet, an einem Samstagvormittag und zwar in Begleitung von Galenia. ›Erledigt‹, sagte er lachend und schob seine Freundin – das war sie nun wieder, wie sich herausstellte – vor sich her durch die Tür. Sie könne mir als Juristin bei der Gründung meines Unternehmens sicher auch behilflich sein, meinte Jack beiläufig, und steuerte direkt zum großen Tisch im Wohnzimmer, auf dem er seinen Laptop aufklappte und mit der Vorführung der Simulation des von ihm entwickelten Steuerungsprogrammes begann. Meine Sorgen waren ganz unbegründet gewesen.

Die Simulation des Programms glich auf den ersten Blick jener, die er einst für unser Elektroauto entwickelt hatte, also einem ganz beliebigen Computerspiel. Jack erläuterte mir jeden einzelnen Schritt und was er noch verändern wolle oder verbessern könnte. Ich war erstaunt, wie schnell er sich in die Materie eingearbeitet hatte und wie gut sein Programm schon funktionierte. Zudem hatte er an Probleme gedacht, die ich noch gar nicht berücksichtigt hatte, zum Beispiel den möglichen Ausfall des Steuerungssystems. Für diesen Fall wollte er noch ein Überbrückungs- und Wiederherstellungssystem entwickeln. Und sollte auch dieses ausfallen, erklärte er mir, bräuchte es noch ein weiteres Notfallsystem, dessen einzige Aufgabe es sei, die zentrale Schleuse der Anlage sicher zu verschließen, damit die Heuschrecken nicht entweichen könnten. Dies sei umso wichtiger, meinte er – der offensichtlich jedes Detail meines Plans studiert hatte –, als die Heuschrecken in der Anlage bei einer Temperatur und in einer Konzentration gehalten würden, die sie in den flugfähigen gregären Zustand versetzten. Lediglich über ein Problem war sich Jack noch nicht im Klaren, nämlich wie die Notstromversorgung sicherzustellen wäre. Für den Normalbetrieb würden die Wärme der Sonne und Energie aus Solarzellen reichen, im Notfall aber, wenn die Sonne längere Zeit nicht scheine oder die Solarzellen nicht mehr funktionierten, reiche eine Batterie, die ständig Strom speichere, oder ein kleines Notstromaggregat, das mit Diesel betrieben werden könne, nur wenige Tage. Und ein zur längerfristigen Nutzung geeignetes Notstromaggregat würde wahrscheinlich sowohl bei den potentiellen Kreditgebern für das Projekt als auch bei den anvisierten Kunden die Nachhaltigkeit in Frage stellen, so bleibe als letzte Absicherung wohl doch nur ein Anschluss ans Stromnetz. Jack forderte mich auf, mir dazu Gedanken zu machen, zumal dies ja in meine Zuständigkeit als Elektroingenieur falle.

Wir verbrachten dann zu dritt noch den ganzen Tag miteinander, kochten zusammen und tranken nicht wenig. Ich hatte Jack und Galenia noch nie so verliebt gesehen. Unsere Gespräche blieben bis zum letzten Whiskey anregend, wenn auch oberflächlich. Als ich die Geschichte von Johannes in der Wüste erzählte, als unser Gespräch auf Heuschrecken kam, sagte Galenia, ›dann nenn' doch deine Firma einfach *Götterspeise*‹ – und so nannte ich sie dann auch.

Jacks und Galenias Versprechen, mir bei der Umsetzung meines Projektes zu helfen, galt. Und so bekam die Firma *Götterspeise* in kürzester Zeit ihre endgültige Form und ich konnte mich daran machen, Geld für ihre Finanzierung aufzutreiben. Als einziges Problem blieb eine geringe Abhängigkeit vom Stromnetz – eine bessere Lösung als die von Jack ist mir auch nicht eingefallen –, aber ein solches Restrisiko hinsichtlich der Stromversorgung besteht wohl für die meisten technischen Lösungen für ein nachhaltigeres Zusammenleben mit der Natur, von der Eisenbahn über das Elektroauto bis zu den Wärmepumpen in den Häusern.

Meinen Geldgebern jedenfalls dürfte nicht aufgefallen sein, dass es hier noch ein Problem gibt. Noch bevor ich mich zu einer Bank aufmachte, um über die Möglichkeiten der Finanzierung meines Unternehmens zu sprechen, versuchte ich es mit *Crowd Funding*, wie es mir meine Nachbarin Debi empfohlen hatte. Genauer gesagt, ich versuchte es mit *Crowd Supporting*, d.h. ich forderte zu Spenden auf, deren Belohnung nur der Erfolg im gemeinsamen Kampf gegen den Klimawandel war, denn das Angebot einer Rückzahlung der Beiträge oder gar einer Beteiligung am Unternehmen schien mir meiner angestrebten Selbständigkeit zuwiderzulaufen.

Ich warb also für meine Heuschreckenfarm – natürlich nur mit einer Zusammenfassung meines Planes, die nur die Grundideen berücksichtigte und Einzelheiten ausblendete – auf einer der mittlerweile zahlreichen *Crowd Supporting*-Plattformen, die auf Projekte wie das meinige spezialisiert sind. Und siehe da, schon nach nur drei Wochen hatte ich den benötigten Betrag mittels Schwarmfinanzierung selbstloser Mitmenschen beisammen. Erstaunlicherweise wollten nur zwei der Spender Genaueres wissen, zwei Brüder, reiche Erben, die soeben eine Klimastiftung mit dem Ziel der Förderung unkonventioneller Projekte zugunsten des planetaren Gemeinwohls gegründet hatten. Wobei es ihnen nicht um Einzelheiten ging, sondern vor allem um die Frage, ob sie die Unterstützung meiner Heuschreckenfarm bei der Präsentation ihrer jungen Stiftung in den Medien als Musterbeispiel erwähnen dürften. Da ich darin nur eine Win-Win-Situation sah, stimmte ich sofort zu. Nun konnte es losgehen.

DAS STARTUP

Es begann die vielleicht glücklichste Zeit meines Lebens. Ich arbeitete fast ohne Unterlass. Ich versank in meiner Arbeit, ich wurde von ihr getragen, ich lebte für sie. In den wenigen Momenten, in denen ich innehalten musste, um ein unerwartetes Problem zu lösen oder um erneut den Überblick zu gewinnen, und die Arbeit ihren Selbstzweck kurz verlor, zog mich entweder mein großes Ziel hinter sich her oder, etwas banaler, schob mich eine Art schlechtes Gewissen vor sich her. Aufgrund der Geschwindigkeit, mit der das Geld für mein Unternehmen zusammengekommen war, kam ich mir manchmal wie ein Bluffer vor und setzte alles daran, um aus dem Anschein eine Wahrheit zu machen. Und wie lässt sich ein als Täuschung erscheinender Eindruck besser aus der Welt schaffen als dadurch, dass man ihn so schnell wie möglich wahr macht?

Ich ließ meine Firma als *Gesellschaft mit beschränkter Haftung* eintragen, wozu mir Galenia geraten hatte. Jack war mir behilflich, eine ansprechende Website zu gestalten. Damit hatte mein Unternehmen schon einmal eine rechtliche und eine virtuelle Existenz. Jetzt musste es nur noch im realen Raum Fuß fassen. Auch bei der Suche nach einer geeigneten Lokalität kam ich schnell voran. Wobei Suche das falsche Wort ist, denn ich fand sofort einen zum Verkauf stehenden Bauernbetrieb, fast wie ihn mir Kevin beschrieben hatte. Es handelte sich aber nicht um einen traditionellen Betrieb, der den Erfordernissen der biologischen Produktion nicht genügte, sondern um einen Schweinemastbetrieb, der auf biologische Produktion umgesattelt hatte, den Nachbarn aber nicht genehm war. Für den Auslauf seiner Schweine musste der Züchter viel zusätzliches Land um seinen Betrieb nutzen, wodurch sich viele Anlieger belästigt fühlten. Die meist aus der Stadt zugezogenen Eigenheimbesitzer hatten sich natürlich, als sie ins Grüne gezogen waren, keine Wiesen mit grunzenden, quietschenden und stinkenden Schweinen nebenan vorgestellt und begannen, den Schweinezüchter systematisch zu drangsalieren, zogen ihn mehrfach vor Gericht, verbarrikadierten wiederholt die Zugangsstraße zu seinem Hof und einmal schnitten sie sogar ein Loch in den Drahtzaun, sodass einige Schweine entwischen konnten. Genau zum Zeitpunkt, als ich ein Gelände für meine Heuschreckenfarm suchte, gab der Schweinezüchter entnervt auf und wollte seinen Hof nur noch dem Nächstbesten verkaufen.

Ich begann mit dem Bau der Anlage, wobei mir abermals Galenia behilflich war, natürlich für einen ordentlichen Lohn. Aber wie hätte ich alleine die Verhandlungen mit der Baufirma, den Lieferanten, dem Elektrizitätswerk, dem für das Wasser zuständigen Tiefbauamt und so weiterführen und mit ihnen vorteilhafte Verträge abschließen können? Auch auf Jacks Unterstützung konnte ich zählen. Mehrmals schickte er mir Verbesserungen seines Steuerungsprogrammes. War es einmal die Eleganz des Programms, die er nachbesserte, so war es ein anderes Mal die Sicherheit. Immer betonte Jack, dass es sich bei den Nachbesserungen nur um kleine Korrekturen handle und dass er mir diese Unterstützung schuldig sei.

An vielen Samstagabenden in dieser Zeit, wenn ich es mir, erschöpft von der Arbeit, in meinen vier Wänden gemütlich machte, kamen Jack und Galina auf einen Sprung vorbei, und wir tranken und plauderten. Und ich hatte immer das Gefühl, dass mir diese Gemeinschaft völlig genügte. Sie erinnerte mich an eine chinesische Weisheit, die ich einmal auf der Rückseite eines Zuckerbeutels gelesen hatte, dass das harmonische Zusammensein von drei Menschen den Höhepunkt der irdischen Glückseligkeit darstelle.

Noch vor Baubeginn präsentierte ich mein Projekt den Anliegern und weiteren interessierten Bewohnern der Agglomerationsgemeinde, wo meine Heuschreckenfarm zu stehen kam. Ein kleiner Ort, kaum eine Stunde Fahrt von meinem Wohnort entfernt, noch vor vierzig Jahren ein reines Bauerndorf, das nun aber mit dem Schweinezüchter den letzten Bauern im engeren Sinn verloren hatte. Mit meiner Heuschreckenfarm war ich ja insofern kein Bauer, als ich weder mit Getreide, Gemüse oder Obst noch mit Vieh den Boden bewirtschaftete. Meine Farm war eher eine Fabrik. Mein Vortrag im Gemeindesaal, unterlegt mit vielen Bildern, kam sehr gut an. Insbesondere die unmittelbaren Nachbarn freuten sich zu hören, dass die von mir für die Zucht vorgesehenen Wüstenheuschrecken keinerlei Geruchs- und Lärmemissionen verursachen würden. Nur die Information, dass diese Heuschreckenart bis zu acht Zentimetern lang werden kann, wurde mit einem Raunen quittiert. Dahinter stand natürlich die Befürchtung, dass die Heuschrecken eines Tages entweichen könnten. Prompt stellte dann auch einer der Zuhörer die Frage nach dem Sicherheitskonzept meiner Anlage. Ich war auf diese Frage vorbereitet, zeigte ein paar Bilder mit den verschiedenen Sicherheitsstufen und erläuterte das komplexe Konzept in allen Einzelheiten. Als ich eine Animation zeigte, wie die einzige Schleuse, die in die Zuchtanlage führte, bei Unterbrechung der Notstromzufuhr im verschlossenen Zustand durch das irreversibel Einrasten einer starken Stahlfeder fixiert wurde, ging ein Aufatmen durch die Menge. Meine detaillierten Ausführungen verstärkten selbst bei mir die Ansicht, dass ein Ausbruch unmöglich sei.

Offenbar saß auch ein Reporter des lokalen Wochenblattes im Publikum, denn in der Ausgabe einige Tage nach meinem Vortrag wurde ausführlich und mehr als wohlwollend über mein Projekt berichtet. Es kam mir vor, als sollte der

Eindruck erweckt werden, mein zukunftsweisendes Unternehmen würde das Image der Gemeinde aufbessern oder zumindest den Imageschaden ausbügeln, den einige nach der unrühmlichen Vertreibung des Bioschweinezüchters vermuteten. Niemand hier hatte etwas gegen Nachhaltigkeit. Diese erste wohlwollende Erwähnung in der Lokalpresse nahm in gewisser Weise die vielen positiven Berichte über mein Unternehmen vorweg, die fortan regelmäßig in den Medien erschienen.

Ich war dann täglich auf der Baustelle und konnte verfolgen, wie die Anlage in die Höhe wuchs, Stockwerk um Stockwerk, wovon jedes für ein Entwicklungsstadium gerechnet war, das die Heuschrecken in ihrem Lebenszyklus durchlaufen. Alles lief nach Plan, das heißt bis auf eine, aber grundlegende Änderung. Eines Morgens, ich verließ gerade den Container, der der Bauleitung als Büro diente, stand da Izumi. Er begrüßte mich frenetisch. Ich war überrascht, auch wenn ich mich ebenfalls freute, ihn wiederzusehen. Wie er mir erklärte, habe ihn ein Kollege auf den Artikel im lokalen Wochenblatt aufmerksam gemacht. ›Genauso, wie es Udo prophezeit hat‹, meinte Izumi und lachte. Ich zeigte ihm den bereits fertiggestellten Teil der Anlage, deutete an, was noch gebaut würde und erläuterte die verschiedenen Abläufe des künftigen Betriebs. Nachdem Izumi etwa eine Stunde lang alles kopfnickend lächelnd zur Kenntnis genommen hatte, unterbrach er mich mit der Frage ›Warum willst du die Tiere mit Weizen- und Sojakeimlingen und Gras füttern, wenn du doch sagst, dass gerade diese Wüstenheuschreckenart allergisch ist auf Keime und Pestizidrückstände? Warum nicht einfach weggeworfene pflanzliche Lebensmittel verfüttern? Das wäre zugleich ein gutes Beispiel für Kreislaufwirtschaft und eine effektive Art, dem *Food Waste* zu begegnen – ganz abgesehen vom guten Werbeeffekt‹. Ich versprach Izumi, seinen Vorschlag zu prüfen. Und tatsächlich zeigten meine Abklärungen, dass es eine besonders elegante Lösung war. Ich meldete mich sogleich bei Izumi und wir verabredeten uns zum Essen in einem japanischen Restaurant. Ich wollte mich nicht nur bei ihm bedanken, sondern hätte mich gerne etwas mehr für seinen wertvollen Tipp erkenntlich gezeigt. Izumi wollte davon aber nichts wissen, er schien sogar etwas beleidigt zu sein. Wir tranken dann reichlich Sake.

Nach nicht einmal vier Monaten stand die Anlage und der Betrieb konnte beginnen. Schon während des Baus berichteten verschiedene Medien über mein Projekt. Zur Eröffnung erschienen neben Vertretern von lokalen Zeitungen und TV-Stationen auch ein Reporterteam des nationalen Senders und sogar zwei Teams von internationalen Sendern. Ich war geschmeichelt, fühlte mich aber erneut wie der Bluffer, der das überhöhte Versprechen nur dadurch aus der Welt schaffen kann, dass er es schnellstmöglich einlöst. Nun wurde der Boden aber steiniger.

Zwar funktionierte anfangs alles wie geschmiert, aber mit dem Verkauf der Heuschreckenprodukte begann es schon nach kurzer Zeit zu hapern. Nachdem ich in den ersten Wochen kaum nachkam mit dem Liefern, stellten sich schon bald niedrigere Verkaufszahlen ein, die sich bald einmal als normal entpuppten. Der Online-Verkauf blieb auf tiefem Niveau konstant, in den Ladengeschäften ging der Verkauf sogar noch mehr zurück. Einzig eine asiatische Fastfoodkette blieb ein verlässlicher Großabnehmer. Vom Preis dürfte diese ungünstige Entwicklung nicht abhängig gewesen sein, konnte ich doch aufgrund meiner rationellen Produktionsmethode und der Einsparung an Personalkosten günstiger anbieten als meine Mitkonkurrenten, bei denen ein Kilogramm Heuschrecken immer noch mehr kostete als dieselben Menge Filetfleisch. Wahrscheinlich war es einfach der tiefsitzende Ekel, Insekten zu verspeisen, den bislang nur eine verschwindend kleine Minderheit überwunden hat, der dem Erfolg im Weg stand. Die Neugier jener, die in der ersten Zeit das exotische Angebot probierten, erlahmte rasch. Wahrscheinlich suchten sie den nachhaltigen Ersatz für Fleisch in etwas, das wie Fleisch aussieht. Andererseits waren viele Kunden der asiatischen Fastfoodkette aufgrund ihres kulturellen Hintergrundes schon gewohnt, Insekten zu essen. So dümpelte mein Unternehmen einige Zeit vor sich hin – mit Tendenz zum Untergang.

Dies hielt aber viele Medien nicht davon ab, häufig und positiv über meine Heuschreckenfarm zu berichten und den Heuschrecken eine rosige Zukunft als Fleischersatz zu prophezeien. Es war wohl diese positive Publicity, die die *EIT Food*, die Innovationsorganisation der EU für nachhaltige Ernährung, animierte, meine Firma zu den fünfzig wichtigsten Startups im Ernährungsbereich zu zählen. Diese Ehre stärkte zwar meinen Durchhaltewillen und ersparte mir Kosten für zusätzliche Werbung, dennoch gab ich die Absicht, Heuschrecken als Ersatz oder Ergänzung von Lebensmitteln für Menschen zu verkaufen, nach gut einem Jahr vorerst einmal auf und begann mit dem Verkauf von gemahlenen Heuschrecken als Tierfutter. Auch diese Übergangslösung war ein Beitrag zu einer nachhaltigen Produktion von Fleisch, Fisch und Eiern. Mit dieser Umstellung konnte ich mich zumindest über Wasser halten.

Fast gleichzeitig meldeten sich dann zwei Großverteiler bei mir, die meine Heuschrecken in ihr Sortiment aufnehmen wollten. Ich war natürlich hoch erfreut über die Anfragen und sagte sogleich zu. Es war einfach, die Produktion der größeren Nachfrage anzupassen, brauchte ich doch nur die Temperatur der Zuchtbehälter etwas zu erhöhen, wodurch die Vermehrungsfreudigkeit meiner Heuschrecken zunahm. Ich rechnete jedoch nicht damit, dass mir der Verkauf meiner Heuschrecken durch diese Ladenketten schon kurzfristig mehr schaden als nützen würde. Ihre Marktdominanz brachte es mit sich, dass in den Medien kritisch über sie berichtet wurde und den Verkaufszahlen größere Beachtung geschenkt wurde als der Zukunftsträchtigkeit und Nachhaltigkeit, die in den Berichten über meine Nischenproduktion bis anhin betont worden waren. Und diese Zahlen waren und blieben klein. Sie machten sichtbar, wie groß der Ekel vor Insektennahrung immer noch ist. Und warum sollte sich jemand aus gutem Willen dazu zwingen, etwas zu tun, was der Nachbar auch nicht tut. Ich fühlte mich als eine Art Opfer der Transparenz. Vielleicht war die Erklärung aber auch trivialer, vielleicht war es nur die ungünstige Platzierung in den Ladengeschäften, wo meine Heuschrecken angeboten wurden, nämlich gleich bei der Kasse, dort, wo die Kinder beim Warten ihre Eltern drangsalieren, ihnen ein Eis, einen Kaugummi oder sonst eine Süßigkeit zu kaufen – aber sicher keine Heuschrecken, die in ihren transparenten Verkaufstüten aus dem Regal glotzen. Wie auch immer, die vermeintliche Rettung durch die Großverteiler führte zur selben Entwicklung, die ich schon kannte: nach einem kurzen anfänglichen Hype sackten die Verkaufszahlen ab und blieben tief, nun noch tiefer als zuvor. Ich war nahe am Aufgeben. Der Hinweis von Jack und Galenia, dass ein Startup im Durchschnitt erst nach vier Jahren profitabel werde, ermutigte mich wenig. Viel präsenter waren mir Zahlen aus dem Workshop zur Startup-Gründung, nämlich dass rund die Hälfte aller Startups nach fünf Jahren vom Markt verschwunden ist. Ich entschloss mich, bevor ich meine endgültige Entscheidung traf, mit Izumi zu sprechen. Doch noch ehe ich ihn erreichen konnte, wurde mir die Entscheidung abgenommen.

DER KONZERN ÜBERNIMMT

An einem Montagmorgen, just im Moment, als ich mein Büro betrat, klingelte das Telefon. Schon der besonders schrill klingende Ton ließ mich vermuten, dass etwas Ungewöhnliches passiert sei. Eine freundliche Männerstimme meldete sich, und ich musste sogleich an einen Arzt denken, der mir etwas sehr Ernstes auf schonende Weise mitteilen wollte. Aber was? Mich konnte es wahrscheinlich nicht betreffen. Als er dann sagte ›Wir interessieren uns für ihre Firma. Können wir uns zu einem Gespräch treffen?‹ dachte ich, ein Arzt wird es wohl doch nicht sein, eher einer der Journalisten, die schon oft so positiv über mein Unternehmen berichtet hatten. Stutzig machte mich jedoch, dass der Herr mit der freundlichen Stimme ›Wir‹ gesagt hatte. Als er dann aber fragte, wann er mich treffen könne, glaubte ich, mich verhört zu haben, oder mit einer älteren Person zu telefonieren, die immer noch im *Pluralis Majestatis* von sich spricht. Ich fragte nach, wofür genau er sich denn interessiere. Er meinte nur, das würde er lieber nicht am Telefon besprechen; es ginge ja auch darum, sich persönlich kennenzulernen, da gegenseitiges Vertrauen für alles Weitere eine wichtige Rolle spiele. Das klang geheimnisvoll. So hatte sich bis dahin noch kein Journalist geäußert. Vielleicht weil alle nur berichten wollten, was sie schon zu wissen glaubten und nur noch einige Detailinformationen von mir brauchten, um ihre Meinung glaubhaft erscheinen zu lassen. Kam nun einer, der mir genauer auf den Zahn fühlen wollte? Aber ich hatte doch bislang nichts verschwiegen. Wie auch immer, ich vereinbarte einen Termin mit dem Herrn am Telefon auf den folgenden Mittwoch.

Bis dahin überlegte ich mir, was ich ihm sagen würde angesichts der für mich ungeklärten Frage, wie es bei diesem schlechten Geschäftsgang weitergehen sollte. Klar war, dass ich ihm nicht nur von der prekären Situation, in der mein Unternehmen steckte, berichten, sondern auch darauf bestehen wollte, dass dies in seiner Berichterstattung gebührend zum Ausdruck kommen sollte. Früher hatte ich immer wieder das ungute Gefühl, in der Öffentlichkeit könnte der Eindruck entstehen, ich und nicht die Journalisten sei für die beschönigenden Darstellungen verantwortlich. Ich nahm mir sogar vor, diesem Journalisten am Mittwoch zu sagen, dass ich kurz vor dem Konkurs stehe. Dazu ermutigte mich auch die Erinnerung an den Workshop zur Startup-Gründung. Denn hatte man uns hier nicht immer wieder gesagt, dass das Scheitern dazu gehöre? An einer Veranstaltung namens *Fuck up night*, an der verschiedene gescheiterte Unternehmer ihr Scheitern ins positive Licht rückten, ja ihr Scheitern geradezu als Voraussetzung für einen guten Neuanfang priesen, entstand sogar der Eindruck, als sei ein schneller Erfolg, möglicherweise sogar die prosperierende Entwicklung eines Unternehmens nur der unkritischen Vertrauensseligkeit von Käufern und Aktionären geschuldet. Sogar eine Video-Botschaft des Wirtschaftsministers, selbst ein ehemaliger Unternehmer, wurde an diesem Anlass eingeblendet. Er erzählte, dass er mehrmals mit Startups gescheitert sei. Am eindrücklichsten sei gewesen, als er einmal seine Bilanz in San Diego habe deponieren müssen. Aber noch eindrücklicher, dass er daraufhin vom dortigen *Rotary Club* herzlich aufgenommen worden sei. Der Minister schloss mit der aufmunternden Bemerkung, man müsse einige Male auf die Schnauze fallen, damit man richtig dabei sei. Also, habe ich mir gedacht, warum nicht gleich die nächstbeste Chance, den bevorstehenden Termin mit dem Journalisten nutzen und den baldigen Exitus meines Unternehmens bekanntgeben?

Als ich dann am Mittwoch dem Herrn mit der freundlichen Stimme die Tür meines Büros öffnete, sah ich sofort, dass es sich weder um einen Journalisten noch um einen Arzt handeln konnte. Anzug, Krawatte, Haarschnitt und Aktenkoffer sprachen eher für einen Juristen oder einen Mann aus der Wirtschaft. Und so war es dann auch, wie die Visitenkarte zeigte, die mir Herr Theodor F. Douglas überreichte: *Dr. jur., Corporate Social Responsibility Manager.* Ich sagte ihm, ich hätte eigentlich einen Journalisten erwartet. ›Das glaube ich gerne, bei dieser positiven Berichterstattung über ihr Unternehmen‹, sagte er mit seiner freundlichen Stimme, in die sich nun auch etwas Joviales mischte – wahrscheinlich nicht als Ausdruck persönlicher Überheblichkeit, sondern wie es sich für einen Vertreter eines der größten Lebensmittelkonzerne der Welt gehört. ›Aber genau wegen dieser positiven Berichterstattung komme ich zu ihnen‹, fuhr er fort.

Ich war drauf und dran, ihm zu sagen, wie es um mein Unternehmen wirklich stand, wartete aber noch ab, was sein Anliegen war. ›Ich will es kurz machen‹, sagte er dann bestimmt, ›wir wollen Ihre Heuschreckenfarm übernehmen. Ihr Unternehmen passt wunderbar in unser neues Konzept der Nachhaltigkeit und fügt sich ideal in die Reihe der Firmen, die wir kürzlich gekauft haben‹. Ich fragte mich, ob er eine Ahnung hatte, wie es um mein Unternehmen bestellt war. Aber auch diese Frage erwies sich sogleich als überflüssig, denn er fuhr fort ›Wir wissen natürlich, dass ihr Unternehmen nicht ansatzweise so gut dasteht, wie in den Medien berichtet wird. Aber wir sehen da eine Möglichkeit, mit dem Unternehmen anderswo neu anzufangen, wo es sich sicher erfolgreicher entwickeln wird. Wahrscheinlich fehlen ihnen nicht nur die Mittel zu einem derartigen Neustart, sondern auch die notwendigen Ortskenntnisse und politischen Beziehungen. Wir haben alles und würden sie fürstlich entschädigen‹. Von einem eigentlichen Übernahmepreis könne man nicht sprechen, da das Unternehmen im Moment kaum etwas wert sei, ich solle mir aber keine Gedanken machen, mit der Entschädigung durch den Konzern hätte ich ausgesorgt – oder könnte noch manches Startup gründen.

Was sollte ich tun? Ich stand zwar nicht vor dem Nichts. Ich hatte noch das Haus mit den sicheren Mieteinkünften, hätte mich um eine neue Finanzierung meines Unternehmens bemühen können, um eine längere Durststrecke zu überstehen, oder hätte eine neue Geschäftsidee entwickeln, ein neues Startup gründen und neues Kapital suchen können. Zudem wollte ich ja nicht einfach erfolgreich, sondern auch nachhaltig wirtschaften. Also fragte ich Herrn Douglas, wie und wo er beziehungsweise der Konzern meine Heuschreckenfarm neu aufbauen wolle, warum er an einen Erfolg glaube und ob die Nachhaltigkeit garantiert sei. Und er gab mir auf alles überzeugende Antworten, die mich einen Moment lang vermuten ließen, als hätte ich einfach nur zum falschen Zeitpunkt und am falschen Ort mit meiner Firma begonnen. Alles, was er sagte, klang fundiert und vernünftig.

Die Nachhaltigkeit stecke ja schon in meiner Geschäftsidee und genau darum passe meine Firma so gut in die neue Ausrichtung des Konzerns, umso mehr, als sie zusammen mit den anderen bisher zugekauften nachhaltigen Firmen und den in der Zukunft noch geplanten Übernahmen die Nachhaltigkeit zusätzlich betonen würde. Dass der Verkauf von Heuschrecken als Nahrungsmittel hierzulande nicht in die Gänge käme, sei gut verständlich, hätten doch immer noch zu viele Menschen Ekel vor Insektennahrung. Aber warum diese Nahrung nicht einstweilen dort verkaufen, wo Insekten traditionell auf den Speiseplan gehörten, bis sich auch bei uns die Einstellungen änderten, zum Beispiel in Afrika? Zudem könnte der Konsum von aus Afrika stammenden Heuschrecken bei uns mittelfristig zur Überwindung der negativen Einstellung beitragen, zum Beispiel weil sich viele Menschen bei Speisen, die als exotisch deklariert würden, etwas weiter über althergebrachte Essengewohnheiten hinauswagen würden. Ferner würde wohl auch manch einer, der Produkte aus Afrika kaufe, um die dortige Bevölkerung zu unterstützen, in eine aus Afrika stammende Heuschrecke beißen. Nicht nur mache der Verkauf von Heuschrecken vor Ort und die Schaffung zusätzlicher lokaler Arbeitsplätze die Verlegung meiner Firma zu einer Chance für Afrika, sondern auch Steuern und staatliche Gebühren für Wasser, Strom und so weiter trügen dazu bei. Und wenn es mittelfristig indirekt zu einem neuen Konsumverhalten auch hierzulande führe, sei dem Unternehmen mittelfristig sicher Erfolg beschieden, ja die gute Entwicklung könnte sogar nach weiteren Farmen an neuen Standorten verlangen, bis die Zeit schließlich auch reif sei, um im Globalen Norden erfolgreich produzieren zu können. Angesichts dieser gleich in mehrfacher Hinsicht vielversprechenden Win-Win-Situation wusste ich nicht, was noch gegen die Verlegung meiner Heuschreckenproduktion nach Afrika sprechen könnte, und deutete vorsichtig an, dass ich mir die Übernahme meiner Firma durch den Konzern vorstellen könnte, aber noch etwas Bedenkzeit benötigte.

›Aber natürlich‹, sagte der Manager, als hätte er keine andere Reaktion erwartet, und zog eine dicke weiße Broschüre aus seinem Koffer. Er legte sie so vor mich hin, dass ich das Deckblatt lesen konnte, und sagte ›damit sie für ihre Überlegungen und Entscheide auch eine differenzierte Grundlage haben‹, er hätte vorhin natürlich nur einiges andeuten können. Ich las in der Mitte des Blattes unter dem bekannten Logo des Konzerns *Entwurf Unternehmenskaufvertrag*, darunter Name und Adresse des Konzerns vertreten durch Dr. Theodor F. Douglas, sodann Name und Adresse meiner GmbH *Götterspeise* und von mir als ihrem Inhaber. Ich schlug die erste Seite auf, auf der die wichtigsten Paragrafen in Form eines Inhaltsverzeichnisses zusammengestellt waren. Ich war überrascht, wie weit das Geschäft, von dem ich noch eine Stunde zuvor nichts wusste, schon vorgespurt war, und schaute Doktor Douglas kurz fragend an. Der nickte nur zustimmend, als hätte er schon damit gerechnet, dass ich mir nach der ersten Irritation angesichts von Titel und Umfang der Broschüre noch in seiner Gegenwart einen ersten Überblick verschaffen wollte. Ich überflog die Liste mit den Paragrafen. Mir fiel nur eine Ergänzung in Paragraf vier *Zusicherungen des Verkäufers* auf, die lautete *namentlich beim Wiederaufbau der Anlage in Mali.* ›Warum gerade Mali?‹ fragte ich Doktor Douglas. ›Das ist einfach‹, meinte er, ›Mali liegt in der Sahelzone, der ursprünglichen Heimat der Wüstenheuschrecken, die sie züchten. Abgesehen davon, dass gerade in den Wüstengebieten im Norden Malis nach Auffassung unserer Experten weit weniger Energie zum Betrieb ihrer Anlage zugeführt werden muss, sind die Lebensbedingungen für die Tiere dort ideal und, noch wichtiger: es gibt in Mali eine lange Tradition des Verzehrs von Heuschrecken als tägliches Nahrungsmittel. Weil es in Mali aufgrund der Ineffizienz der Landwirtschaft immer wieder zu Nahrungsengpässen kommt, dienen Heuschrecken als willkommene Proteinlieferanten gegen Unterernährung, insbesondere bei Kindern. Zudem unterhält unser Konzern schon lange enge Beziehungen zu Mali. Wir sind dort zum Beispiel in der Kakaoindustrie tätig und engagieren uns im Rahmen einer weltweiten Kampagne im Kampf gegen Kinderarbeit auf Kakaoplantagen – nur ein kleiner Teil unseres Engagements in Sachen *Corporate Social Responsibility*, die neben dem Einsatz für Menschenrechte, für gute Arbeitsbedingungen und der Bekämpfung der Korruption auch Umweltschutz und nachhaltige Ressourcennutzung umfasst. Wir kennen uns natürlich auch gut aus mit der malischen Politik, sowie mit Behörden und Unternehmen und können durch unsere Wirtschaftsmacht viel bewirken‹.

Ich hörte aufmerksam zu, was Herr Douglas sagte, immer die umfangreiche Broschüre in den Händen, immer in Versuchung, kurz nachzuschlagen, was unter Paragraf zwei *Kaufsumme* stand. Aber weil das alles wirklich gut klang, was Doktor Douglas da sagte, verkniff ich mir, meine Neugier in seiner Anwesenheit zu stillen. ›Überlegen sie es sich. Aber nicht zu lange. Und rufen sie mich an, wenn sie Fragen haben‹, sagte Doktor Douglas, als er aufstand, seinen Aktenkoffer ergriff und mit dem Zeigefinger auf seine Visitenkarte hinwies, um mich daran zu erinnern, wie er zu erreichen war. ›Mach ich‹, sagte ich kurz, immer noch etwas perplex infolge des überraschenden Auftritts von Herrn Doktor Douglas.

Kaum hatte er das Büro verlassen, schlug ich Paragraf zwei nach. Er hatte Recht, damit hatte ich ausgesorgt oder hätte noch manches Startup gründen können. Noch am selben Abend studierte ich den Entwurf des Unternehmenskaufvertrags gründlich. Fast schien mir, als wüssten Doktor Douglas und die Experten des Konzerns mehr über meine Firma als ich selbst. Wie schon die Andeutungen von Douglas klang alles gut, sachkundig und verständlich. Nachhaltigkeit schien auch das oberste Ziel des Konzerns zu sein. Ich müsste also nicht meine Seele verkaufen und könnte meinem Ideal durch einen Verkauf sogar noch weiterhin dienen. Aber wo war der Haken? Glaubte der Konzern tatsächlich, dass er mit meiner Firma dereinst das große Geschäft machen könnte und der Kaufpreis darum nur ein Klacks sei? Sollte ich also eher nicht verkaufen, die Durststrecke zu überstehen versuchen oder sogar selber einen Firmenstandort im Globalen Süden suchen? Was bedeutete der Passus in Paragraf fünf, dass es mir zehn Jahre lang untersagt sei, eine Firma wie die abgetretene mit denselben Produktionszielen und Produktionsstrukturen aufzubauen, zu betreiben oder in beratender Weise zu unterstützen? Und was, wie es ein anderer

Paragraf festhielt, dass ich alle die Firma betreffenden Unterlagen dem Konzern übergeben müsste? Dass ich mich zu verpflichten hätte, dem Konzern nach bestem Wissen und Gewissen Fragen zu beantworten, sollten beim Aufbau der Anlage in Mali Probleme auftreten, leuchtete mir ein. Aber warum sollte ich mich verpflichten, die Anlage nach ihrer erfolgreichen Inbetriebnahme nicht mehr zu betreten? Ich musste mit Jack und Galenia über diese Sache sprechen, besonders mit Galenia, die mir ja schon beim Aufbau von *Götterspeise* mit ihren juristischen Kenntnissen zur Seite stand. Was würden sie mir raten?

Ich lud die beiden schon zwei Tage nach der Begegnung mit Douglas zu einem Essen ein, an dem ich sie erst einmal über die prekäre Lage meiner Firma informierte, worüber ich bis dahin kaum gesprochen hatte. Vielleicht ahnten die beiden aber, wie schlecht das Geschäft lief, und hatten darum nie nachgefragt. Dann erzählte ich ihnen von der Begegnung mit Doktor Douglas, den Absichten des Konzerns und dem bereits vorliegenden Entwurf eines Kaufvertrags. Ich erwähnte alle von Douglas vorgebrachten Argumente, die mir durchwegs einleuchtend schienen. Noch bevor ich auf die horrende Summe kam, die mir geboten wurde, sagte Jack ›Tu's nicht!‹ Ich äußerte dann auch einige Bedenken, ging auf einige Punkte des Kaufvertrages ein, die mir nicht klar waren, und nannte schließlich die Summe. Die beiden schauten sich überrascht an. ›Nicht schlecht‹, sagte Galenia, ob es einen Haken gäbe. ›Genau das möchte ich ja von euch wissen‹, erwiderte ich, ich sähe noch keinen. ›Tu's nicht‹, wiederholte Jack, ich würde es bereuen, was immer der Haken sei. Galenia aber meinte, sie könne erst etwas sagen, wenn sie diesen Vertragsentwurf gelesen habe, der Teufel stecke oft im Detail, oft sei es in juristischen Dokumenten allein die Formulierung, die für die Beteiligten ganz Unterschiedliches bedeuten können. Wenn es etwa heiße, der Konzern könne in der Regel von Roberto C. etwas verlangen, dann sei dies natürlich nicht dasselbe, wie wenn da stünde, Roberto C. könne in der Regel vom Konzern etwas verlangen. Aber angesichts der Summe, die sie mir zahlen wollten, werde wohl niemand das Recht bemühen. Gerne würde sie sich den Vertragsentwurf aber einmal genauer ansehen. So gab ich ihr die Broschüre gleich mit.

Schon tags darauf rief mich Galenia an, sie habe das Dokument gründlich studiert und auch sie habe keinen Haken gefunden. Sie habe sich nicht nur auf die juristisch relevanten Aspekte beschränkt, aber auch mit Berücksichtigung dessen, was ich über den miesen Geschäftsgang meiner Firma erzählt hätte, sowie den Informationen dieses Doktor Douglas seien ihr keine guten Argumente gegen einen Verkauf eingefallen, ganz im Gegenteil. ›Eine gute Sache‹, sagte sie. Sie würde den Deal auf jeden Fall machen. Vielleicht würde sie da und dort in diesem Vertrag etwas anders formulieren und einige Stellen noch um einen Zusatz ergänzen, aber grundsätzlich finde sie den Vertrag in Ordnung. Jacks ablehnende Haltung könne sie nicht verstehen. Er hätte ihr zuhause noch eine Szene gemacht, unter anderem mich beschuldigt, meine naiven Geldgeber hinters Licht zu führen. Aber die sollten doch froh sein, wenn meine serbelnde Firma gerettet würde, denn schließlich verfolgten wir alle dasselbe Ziel. Aber ich würde ihn ja kennen, ihren Jack. Seit er aus dem Elektroauto-Projekt ausgestiegen sei, wittere er überall Probleme, die ihn zum Mitschuldigen machen könnten, und lasse lieber gleich die Finger von allem. Manchmal wünschte sie sich etwas mehr Vertrauen und Engagement von ihrem Freund.

Ich verabredete mich mit Galenia auf den kommenden Montag, um mit ihr die Punkte durchzugehen, die mir nicht klar waren, und jene Paragrafen, die ihr unklar schienen, zu ergänzen oder anders zu formulieren. Ich nutzte die Zeit bis zu unserem Treffen, um mich über den Konzern besser zu informieren. Und auch über Mali wollte ich mehr wissen. Ich studierte den neuesten Nachhaltigkeits-Report des Konzerns und las ein Interview mit dem neuen Konzernchef. Bei Mali begnügte ich mich mit dem *Wikipedia*-Eintrag. Einiges ist mir geblieben, wahrscheinlich jene Informationen, die meinen Entschluss, die Firma zu verkaufen, noch bestärkt hatten.

Dem mit vielen Tabellen, Diagrammen und Bildern gespickten Nachhaltigkeits-Report, einem jährlichen Rechenschaftsbericht, wie er mittlerweile europaweit auch schon für weniger große Unternehmen Pflicht ist, konnte ich entnehmen, dass der Konzern seine Maßnahmen zum Klimaschutz bereits verdoppelt hatte, dass er innert zehn Jahren seine Treibhausgasemissionen halbieren will und dass er bis Mitte Jahrhundert sogar völlig klimaneutral sein will, und zwar über die gesamte Wertschöpfungskette hinweg. Unter dem Stichwort *ESG*, das für *Environment, Society und Governance* steht, wurde in verschiedenen Statistiken und Diagrammen gezeigt, was er dahingehend schon getan hat und was er noch tun will. An die Details kann ich mich natürlich nicht mehr erinnern, lediglich noch an die Zahl für den Umsatz, der bereits heute mit alternativen Produkten wie Fleisch- oder Milchersatzprodukten erzielt wird. Es war von zweihundert Millionen Euro die Rede bei einem Gesamtumsatz von über achtzig Milliarden. Auch noch gut erinnern kann ich mich an die Hinweise, dass immer mehr Wert auf klimaneutrale Verpackungen gelegt wird, und dass mittlerweile bei der Berechnung des Bonus von Managern auch Umwelt- und soziale Kriterien berücksichtigt werden. Die Kapitel des Reports trugen aussagekräftige Überschriften wie ›Von der Kosmetik zu gesunden Lebensmitteln‹, ›Von Süßwaren zum veganen Schokoriegel‹ oder ›Von der Wurst zur Crevette auf Erbsenbasis‹. Auffallend viele Bilder im Report zeigten Bilder von Projekten, in denen es um die Verbesserung der Nutzung des Wassers geht, wie die Wiederherstellung von Feuchtgebieten, die Renaturierung von Flüssen oder die Verhinderung der Wasserverschwendung in der Landwirtschaft. Auch an die unzähligen Bilder von Wiederaufforstungsprojekten kann ich mich noch gut erinnern. Sie ließen keinen Zweifel an den Anstrengungen des Konzerns zur Absorption von CO_2 aus der Atmosphäre.

Das Interview mit dem neuen Konzernchef bestätigte noch den positiven Eindruck, den ich vom Report hatte. Mehrmals betonte er, wie es dem Konzern um nachhaltige und faire Ernährung gehe und er das Unternehmen wegführen wolle von den mittlerweile etwas verstaubten Traditionsmarken. Es sei aber nicht so, dass der Konzern den Teller als Schauplatz gesunden und nachhaltigen Lebens erst neulich entdeckt habe, sondern er habe sich schon immer in diese Richtung bewegt. Dass er nun am gleichen Strick ziehe, wie grüne und linke Politiker und viele nicht-politische Organisationen, die sich für das korrekte Essen einsetzen, störe ihn überhaupt nicht, ja freue ihn sogar und sporne ihn an, ganz vorne mit dabei zu sein. Dazu wolle er den proaktiven Dialog pflegen und schauen, wo sich eine interessante Zusammenarbeit ergäbe. Bei allem gehe es ihm aber nicht um Philanthropie, vielmehr betrachte er die Klimaschutzaktivitäten des Konzerns als ein großes Investitionsprojekt, eine Investition in die Zukunft. Der grüne Kapitalismus sei nicht nur möglich, sondern notwendig. Seine vier Argumente waren überzeugend: erstens würden die Konsumenten künftig klimafreundliche Nahrungsmittel vermehrt nachfragen, zweitens verschärfe die Politik weltweit die Regulierung punkto Nachhaltigkeit, drittens würden Klimaziele auch wichtig für die Motivierung und Gewinnung von Mitarbeitenden und viertens legten auch die Aktionäre und Investoren immer mehr Wert auf Nachhaltigkeit. Es war erfrischend, aus dem Munde eines Topmanagers für einmal nicht wolkige Gemeinwohlrhetorik zu hören, nach dem Motto ›Wir retten die Welt‹.

Vielmehr machte der neue Konzernchef deutlich, dass er auf Klimaschutz aus Eigennutz setzt. Um das zu erreichen, sagte er, müsse nun alles sehr schnell gehen, denn alle wollten sehen, dass es dem Konzern Ernst sei mit seinen großen Zielen. Darum würde man einerseits auf bereits bewährte Konzepte setzen wie ›Aus-der-Region-für-die-Region‹ oder ›Jute statt Plastik‹, jedoch versuchen, alles von einem regionalen auf einen globalen Maßstab zu übertragen. Andererseits schaue man sich permanent nach jenen Startups für eine Übernahme um, die dieselben Ziele verfolgten wie der Konzern, aber aufgrund ihrer geringen Größe nicht in der Lage seien, ihr volles Potential auszuschöpfen. Die letzte Frage, die dem Konzernchef im Interview gestellt wurde, galt seiner Lieblingsspeise. Er bekannte sich zu einer der neuesten Entwicklungen aus den Labors des Konzerns, nämlich einem pflanzenbasierten Crevetten-Ersatz, der vom Geschmack und von der Textur her kaum vom Original zu unterscheiden sei.

Das klang vielversprechend. Mein Startup passte wunderbar zu den Zielen und zum Vorgehen des Konzerns und wahrscheinlich war es in der Tat so, dass es bis dahin nicht so richtig auf Touren gekommen war, weil es sich in einem zu kleinen Maßstab bewegte. Wenn ich nur schon daran dachte, wie beschränkt die Reichweite meines Online-Versands war im Vergleich zu den Vertriebskanälen des Konzerns. Zweifel kamen mir eher, als ich mich über Mali informierte.

Von Mali wusste ich fast nichts, genauso wenig wie über Afrika im Allgemeinen. Gerade so viel, wie ich einst im Geographieunterricht gelernt und aus den Fernsehnachrichten erfahren hatte. Ich wusste, dass Mali ein Binnenland in Westafrika ist, das im Norden an die Sahara grenzt, dass es einst französische Kolonie war und seine Hauptstadt Bamako heißt. Und ich wusste, dass Timbuktu im Norden des

Landes liegt, weil ich einmal im Fernsehen erfahren hatte, dass islamistische Rebellen dort ein zum Weltkulturerbe gehörendes Mausoleum zerstört hatten. Aus denselben Nachrichten wusste ich auch, dass Mali ein muslimisch geprägtes Land mit einer bedeutenden kulturellen Vergangenheit ist. Weiter kannte ich einige Fußballer aus Mali, die in europäischen Vereinen spielten, Fußballlegenden wie Frédéric Kanouté, Seydou Keita oder Mahamadou Diarra. Dann wusste ich auch noch, dass Mali eine große Musiktradition hat, aus der einige weltbekannte Popgruppen hervorgegangen sind. Dies hatte ich einst mitbekommen, als ich die Eröffnungszeremonie der Fußballweltmeisterschaft in Südafrika schaute, bei der neben der Tuareg-Band *Tinariwen* auch das blinde Musikerduo *Amadou & Mariam* auftrat.

Vom Eintrag in Wikipedia ist mir geblieben, dass es in ganz Mali nur eine einzige Eisenbahnlinie gibt. Sie führt von der Hauptstadt an die Grenze zum Senegal und von dort in die Hafenstadt Dakar. Und dass Mali eines der ärmsten Länder der Welt ist, aber zugleich einer der größten Goldexporteure Afrikas. Die Bevölkerung hat sich in den letzten zwanzig Jahren verdoppelt. Der größte Teil siedelt im fruchtbaren Süden und lebt hauptsächlich von der Landwirtschaft. Der sich in die Wüste erstreckende Norden ist nur spärlich besiedelt und es kommt immer wieder zu Dürren. Im Norden sind auch die Hauptbrutgebiete der Wüstenheuschrecken, die in Jahren mit ausreichend Niederschlag immer wieder riesige Schwärme bilden, die normalerweise über die Sahara in den Sahel gelangen und oft großen Schaden anrichten. In diesem Zusammenhang wurde auch erwähnt, dass Heuschrecken in Mali wie in ganz Westafrika als Nahrungsmittel konsumiert werden. Korruption ist in Mali allgegenwärtig, so dass sogar einige westliche Länder erwogen haben, ihre Entwicklungshilfe, von der Mali völlig abhängig ist, einzustellen. Die politische Situation scheint seit je problematisch zu sein. Nach langer Einparteienherrschaft führte anfangs der 1990er Jahre ein Militärputsch zur Etablierung eines demokratischen Mehrparteiensystems. Dann hatte es zwar rund zwanzig Jahre lang nach Stabilität ausgesehen, ein erneuter Militärputsch zeigte aber, wie schwach die staatlichen Institutionen geblieben waren. Korruption soll ein wichtiger Auslöser des Putsches gewesen sein. Nach verschiedenen Aufständen der nomadischen Tuareg im Norden – die anscheinend schon früher immer wieder mit der sesshaften Bevölkerung im Süden in Konflikt geraten waren und schon von den französischen Kolonialherren nie richtig in den Staat integriert werden konnten – kam es kürzlich erneut zu einem Militärputsch. An die genaueren Zusammenhänge kann ich mich nicht erinnern, obwohl ich mich darüber immer wieder in den Medien informiert habe, auch weil zwei meiner geplanten Besuche in Mali aufgrund der neuerlichen Konfliktsituation ins Wasser fielen. Die Lage scheint im Übrigen sehr undurchsichtig zu sein, denn einerseits haben sich im Norden islamistische Gruppen eingemischt, andererseits haben die ehemalige Kolonialmacht Frankreich und später UNO-Truppen interveniert.

Ich erinnere mich aber gut an die Angaben zur prekären Stromversorgung. Mali kann nicht einmal die Hälfte seines Strombedarfs selber decken. Die andere Hälfte wird aus der Elfenbeinküste und Mauretanien eingeführt. Strom wird wie in ganz Afrika als Schlüssel zur Entwicklung betrachtet und sein Bedarf steigt jährlich um zehn Prozent. Der größte Anteil der Stromproduktion in Mali entfällt auf Flusskraftwerke, der Rest auf Wärme- und Solarkraftwerke. Von letzteren gibt es aber erst wenige. Viele sind in Planung, wie ja neuerdings überall in Afrika die Produktion von grünem Strom gefördert wird. Da das Öl für die Wärmekraftwerke eingeführt werden muss, gehören die Energiepreise Malis zu den höchsten der Welt. Nur die Hälfte der Malier hat einen Stromanschluss, auf dem Land ist es nicht einmal ein Viertel. Obwohl sich die Zuverlässigkeit des Stromnetzes in den letzten Jahren verbessert hat, kommt es immer noch oft zu Stromausfällen. Neben der grassierenden Korruption und der politisch instabilen Lage machten mir auch die Abhängigkeit der Stromversorgung von anderen Staaten, der hohe Anteil an teuren Ölkraftwerken und die Stromausfälle Sorgen, auch wenn der Strombedarf meiner Heuschreckenzuchtanlage gering und im Normalfall völlig durch Solarstrom abgedeckt war.«

Als ich vom Treffen mit Galenia und den Vertragsverhandlungen mit den Vertretern des Konzerns erzählen will, höre ich neben mir ein tiefes Einatmen. Es klingt wie ein Seufzer, der dann in rhythmische Atemzüge übergeht, die immer leiser werden. Brigitte ist eingeschlafen. Ich drehe mich ganz langsam zur Seite, um sie nicht aufzuwecken. Ich lausche. Nur Brigittes Atem ist zu hören. Draußen scheint sich der Wind gelegt zu haben. Ich schaue eine Weile nach oben ins Dunkel über uns. Einige Bilder der Eröffnungsfeier der Fußballweltmeisterschaft in Südafrika zeichnen sich ab. Ich sehe die blinde Musikerin *Miriam* mit ihrem blinden Partner *Amadou.* Sie tragen auffallende Sonnenbrillen. Während sie spielen, wenden sie sich ab und zu das Gesicht zu, als wollten sie uns ihr gegenseitiges Vertrauen zeigen. Oft lachen sie. Dann betreten die Musiker der Tuareg-Gruppe *Tinariwen* die Bühne. Es sind acht oder neun Personen, darunter eine Frau. Alle tragen Tuareg-Kleidung, ein langes Übergewand und eine Kombination von Turban und Gesichtsschleier. Was anfänglich klingt wie das Stimmen der Instrumente, geht unmerklich in ein Lied über, dessen Rhythmus und monotone Melodie, zwischendurch unterbrochen durch das energische Klatschen der schönen Sängerin im schwarzen Kleid, einen mitziehen, als säße man auf dem Rücken eines Kamels, das gemächlich durch die flirrende Hitze und warmen Winde der Wüste vorwärtsschaukelt.

Ich bin schlagartig erwacht. Was ist passiert? Ich richte mich auf und schaue auf die Uhr. Es ist erst zwei Uhr. Draußen ist es still. Auch den Atem von Brigitte neben mir höre ich nicht. Ich neige mich in der Richtung ihres Bettes. Sehen kann ich nichts. Ich strecke vorsichtig meinen Arm aus, um zu tasten, ob sie da liegt. Dass Bett ist leer. Ich erschrecke kurz. Dann höre ich Schritte auf dem Flur. Die Zimmertür wird ganz sachte geöffnet und wieder geschlossen. Jemand huscht durch die Dunkelheit. Brigitte kriecht ins Bett. Dann ist es wieder still.

»Schläfst du?« fragt Brigitte nach einer Weile im Flüsterton.

»Nein. Ich bin vorhin schlagartig erwacht und kann jetzt nicht mehr einschlafen.«

»Ich auch«, sagt Brigitte. »Auf einmal war ich hellwach. Aber es war nicht ein lautes Geräusch, das mich geweckt hat. Ich muss gestern eingeschlafen sein, als du erzählt hast, dass du dich vor dem Treffen mit Galenia noch über den Konzern und über Mali informiert hast. Willst du nicht weiterfahren mit der Geschichte, wenn wir schon einmal wach sind?«

Ich frage Brigitte, was sie noch mitbekommen hat von meiner Geschichte.

»Ich glaube, es war etwas in Mali. Dass es dort eine alte Musikkultur und berühmte Fußballer gibt«, kommt es zurück.

»Mali ist nicht so wichtig«, sage ich. »Am besten ich fahre gleich fort mit dem Treffen mit Galenia. Sie kam also am Montag zu mir und wir besprachen einige Punkte im Vertragsentwurf, die mir unklar waren. Es stellte sich heraus, dass mir zum Verständnis nur das Juristenlatein fehlte. In der Sache schien Galenia alles in Ordnung zu sein. Sie machte mich lediglich darauf aufmerksam, dass es ihr vorkomme, als sei es dem Konzern ein besonderes Anliegen, dass ich mich nach dem Verkauf völlig von meiner einstigen Firma fernhalte. Und sie schlug vor, dass der Vertrag durch einen Passus ergänzt werden sollte, der auch mein Interesse unterstreiche, nach dem Verkauf nichts mehr mit der Firma zu tun haben zu wollen. Am besten sollte ich mir ausbedingen, dass die Haftung im Falle einer Panne ausschließlich beim neuen Besitzer liege.

Nach der Besprechung mit Galenia meldete ich mich umgehend bei Herrn Douglas, der erfreut war zu hören, dass ich prinzipiell zum Verkauf bereit war, und noch ein paar Auskünfte von ihm wünschte. Um die verbleibenden Einzelheiten zu klären, sollten wir uns baldmöglichst treffen. Auf meinen Vorschlag, dass ich gerne eine befreundete Juristin zum Treffen mitnähme, ging er bereitwillig ein. ›Kein Problem‹, sagte er, auch er werde nicht alleine kommen. Kurz darauf trafen wir uns, ich, Galenia, Douglas, drei Juristen und zwei weitere Experten des Konzerns.

Zuerst verlangte ich von Douglas weitere Auskünfte zu Mali. Auf meine Frage, ob die Sicherheit der Zuchtanlage gewährleistet sei angesichts der politisch instabilen Lage, meinte er nur, dass der Konzern große Erfahrung habe im Umgang mit unsicheren politischen Verhältnissen, sonst dürfte er sich ja an vielen Orten im Globalen Süden gar nicht engagieren. Ein gewisses Risiko sei immer dabei, aber das nehme der Konzern in Kauf, weil er mit seinem wirtschaftlichen Engagement zur Stabilisierung der politischen Situation beitragen wolle. Auch meine zweite Frage, ob der Konzern nicht zwangsläufig in die in Mali grassierende Korruption hineingezogen werde, beantworte Douglas in ähnlicher Weise. Und er wies darauf hin, dass der Konzern wenn immer möglich versuche, durch sein untadeliges Verhalten ein Zeichen gegen korrupte Machenschaften zu setzen.

Das anschließende Gespräch zu den einzelnen Abschnitten des Vertrages verlief ruhig und kooperativ. Douglas sagte nicht viel, sondern blickte nur dann und wann zu einem seiner Juristen und lächelte verständnisvoll. Alle unsere Vorschläge fanden Eingang in den Vertrag. Auch die Juristen sagten fast nichts, sondern nickten einander nach ersten fragenden Blicken jeweils zustimmend zu. Zum Vorschlag einer Ergänzung um einen Passus, in dem meine Haftung ausgeschlossen wird, meinten sie nur ›Können wir machen, ist aber nicht von Belang‹. Lediglich die beiden Experten, beides Ingenieure wie ich, beteiligten sich aktiver an der Verhandlung. Sie wollten etwa genauere Angaben zur Stromversorgung der Anlage oder zur Art der Nahrungsabfälle zur Fütterung der Heuschrecken – alles Informationen, die sie später in den Unterlagen, die ich nach Vertragsabschluss zu übergeben hatte, nachschlagen konnten, die aber vielleicht schon eine Rolle spielten für die im Vertrag festzuhaltenden Fristen und Termine, etwa für den Abbau der Anlage, ihren Transport nach Nordmali oder meine Verpflichtung, bei allfälligen Problemen beim Wiederaufbau in Mali zur Verfügung zu stehen.

Zum Abschluss des Vertrages schon kurz nach diesem Treffen wurde ich zusammen mit Galenia an den Hauptsitz des Konzerns eingeladen. Am anschließenden Apéro, mit dem der Konzern wohl jeden erfolgreichen Vertragsabschluss feiert, schaute sogar der Konzernchef kurz rein. Zur Übernahme meiner Firma passend, wurden zum Bio-Champagner neben anderen Häppchen auch Spießchen mit grillierten Heuschrecken angeboten. Nachdem der Konzernchef ein paar Worte gesprochen hatte, die ich schon aus dem Interview kannte, griff er nach einem der Heuschrecken-Spießchen, hob es in die Luft und meinte schmunzelnd, wie alle wüssten, gälte seine Vorliebe den vegetarischen Crevetten, aber so eine Heuschrecke sei wohl auch nicht zu verachten.

Die meisten Anwesenden, die eben noch auf die Satay-Spießchen und die Schinkenröllchen geschielt hatten, folgten ihrem Chef und bissen herzhaft in die Heuschrecken.

Der Abbau der Anlage und ihre Verschiffung gingen fix voran. Offenbar hatten die Experten des Konzerns die Pläne und Beschreibungen so gründlich studiert, dass sie jede Schraube kannten und den komplexen Abbau und Transport entsprechend systematisch und zügig organisieren konnten. Schon nach zwei Monaten wurde mir mitgeteilt, dass der Wiederaufbau in Mali kurz vor dem Abschluss stehe, dass es jedoch beim Anschluss der Solarmodule ein Problem gäbe, das meine Hilfe vor Ort erfordere. Wegen erneuter Rebellenattacken in Nordmali wurde mein Einsatz dann aber verschoben und als sich die Situation wieder beruhigt hatte und ich hätte fliegen können, erhielt ich die Nachricht, dass das Problem inzwischen gelöst und meine Hilfe nicht mehr erforderlich sei. Später entfiel auch die geplante Teilnahme an der Einweihungsfeier der Anlage, wiederum wegen einer Verschlechterung der politischen Situation. So geriet mein Unternehmen, dessen Aufbau für mich wenige Jahre zuvor eine so große Bedeutung hatte, für mich ganz außer Sichtweite.

Ich hörte erst wieder davon, als der Konzern mit dem Slogan *Eine Chance für Afrika* eine Werbekampagne startete, in der er sein Engagement in Afrika in den Vordergrund stellte. Erwähnt wurde zum Beispiel ein Projekt zur Aufbereitung sauberen Trinkwassers in Nigerias Schulen oder ein Projekt mit Hirten aus dem Senegal, bei dem die Herstellung und der Verkauf von Milchprodukten aus einheimischer Milch gefördert werden. Als anderes gelungenes Beispiel eines Aus-der-Region-für-die-Region-Projekts wurde eine Heuschreckenfarm in Mali genannt. Das musste ›meine‹ Heuschreckenfarm sein. Bei allen diesen Projekten wurde erwähnt, dass sie durch eine gemeinnützige Organisation, die eine verantwortungsbewusste, ökologisch nachhaltige und sozial faire Wirtschaft anstrebe, zertifiziert worden seien. Nur zu gerne hätte ich mein Baby in Mali einmal besucht, aber dies war ja vertraglich ausgeschlossen. Also schloss ich dieses Kapitel ab und schaute mich nach einem neuen Betätigungsfeld um.

Erst vor drei Wochen, als ich aus den Medien erfuhr, dass ein aus einer Zuchtanlage in Mali entwichener Heuschreckenschwarm, der bereits in Nordafrika riesigen Schaden angerichtet habe, direkt auf Mitteleuropa zusteuere beziehungsweise vom Wind in diese Richtung geweht werde, wurde ich wieder auf mein ehemaliges Unternehmen aufmerksam. Ich kontaktierte sofort den Konzern und wollte wissen, was passiert war. Offenbar hielt man mich für einen Journalisten und stellte mich direkt zur zuständigen Medienbeauftragten durch. Diese sagte mir nur, dass es eine technische Panne gegeben habe, die zur Öffnung der Schleuse der Zuchtanlage geführt habe, eine Verkettung unglücklicher Zufälle, ausgelöst durch einen Stromausfall, wie er in Afrika häufig vorkomme. Auf meine Nachfragen ging sie nicht ein. Noch am selben Tag rief mich aber einer der Juristen des Konzerns an, der bei den Vertragsverhandlungen zugegen gewesen war, und sagte in nicht gerade freundlichen Worten, dass im Vertrag ausdrücklich festgehalten worden sei, dass mir nach dem Verkauf meiner Firma jegliche Einmischung untersagt sei. Und etwas höhnisch fügte er an ›Und über die Haftung müssen sie sich keine Sorgen machen, von der wurden sie ja auf ihren besonderen Wunsch hin ausgeschlossen‹. Was genau passiert sei, könne ich mir vielleicht zusammenreimen, müsste aber mit rechtlichen Konsequenzen rechnen, sollte ich mit meinen Spekulationen an die Öffentlichkeit gelangen. Alles, was der Konzern zu diesem Unfall zu sagen habe, habe mir die Medienbeauftragte bereits gesagt: eine technische

Panne, die zur Öffnung der Schleuse der Zuchtanlage geführt habe, eine Verkettung unglücklicher Zufälle, ausgelöst durch einen Stromausfall, wie er in Afrika häufig vorkomme. Das war also die offizielle Version. Was sollte ich machen?«

»Willst du mir deine Spekulationen zum Unfallhergang später beim Frühstück erzählen?« fragt mich Brigitte. Sie möchte noch etwas schlafen.

Ich bin erstaunt, dass sie meine Erzählung gerade an dieser Stelle unterbricht. Ist sie denn nicht neugierig, wie es zum Unfall gekommen ist? Sie dreht sich zu mir, legt mir ihre warme Hand auf die Brust und schläft schnell ein. Ich kann nicht mehr einschlafen, schon gar nicht in dieser Stellung, auf dem Rücken liegend, an jeder Bewegung gehindert. Zudem bin ich aufgebracht, noch immer aufgebracht wegen dieser barschen Zurechtweisung, ja Drohung des Juristen. Erst als es draußen hell wird, werde ich ruhiger und traue mich, mich aus meiner unbequemen Lage zu befreien. Ich schiebe Brigittes Hand sachte von meiner Brust. Sie gibt einen brummigen Ton von sich, schläft aber weiter. Ich stehe auf, lege mir eine Decke über die Schultern und gehe zum Fenster. Ich staune: Weiß wie im tiefsten Winter. Aber kein Wind mehr. Die Ruhe ist geradezu sichtbar. Und keine Wolke am Himmel. Ein wunderbarer Tag bricht an. Kalt und schön. Ich gehe zurück ins warme Bett und schaue, wie Brigitte schläft.

Auf einmal öffnet sie die Augen und lächelt. Dann küsst sie mich. Dreht sich aber ab. Steht dann auf und geht, in die Bettdecke eingemummt, zum Fenster. Sie öffnet das Fenster und atmet tief durch. »Kalt, sehr kalt«, sagt sie und schließt das Fenster wieder. »Aber ein traumhafter Tag. Komm, lass uns runtergehen zum Frühstück und dann einen Spaziergang machen, solange das Wetter hält.«

Ich schaue ihr wieder zu, wie sie sich anzieht. Warme Strümpfe, zwei Pullover übereinander, dann die rote Daunenweste und darüber die Wanderjacke, zuletzt die Wanderstiefel. Erst als sie marschbereit vor den Spiegel tritt, um sich die Lippen zu schminken, sich dann kurz umdreht und fragt: »Und? Willst du nicht?« krieche ich unter der Decke hervor und mache mich ebenfalls bereit. Als ich vor den Spiegel trete, fällt mir auf, dass die kleine Wunde über dem Auge grösser geworden ist. Ich berühre die Stelle vorsichtig mit dem Finger. Die Wunde fühlt sich grösser an, als sie aussieht. Vielleicht täusche ich mich. Ich frage Brigitte, ob sie sich meine Schramme genauer ansehen könne. Sie zieht mich zum Fenster, wo das Licht besser ist. Sie fasst meinen Kopf mit beiden Händen und dreht ihn mehrmals so gegen das Licht, dass sie die Wunde von allen Seiten genau ansehen kann. Es verunsichert mich etwas, dass sie während ihrer Untersuchung nichts sagt. »Nur etwas entzündet«, sagt sie dann zu meiner Beruhigung. Sie werde mir eine Salbe auf die Wunde streichen, die gegen die Entzündung wirke und den Heilungsprozess beschleunige. Nachdem sie die Salbe geholt und ein wenig davon auf die entzündete Stelle gegeben hat, klebt sie zum Schutz auch noch ein großes Pflaster darüber. Dann küsst sie mich und lacht. Als ich mich vor dem Spiegel anschaue, finde ich meinen Anblick auch zum Lachen, und ich frage mich, ob dies nicht auch den anderen Gästen so ergehen wird und wer von ihnen mich wohl zuerst auf das auffällig verdeckte Mal an meiner Stirn ansprechen wird. Mir graut davor, dann nochmals die ganze Geschichte erzählen zu müssen, wie es zu dieser kleinen Verletzung gekommen ist. Brigitte scheint mir die Sorgen anzusehen. »Das wird schon«, sagt sie und schubst mich Richtung Tür.

Im Saal ist noch niemand und es ist noch kälter als in unseren Zimmern. Der Wirt tritt aus der Küche, wischt sich die Hände an seiner Schürze ab und sagt: »Ihr seid zu früh. Es wird erst zur offiziellen Frühstückszeit geheizt.«

»Aber einen Kaffee bekommen wir doch jetzt schon?« fragt Brigitte.

»Das können wir machen«, sagt der Wirt und verschwindet in der Küche. Nach ein paar Minuten kommt er wieder und stellt eine dampfende Kanne mit Kaffee und zwei Tassen vor uns auf den Tisch. Wir wärmen unsere Hände an den gefüllten Tassen und warten, bis der Kaffee zum Trinken nicht mehr zu heiß ist. Nach einer zweiten Tasse Kaffee brechen wir auf.

Wir nehmen den Weg Richtung Pass. Es hat nicht zu viel Schnee, so dass grade noch erkennbar ist, wo der Weg durchführt. Dennoch brechen wir manchmal bis zu den Waden ein. Aber das Stapfen macht uns nichts aus. Besonders mir nicht. Mit meiner ungenügenden Winterbekleidung kommt mir die zusätzliche Anstrengung sogar gelegen. Wir stapfen langsam, aber gleichmäßig bergan, sprechen kein Wort, hören nur das Knirschen unserer Schritte im Schnee und das leise, durch den Schnee gedämpfte Rauschen des Baches. Der warme Atem, den wir regelmäßig ausstoßen, verdichtet sich zu kleinen Nebelschwaden, die sich schnell auflösen. Immer wenn ich aufschaue, sehe ich, dass die Sonne ein Stück mehr des schattigen Hanges in gleisendes Licht getaucht hat. Bald wird die Sonne auch uns erreichen.

Nach gut einer Stunde ist es soweit. Schon die ersten Strahlen wärmen uns. Wir verlangsamen unseren Schritt. Links über uns, vielleicht zehn Minuten abseits des Weges, taucht eine Almhütte auf. Sie ist mir gar nicht aufgefallen, als wir das letzte Mal hier vorbeikamen. Wahrscheinlich ist sie nun besser sichtbar, weil der umliegende Schnee sie deutlich von der Umgebung abhebt. Brigitte zeigt zur Hütte und fragt: »Wollen wir dort oben Rast machen?« Wir stapfen zur Hütte hinauf. Eine trockene Sitzbank auf der Ostseite des braungebrannten Hauses scheint ideal für unsere Rast. Als wir uns gesetzt haben und mit geschlossenen Augen in die Sonne schauen, wird uns schnell wohlig warm. Wir sitzen lange nur da, lassen uns von den Sonnenstrahlen wärmen und sprechen nichts.

Erst nach etwa einer halben Stunde fragt mich Brigitte: »Was sind denn nun deine Mutmaßungen zum Hergang dieses Unfalls?«

»Der Stromausfall, den der Konzern vorschob, war es jedenfalls nicht, jedenfalls nicht allein. Aber diese offizielle Version des Konzerns passt gut zu dem, was wir in Afrika erwarten, was zumindest die meisten von uns erwarten.«

»Ich eigentlich auch«, meint Brigitte. »Sind Stromausfälle denn nicht häufiger in Afrika als bei uns?«

»Natürlich sind sie häufiger«, bestätige ich. »An gewissen Orten kommt es täglich zu Stromausfällen. Darum rechnet die Bevölkerung damit und stellt sich darauf ein. Aber es kommt auch bei uns immer wieder zu Stromausfällen, nur scheint das kein Thema zu sein. Vielleicht wird es das noch, denn je mehr grüne Stromquellen mit diskontinuierlich anfallender Energie es gibt und je mehr Strom wir künftig damit produzieren, desto mehr und desto größere Blackouts dürfte es geben. Noch haben die wenigsten einen Begriff von dieser Bedrohung. Meist wird angenommen, nur das Licht werde für ein paar Stunden ausgehen, die Heizung bis zum nächsten Tag ausfallen und die Züge im Bahnhof stehen bleiben. Aber auch Internet und Mobilfunk fallen aus, ebenso die Lagerkühlung für Lebensmittel und die Trinkwasseraufbereitung. Bezahlvorgänge sind nicht mehr möglich. Auch Tankstellen, wie alle anderen Anlagen, deren Pumpen Strom brauchen, funktionieren nicht mehr. Dauert es etwas länger und lässt sich der Ausfall nicht mit Notstromaggregaten überbrücken, müssen Spitäler ihren Betrieb einstellen und die gesamte kritische Infrastruktur ist in Gefahr. In vielen produzierenden Betrieben werden Maschinen irreparabel beschädigt. Dauert es mehrere Tage, werden Lebensmittel, Medikamente und Treibstoff knapp. Bei einem längeren Stromausfall kommt schnell unser ganzes Leben zum Stillstand. Einer meiner Professoren an der technischen Hochschule beschrieb die Folgen so: nach einer Woche herrscht Hysterie, nach zwei Wochen Panik, nach drei Wochen sind wir im Mittelalter angelangt und nach vier Wochen in der Steinzeit. Ein Stromausfall von wenigen Tagen ist bereits ein massives volkswirtschaftliches Problem. Schon in einem kleinen Land mit hochentwickelter Infrastruktur dürften sich die Kosten pro Tag auf mehrere Milliarden Euro belaufen.

Die Ursachen für Stromausfälle sind vielfältig: atmosphärische Einwirkungen wie Gewitter, Stürme, Kälte, Eis und Lawinen; Fremdeinwirkungen durch Tiere, Terroristen, Flugzeugabstürze, Waldbrände und neuerdings durch Cyberkriminalität; dann auch Ursachen durch die Netzwerke selbst und ihre Betreiber, wie Überlastung, Fehlschaltungen, mangelnde Wartung oder sonstiges menschliches Versagen. Es braucht nicht viel. Um die Grundfrequenz des Netzes von fünfzig Hertz zu stören, braucht es nicht einmal ein Viertel Hertz Abweichung.

Alle diese Risiken sind wahrscheinlicher geworden durch den zunehmenden Strombedarf – der sich in den nächsten dreißig Jahren verdoppeln bis verdreifachen soll –, sowie durch den Ausbau des Stromnetzes und durch die zusätzlichen Stromlieferanten Wind und Sonne. Werden letztere, die den Strom nicht konstant liefern, nun auch noch massiv ausgebaut, und gleichzeitig die konstant Strom liefernden Kohle-, Gas- und Atomkraftwerke vom Netz genommen, können nur enorm große Speicher die Stabilität des Netzes aufrechterhalten.

Der Bau von konventionellen Pumpspeicherkraftwerken dauert aber viele Jahre und wird erst in China massiv vorangetrieben und die Entwicklung schon in naher Zukunft einsetzbarer neuartiger Speicher steckt noch in den Kinderschuhen. Vielversprechend ist ein simples Verfahren – das erstaunlicherweise erst kürzlich entdeckt wurde –, bei dem der überschüssige Strom benutzt wird, um schwere Klötze in die Höhe zu stemmen und aufeinander zu stapeln. Die Klötze bleiben in der Höhe, bis Strom gebraucht wird, dann lässt man sie absinken und nutzt die dabei entstehende Energie zur Stromerzeugung. Die Bauten für dieses Verfahren müssen jedoch sehr hoch sein, mindestens zwanzig Stockwerke, und genau dies könnte dieser einfachen Lösung des Speicherproblems im Weg stehen. Schon jetzt opponieren Landschaftsschützer gegen die Errichtung solch riesiger, für diese Art der Stromspeicherung notwendigen Gebäude. Auch unlösbare Widersprüche verschärfen die Bedrohung durch vermehrte Stromausfälle, so etwa der notwendige Bau zusätzlicher Stromleitungen, die – wie kürzlich in Kalifornien festgestellt wurde – zu mehr Waldbränden führen, die dann wiederum Stromausfälle verursachen können.

Eine Ahnung davon, was schon ein kurzer Stromausfall für ganz Europa bedeuten könnte, haben wir anfangs Jahr bekommen können, als sich in einem kleinen Umspannwerk in Kroatien, in dem mehrere tausend Kilometer lange Hochspannungsleitungen aus Südost- und Westeuropa zusammenlaufen, ein Unfall ereignete. Durch einen zu hohen Stromfluss wurde eine Kupplung überlastet. Sie schaltete sich innert Sekunden automatisch aus und verlagerte den Stromfluss auf andere Leitungen. Ein paar Sekunden später fiel aber schon die nächste Leitung aus und dann immer mehr – eine Kaskade wie bei Dominosteinen. Indem schnell zusätzliche Kraftwerke, Pumpspeicher und Batterien ans Netz angeschlossen und einige große Industrieanlagen vom Netz genommen wurden, konnte der Stromabfall in weniger als einer Stunde kompensiert werden. Alles lief wieder wie gewohnt. Weil wir gerade noch an einer großen Katastrophe vorbeigeschrammt sind, wurde schließlich weniger über die entstandenen Schäden berichtet, sondern nur über den Erfolg bestehender Notfallmaßnahmen. Dass das Rettungssystem funktioniert hat, hatte für einmal sogar mehr Gewicht als die Frage nach den möglichen Schuldigen.«

»Das grenzt in der Tat an ein Wunder«, unterbricht mich Brigitte, »wenn man bedenkt, wie schnell der Mensch sonst nach den Schuldigen verlangt. Aus lauter Selbstlob über ein Problem hinweggehen, ist aber besonders gefährlich, da das zugrundeliegende Problem dann schnell wieder aus dem Bewusstsein verschwindet. Am gefährlichsten ist es ja meist, wenn alle Ambivalenzen als ausgeräumt erscheinen und alle einer Meinung sind.«

»Vielleicht. Vielleicht ist das so«, fahre ich fort. »Wir nehmen Blackouts und ihre Folgen eher wahr, wenn sie zusammen mit anderen Katastrophen auftreten oder zu heftigen politischen Diskussionen um die Schuldfrage führen, wie sich dies ebenfalls letzten Winter bei einem mehrtägigen Stromausfall in Texas gezeigt hat. Als Mitte Februar gerade drei Schneestürme über die USA hinwegzogen, gefror das Erdgas, mit dem die meisten Kraftwerke in Texas befeuert werden, in den Zuleitungsrohren. Generatoren und Ventile barsten. Auch die Windräder standen still und sogar ein Atomkraftwerk schaltete automatisch ab. Über zehn Millionen Menschen saßen ohne Heizung, Licht und warmes Wasser mehrere Tage in ihren Wohnungen fest. Manche schliefen bei laufendem Motor im Auto, andere begannen ihre Möbel, ja sogar Kinderspielzeug in der Wohnung zu verbrennen, um nicht zu erfrieren. Mehr als zweihundert Menschen starben. Die Kosten für dieses Unglück wurden auf über zwanzig Billionen Dollar geschätzt.

Noch bevor die Katastrophe vorüber war, begannen die Schuldzuweisungen. Für die Demokraten war der Zusammenbruch des Stromnetzes ein warnendes Beispiel dafür, wohin die Privatisierung des Energiesektors führen kann. Wenn hunderte Anbieter auf dem freien Markt konkurrierten und so Niedrigpreise schafften, entstehe zwangsläufig ein Kostendruck, der dazu führe, dass die Firmen weder die Mittel noch den Anreiz hätten, mehr Reserven zu produzieren und ihre Anlagen gegen seltene, aber gravierende Ereignisse wie Schneestürme zu schützen. Nur in guten Zeiten seien niedrige Strompreise und niedrige Steuern – die übrigens auch *Tesla* veranlasst haben, in Texas zu produzieren – kurzfristig erfolgreich. Die Kehrseite der Laissez-faire-Politik zeige sich jetzt. Für die Republikaner hingegen war das Desaster eine Folge der leichtsinnigen Übernahme des grünen kalifornischen Modells, von zu vielen Windturbinen und anderen alternativen Energiequellen. Aus Sicht der Republikaner hatten die Stürme nur die Schwachstellen dieses Systems bloßgelegt und der Schaden hatte sich gerade noch im rechten Moment ereignet, bevor fortgefahren wird mit dem Ausbau grüner Energiequellen. Schuld an der Katastrophe waren für die Konservativen aber vor allem die Stürme, denen man sowieso machtlos ausgeliefert sei. Auch in dieser Sichtweise wird die künftig grösser werdende Gefahr von Blackouts als eigenständiges Problem relativiert.«

»Und, liegen die Demokraten oder die Republikaner richtig?« will Brigitte wissen. »Was ist deine Meinung als Elektroingenieur?«

»Schwer zu sagen. Wahrscheinlich sind beide Standpunkte gleichermaßen berechtigt – wie bei jeder richtigen Tragödie. Den direkt Betroffenen ist damit natürlich nicht geholfen. Im besten Fall tritt das Problem ins Bewusstsein einer breiten Öffentlichkeit und zieht Konsequenzen zur Verhinderung künftiger Katastrophen nach sich. In Afrika hat das Problem aber noch eine weitere Dimension. Durch die Trennung von Produktion, Verteilung und Weiterleitung von Strom, wie sie für die Deregulierung des Strommarktes typisch ist und vom *Internationalen Währungsfonds*, der *Weltbank* und der *Afrikanischen Entwicklungsbank* den Ländern Afrikas als Bedingung für Kredite aufgezwungen wurde, bleibt das größte Risiko bei der Bevölkerung. Denn während die profitable Produktion von internationalen Stromkonzernen betrieben wird, obliegen die kostspielige Verteilung und insbesondere die Instandhaltung des Stromnetzes den einzelnen Staaten. Dazu fehlt den chronisch finanzschwachen afrikanischen Staaten das Geld. Das führt aufgrund mangelnder Pflege der Netzinfrastruktur nicht nur zu noch mehr Stromausfällen, sondern ist auch zum Schaden der eh schon armen Bevölkerung.«

»Und diese problematischen Zusammenhänge könnten auch mit dem Stromausfall zu tun haben, der gemäß Konzern zum Entweichen der Heuschrecken aus der Anlage in Mali geführt hat?« fragt Brigitte.

»Das ist eher unwahrscheinlich, denn Mali ist noch nicht derart in den afrikanischen Strommarkt integriert wie etwa Senegal oder Uganda. Aber, wie gesagt, die Ursache war wohl gar nicht oder nicht allein der vom Konzern vorgeschobene Stromausfall.«

»Sondern?«

»Ich kann nur spekulieren aufgrund der wenigen Informationen, die mir zur Verfügung stehen. Nachdem mich der Konzern abgewimmelt hatte, begann ich, die Medienberichterstattung zu durchforsten. Vielleicht waren ja einige Journalisten an brauchbare Informationsquellen gelangt, vielleicht hatte jemand vor Ort recherchiert oder kannte Interna des

Konzerns. Ich sah aber schnell, dass auch hier nur spekuliert wurde, teils sehr wild, vor allem aber entsprechend der politischen Ausrichtung des Mediums. Die Frage nach den Ursachen verschwand meist völlig hinter der nach Empörung heischenden tendenziösen Darstellung. Übernahmen die einen einfach die Darstellung des Konzerns und fügten zum für Afrika typischen Blackout noch die Unzuverlässigkeit des Personals, die Korruption des Staates, und was sonst noch für typisch afrikanisch gehalten wird, hinzu, mutmaßten andere, dass der Konzern aus Gewinnsucht immer größere Tiere gezüchtet habe, bis diese dann genug kräftig gewesen seien, um sich selbständig aus der Anlage zu befreien. Dass die Heuschrecken in der Anlage durch die ausgeklügelte Temperaturregulierung besser gedeihen und größer werden als in ihrer natürlichen Umgebung, hatte auch ich schon festgestellt, als die Anlage noch nicht in Afrika war. Dass es auch für noch viel größere Tiere unmöglich wäre, sich selbst aus der Anlage zu befreien, wurde von den nach Sensation und Empörung heischenden Medien ebenso ausgeblendet wie die Tatsache, dass der Strom überall ausfallen kann und dass es überall neben technischem auch menschliches Versagen gibt. Es wurde mir aber bei meiner Recherche sehr bewusst, dass wir bei der Entwicklung der Anlage verschiedene Sicherungen für den Notfall nur eingebaut hatten, praktisch ausprobiert hatten wir sie nie. Weder ein Stromausfall noch ein anderer Unfall hatten uns dazu Anlass gegeben. Und weil nie etwas passiert war, als ich die Anlage betrieb, war es jetzt schwer festzustellen, was sich in Mali zugetragen hatte. Wahrscheinlich wusste es auch der Konzern nicht.

Das Einzige, was ich aus den Medien an Neuem erfuhr, war, dass es offenbar unmittelbar nach dem Ausbruch der Heuschrecken einen Versuch gegeben hatte, den Schwarm mit Pestiziden zu bekämpfen, und zwar mit biologischen.

Der Konzern hatte sich offenbar dazu verpflichtet, im Notfall nur Bio-Pestizide einzusetzen. Diese haben aber den Nachteil, dass der Pilz, der zum Einsatz kommt, bei größeren Tieren erst nach zwei bis drei Wochen seine tödliche Wirkung entfaltet, und so blieb der Versuch, die Katastrophe im Keim zu ersticken, erfolglos.

Aufgrund meiner spärlichen Informationen kann ich mir etwa folgenden Unfallhergang vorstellen: Zuerst muss die primäre Stromzufuhr ausgefallen sein, also die Solarzellen haben nicht mehr funktioniert oder ihr Strom wurde nicht weitergeleitet. Möglicherweise ist der sensible Wechselrichter ausgefallen. Dies kann durch Verschmutzung ebenso verursacht werden wie durch zu große Hitze oder eine falsche Montage. Dann hätte das Notstromaggregat anspringen sollen, was offenbar nicht geschah. Vielleicht war es kaputt, nicht angeschlossen oder jemand hatte vergessen, Diesel einzufüllen. Und zuletzt hätte die Anlage den Strom aus dem Netz beziehen sollen, das vielleicht tatsächlich im entscheidenden Moment ausgefallen war. Sicher ist nur, dass beim völligen Stromausfall die Schleuse nicht verschlossen blieb, sondern sich öffnete. Und höchst wahrscheinlich ist auch, dass dies nur auf menschliches Versagen zurückgehen kann, denn entweder wurde bei der Montage die alles entscheidende Stahlfeder verkehrt herum eingesetzt oder Jack hatte bei seiner Programmierung die Befehle ›Schließen‹ und ›Öffnen‹ vertauscht. Nur die Vertauschung zweier Wörter könnte der Grund gewesen sein.«

»Nur die Vertauschung zweier Wörter«, wiederholt Brigitte langsam. Dann schweigt sie. Sie schaut in den blauen Himmel, dann Richtung Pass, nicht zu mir. Als sie nach einer Weile abrupt aufsteht und sagt: »Komm, lass uns zurückgehen«, ohne mich eines Blickes zu würdigen, kommt es mir vor, als wollte sie rückgängig machen, sich mit einem wie mir eingelassen zu haben. Als ich mich auch erhebe und kurz hinter mich schaue, ob wir etwas liegen gelassen haben, und sich dabei unsere Blicke treffen, sagt Brigitte nur: »*Abyssus abyssum invocat* – eine schöne Geschichte.« Dann stapfen wir wortlos in unseren Spuren den Hang hinunter zum Weg Richtung Berghaus.

Wie das Berghaus auf seiner von verschneiten Föhren umrankten Kanzel sichtbar wird, glaube ich zu sehen, dass auf der Terrasse mehrere Personen stehen, die uns zuwinken. Je näher wir kommen, desto mehr habe ich den Eindruck, sie winken uns nicht nur freundlich und etwas übertrieben heftig zu, wie Kinder oft den Insassen vorbeiziehender Schiffe oder Autos zuwinken, sondern sie wollen uns etwas mitteilen.

»Siehst du das auch?« fragt mich Brigitte. »Was wollen sie uns sagen? Ist etwas passiert? Lass uns schneller gehen.«

DER WIND DREHT

Noch bevor wir die Treppe erreichen, die zum Berghaus hinaufführt, sehen wir die Dame mit dem Hesse-Trostbüchlein, die auf uns zu springt und halb außer Atem zuruft: »Die Gefahr ist gebannt. Der ganze riesige Heuschreckenschwarm ist heute Nacht im Mittelmeer ertrunken. Wir müssen uns keine Sorgen mehr machen.«

Mir fällt ein Stein vom Herzen. Ich schaue Brigitte an. Sie lacht entspannt, aber anders als die Überbringerin der erlösenden Botschaft, so, als könnten ihre Ferien jetzt endlich richtig beginnen. Ich umarme Brigitte und spüre, wie sie meine Umarmung erwidert. Ich bin erleichtert. Wir gehen langsam die Treppe hoch auf die Terrasse, wo die anderen Gäste uns erwarten und in aufgelöster Stimmung begrüßen – wie beim Wiedersehen alter Schulfreunde. Mehrmals klopft mir jemand auf die Schulter, als hätte sich das gemeinsame Warten gelohnt, als hätten wir es doch noch geschafft. Brigitte wird vom Herrn mit den Bibelkenntnissen innig umarmt. Nur der Jäger steht mit seiner Zigarette etwas abseits und blickt ins Tal. Als er mich sieht, lacht er, kommt sofort auf mich zu und meint: »Wie sie uns gesagt haben, diese Heuschreckenschwärme sind völlig abhängig vom Wind, und der Wind hat nun gerade noch rechtzeitig gedreht und den ganzen Schwarm im Meer ersäuft.«

Jetzt kommt auch der Wirt auf die Terrasse, lachend und mit einer Flasche in der Hand, hinter ihm Elsa, die ein Tablett mit Schnapsgläsern vor sich herträgt und Ausschau hält, wo sie es abstellen kann. »In der vergangenen Nacht«, sagt der Hüttenwart feierlich und hält die braune Flasche mit der roten Etikette in die Höhe, »genau um zwei Uhr in der Früh, hat der Wind gedreht und die Katastrophe ein für alle Mal von uns abgewendet. Darauf sollten wir anstoßen!« Nachdem er die Schnapsgläser eilig gefüllt und in seiner Erregung viel Schnaps verschüttet hat, macht Elsa mit dem Tablett die Runde und alle bedienen sich. »Auf unser Wohl«, ruft der Wirt, bevor er sein Glas hebt und dann in einem Schluck austrinkt. Alle prosten einander mit ihren Gläschen zu und trinken es wie der Wirt in einem Schluck aus. Einige machen Sprüche, einer erzählt einen Witz. Die Stimmung ist heiter.

Als der Wirt, schon auf dem Weg zurück ins Haus, verkündet, er werde uns nun aus den Resten etwas ganz Besonderes zum Mittagessen kochen, klatscht jemand freudig in die Hände. Brigitte schaut mich mit einem vielsagenden Blick an und schüttelt den Kopf. Gerade als ich ihr bedeuten will, ich würde mich gerne mit ihr zusammen in einigem Abstand von der Gruppe auf die Bank an der Ostseite des Hauses setzen, fragt mich jemand mit grölender Stimme: »Was ist eigentlich mit ihnen passiert? Das Pflaster auf ihrer Stirn lässt ja das Schlimmste vermuten!«

»Nichts von Bedeutung«, sage ich. Der Fragensteller ist mir bis anhin kaum aufgefallen, ich erinnere mich nur daran, dass es derjenige ist, der mit ›zu Befehl‹ geantwortet hatte, als der Jäger Ort und Zeit für die Besammlung zur zweiten Wanderung zum Pass bekanntgab. Ich erzähle ihm, wie ich mir die Schramme geholt habe. Es fällt mir nun leicht, davon zu sprechen. Aber noch während ich den Hergang meiner Verletzung schildere, wendet sich der Fragesteller ab und prostet mit seinem leeren Gläschen jemandem zu. Seine Geste wird erwidert und er entfernt sich einige Schritte von uns.

Als er genug weit weg ist, sagt Brigitte: »Er wollte offenbar nur etwas loswerden, was ihn bislang in seiner Ängstlichkeit beschäftigt hat und er sich nicht traute auszusprechen. Jetzt, wo er sich wieder sicher fühlt, reagiert er wieder spontan und spricht aus, was ihm gerade einfällt. Er suchte nicht das Gespräch, er wollte nur sprechen. Lass uns doch bis zum Essen noch etwas auf die Bank da drüben sitzen und die Ruhe genießen.«

Beim Mittagessen geht es ebenso ausgelassen zu wie auf der Terrasse. Der Wirt serviert uns wieder eine Teigwarenspezialität aus der Region und entschuldigt sich, dass er mangels frischem Gemüse leider nicht das Originalrezept habe kochen können, dafür aber mehr Butter und Käse beigemischt habe. Es schmeckt ausgezeichnet. Aber fast niemand kann sich richtig am Essen erfreuen, auch mir fällt es schwer. Ich sehe aber, dass es Brigitte genießt, und auch der Jäger und die Frau mit dem Hesse-Trostbüchlein. Die meisten sprechen nur noch von der Heimreise. Die Gegenwart scheint sie nicht mehr zu interessieren, die Vergangenheit schon gar nicht. Die Warnung des Wirtes, dass er empfehlen würde, noch ein, zwei Tage zu warten mit der Wanderung ins Tal, bis der Weg schneefrei sei, und sich nicht vom schönen Wetter täuschen zu lassen, wird gerade noch soweit ernst genommen, dass nicht sofort aufgebrochen wird. Aber spätestens am kommenden Morgen soll es losgehen. Nach dem Essen ziehen sich die meisten eilig auf ihr Zimmer zurück. Wahrscheinlich wollen sie bereits ihre sieben Sachen packen, um morgen möglichst schnell abreisen zu können, oder sie wollen ungestört Pläne schmieden, was sie in der zurückgekehrten Normalität alles machen wollen, was sie unbedingt nachholen müssen.

Als Elsa die Tische abräumt, ist neben Brigitte und mir nur noch die Frau mit dem Hesse-Trostbüchlein im Saal. Sie lächelt zu uns herüber, bevor sie sich wieder in ihre Lektüre vertieft. Wer weiß, zum wievielten Mal sie Hesses *Engadiner Erlebnisse* schon gelesen hat? Durch das Fenster sehe ich den Jäger auf der Terrasse. Er steht beim Fahnenmast und raucht. Brigitte ist aufgestanden und hilft Elsa beim Abräumen. Als sie sich wieder zu mir setzt, meine Hände ergreift und fragt »Und jetzt?« weiß ich nicht, was sagen. Sie schaut mir in die Augen und fragt: »Bleibst du bei mir? Wie ich den Gesprächen beim Mittagessen entnommen habe, wollen alle bis auf den Jäger und die Dame uns gegenüber schon morgen nachhause. Und du?«

»Ich bleibe bei dir«, erkläre ich schnell, obwohl es mich eigentlich auch nachhause zieht.

»Gut«, sagt Brigitte und küsst mich auf die Wange. Die Dame gegenüber, die uns sicher zugehört hat, hebt den Blick von ihrem Buch und lächelt. Brigitte erwidert das Lächeln, ich nicke nur.

Brigitte zuliebe bleibe ich. Vielleicht schließt der Hüttenwart das Haus sowieso nach ein paar Tagen, wenn das Wetter nicht besser wird oder die Vorräte restlos aufgebraucht sind. Natürlich könnte es nochmals warm werden. Das wäre nicht ungewöhnlich zu dieser Jahreszeit. Und der Helikopter steht jetzt sicher auch wieder zur Verfügung für die Belieferung mit Lebensmitteln. Wenn alles wieder beim Alten ist, kommen sicher auch wieder Gäste zum Berghaus hoch, darunter solche, die dies schon lange geplant haben und es jetzt nach dem bangen Warten nachholen können.

»Wollen wir uns wieder an die Sonne setzen?« fragt Brigitte.

Ich gehe zum Fenster und schaue, ob der Jäger immer noch draußen steht, aber die Terrasse ist leer. Wir gehen hinaus und setzen uns auf die Bank an der Westwand. Sie ist warm wie am ersten Abend, als ich hier saß. Brigitte schmiegt sich an mich. Wahrscheinlich weil der Wirt uns durch das Fenster beobachtete und glaubte, Brigitte friere, bringt er uns ein paar Wolldecken. Wir nehmen sie dankend und drapieren sie über die Beine. Keine Wolke ist am Himmel zu sehen und kein Lüftchen weht. Fast nicht zu glauben nach dem garstigen Wetter der letzten Tage.

Brigitte deutet mit dem Finger auf etwas unterhalb des Hauses. Jetzt sehe ich es auch: es ist der Jäger, der durch den Schnee stapft. Wir schauen ihm zu, wie er langsam eine Spur ins Weiß legt. Er scheint weit von uns entfernt, weil wir nichts von ihm hören. Von Zeit zu Zeit bleibt er stehen und schaut in die Höhe. Wenn ich genau hinschaue, sehe ich den Rauch seiner Zigarette senkrecht aufsteigen. Sobald er sich bewegt, sehe ich nicht mehr, dass er raucht. Ich schaue ihm noch eine Weile zu.

Bis Brigitte sagt: »Ich komme nun schon viele Jahre in dieses Berghaus, aber noch nie habe ich einen derart frühen Wintereinbruch erlebt. Es kommt mir vor, als sei diese schöne Winterlandschaft eine Entschädigung dafür, dass ich den bisherigen Teil meiner Ferien nicht gleich entspannt genießen konnte wie in all den Jahren zuvor. So eine frisch verschneite Landschaft ist doch immer wieder ein Genuss – wie ein unbeschriebenes Blatt, dem eine erste Spur eingeschrieben werden kann, wie es unser Jäger da unten gerade tut. Alles ist wie ein Neuanfang. Die Zeit scheint einen Moment zu warten für neue Entwürfe und öffnet uns die Zukunft. Ich mag darum auch Gemälde von Winterlandschaften, die mich immer wieder daran erinnern.« Dann fragt sie: »Was hast du eigentlich nach dem Verkauf deines Unternehmens gemacht? Nur noch vom vielen Geld gelebt?«

»Zuerst«, antwortete ich langsam, wie aus einem Traum gerufen, »zuerst suchte ich krampfhaft nach einer neuen Geschäftsidee. Während gut einem halben Jahr wollte mir aber nichts einfallen. Es fehlte mir ein Anstoß, wie ihn mir Pedro einst mit seiner Algenfarm gegeben hatte. Ich traf aber keinen Pedro und weder die Teilnahme an einigen Kongressen noch lange Gespräche mit Jack, Galenia oder Izumi brachten mich auf neue Ideen. Je mehr ich suchte, desto mehr schienen sich die guten Ideen zu verstecken. Vielleicht wollte ich zu viel. In der Tat glaubte ich, es müsse etwas Größeres als meine Heuschreckfarm sein. Als ich gar nicht mehr weiterkam, beschloss ich, eine Reise zu unternehmen. Ich nahm an, wenn einem schon beim Spazierengehen gute Ideen kommen, dann erst recht auf einer Reise. Warum nicht eine längere Reise nach Afrika? Ich hätte die geplanten, aber dann vereitelten Besuche in Mali eigentlich sehr gerne unternommen, um überhaupt einmal ein afrikanisches Land kennen zu lernen. Warum jetzt nicht eine Reise durch afrikanische Länder, in denen die politische Situation etwas stabiler war? Und so reiste ich während eines halben Jahres mit Eisenbahn und Bus kreuz und quer durch Afrika. Manchmal auch mit einem Luxuszug. Das konnte ich mir jetzt leisten, und zuweilen war es auch nötig, um mich von den Reisestrapazen zu erholen. Ich erlebte viel, war immer wieder erstaunt über die Lebensfreude der Menschen inmitten prekärer Verhältnisse, auch über den relativ ordentlich ablaufenden Alltag inmitten dessen, was mir als Chaos erschien. Besonders eindrücklich fand ich die Fähigkeit vieler Menschen, Erwachsenen wie Kindern, aus dem wenigen zur Verfügung stehenden Material, oft aus Abfällen, etwas für ihren Alltag Brauchbares oder sogar Schönes herzustellen oder etwas in die Brüche Gegangenes in Windeseile zu reparieren. Ich begegnete wahren Meistern des Bastelns, die aus sehr wenig sehr viel machen können. Nur mir wollte partout nichts einfallen, aus dem sich ein neues Projekt ergeben hätte.

Die Begegnung mit einem *Thildar*, einem traditionellen Wahrsager einer ethnischen Minderheit in Ghana, brachte mich dann aber auf eine Idee, was ich mit mir auch noch anfangen könnte. Das kam so: Ein Junge, der sich mir in Bolgatanga als Touristenführer angedient hatte, holte mich eines Morgens für einen Stadtrundgang im Hotel ab und führte mich auf unserer Tour auch zu einem *Thildar*. Natürlich tat er es für ein Entgelt, das ihm der Wahrsager für einen neuen Kunden gab. Ich ließ mich auf eine Sitzung ein, auch wenn ich angenommen hatte, dass alles nur Hokuspokus sei. Warum nicht einmal diese Art von Unterhaltung? Schon vor der Sitzung, als der Wahrsager mit allerhand Vorbereitungen beschäftigt war, sprach er unentwegt, erläutere ganz genau die Einrichtung seiner Behausung und die Bedeutungen der Gegenstände, die er für die anstehende Sitzung bereitstellte. Von meinem Interesse für ihn und sein seltsames Tun abgelenkt, hatte ich kaum bemerkt, wie er mir immer wieder Fragen zu meiner Person und Geschichte stellte, wie er hie und da Zustimmung oder Ablehnung zu seinen Ausführungen verlangte oder wie ihn mein Urteil über die Form eines Ornaments oder die Schönheit einer Holzskulptur interessierte. Bereitwillig und ehrlich gab ich ihm bei dieser verdeckten Befragung Auskunft, so dass er schließlich über genug Informationen verfügte, um eine einleuchtende Geschichte über die Zukunft meiner Person zu konstruieren. Und diese Person war, wie mir auf einmal klar wurde, eigentlich nichts anderes als er selbst: ein Berater. Jemand, der ohne zündende Idee für ein eigenes Unternehmen oder unfähig oder unwillens sich für eine vielversprechende Idee zu entscheiden, nur an seiner Unabhängigkeit und Selbstverwirklichung interessiert, aber durch seine Erfahrung und die gekonnte Handhabung seiner Methode als Vorbild erscheinend, andere unter dem Vorwand berät, etwas über ihre Zukunft zu wissen.

Als ich mich nach meiner Rückkehr aus Afrika als Berater für Startups, die sich Projekten mit Nachhaltigkeit als wichtigstem Ziel verschrieben hatten, zu betätigen begann, stellte sich der Erfolg schnell ein. Die Basis dafür war sicher meine Vertrauenswürdigkeit. Glaubten die einen, mir vertrauen zu können, weil sie vom Erfolg meines früheren Unternehmens, das sich schließlich gewinnbringend an einen großen Konzern verkaufen ließ, aus den Medien wussten, so war ich für andere gerade darum vertrauenswürdig, weil sie diesen Verkauf als Scheitern meines Unternehmens betrachteten, das mir aber sicher eine Lehre dafür war, wie es beim nächsten Mal richtig zu machen wäre. Wie auch immer, viele Startups konnten mit meiner Beratung etwas anfangen und wurden erfolgreich – insofern sich dies nach so kurzer Zeit schon beurteilen lässt. Wenn ich sah, dass es zur Realisierung einer guten Geschäftsidee nur an Kapital mangelte oder dass ich völlig schief lag mit meinen Tipps und Prognosen, investierte ich auch schon mal etwas Geld in ein vielversprechendes Startup, was natürlich weniger befriedigend war, als wenn es allein aufgrund meiner Ratschläge gut lief. Das wär's, was ich nach dem Verkauf meiner Firma getan habe und heute noch tue und wozu ich einst unverhofft auf meiner Reise nach Afrika gekommen bin. Eine Reise, die mich mehr über mich lehrte als über die Länder, die ich kennenlernen wollte. Ich war damals froh, nach meiner Reise schnell wieder nachhause zu kommen und mit meiner neuen Aufgabe beginnen zu können.«

»Interessant«, meint Brigitte. »Wozu das Reisen nicht alles gut sein kann. Hast du dich übrigens geachtet, wohin der Jäger gegangen ist? Ich habe ihn aus den Augen verloren.«

Ich stehe auf und gehe zum Fahnenmast, dann entlang dem Mäuerchen auf die gegenüberliegende Seite und stelle fest: »Auch von hier ist nur seine Spur zu sehen. Wahrscheinlich ist er schon längst zurückgekommen und wir haben es einfach nicht bemerkt.«

»Hoffentlich«, ruft mir Brigitte zu. Und als ich mich wieder neben sie gesetzt habe, meint sie: »Erstaunlich, wie warm es hier immer noch ist. Wenn man nur die verschneite Landschaft rundum sehen würde, könnte man meinen, es sei eiskalt.«

Ich lege die Handfläche auf die Wand hinter uns und sage: »Es ist ja erst Oktober und wenn die Sonne die Mauer nur einige Stunden erwärmt, bleibt die Wärme noch einige Zeit im Stein gespeichert.«

»Du kannst den Ingenieur in dir nicht verleugnen«, meint Brigitte lachend. »Du wärst wahrscheinlich kein guter Landschaftsmaler, dem es nicht nur um die Darstellung der Oberfläche, wie er sie unmittelbar wahrnimmt, geht, sondern um eine Interpretation, mit der er dem Betrachter seines Bildes etwas zeigen möchte.«

»Das verstehe ich jetzt nicht ganz«, sage ich im Ton der Erwartung, dass es mir Brigitte gleich erklärt.

»Zum Beispiel, diese Winterlandschaft«, sagt sie, »präsentiert sich eigentlich allen Betrachtern gleich, zumindest nicht so unterschiedlich, wie eine Landschaft ohne Schnee. Alles weiß, ruhig, unbeweglich, zu klaren Kontrasten gefroren, so klar, dass sich der Betrachter mit der Oberfläche zufriedengeben und sogar in der Kälte geborgen fühlen kann. Nichts könnte sein Bedürfnis nach Klarheit und Ordnung mehr befriedigen. Jetzt sieht er sofort, was es ist. Alles kommt ihm vertraut vor. Und obwohl alles zeitlos erscheint, hat er das Gefühl, selbst an der Schöpfung teilzunehmen. Da liegt es auf der Hand, dass er diese Welt nachzeichnen möchte, um sich in ihr noch heimischer zu fühlen, um sich ihrer natürlichen Ordnung noch mehr zu versichern. Das weiße Blatt, die einfachen Formen und wenigen Farben, alles von der Natur gegeben, machen tatsächlich Lust zu malen. Weil eine Winterlandschaft schon aussieht wie gemalt, muss sie nur noch kopiert werden, und weil es so einfach ist, sind Winterlandschaften ein beliebtes Sujet der Malerei.

Das beginnt schon bei Kinderzeichnungen und setzt sich bei den Freizeitmalern fort. Schon früh tauschten einige der im Winter zum Müßiggang gezwungenen Bauern Pflug und Heugabel gegen Pinsel und Palette ein und zeichneten nach, wo und wie sie lebten. Aber schon von Kindern und in der naiven Bauernmalerei werden die Freiräume der weißen Landschaft rege genutzt, um mehr zu sagen, als die Natur hergibt: Wünsche, Ideale, Eindrücke, Erinnerungen, Befürchtungen. Schon Kinder setzen den Schlitten, den sie sich auf Weihnachten wünschen, ins Bild. Und beim Anblick der

Bilder der Bauernmaler könnte man meinen, jeder besitze einen stattlichen Hof. Und wer hat je so viele Kühe im Schnee gesehen wie auf diesen Bildern?

Noch mehr ist diese Benutzung der Winterlandschaft bei den Malern von Beruf zu sehen. Viele von ihnen haben versucht, gleich das Licht zu festzuhalten, das die Stimmungen dieser Landschaft hervorruft oder im Betrachter entstehen lässt. Nicht von ungefähr hat Claude Monet, der Begründer des auf die Erfassung des Lichtes in all seinen Schattierungen versessenen Impressionismus, eine ganze Reihe von Winterbildern gemalt. Bei seinem Vorgänger Turner, der wenige seiner Bilder namentlich dem Winter gewidmet hat, ist bei vielen Bildern unklar, ob es sich nicht um Winterlandschaften handelt. Alles geht im Licht auf und überlässt die Interpretation dem Betrachter – wenn auch vom Meister so gelenkt, dass sich nur bestimmte Interpretationen einstellen.

Giovanni Giacometti aus dem Engadin war so angetan vom Licht seiner Heimat, dass er zur Winterzeit gar nichts anderes malen konnte als die verschneite Bergwelt mit all ihren Tönungen von Weiß. Sein Namensvetter Giovanni Segantini sah in derselben Landschaft auch noch die Möglichkeit, über das helle Licht des Tages mit seiner beruhigenden Wirkung aufs Gemüt, die noch die kälteste Außenwelt wie ein aufgeräumtes Zimmer erscheinen lässt, hinauszugehen. Er benutzte die Landschaft im düsteren Licht der Winterabende, um Menschen bei ihrer harten und einsamen Arbeit zu zeigen, etwa eine Bergbäuerin, die ihren Schlitten mit Brennholz nachhause zieht. Oder dann verwendete er die düstere Winterlandschaft, um das traurige Schicksal des Menschen darzustellen, und gab seinen manchmal Schauder erregenden Bildern auch die dazugehörigen Namen: *Die bösen Mütter, Die Strafe der Wollüstigen, Der Tod.*

Das besondere Licht, das unverstellte Weiß, die schablonenhafte Erscheinung von Gegenständen und Menschen eignen sich aber nicht nur vorzüglich zur Darstellung von Sichtweise und Schicksal ausgesuchter Menschen, sondern bieten auch Hand zu Wimmelbildern, die Gruppen von Menschen zeigen und zum Suchen auffordern. Meist halten sie lustige Funde bereit, manchmal auch rätselhafte und erschreckende, wie bei Hieronymus Bosch. Wer kennt nicht die Winterlandschaften der ins Detail vernarrten niederländischen Meister mit ihren Schlittschuhläufern. Sie erscheinen auch auf Pieter Bruegels bekannten Bildern *Die Jäger* und *Die Vogelfalle*, wo sie wahrscheinlich das alltägliche und freie Leben darstellen. Weniger bekannt sind Bruegels Bilder der *Volkszählung* und des *Kindermords in Bethlehem*, die er ebenfalls in der ihm vertrauten Umgebung eines winterlichen flämischen Dorfes ansiedelte. Gerade das letzte Bild hat mich stets fasziniert, auch weil herausgefunden wurde, dass es mehrmals übermalt wurde, bis es nicht mehr den biblischen Mord an den Unschuldigen zeigte, sondern eine Strafexpedition spanischer Soldaten, die ein Dorf aufständischer Flamen plündern. Die Kirche steht auf dem Bild nicht mehr im Dorf, sondern wurde von Bruegel in den Hintergrund versetzt. Weil der Horizont durch Hausdächer verdeckt ist, macht das Bild einen abgeschlossenen Eindruck. Im Hintergrund ist auch noch die Dorfstraße zu sehen, die in einer Kurve zu einer Brücke führt, auf der ein bewaffneter Reiter steht.«

»Mir ist jetzt doch etwas kalt«, unterbreche ich Brigitte, als sie mit ihrem gelehrten Exkurs zur Winterlandschaft in der Malerei weiterfahren will. Ich habe nicht genau verstanden, was sie mir damit sagen wollte. Mir genügt eigentlich der Anblick der schneebedeckten Landschaft. Mag sein, dass der Schnee die wohltuende Wirkung der Berge um uns herum noch steigert. Warum kann man sich nicht mit der Schönheit der Natur zufriedengeben, mit ihrer Erhabenheit und zuweilen mit dem Trost, den sie zu spenden vermag? Ich schlage vor, ins Haus an die Wärme zu gehen.

»Gehen wir in mein Zimmer«, sagt Brigitte und nimmt mich bei der Hand.

Wir gehen durch den Saal, wo immer noch die in die Lektüre von Hesses *Engadiner Erlebnissen* vertiefte Frau sitzt. Wieder lächelt sie uns zu. Wir erkundigen uns, ob sie den Jäger gesehen habe. Sie weiß nicht, wen wir meinen. Erst als wir in unserer Beschreibung des Mannes nebenbei erwähnen, dass er viel rauche, fällt es ihr ein. Nein, den habe sie nicht gesehen; dass wir ihn mit einem Jäger verglichen, verwundere sie, ihr käme er eher vor wie ein Professor. Wir verabschieden uns und gehen auf Brigittes Zimmer.

Hier ist es immer noch kalt. Brigitte zieht sich sofort aus und kriecht unter die Decken. »Worauf wartest du?« fragt sie, als ich es ihr nicht sofort gleichtue. Ich beeile mich. Wir richten uns unter den Decken ein, strampeln etwas mit den Füssen und versuchen, uns durch Umarmungen gegenseitig warm zu geben. Während wir uns lieben, denke ich wieder und wieder, dass ich immer bei ihr bleiben möchte.

Als wir nachher ermattet daliegen, sind auf dem Flur Stimmen zu hören. Der Jäger sagt zu jemandem: »Wenn der Wirt empfiehlt, noch etwas mit dem Abstieg zuzuwarten, wird er schon seine Gründe haben. Sie haben ja beim Aufstieg sicher auch gesehen, dass es einige exponierte Stellen auf dem Weg gibt, wo man bei Schnee und Eis ausrutschen und in die Tiefe stürzen kann.« Die andere Stimme erwidert: »Ich passe schon auf. Aber ich will unbedingt so schnell wie möglich nachhause, um zum Rechten zu sehen.« – »Auf ihre Verantwortung«, sagt der Jäger. – »Natürlich auf meine Verantwortung«, sagt der andere. Eine Türe geht. Dann ist es wieder still.

»Jetzt wollen alle nachhause«, sagt Brigitte. »Kann ich gut verstehen. Nach jeder Reise kommt man gerne wieder nachhause. Vielleicht reist man nur mit dem Ziel, nachhause zu kommen. Manchmal freut man sich auch zu früh. Ich verstand erst richtig, was es bedeutet zu reisen, als ich meinen Vater auf seiner letzten Reise begleitete.«

»Ich dachte, du seist schon als Kind mit der Familie nach Italien in die Ferien gefahren«, wende ich verwundert ein.

»Das waren einfach Ferien. Zum Reisen gehört die Entscheidung aufzubrechen und dafür muss es Gründe geben. Als Kind traf ich noch keine solchen Entscheidungen. Und ich weiß nicht, was die Gründe meiner Eltern waren. Vielleicht wollten sie nur von der Arbeit ausspannen, vielleicht einmal zwei Wochen ihre spießigen Nachbarn nicht sehen oder ihren Töchtern das, was sie unter Kultur verstanden, näherbringen. Ich kann mich aber noch gut an die ansteckende Freude erinnern, die jeweils in den letzten Tagen unserer Ferien aufkam, die Freude, dass es nun bald wieder nachhause ging. Ich fragte mich vor dem Einschlafen, ob wohl zuhause alles noch so sei wie bei der Abreise, und glaubte, es doch ganz genau zu wissen. Aber wusste ich es tatsächlich, ohne nachzuschauen?

Kaum haben wir uns der Unheimlichkeit des Alltags entzogen, kann es auf der Reise wieder unheimlich werden, und wir bekommen es mit der Angst zu tun. Fern von der Heimat, von unserer Sprache und den gewohnten Problemen überfällt uns eine unbestimmte Angst, und wir empfinden unwillkürlich das Verlangen, in den Schutz unserer Gewohnheiten zurückzukehren. Zuhause ist das Basislager unseres Lebens und dahin zurückzukehren die Krönung jeder Reise. Kaum werden wir uns dessen bewusst, beginnt der zweite Teil der Reise. Zur Erinnerung an den ersten kaufen wir meist noch ein Souvenir, das wir dann zuhause auf den Kaminsims stellen. Aber eigentlich zeugt das Glasfigürchen aus Murano oder das *Khukuri*-Messer aus Nepal nur von einem Wendepunkt, der Überwindung einer Krise, nach der der Heilungsprozess, der uns wieder zurück zum Normalzustand führt, endgültig eingesetzt hat. Nun beginnt das unruhige Warten. Wir beginnen die Zeit tot zu schlagen mit Plänen, was wir zuhause wieder machen wollen, was wir nicht mehr machen wollen oder was wir anders machen wollen. Wie viele gute Vorsätze fassen wir nicht von dieser Kehrtwendung an, die eigentlich schon der Beginn der Rückreise ist? Wie mancher hat nicht schon beschlossen, als er endlich im Flugzeug saß, dass nun Schluss sei mit dem Fliegen?«

»Was war denn nun der Beweggrund für die Reise deines Vaters, als du ihn begleitet hast?« will ich wissen.

»Enttäuschung«, kommt es schnell von Brigitte. »Enttäuschung, als er sich entschloss zu gehen, Enttäuschung auf der Reise und Enttäuschung nach der Rückkehr. Aber die Reise war schön und die Enttäuschungen für Papa auch befreiend. Ich war beeindruckt zu sehen, wie innert kurzer Zeit etwas Neues in ihm entstand, wie seine Prinzipien nicht immun waren gegen die Erfahrung. Er kam mir vor wie jemand, der jahrelang das Bild eines ganz bestimmten Menschen in sich trägt, in den allein er glaubt, sich verlieben zu können, sich dann aber Hals über Kopf in jemanden verliebt, der gar nicht diesem Bild entspricht, sogar das pure Gegenteil davon ist.

Es war die Zeit, als eine Diskussion begann, wie sinnvoll der Unterricht von alten Sprachen am Gymnasium noch ist. Schon vorher hatte man am klassischen Gymnasium, an dem Vater unterrichtete, Griechisch zum Wahlfach heruntergestuft und die Lateinlektionen zuerst von acht auf fünf und schließlich auf drei Lektionen pro Woche reduziert. Nun sollte Latein ganz aus der Liste der Pflichtfächer gestrichen werden. Die Befürworter dieses Schrittes meinten, an Latein festzuhalten, sei eine grobe Missachtung des Bildungsauftrags in nachhaltiger Entwicklung. Tote Sprachen hätten keine Relevanz mehr zur Lösung der Probleme der Gegenwart und schon gar nicht für jene der Zukunft. Schon seit dreihundert Jahren sei Latein keine Wissenschaftssprache mehr und spätestens seit Kant benutzten es auch die Philosophen nicht mehr. Und was können uns zweitausend Jahre alte lateinische Texte heute noch sagen? Die handelten doch von einer ganz anderen, längst vergangenen Welt. Zudem gehe es im heutigen Lateinunterricht hauptsächlich um die Analyse der Sprachstruktur, die Lektüre von Texten sei zweitrangig.

Darauf antwortete mein Vater, dass er diese Logik nicht verstehen könne, denn es stehe ja mittlerweile nur darum zu wenig Zeit zur Lektüre der Texte zur Verfügung, weil die Zahl der Lektionen reduziert worden sei und man halt in jeder Sprache mit der Sprachstruktur beginnen müsse, um die Texte lesen zu können. Aber gerade zur Schulung logischen Denkens eigne sich das Erlernen alter Sprachen ganz besonders. Und schaffe man es dann zu den Texten, sehe man schnell, dass viele Probleme, vor denen wir heute stünden und wahrscheinlich immer stehen würden, schon vor zweitausend Jahren existiert hätten. Vielleicht bewahre ja die Einsicht in die Kontinuität gewisser Probleme davor, dieselben Fehler bei ihrer Lösung immer wieder aufs Neue zu machen. Darauf meinte ein Vertreter des Faches ›Medien und Informatik‹, er würde nicht bezweifeln, dass die Analyse der Sprachstruktur wichtig sei, nur könnten dazu auch moderne Fremdsprachen dienen, die zu beherrschen in unserer globalisierten Welt auch von praktischem Nutzen seien, und noch besser fände er, die Sprachstruktur gleich an Programmiersprachen zu lernen, dabei könnten sich die Schüler so richtig austoben und bekämen bei unklaren Befehlen ein sofortiges Feedback vom Computer, zudem könnten sie sich auch in der virtuellen Welt besser orientieren und deren Gefahren besser einschätzen.

Diesem Schneller, Besser, Moderner, Vernetzter, Nachhaltiger und so weiter konnte mein Vater wenig abgewinnen. Nur schon, was mit Nachhaltigkeit gemeint war, konnte er nicht ganz verstehen. Wie auch, war seine Ökobilanz doch um ein Vielfaches besser als jene seiner jungen Kollegen und Kolleginnen, die ihn nun zur Vernunft bringen wollten. In seinem Leben war er nur drei Mal mit einem Flugzeug geflogen. Er war nicht sparsam, regte sich aber jedes Mal auf, wenn wir im Zimmer das Licht brennen ließen oder zu lange duschten. Ohne an Umweltschutz oder Nachhaltigkeit zu denken, kaufte er immer nur Sachen, die möglichst lange hielten. Und jedes Auto behielt er so lange, bis es nicht mehr fuhr.

Irgendwann hatte mein Vater dann das Gefühl, mit seinem Einsatz für die Beibehaltung des Lateins als Pflichtfach auf verlorenem Posten zu stehen, und dass seine Argumente vielleicht doch zu stark nur in den Büchern der Klassiker verwurzelt waren und zu wenig in der Realität, in der diese Autoren gelebt hatten. Also entschloss er sich, um seinen Argumenten mehr Substanz zu geben und die besten unter ihnen zu erkennen, sich dieser Realität noch einmal vor Ort zu vergewissern.

Er hatte schon zeitlebens Reisen in den Mittelmeerraum unternommen, um die Wirkungsstätte der Autoren und die Schauplätze ihrer Werke, die er seinen Schülern Woche für Woche näherbringen wollte, mit eigenen Augen zu sehen, ihre Aura persönlich zu erleben. Auch als wir in den Schulferien mit der Familie in Rom oder in Athen waren, nahm er sich jeweils einige Tage, in denen er alleine durch die Stadt zog und solche Orte aufsuchte. Wo er jeweils war, erfuhren wir erst zuhause, als er uns Bilder von seinen Streifzügen zeigte. Auf seinen Bildern aus Rom sahen wir etwa, dass er auf den Spuren von Cicero unterwegs gewesen war. Das letzte der Bilder seiner Begegnung mit Cicero zeigte die Rednertribüne auf dem *Forum Romanum*, wo der Kopf und die Hände des Philosophen und Politikers nach seiner Ermordung auf Geheiß des Antonius ausgestellt wurden. Auch an das Bild einer anderen Ruine, das von Vaters einsamen Spaziergängen durch Rom zeugte, kann ich mich noch gut erinnern, weil sich unsere Eltern beim Ansehen mehrmals vielsagend zuzwinkerten. Es soll die Ruine der Rhetorikschule gewesen sein, die der Dichter Ovid einst besucht hatte. Auch er hat ja ein nicht so schönes Ende genommen. Natürlich wurden ihm nicht sein Hauptwerk, die *Metamorphosen*, zum Verhängnis, sondern seine dreibändige *Ars amatoria*, ein Werk, das Vater auch auszugsweise mit seinen Schülern las, wofür er sich mehrmals beim Direktor des Gymnasiums rechtfertigen musste. Auch der sittenstrenge Kaiser Augustus hatte ja keine besondere Freude an diesem stellenweise sehr expliziten Werk und schickte Ovid ans Schwarze Meer in die Verbannung. Es wurde sogar gemunkelt, dass es besonders der dritte Band der ›Liebeskunst‹ gewesen sei, der den Kaiser zu diesem Schritt bewogen hatte. Nachdem Ovid in den ersten beiden Bänden die Fragen behandelt hatte, wo ein Mann in Rom eine Frau kennenlernen, wie er ihre Liebe gewinnen und wie er sie sich als Partnerin erhalten kann, und beide Bände sogleich zu Bestsellern wurden, schrieb er ein drittes Buch, das die drei Fragen analog für Frauen behandelte.

Von den Bildern in Athen habe ich noch das einer sehr schmalen Gasse aus der Altstadt in Erinnerung. ›So könnte die Gasse ausgesehen haben, in der Xenophon dem Sokrates begegnete‹, sagte Vater zu diesem Bild. Xenophons autobiographisches Werk *Anabasis* ist wegen seiner klaren und nüchternen Sprache meist die erste Lektüre im Griechischunterricht. Einer Anekdote zufolge ist Xenophon in jungen Jahren dem Philosophen Sokrates in einer engen Gasse in Athen begegnet. Dieser habe ihm den Weg versperrt und ihn gefragt, wo man diverse Lebensmittel kaufen könne. Nachdem ihm Xenophon dies gesagt habe, soll ihn Sokrates gefragt haben ›Und wo werden die Menschen edel und tüchtig?‹ Diese

Frage habe Xenophon nachdenklich gemacht und er soll fortan Sokrates und seinen Lehren gefolgt sein. Beim Besuch der Ruinen des *Lykeions* in Athen, der Wirkungsstätte des Philosophen Aristoteles, wollte uns Vater unbedingt dabeihaben. Diese antike Bildungseinrichtung, die dem modernen Lyzeum seinen Namen gab, war unmittelbar vor unserer Griechenlandreise bei Bauarbeiten östlich der *Akropolis* hinter dem griechischen Parlamentsgebäude entdeckt worden. Vater glaubte wohl, uns an diesem Ort noch besser zeigen zu können, wo unsere Bildung ihren Anfang nahm, wie er ja generell meinte, alles was Bildung ausmache, komme letztlich von den alten Griechen.

Nie hatte mein Vater bis zur Infragestellung seines Faches eine Reise von mehr als drei Wochen unternommen, nun wollte er einmal mindestens drei Monate durch die Welt der Antike reisen und auch weniger bekannte, nur ihm durch seine Kenntnis der antiken Autoren vertraute Orte aufsuchen. Sein Antrag auf ein für seine Absicht notwendiges Sabbatical wurde ohne Umschweife gewährt, wahrscheinlich weil die Schulleitung dachte, er wolle sich mit einer längeren Reise schon auf seine baldige Pensionierung vorbereiten. Meine Mutter wollte ihn auf der langen Reise nicht begleiten, weil sie befürchtete, Vater könnte sich mit ihr als Komplizin in etwas hineinsteigern, das ihm in seinem – ihr sowieso suspekt erscheinenden – Kampf für die alten Sprachen eher hinderlich als dienlich sei. Vater war enttäuscht und so entschloss ich mich, ihn in meinen Semesterferien zu begleiten. Er hatte die Reise bereits Wochen im Voraus minutiös geplant. Sie sollte uns stets zu Orten führen, die nicht nur einen Bezug zu antiken Autoren haben, sondern fern von den Besucherströmen des Massentourismus liegen. Wir besuchten Inseln wie Aigina, wohin sich der griechische Dichter Pindar einst zurückgezogen hat, oder einige der weniger überlaufenen Stationen der Irrfahrt, auf die Homer seinen Helden in der *Odyssee* geschickt hatte, wie Bonifacio an der Küste Südkorsikas oder das Gebiet um den Monte Cicero südlich von Rom.

Wir genossen die Reise, flanierten durch die Straßen der kleinen Städte, wanderten im Hinterland durch menschenleere Landstriche, durch rauschende Olivenhaine und entlang duftender Lavendelfelder oder wir schlenderten über abgelegene Sandstrände und suchten nach den schönsten Muscheln. Auch kulinarisch ließen wir es uns gut gehen. Und fast täglich schickten wir Postkarten mit Schilderungen unserer Erlebnisse und Eindrücke nachhause.

Irgendwann fiel mir auf, dass sich Papa immer weniger für die Überbleibsel der Antike interessierte, derentwegen wir eigentlich auf die Reise gegangen waren. Rezitierte er anfangs noch ein Gedicht eines Autors, von dessen einstiger Anwesenheit die Ruinen zeugten, oder erzählte er eine Geschichte über einen Autor oder einen Ort, so äußerte er sich mit der Zeit nur noch über die Landschaft, das besondere Licht, die vielfältige Flora, die Düfte und so weiter. Immer mehr hatte es ihm nicht die versunkene Kultur sondern die gegenwärtige Natur angetan. War anfänglich jeder Stein einer Ruine mit Bedeutung aufgeladen, so war es mit der Zeit jeder gewöhnliche Stein, jeder farbenprächtige Busch, jede Eidechse, die elegant vorbeihuschte. Das mochte damit zu tun haben, dass die meisten Ruinen und anderen denkwürdigen Stätten, die wir besuchten, außerhalb von Städten lagen und auch nicht besonders für die spärlichen Touristen herausgeputzt wurden. Schien Papa ganz zu Anfang noch enttäuscht, wenn er nur ein paar von wilder Vegetation überwucherte Steine sah, die bestenfalls durch eine kleine Tafel als einstige Villa des römischen Gelehrten Seneca oder als Aufführungsort einer Tragödie von Euripides gekennzeichnet waren, so fand er mit der Zeit immer mehr Gefallen an der üppigen Natur. Zuweilen regte er sich auch fast über Gebühr auf, wenn eine schöne Landschaft mit hässlichen Bauten verschandelt war oder ein Abschnitt des Strandes einer Müllhalde glich. Seine Aufmerksamkeit galt jedenfalls immer mehr der Natur, ob nun ihrer Schönheit, ihrer lokalen Verschmutzung oder ihrer globalen Gefährdung. Am Schluss schien er ganz vergessen zu haben, wozu ihm die Reise eigentlich dienen sollte, und drängte nachhause, um seiner Frau und allen anderen, die es interessierte, von seiner Metamorphose zu berichten.

Meine Mutter war irritiert. Sie machte ihm sogar den Vorwurf, mit dem gegenwärtigen Strom der Naturverehrung zu schwimmen, nun überall dort die ewige Natur zu preisen, wo er sein Leben lang die ewige Kultur der Antike verherrlicht habe. Und sie warnte ihn davor – und dies zu Recht, wie sich bald herausstellen sollte –, seine gewandelten Ansichten all jenen gegenüber zu äußern, die sein Fach aus dem Lehrplan des Gymnasiums streichen wollten. Auch angesichts seiner baldigen Pensionierung, riet sie ihm innig von der öffentlichen Verkündung seiner neuen Naturbegeisterung ab. Die empfohlene Zurückhaltung schien ihm aber nicht möglich, da er wie immer glaubte, zu seinen Überzeugungen stehen zu müssen. Schon bei der ersten Sitzung in Sachen Zukunft des Lateins am Gymnasium setzte er sich kaum mehr für den Erhalt eines Minimums an Pflichtlektionen ein und machte sich stattdessen für die Aufstockung der Lektionen all jener Fächer stark, die seines Erachtens das Verständnis und den Erhalt der Natur fördern. Mehr Wissen über Biodiversität, Klimawandel und Klimageschichte sollte vermittelt werden und natürlich auch das Wissen, wie der Zerstörung der Natur und dem Klimawandel entgegengewirkt werden kann. Damit stieß er nicht nur jene Kollegen und Kolleginnen vor den Kopf, die ihn bislang noch halbwegs unterstützt hatten, sondern ließ all jene ins Leere laufen, die sich während seiner Abwesenheit mit noch besseren Argumenten gerüstet hatten und ihm eine wichtige Nebenrolle zubilligen wollten, damit er seine letzten Jahre im Beruf ohne Gesichtsverlust verbringen konnte. Betrachteten ihn die einen als Verräter, fühlten sich die anderen nicht ernst genommen. Und es passierte, was meist in solchen Fällen passiert: weil sich seine Gegner nicht ernst genommen fühlten, nahmen sie ihn fortan nicht mehr ernst.

Man degradierte sein Latein kurzerhand zum Wahlfach und er unterrichtete fortan noch vier oder fünf interessierte Schülerinnen in alten Sprachen. Diese lernten schnell und so konnte er mit ihnen auch schon bald die klassischen Texte lesen. Als er mit ihnen Ovid las, schritt der Schuldirektor erneut ein und ließ sich diesmal nichts erklären, sondern drohte gleich mit Kündigung. Von der ganzen Welt einschließlich meiner Mutter unverstanden, machte Vater noch ein Jahr weiter am Gymnasium. Er ließ aber die Texte beiseite und beschränkte sich ganz auf die Analyse der Sprachstruktur. Dann ließ er sich vorzeitig pensionieren. Zwei Jahre darauf starb er. Ein Trost war ihm in der ganzen Zeit nach der Rückkehr von unserer Reise nicht nur die Erinnerung an seine Entdeckung der Natur, sondern die Natur selbst. Auf gemeinsamen Spaziergängen blieb er manchmal unvermittelt stehen, schaute einen Baum an oder einen ruhig am Himmel kreisenden Milan, und sagte dann oft nur ›schön‹. Vater ist nach seiner Reise nicht zur Normalität zurückgekehrt.«

Ich habe bemerkt, wie Brigitte beim Erzählen manchmal den Tränen nahe war, und verzichte auf einen Kommentar zu dieser tragischen Geschichte. Wir sprechen lange nichts. Wir schlummern im stetig schwächer werdenden Licht der Dämmerung, das durch das kleine Fenster ins Zimmer dringt, bis die Geräusche auf dem Flur lauter werden. Stimmen, ein Hin und Her, Türen gehen, manchmal knarrend, manchmal gierend, oder laut ins Schloss fallend. Mit der Ruhe ist es aus. Wir setzen uns fast gleichzeitig auf und schauen einander in die Augen. Wahrscheinlich denken wir dasselbe. Brigitte spricht es zuerst aus: »Lass uns runtergehen. Für die ganze Schicksalsgemeinschaft ist es der letzte Abend. Da sollten wir nicht fehlen. Anstandshalber.«

Als wir in den Saal kommen, treffen wir auf eine ausgelassene Stimmung. Alle stehen noch neben den Tischen, die meisten mit einem Glas Wein in der Hand und in angeregtem Gespräch. Der Bibelkundige informiert uns, dass der Wirt angekündigt habe, dass er uns nur noch ein sehr karges Nachtessen anbieten könne und sich entschlossen habe, ein Selbstbedienungs-Buffet herzurichten mit Konserven, die er eigentlich für seinen eigenen Bedarf hergestellt habe: Pilze in Öl, geräucherten Speck, Schüttelbrot und vieles mehr; zudem habe er den letzten und besten Wein aus dem Keller geholt für diesen besonderen Anlass. Der Bibelkundige grinst, als wollte er sagen, der Wirt wisse noch, was sich gehöre. Als er sich abwendet und andere Gesprächspartner sucht, sagt Brigitte kopfschüttelnd: »Dieser Wirt würde noch sein letztes Hemd hergeben. Womit haben wir das verdient? Womit haben die das verdient?«

Wir bedienen uns zurückhaltend am Buffet und lassen uns von Elsa ein Glas Rotwein einschenken. Ich habe keine Lust, mit jemandem zu sprechen, und Brigitte offenbar auch nicht. Wir setzen uns etwas abseits auf die Bank unter dem Steinbockgeweih und beobachten die gesprächige Horde. Mit jeder Flasche, die Elsa bringt, steigt der Lärmpegel. War es beim Mittagessen die Entspannung, die den meisten anzusehen war, so ist es jetzt ihre Zügellosigkeit. Brigitte deutet mit einer Kopfbewegung an, dass sie nach draußen möchte, und wir gehen auf die Terrasse. Hier treffen wir auf den Jäger. Er raucht.

»Es erleichtert mich, sie hier zu sehen«, sagt Brigitte. »Wir haben uns heute Nachmittag schon Sorgen gemacht, als wir sie aus den Augen verloren hatten bei ihrem Spaziergang unterhalb des Berghauses.«

»Schön, wenn man anderen nicht ganz gleichgültig ist«, meint der Jäger. »Halten sie es drinnen auch nicht aus? Wie der Abschlussabend einer mehrtägigen Klassenfahrt in einer fremde Stadt, bei dem sich alle nochmals so richtig gehen lassen, bevor sie wieder in ihren geordneten Alltag zurückkehren! Ich schätze einen guten Tropfen, aber mich sinnlos besaufen konnte ich noch nie. Mein einziges Laster ist der Tabak. Heute leider eine eher einsame Angelegenheit.«

Ich bitte den Jäger um eine Zigarette, die er mir mit einem Schmunzeln reicht und auch gleich mit seinem silbernen Feuerzeug ansteckt.

»Ich rauche leider nicht«, sagt Brigitte, »obwohl ich es gerade jetzt, wo wir drei hier zusammenstehen, etwas bereue.«

Der Jäger und ich lächeln. Erst als wir mit unseren Zigaretten fertig sind, sagt Brigitte, dass sie aufs Zimmer gehen wolle, da sie nach diesem ereignisreichen Tag sehr müde sei. Ich bleibe noch einen Moment beim Jäger, der mir von seinem Nachmittagsspaziergang erzählt. Er scheint das Gebiet gut zu kennen. Er erwähnt auch mir gegenüber, dass er sich Sorgen mache, weil die wiederholte Warnung des Wirts, nicht schon morgen ins Tal abzusteigen, überall auf taube Ohren gestoßen sei. Als er auch andeutet, schlafen gehen zu wollen, schließe ich mich an. Wie schon Brigitte gehen wir nicht durch den lärmigen Saal, sondern nehmen den Umweg via Haupteingang.

Als ich Brigittes Zimmer betrete und das Licht anmache, sehe ich, dass sie bereits schläft. Ich schalte das Licht sofort wieder aus und entkleide mich im Dunkeln. Ich versuche, mich so behutsam neben sie ins Bett zu legen, dass sie nicht aufwacht. Es gelingt mir nicht ganz. Sie murrt etwas, das ich aber nicht verstehe. Ich versuche angestrengt, still und bewegungslos dazuliegen und einzuschlafen. Ich kann aber nicht schlafen. Als Brigitte sich einmal umdreht, rutsche ich näher an sie heran. Sie stößt mich aber mit der Hand sanft von sich. Ich lege mich wieder auf den Rücken. Den Lärm, der von unten heraufdringt, habe ich vorhin gar nicht gehört. Ich denke über die Ereignisse des vergangenen Tages nach. Das Gespräch bei der Almhütte beschäftigt mich besonders. Ich hatte erwartet, dass Brigitte etwas zu meiner Rolle bei diesem Unfall sagt. Vielleicht sagte sie es mit dem lateinischen Satz, den ich nicht verstanden und nach dessen Bedeutung ich nicht gefragt habe. Ich weiß nicht, was sie von mir denkt. Wäre es dasselbe, wenn sich die Dinge heute nicht zum Guten gewendet hätten?

Ich stehe auf und gehe auf die Toilette am Ende des Flurs. Als ich zurückkomme, entschließe ich mich, den Rest der Nacht in meinem eigenen Zimmer zu verbringen, um Brigitte nicht zu stören. Ich lasse das fade Licht brennen und schaue mir die Einrichtung des Zimmers nochmals eingehend an. Nochmals kreisen meine Gedanken um die Frage, warum Brigitte schwieg. Hatte sie es mir zugutegehalten, dass ich ihr alles erzählt habe? Für mich ist es entlastend, dass ich alles einmal aussprechen konnte, dass ich mich jemandem anvertrauen konnte. Ist Brigitte im Laufe des Tages nicht mehr darauf zurückgekommen, weil sie mein Vertrauen schätzt? Vielleicht weil sie mich liebt? Ist sie darum nachsichtig mit mir? Oder weil ich mich entschieden habe, bei ihr zu bleiben? Weil sie glaubt, dass ich sie liebe? Ist Liebe eigentlich eine Entscheidung? Haben wir eine Wahl?

TAG DER ABREISE

Das Knarren des Holzbodens weckt mich. Laute Schritte auf dem Flur und das Gieren beim Öffnen und Schließen der Zimmertüren machen mich schnell ganz wach. Die Lampe in meinem Zimmer brennt noch immer. Es ist noch nicht einmal sieben Uhr, aber an Schlaf ist nicht mehr zu denken. Nun werden offenbar größere Gepäckstücke über den Boden geschleift. Der Lärm nimmt ständig zu, nur Stimmen sind keine zu hören. Alle scheinen ohne viele Worte zu wissen, was zu tun ist. Alle drängt es nachhause. Als habe sich mit der gestrigen Nachricht von der Abwendung der Katstrophe eine Schleuse geöffnet und reiße der entfesselte Strom nach einem letzten Aufstauen durch die vergangene Nacht noch ungestümer heimwärts. Es fällt mir nicht leicht, mich nicht anstecken zu lassen, aber mein Entschluss steht fest: Ich bleibe bei Brigitte. Ob sie wohl auch schon wach ist? Ich habe sie in dieser Nacht vermisst. Gerne hätte ich meine Erleichterung, dass die Sache doch noch ein gutes Ende genommen hat, mit ihr geteilt; sie umarmt und mich von ihr umarmen lassen. Das können wir sicher heute Abend nachholen, wenn wieder Ruhe eingekehrt ist und wir das Haus für uns haben.

Soll ich auch schon aufstehen? Es ist kalt und am wärmsten ist es unter der Decke. Ich drehe mich zum Fenster. Es scheint schön zu werden wie gestern Nachmittag, als wir auf der Terrasse saßen und uns von der Sonne wärmen ließen. Einige von Brigittes Gedanken zum Reisen fallen mir ein. Ist es tatsächlich eine unbestimmte Angst, die uns fern von zuhause plötzlich überfällt, die den Wert des Reisens ausmacht, weil sie in uns unwillkürlich das Verlangen auslöst, zurückzukehren in den Schutz unserer alten Gewohnheiten? Reisen wir nur, um heimzukehren, um uns zuhause als diejenigen wiederzufinden, die wir schon immer waren? Ist Reisen eine

Art Selbstvergewisserung? Brigitte spricht gerne über *den* Menschen, obwohl sie andererseits von ganz verschiedenartigen Menschen spricht, als gäbe es *den* Menschen gar nicht. Vielleicht wollen einige als dieselben heimkehren nach einer Reise, andere wollen sich verändern, und ihre Veränderung wäre ohne Heimkehr nicht als Kontrast wahrnehmbar. Und was ist mit jenen, die reisen, und nie mehr zurückkommen? Oder sich verändert haben und sich dann zuhause nicht mehr zurechtfinden? Brigittes Vater erkannte endlich die Bedeutung der Natur – und starb.

Ich stehe langsam auf und gehe, mit der Bettdecke um die Schultern gehüllt, zum Fenster. Es ist jetzt zwar noch heller, aber nach Sonne sieht es nicht aus. Es ist wieder dieses blendende Weiß, in dem es unregelmäßige Bewegungen in alle Richtungen zu geben scheint, die selbst die Konturen des Geländes, die sich erahnen lassen, auflösen, und einen, je länger man hinsieht, schwindlig machen. Ich setze mich auf die Bettkannte und schaue eine Weile auf die unregelmäßigen Strukturen der Holzbohlen unter mir. Die Spalten im Boden fallen mir auf und einige durch die lange Abnutzung glänzend gewordene Stellen. Die Warnung des Wirts, fällt mir ein, dass ein Abstieg ins Tal bei diesen Schneeverhältnissen nicht ratsam sei. Die undeutliche Sicht beim heutigen Wetter wird die ansonsten harmlose Wanderung noch gefährlicher machen. Meine nachhause drängenden Nachbarn scheint dies offenbar so wenig zu kümmern wie die mahnenden Worte des Wirtes. Jetzt fällt mir wieder der Lärm auf dem Flur auf. Ein unaufhörliches Hin und Her, Ziehen und Stoßen von Gegenständen, Öffnen und Schließen von Türen, Treppe rauf und Treppe runter. Was haben die Leute nur alles mitgenommen auf ihrer Flucht in dieses Berghaus? Kleider, Andenken, Wertsachen, Bücher wie Brigitte?

Ich stehe auf und ziehe mich an. Als ich wieder auf der Bettkannte sitze, ist es still draußen. Wahrscheinlich sind schon alle unten im Speisesaal beim Frühstück. Einige lassen vielleicht sogar das Frühstück sausen, um schneller nachhause zu kommen. Ich mache mich ebenfalls auf zum Frühstück.

Als ich den Raum betrete, empfängt mich ein Stimmengewirr wie von einer Schulklasse bei der Besammlung zu einem Ausflug. Es ist kalt im Speisesaal und überall sind weiße Wölkchen vom Hauch der Sprechenden zu sehen. Die meisten tragen schon die warme Kleidung für den Marsch ins Tal. Ich überlege kurz, ob ich mir bei dieser Kälte nicht auch noch etwas Wärmeres zum Anziehen holen sollte, lasse es aber, weil ich annehme, dass es sicher bald wärmer wird, nur schon weil so viele Menschen in Aufbruchsstimmung hier versammelt sind. Ich schaue mich um und erspähe zwei freie Plätze neben dem Jäger an einem der Tische an der Fensterfront. Der Jäger sieht mich auch und bedeutet mir, neben ihm Platz zu nehmen. Als ich mich gesetzt habe, erklärt er mir, dass es so kalt sei, weil in der Nacht aufgrund des großen Temperaturunterschieds eine Fensterscheibe gesprungen sei, dass sich aber der Wirt und Elsa bereits bemühten, einen zusätzlichen Gasofen in Betrieb zu setzen. Jetzt erst sehe ich das beschädigte Fenster. Ich schaue in die Ecke, wo ich den Ofen vor ein paar Tagen gesehen habe. Hier ist aber kein Ofen mehr, sondern nur der Wirt, der Kaffeekannen auf die Tische verteilt. Der Jäger zeigt auf die Küche, wahrscheinlich will er mir sagen, dass dort Elsa mit der Inbetriebnahme des Ofens beschäftigt ist.

Die Tür zum Speisesaal geht auf und Brigitte tritt ein. Auch sie scheint irritiert vom Stimmengewirr und der Kälte. Ich winke ihr zu, gleichzeitig winkt ihr der Jäger. Sie kommt zu unserem Tisch und setzt sich. Der Jäger erklärt auch ihr, warum es hier so kalt ist, und dass es nur noch eine Sache von Minuten sei, bis der Ofen in Betrieb genommen werde.

Brigitte legt mir die Hand auf den Arm und lächelt vielsagend. Dann sagt sie: »Ich habe noch etwas vergessen. Bin gleich zurück.« Meine Augen folgen ihren eleganten Schritten auf dem Weg zum Ausgang. Für einen Moment fällt mir das Stimmengewirr gar nicht mehr auf und ich denke an die gemeinsamen Stunden des gestrigen Nachmittags, an die Umarmung, als wir die erlösende Nachricht erhielten. Ich merke kaum, dass der Jäger sich an meine Seite lehnt. Erst als er sagt: »Ich freue mich schon darauf, dass es hier bald etwas ruhiger wird«, nehme ich seine unangenehme Berührung wahr. Ich weiß nicht, was ich sagen soll, und sage nur: »Ja ja.«

Ein lauter Knall. Ein Schwall heißer Luft reißt mich wie eine glühende Faust zu Boden. Klirren von berstendem Glas. Überall Flammen, die immer grösser werden. Um mich stürzende und schreiende Menschen. Ich und alle drängen zur Tür auf die Terrasse. Um uns herum fliegen Glassplitter und brennendes Holz. Eine Feuerwalze kommt uns aus Richtung Küche entgegen. Die Hitze ist unerträglich. Unablässig wird geschrien. Alles drängt ins Freie. Einige stürzen sich durch die brennenden Fensterrahmen nach draußen, ich krieche keuchend auf allen Vieren Richtung Tür, werfe mich über die Schwelle und rolle mich über den nassen Schnee zum Rand der Terrasse. Hier herrscht ein wildes Durcheinander, Schreie, Schluchzen, unverständliche Worte und Rufe. Jemand liegt ohnmächtig oder tot neben mir. Einige hasten über die Treppe am anderen Terrassenende talwärts. Der weiße Nebel verschluckt sie sofort. Allen hängen die Kleider in Fetzen vom Leib. Jetzt sehe ich an meinem Arm die klaffende Wunde, rot mit schwarzen Rändern von Ruß. Auch am linken Oberschenkel eine Wunde. Die Wunden schmerzen nicht. Aber ich spüre auch die Hitze und die Kälte nicht mehr. Der Lärm ist ein stumpfes Rauschen. Aber ich sehe alles. Ich bin noch da, ich japse immer wieder nach Luft. Ich muss mich bewegen, mich aufrichten. Es geht, ich kann mich humpelnd vorwärtsbewegen. Ich will zur Tür, ins Haus zurück, um zu sehen, ob noch jemand zu retten ist, Brigitte. Ich nehme eine der neben der Tür liegenden nassen Wolldecken, um mich vor dem Feuer zu schützen. Gerade wie ich mit der Decke über dem Kopf ins Hausinnere will, hält mich jemand mit eisernem Griff am Arm. Der Jäger sagt: »Bleiben sie hier, es ist sinnlos, sie können niemanden mehr retten, sie kommen höchstens selbst in den Flammen um, das Haus brennt lichterloh und kann jeden Moment einstürzen. Wir müssen ins Tal, ins nächste Krankenhaus. Vom nächsten Ort auf dem Weg, wo es Mobilfunkempfang gibt, müssen wir Hilfe anfordern. Lassen sie uns sofort gehen, sonst erfrieren wir noch.« Dann wendet sich der Jäger, der weitgehend unverletzt scheint, an die anderen auf der Terrasse, und schreit ihnen zu: »Wer kann, soll mir folgen. Aber machen sie schnell. Sonst sterben einige an den Verletzungen oder erfrieren. Brandwunden müssen sehr schnell behandelt werden. Für alle, die nicht mitkommen können, organisieren wir Hilfe. Warten sie hier. Entfernen sie sich nicht von der Terrasse.«

Die ganze Zeit, während der Jäger sprach, hielt er mich wie in einem Schraubstock, bis meine Kraft erlahmt ist und ich die Sinnlosigkeit meines Vorhabens eingesehen habe und die Schmerzen und die Kälte zu spüren beginne. Der Jäger zieht mich in Richtung Treppe, die hinunter zum Talweg führt. Ich folge widerstandslos. Uns folgen die anderen. Jene mit schweren Verletzungen werden von weniger stark oder gar nicht Verletzten an der Hand geführt oder gestützt. Schnell erreichen wir jene, die vorausgeeilt sind, und bald sind wir an der Stelle, wo es Mobilfunkempfang gibt. Wie zu erwarten, erhalten wir von der Notrufzentrale die Auskunft, dass wegen Nebel kein Einsatz von Rettungshelikoptern möglich sei. Man versuche aber eine Rettungskolonne zu schicken, die uns noch vor dem Parkplatz erreichen werde.

Aber auch dies sei ungewiss, da sich die meisten Rettungskräfte bis gestern für allfällige durch die erwartete Heuschreckenkatastrophe verursachte Notfälle bereitgehalten hätten und vielleicht noch nicht in den allgemeinen Bereitschaftszustand zurückgekehrt seien.

Wir stapfen keuchend durch den Schnee. Es geht nicht schlecht, da der Schnee nicht hoch ist. Nur da und dort ist es rutschig. Davor hat uns der Wirt gewarnt, besonders wenn wir an den exponierten Stellen vorbeikämen. Es geht aber gut. Wir sehen gar nicht, wo die gefährlichen Stellen sind. Der Jäger geht sicheren Schritts voran, als würde er den Weg schon lange kennen, als könnte er im nebligen Weiß, das mich fast blind macht, den Weg klar sehen.

Der Schrei einer Frau hinter uns lässt mich erstarren. Der Jäger wendet sich um und befiehlt mir, mich nicht von der Stelle zu rühren. Er geht zurück. Ich sehe nichts im Nebel. Nach kurzer Zeit kommt er mit der Frau, die er neben sich her schleift, zurück. Sie sei ausgerutscht und habe sich vermutlich etwas gebrochen, zum Glück sei das nicht an einer der ausgesetzten Stellen passiert. Wir gehen weiter, der Jäger mit der Frau voran. Es scheint mir, als gingen wir immer schneller. Ich schaue rückwärts. Die anderen folgen uns lautlos. Haben sie keine Verletzungen? Aber ich spüre meine Wunden auch nicht und auch nicht die Kälte, mein ganzer Körper scheint unempfindlich geworden zu sein. Nur mein Wille ist noch da und treibt mich vorwärts. Denken wie in Watte kann ich auch noch und sehen – wenn ich in diesem Nebel etwas sehen könnte. Ich erwarte, dass die Rettungskolonne plötzlich aus dem Nebel auftaucht. Aber niemand kommt uns entgegen, bis wir den Parkplatz erreichen.

Jetzt stürmen alle zu ihren Autos, auch ich. Zum Glück habe ich den Autoschlüssel immer bei mir und ihn in diesem Inferno nicht verloren. Wo steht Brigittes Auto? Ich sehe keinen großen blauen *Lancia*. Vielleicht ist sie auch gar nicht mit dem Auto hergekommen.

»Können sie in ihrem Zustand fahren?« ruft mir der Jäger zu.

»Sollte gehen«, erwidere ich und zwänge mich hinters Steuer. Mehrere Startversuche schlagen fehl. Wahrscheinlich haben sich die Batterien während dem Kälteeinbruch entladen. Es klopft mehrmals an die Scheibe – der Jäger. Er öffnet die Tür und sagt: »Kommen sie, hier drüben steht mein Wagen, ich bringe sie ins nächste Spital.« Ich folge ihm und setze mich neben ihn in seinen geräumigen *SUV*, in dem es bereits angenehm warm ist. Auf den hinteren Sitzen liegt jemand. Ich kann aber nicht erkennen, wer es ist. Wir fahren los. Einige andere scheinen ebenfalls Mühe zu haben beim Starten ihrer Wagen oder werden von ihren Verletzungen daran gehindert zu fahren. Mein Retter sagt nur: »Wir können nicht warten. Es ist niemandem geholfen, wenn allen zu helfen versucht wird. Eure Verbrennungen müssen sofort behandelt werden.« Jetzt beginne ich meine Wunden zu spüren. Der Jäger scheint immer schneller zu fahren. Ich sehe nur weiß und schließe die Augen.

Als ich erwache, liege ich in einem Spitalbett. Links vom Bett steht eine junge Frau in einer blauen Schürze. Sie liest etwas von einem Gerät ab. Die vielen Stifte in ihrer Brusttasche fallen mir auf. Sie lächelt. »Da haben sie aber Glück gehabt«, sagt sie. »Hätte Professor Bregy sie nicht so schnell zu uns gebracht, wären sie vielleicht an ihren Verbrennungen gestorben. Die beiden Operationen sind gut verlaufen, aber sie müssen schon noch einige Tage bei uns bleiben.«

»Wer ist Professor Bregy?« will ich wissen und versuche zu lächeln.

»Na, der Herr, der sie so schnell zu uns gebracht hat«, sagt die Pflegerin erstaunt. »Wir haben gedacht, sie würden einander gut kennen, so wie Professor Bregy sich um sie gekümmert hat. Der Professor stammt ja aus der Gegend. Hat aber in Frankreich Berühmtheit erlangt, wo es ihm zusammen mit Kollegen Ende der 1960er Jahre gelang, eine Herztransplantation so durchzuführen, dass der Patient mit dem neuen Herzen noch viele Jahre weiterleben konnte. Er ist schon lange im Ruhestand und lebt bei seiner Tochter in Südfrankreich, kommt aber jedes Jahr für ein paar Wochen in seine Heimat zurück und verbringt dann jeweils einige Tage im Berghaus, wo das schreckliche Unglück passiert ist. Er ist, kurz nachdem er sie zu uns gebracht und noch gleichentags den Behörden Auskunft über das Unglück gegeben hat, wieder nach Frankreich gereist. Er hat sich aber gestern bei uns erkundigt, wie es ihnen und den anderen Überlebenden geht. Und wir haben ihm glücklicherweise sagen können, dass alle wohlauf sind. Eigentlich ein Wunder nach dieser Katastrophe.«

»Aber nicht alle haben überlebt«, sage ich leise.

»Nein, leider nicht«, antwortet die junge Frau mit gesenktem Blick.

»Sie wissen mehr über das schreckliche Unglück?« will ich wissen.

»Nicht so genau«, sagt sie. »Aber ich schicke ihnen Doktor Allegra vorbei, der ist hier im Spital am besten über die Explosion und ihre Folgen informiert. Ich lasse sie jetzt alleine. Trinken sie viel. Und wenn sie etwas brauchen, klingeln sie.«

»Doktor Allegra«, sage ich vor mich hin.

»Er kommt sicher bald bei ihnen vorbei«, sagt die Pflegerin und geht.

»Wie fühlen sie sich, Herr Corrente?« fragt eine dunkle Stimme.

Ich muss wieder eingeschlafen sein. Neben dem Bett sehe ich unscharf einen Mann, groß und mit schwarzen Haaren. Auch er in blauer Kleidung. Er fasst mich am Arm und sagt: »Ich heiße Giuseppe Allegra. Soll ich Italienisch mit ihnen sprechen? Ihrem Namen nach zu schließen, ist Italienisch wahrscheinlich auch ihre Muttersprache.«

»Die Muttersprache meiner Eltern. Ich spreche nur leidlich italienisch«, antworte ich leise und versuche, mich im Bett etwas aufzurichten. Ich fühle mich schwach, das Bein schmerzt bei der geringsten Bewegung. Ich lächle gequält und will wissen: »Was ist passiert? Sagen sie. Was ist mit Brigitte?«

Doktor Allegra schaut mich an und schweigt. Dann sagt er: »Es tut mir leid. Eine Frau, deren Leichnam unmittelbar neben der Küche, wo sich die Explosion ereignet hat, gefunden wurde, konnte als Brigitte Peter identifiziert werden. Eine Bekannte von ihnen? Ihre Freundin?«

»Mehr als eine Freundin. Ich hätte sie vielleicht noch retten können, ich... .«

»Nein«, unterbricht mich Doktor Allegra, »wahrscheinlich nicht. Wie mir Kollege Bregy berichtete, hat er sie gerade noch davor zurückhalten können, bei ihrem Rettungsversuch das eigene Leben aufs Spiel zu setzen. Ihre Freundin muss genau in dem Moment die Treppe heruntergekommen sein und sich vor der Küchentür befunden haben, als sich die Explosion ereignete. Sie wurde wahrscheinlich, wie der Wirt und seine Gehilfin, die einzigen, die sonst noch umgekommen sind, durch die ungeheure Wucht der Explosion sofort getötet. Aufgrund der Rekonstruktion des Unfalls durch die Feuerwehr hat die Gehilfin des Wirts versucht, mit einem Brenner, der sonst zum Karamellisieren von Zucker benutzt wird, das eingefrorene Ventil einer Gasflasche für den Einsatz in einem Ofen zu enteisen. Das führte zur Explosion der Flasche und die wiederum brachte drei als Reserve danebenstehende Flaschen zur Explosion. Das Berghaus ist bis auf die Grundmauern zerstört worden. Gegen Lawinen hätte das Haus wohl nach seinem Wiederaufbau standgehalten, aber der ungeheuren Druckwelle der Explosion und dem Feuer vermochte es nicht zu widerstehen. Natürlich ist die Gehilfin des Wirts schuld am Unfall und aufgrund seiner Verantwortung für die Angestellte trifft wohl auch den Wirt eine Mitschuld. Aber was bedeutet das jetzt noch? Nur ihre Freundin …. .«

»Ist natürlich nicht schuld. Aber was bedeutet das jetzt noch?« sage ich langsam, werde mir aber sogleich der unhöflichen Entgleisung bewusst und frage darum schnell: »Und die anderen Überlebenden?«

»Es grenzt an ein Wunder«, meint der Doktor, »einige sind mit dem Schrecken davongekommen, die anderen haben mehr oder weniger schwere Verletzungen erlitten, hauptsächlich Brand- und Schnittwunden. Einige zogen sich leichte Erfrierungen zu. Eine Frau hatte sich den Arm gebrochen und eine andere, die nach der Explosion auf der Terrasse vor dem Haus in Ohnmacht gefallen sein muss, wurde einen halben Tag nach dem Unglück völlig unterkühlt und mit ein paar Frostbeulen aufgefunden, ist inzwischen aber wieder wohlauf und konnte das Spital bereits verlassen. Wir staunten nicht schlecht, als diese Frau eingeliefert wurde, denn sie umklammerte ein halbverbranntes Buch, das ihr offenbar sehr am Herzen lag. Sie, Herr Corrente, und fünf weitere Patienten müssen wir noch ein paar Tage hierbehalten. Aber es sieht bei allen gut aus. Wir wollen nur ganz sicher sein, dass sie so weit genesen, dass sie dann zuhause wieder allein zurechtkommen. Möchten sie noch etwas wissen?«

»Ja. Das heißt nein. Nein«, stottere ich. »Danke für die Informationen. Vielen Dank.«

»Danken müssen sie vor allem dem Kollegen Bregy. Er hat ihnen das Leben gleich doppelt gerettet. Woher der alte Mann die Kraft nimmt, ist mir schleierhaft. Wie kann jemand als Kettenraucher in diesem Alter noch so sportlich sein? Aber vieles an Bregy ist ja schon seit je etwas rätselhaft. Als ihm einst zusammen mit seinen Kollegen diese aufsehenerregende Herztransplantation gelang, wurde sogar gemunkelt, er stecke mit dem Teufel im Bund. So ein Käse. Bregys Erscheinung mochte diesem Eindruck noch Vorschub leisten, sein Spitzbart und seine blitzenden, stets interessierten Augen; dazu seine höfliche, unglaublich hilfsbereit Art, mit der er immer zur Stelle ist. Das hat wohl manch einen vom eigenen Ego besessenen Kollegen, von denen es in unserem Metier nicht wenige gibt, vermuten lassen, dass Bregy alle nur täusche, um von seinen wahren Interessen abzulenken. Was sollen denn diese wahren Interessen sein? Wahrscheinlich alles nur Projektionen der lieben Kollegen. Entschuldigen sie«, unterbricht sich Doktor Allegra, »entschuldigen sie, dass ich sie mit diesem Geschwätz behellige – einen Menschen in Trauer. Entschuldigen sie.«

»Sie müssen sich nicht entschuldigen«, sage ich. »Es interessiert mich, möglichst viel über diesen berühmten, geheimnisvollen Professor Bregy zu erfahren. Ich wäre nie auf all das gekommen, was ich nun über meinen Lebensretter erfahren habe. Zudem habe ich die Schmerzen nicht gespürt, während sie über Bregy sprachen. Worte und Interesse scheinen gute Schmerzmittel zu sein.«

»Ja, da mögen sie recht haben. Habe ich auch schon gedacht«, sagt Allegra fast im selben verunsicherten Ton, mit dem er auf seine von ihm selbst als peinlich empfundenen Bemerkungen zu Bregy reagiert hat. Mit gefassterer Stimme sagt er dann aber: »Mehr über den Unfall kann ich ihnen leider nicht erzählen. Vielleicht wollen sie Einblick nehmen in das Protokoll des Unfallhergangs durch die Feuerwehr. Ich bringe ihnen dann noch die Anschrift von Professor Bregy in Saint-Mandrier-sur-Mer. Ich lasse sie jetzt wieder alleine. Erholen sie sich gut. Trinken sie viel. Und wenn sie etwas brauchen, klingeln sie.«

Als ich wieder erwache, ist es schon dunkel im Zimmer. Ich taste nach einem Schalter für das Licht, den ich nach einiger Zeit auch finde. Das helle Neonlicht macht den Raum um mich riesengroß. Ich trinke etwas Wasser. Als ich das Glas zurückstelle, streift meine Hand einen Zettel. Es ist die Anschrift von Professor Bregy, den mir Doktor Allegra inzwischen gebracht hat oder hat bringen lassen. Ich lese den Zettel mit der Adresse von Bregy mehrmals. Auch eine Telefonnummer ist angegeben. Soll ich anrufen und mich bei Bregy bedanken? Oder warten bis morgen? Ich kann mich lange nicht entscheiden, greife dann aber zum Hörer und wähle die Nummer.

»Allô?« meldet sich eine Stimme schon nach dem zweiten Freiton.

»C'est Roberto Corrente qui parle. Êtes-vous le professeur Bregy?«

»Aha, der junge Mann mit den Heuschrecken. Wie geht es ihnen? Alles in Ordnung?«

»Alles in Ordnung würde ich nicht sagen. Aber es geht mir, wie auch Doktor Allegra meinte, den Verhältnissen entsprechend gut.«

»Das freut mich zu hören. Ich habe mich bereits gestern erkundigt, wie es ihnen und den anderen Überlebenden der Explosionskatastrophe geht. Alle scheinen wohlauf zu sein. Bei Kollega Allegra sind sie in guten Händen. Lassen sie ihn von mir grüßen.«

»Das mache ich gerne. Ich wollte mich bei ihnen bedanken. Sie haben mir das Leben gerettet. Vielen Dank.«

»Das war doch meine Pflicht als Arzt. Die Entscheidung zu helfen habe ich mit der Wahl meines Berufes getroffen. Sonst noch was?«

Schweigen.

»Nein, eigentlich nicht. Das war alles. Nochmals vielen Dank.«

»Bitte. Au revoir.«

»Au revoir«, wiederhole ich leise und lege den Hörer langsam in die Halterung. Dann starre ich geraume Zeit auf den schwarzen Telefonapparat. Ich habe mich noch nie so allein gefühlt, mutterseelenallein. Das weiße Neonlicht lässt den Raum um mich jetzt noch riesiger erscheinen. Meine Wunden schmerzen. Ich drehe mich mehrmals, finde aber keine Position, in der die Schmerzen nachlassen würden. Ich lösche das Licht, vielleicht hilft das. Die Schmerzen bleiben. Ich schalte das Licht wieder ein und betätige den Klingelknopf an der Aufrichtehilfe über mir. Ich muss mit jemandem sprechen.

Noch ehe ich mich wieder richtig hingelegt habe, fragt die junge Pflegerin, die beschwingt ins Zimmer tritt: »Wie geht es unserem Patienten? Ich war gerade auf dem Weg zu ihnen, als ich das Lichtsignal über der Tür sah, das uns anzeigt, wo geklingelt wird. Was kann ich für sie tun?«

»Ich habe Schmerzen. Aber sagen sie, warum wollten sie zu mir?«

»Ich wollte nur schauen, ob sie bereits aufgewacht sind, und sie darauf hinweisen, dass ich einen Zettel mit Professor Bregys Adresse auf das Tischchen neben ihrem Bett gelegt habe. Aber wie ich sehe, haben sie den Zettel bereits gefunden.«

»Ich habe den Professor bereits angerufen, um mich bei ihm zu bedanken.«

»Ein reizender Mensch. Nicht?« sagt die Pflegerin.

»Reizend«, wiederhole ich. »Aber jetzt habe ich Schmerzen. Obwohl es schon etwas besser geht, seit ich mit ihnen spreche. Können sie mir etwas gegen die Schmerzen geben?«

»Natürlich. Ich bringe ihnen gleich etwas. Leider haben wir zu wenig Zeit, um uns länger mit den Patienten zu unterhalten. Bin gleich zurück.«

WIE WEITER?

Seit Mittwoch bin ich wieder aus dem Spital zurück, zuhause. Die Narben meiner Verbrennungen spüre ich nur noch am Abend, wenn ich müde bin. Ich versuche, mich abzulenken, setze Wasser auf für einen Tee, lasse den Tee ziehen, trinke ihn in kleinen Schlucken, drapiere die Kissen auf dem Sofa, oder die Gardinen an der Balkontür, versuche überhaupt Ordnung zu machen in der Wohnung – obwohl schon alles in Ordnung ist. Oder ich beginne eines der vielen Bücher zu lesen, die schon lange unangetastet im Regal stehen. Das heißt, ich versuche es, denn kaum habe ich zu lesen begonnen, schweifen meine Gedanken ab. Diffuse Erinnerungen an das Geschehene, die immer irgendwie bei Brigitte enden. Warum gerade sie? Ich beginne nochmals mit dem eben gelesenen Absatz des zufällig herausgegriffenen Buches, und nochmals. Oft lege ich das Buch auch weg und nehme ein anderes, das mich vielleicht mehr interessieren könnte. So beginne ich immer wieder von neuem, aber in Ordnung kommt nichts. Wenn ich nicht mehr weiterkomme, gehe ich manchmal spazieren, ohne Ziel, bis ich müde werde.

Jetzt sitze ich schon über eine Stunde an meinem Schreibtisch und weiß nicht, was tun. Ich schaue auf die ordentlich ausgerichteten Gegenstände vor mir. Eigentlich eine Einladung, etwas zu tun. Aber was? Draußen regnet es immer noch. Wenn ich meinen Blick auf den nebligen Regenvorhang über der Hecke vor dem Haus richte, glaube ich, ein leises Rauschen zu hören. Je länger ich hinausschaue, desto lauter und unregelmäßiger dringt es durch das Fenster. Manchmal scheint es sich mit Stimmen zu vermischen, wobei ich mir nicht sicher bin, ob die Stimmen von draußen kommen oder ob hinter mir gesprochen wird. Es ist niemand da. Trotzdem schaue ich mich im Raum um. Nun höre ich den Regen nicht mehr. Ich richte die Bleistifte, die Computermaus und alle anderen Gegenstände in meiner Reichweite neu aus.

Morgen ist die Beerdigung von Brigitte. Ich weiß nicht, ob ich hingehen soll. Ich habe von Brigittes Schwester, die ich im Spital kennengelernt habe, eine Todesanzeige erhalten. Als sie zur Identifikation ihrer toten Schwester ins Spital gerufen wurde, besuchte sie die Überlebenden der Explosion, die noch für einige Tage im Spital bleiben mussten. Von allen wollte sie wissen, was sich genau zugetragen hat. Ich sagte ihr, was ich wusste. Dass sich Brigitte und ich im Berghaus nähergekommen sind, verschwieg ich. Das hat mein Schuldgefühl noch vergrößert. Es schien mir einfach nicht der richtige Zeitpunkt für Geständnisse. Wäre es denn überhaupt ein Geständnis gewesen? Warum sollte ich mich Brigitte gegenüber schuldig fühlen? Verständlich wäre ein solches Gefühl allenfalls den anderen gegenüber, die wie ich vor der drohenden Katastrophe ins Berghaus geflohen waren und eine Art Kollateralschaden der nicht stattgefundenen Katastrophe erlitten hatten. Aber Brigitte war jedes Jahr ferienhalber ins Berghaus gekommen, sie flüchtete vor nichts. Sie wurde lediglich angesteckt durch die Gefühle der anderen und hat mit ihnen zu bangen begonnen. Auch ihre Reaktion auf die erlösende Nachricht, dass es keine Bedrohung mehr gäbe, war anders. Sie wollte bis zum Ende der geplanten Ferien bleiben. Ich war wegen ihr geblieben. Aber ich wäre bei ihr geblieben.

Bei der Beerdigung würde ich Brigittes Verwandten begegnen, müsste an lateinische Weisheiten denken und an Sternbilder und mich fragen: Was alles kann man wissen? Die Trauergäste würden sich fragen: Wer ist dieser Fremde, was hat er mit Brigitte und ihrem Tod zu tun, was weiß er? Ich gehe nicht zur Beerdigung, ich habe Angst vor diesen Fragen, ich werde Blumen fürs Grab und Brigittes Schwester eine

Kondolenzkarte schicken. Ich werde arbeiten. Ein neues Projekt suchen. So verabschiede ich mich von Brigitte, aktiv, und nicht als passiver Teilnehmer einer Abschiedsfeier mit Menschen, die mir fremd sind.

Ich muss jetzt ein neues Projekt finden. Meine Tätigkeit als Financier und Berater befriedigt mich ich schon seit längerem nicht mehr. Vielleicht ist es das Gefühl übertriebener Selbständigkeit, das mich zunehmend stört. Oder die große Idee, die ich schon lange verfolge, die mir aber immer weniger sagt, wie ich praktisch vorgehen soll. Oder einfach die Distanz zu den konkreten Gegebenheiten, die in ihrem komplexen Zusammenhang und in Bezug auf große ferne Ziele schwer fassbar und wenig vorhersehbar sind. Vielleicht sollte ich darum auch nicht nochmals ein eigenes Projekt entwickeln, sondern wieder eine Anstellung suchen. Sobald es nicht mehr regnet, gehe ich auf einen Spaziergang und denke darüber nach. Im Freien kommen mir immer die besten Ideen.

Draußen ist es feucht und windig, aber der Regen scheint für heute aufgehört zu haben. Ich nehme die Straße Richtung Schulhauswald, die leicht ansteigt und an stattlichen Villen vorbeiführt. Weil ich überall in die Gärten und auf die dahinter mit warmem Licht erhellten Fenster schaue und mich nach dem gegenwärtigen Tun der Hausbewohner frage, komme ich nicht auf Gedanken. Auch die großen Regentropfen, die mir immer wieder auf den Kopf fallen, lenken mich ab. Ich gehe etwas geschwinder, da ich das Gefühl habe, dass es gleich wieder zu regnen beginnt. Erst als ich etwas außer Atem den Waldrand erreiche und mich auf die rote Bank setze, von der aus man eine Aussicht über die ganze Stadt und bei klarem Wetter sogar auf die Berge hat, kann ich mich konzentrieren.

Zuerst fällt mir ein Mülltrennungsprojekt ein: Mit welcher Technik ließe sich die Trennung des immer mehr werdenden

Mülls optimieren, um den Menschen die Entscheidung zu erleichtern, was sie wo und wie entsorgen sollen? Dann erinnere ich mich an ein bislang mehrfach gescheitertes Projekt, Plastik zu sammeln und wiederzuverwerten. Es dürfte doch nicht allzu schwer sein, Joghurtbecher, Plastikverpackungen und Plastiksäcke zu sammeln, wie das heute schon mit Glas- und PET-Flaschen gemacht wird. Schließlich kommt mir das schon lange fällige Projekt in den Sinn, die Materialien, die im Smartphone stecken, säuberlich zu trennen und wieder zu verwenden, anstatt die alten Geräte zum weiteren Gebrauch nach Afrika zu schicken. Wer weiß denn schon, dass die Herstellung eines Chips, der kaum ein Gramm wiegt, zwanzig Kilogramm an wertvollen Ressourcen verschlingt? Mir ist nicht klar, ob die Trennung dieser Bauteile ein größeres technisches Problem darstellt oder einfach nicht rentabel ist. Noch einige weitere Projekte fallen mir ein, bei denen mit einer klug programmierten Roboteranlage das Sammeln, Trennen und Recyceln verbessert werden könnte. Sicher würde es einen Schritt vorwärts gehen, wenn den Menschen in Fragen der Nachhaltigkeit immer mehr Entscheidungen abgenommen würden.

Ich schaue auf die Stadt herab. Nichts ist bei diesem Wetter zu sehen. Sonst ist die Stadt zu dieser Zeit ein Meer von Lichtern. Nur der Lärm des Straßenverkehres ist gedämpft zu hören. Einmal wird er für einige Minuten von der Sirene eines Polizeiautos übertönt. Oder ist es die Sirene eines Feuerwehrautos oder eines Sanitätsfahrzeugs? Ich muss wieder an Brigitte denken. Ich stehe auf, mache ein paar Schritte nach rechts, dann ein paar Schritte nach links, strecke mich und setze mich wieder. Wo bin ich stehen geblieben? »Nochmals zurück zum Anfang«, sage ich laut.

Oder sollte ich wieder in die Entwicklung von Elektroautos gehen, worin ich bereits Erfahrung habe? Inzwischen ist hier einiges geschehen. Viele der Hindernisse, die einst zu meinem Ausstieg aus diesem Arbeitsbereich beigetragen haben, scheinen nun ausgeräumt. Auf allen Ebenen hat die Entwicklung große Fortschritte gemacht. Das Ziel scheint in Reichweite. Zur Produktion von Batterien werden große Fabriken in Europa gebaut, womit die Abhängigkeit von China abnimmt. Das Recycling der Batterien wurde massiv verbessert und ist zu einem lukrativen Geschäft geworden; nun lassen sich neunzig Prozent der Bestandteile von Batterien wiederverwerten. Und demnächst soll die Glasbatterie von Goodenough, die kaum noch kritische chemische Elemente enthält, nicht entflammbar und kälteresistent ist und sich blitzschnell aufladen lässt, Marktreife erlangen. Auch die Ladeinfrastruktur wird ständig verbessert; wo der Staat nicht tätig wird, tun dies die Autohersteller gleich selbst. Nur das selbstfahrende Auto scheint noch immer in weiter Ferne – vielleicht ein ewiger Traum, dessen Verwirklichung nur eine große Enttäuschung wäre.

Kaum einer unter den großen Autoherstellern, der nicht in die Produktion von Elektroautos eingestiegen ist. Nach Jahren des Zögerns sind die Konzerne aufgrund regulatorischer Vorgaben mehr oder weniger gezwungenermaßen auf die Elektromobilität eingeschwenkt und überbieten sich nun förmlich mit Ankündigungen, ab wann sie nur noch Stromer bauen wollen. Selbst für jene, die gerade noch vom Dieselskandal geschüttelt wurden, den sie nun beschönigend ›Dieselthematik‹ nennen, scheint es keine Alternative zu geben. Aber warum nicht aus der Not eine Tugend machen, wen es einem höheren Ziel dient? Ein regelrechter Wettbewerb, wer künftig das günstigste Elektroauto baut, zeichnet sich ab. Vom Saulus zum Paulus geworden, werden die staatlichen Vorgaben von den Autobauern nun oft in vorauseilendem Gehorsam erfüllt oder ihre baldige Umsetzung angekündigt. Keiner möchte warten, bis der Verbrennungsmotor verboten wird. Selbst *Porsche* und *Bugatti*, Synonyme für schnittige

Sportwagen, sind auf die grüne Welle aufgesprungen. Hatte man gerade noch augenzwinkernd gesagt, Fahrer und Fahrerinnen dieser Marken hätten Benzin im Blut, scheinen sie nun allesamt unter Strom zu stehen. Zum Glück hat die Politik noch rechtzeitig eingesehen, dass es eilt und dass der Staat die nachhaltige Entwicklung mit Regeln beschleunigen muss und nicht alles den Konsumenten überlassen darf. Die Automobilindustrie wird sich wahrscheinlich in den nächsten fünf bis zehn Jahren stärker verändern als in den letzten fünfzig Jahren. Die Weichen sind gestellt, wie einst beim *Ford T.*

Auch die Verkäufe von Elektroautos gehen mittlerweile besser. In den letzten zwei Jahren haben sie sich fast verdoppelt. Bereits sind dreißig Prozent der verkauften Neuwagen Stromer. Vielleicht hat sogar die ausgebliebene Heuschreckenkatastrophe mit ihrer vorübergehenden Einschränkung der Mobilität zu dieser Entwicklung beigetragen. Die Elektroautos werden auch für immer mehr Menschen erschwinglich. Schon vor der Lancierung des *Baby-Tesla* scheint es anderen Autobauern gelungen zu sein, den Massenmarkt von hinten aufzurollen. Bald dürfte Udos Traum vom ›Elektroauto für alle‹ in Erfüllung gehen. Und auch Jacks Ansicht, dass es wohl nie ein überall gut gehendes Elektroauto geben werde, sondern nur eins, das in nationalen Blasen verkehre, dürfte sich bewahrheiten – wenn auch aus anderen Gründen, als Jack glaubte. Es sind die Unterschiede von Industriepolitik, Ressourcen-Verfügbarkeit, Kaufkraft und Elektro-Infrastruktur, die dem elektrischen Welt-Auto entgegenstehen. Dass gerade das ›Elektroauto für alle‹ die regionalen Unterschiede festigt, muss wohl als notwendiges Opfer der grünen Wende hingenommen werden.

Mag auch vieles erst am Beginn, in Planung oder angekündigt sein – im Elektroautobau sieht alles vielversprechend aus. Das Elektroauto ist definitiv auf der Überholspur. Seine

Produktion wird bald der Mainstream sein. Warum nicht wieder eine Anstellung in diesem Bereich suchen? Natürlich ist mit den rasanten Entwicklungen der letzten Jahre die Zeit der Grundlagenforschung an Hochschulen und der Startups vorbei. Die Konzerne haben schon fast vollends übernommen. Die Rolle der Forschung ist es nur noch, dort kritisch in die Entwicklung einzugreifen, wo die Industrie nicht im Interesse des Profits selber forscht.

Aber, gerade weil im Bereich der Elektromobilität alles schon so weit entwickelt ist, frage ich mich, ob ich überhaupt noch das gefragte Wissen habe, ob meine Erfahrungen von damals noch etwas taugen? Auch bei den meisten anderen Ideen für meine berufliche Zukunft, die mir noch einfallen, muss ich schnell einsehen, dass ich momentan viel zu wenig weiß oder mein Wissen nicht einordnen kann. Und ich frage mich: Woher nahm ich überhaupt die Vermessenheit, jahrelang andere zu beraten und von meinem Geld abhängig zu machen? Nur aufgrund des schnellen Erfolges meines Heuschrecken-Startups und seinem lukrativen Verkauf? Ich muss auf den Boden der Realität zurückkommen. Und dazu muss ich zuerst gründlich recherchieren, mir eine fundierte Übersicht über die aktuellen Entwicklungen verschaffen, mir darüber Rechenschaft geben, was ich kann und was ich will.

Als ich mich von meiner Bank erhebe und mich auf den Rückweg machen will, um dieser Einsicht zuhause sogleich Taten folgen zu lassen, bemerke ich, dass der Regen wieder eingesetzt hat. Und er scheint immer stärker zu werden. Ich setze mich wieder. Meine Bank unter den Bäumen steht einstweilen noch im Trockenen. Da ich weder einen Schirm noch einen anderen Regenschutz dabeihabe, werde ich etwas zuwarten. Sicher wird sich die Heftigkeit des Regens bald legen. Als auch nach einer Stunde der Regen unaufhörlich weiter niederprasselt, fühle ich mich wie ein Gefangener. Meine Gedanken kreisen unaufhörlich um die Katastrophe im

Berghaus und um Brigitte. Bis jetzt habe ich noch mit niemandem darüber gesprochen. Vielleicht sollte ich jemandem davon erzählen, meine Erinnerung in Worte fassen, um Distanz zu gewinnen, um das Geschehene einzuordnen, um mich zu entlasten.

Nun wird das bislang schützende Regendach der Bäume durchlässig. Ich entschließe mich, die Flucht nachhause anzutreten. Im Eilschritt durch den strömenden Regen erreiche ich das Haus, völlig durchnässt. Ich wechsle die Kleider und setze Wasser auf für einen Tee. Hoffentlich lässt sich so eine Erkältung vermeiden. Als ich meinen Tee mit Zitrone, Honig und reichlich Rum schlürfe, wird mir wohlig warm. Aber ich fühle mich müde.

Als ich erwache, glaube ich, dass es bereits morgen ist. Der Blick auf die Uhr zeigt aber, dass es erst kurz nach zehn Uhr ist. Ich schaue mir die Spätnachrichten am Fernsehen an. Es wird von einem Bombenattentat in Indien mit mehreren Toten berichtet, wahrscheinlich ausgeübt von islamistischen Terroristen. Ein Experte vor Ort wird zugeschaltet und von der Moderatorin befragt. Er schildert nochmals, was geschehen ist. Die Frage der Moderatorin, ob man schon Genaueres wisse, verneint er zwar, spricht dann aber doch eine ganze Weile über allerlei mögliche Hintergründe.

Dann eine Meldung über die Zunahme der Kriminalität während der Zeit der drohenden Katastrophe. Zwar hätten Gewalttaten und Diebstähle vorübergehend kurz zugenommen. Die Zunahme sei aber angesichts der seit Jahrzehnten sinkenden Kriminalitätsrate gering. In Europa und Nordamerika nähme die Zahl der Verbrechen seit dreißig Jahren stetig ab. Ja, es lasse sich sogar sagen, seit dem Mittelalter werde es immer besser – auch wenn dies der öffentlichen Meinung widerspreche. Laut Umfragen glaube die Mehrheit der Menschen, es gäbe immer mehr Verbrechen. Das Bild eines Gewaltverbrechens wird eingeblendet und ein zugeschalteter Experte sagt, wahrscheinlich erzeuge gerade die zunehmende Sicherheit vermehrt Angst, die dann paradoxerweise auf die Zunahme von Verbrechen zurückgeführt werde. Das lege auch eine Studie amerikanischer Psychologen nahe, die zeige, dass in dem Maße, in dem sich die Dinge zum Besseren entwickeln, immer kleinere Anlässe für Katastrophen gehalten würden. Was gerade noch für mysteriös gehalten worden sei, oft sogar ganz unbekannt gewesen sei, werde auf einmal zu einer glasklaren Angelegenheit, jedoch fast ausnahmslos im Sinne einer Verschlechterung oder Bedrohung, wobei dies ganz unabhängig sei von Alter, Geschlecht oder politischer Einstellung. Die Studie zeige leider nicht, ob nach dem Verschwinden der realen Bedrohungen, die zum Gesinnungswandel geführt hätten, jeweils auch dieser rückgängig gemacht werde.

Es folgt ein zuerst unkommentierter Film, der zeigt, wie sich braungraue Wasser- und Schlammmassen durch ein enges Tal hinunterstürzen und alles mitreißen: Bäume, Felsen, Häuser. Im später einsetzenden Kommentar wird erklärt, dass im indischen Himalaya ein riesiger Gletscher abgebrochen und in einen Fluss gestürzt sei. Mindestens zweiunddreißig Menschen seien ums Leben gekommen, hundertsechzig verletzt worden und hunderteinundsiebzig würden noch vermisst. Die Chancen, sie lebend zu finden, schwänden mit jeder Stunde. Die Schlamm- und Wassermassen hätten auch zwei Elektrizitätswerke und fünf Brücken beschädigt. Indische Wissenschaftler gingen davon aus, dass das Unglück mit dem Klimawandel und dem raschen Ausbau der Infrastruktur zusammenhänge, die die Gebirgsregion fragiler gemacht hätten. Entgegen zahlreichen Warnungen würden Kraftwerke aber immer wieder an besonders gefährlichen Orten gebaut, weil die indische Regierung bis zum Ende des

Jahrzehnts vierzig Prozent des Energiebedarfs des Landes mit nichtfossilen Quellen decken wolle.

Vermutlich als Überleitung zur anschließenden Wetterprognose folgt eine kurze Reportage über die arktischen Temperaturen, die derzeit Chicago lahmlegen. Gefühlte minus neunundzwanzig Grad führten zu gefrorenen Wasserleitungen, Frostbeulen und blockierten Autos. Der Reporter, der dick eingemummt alleine im gelben Schein einer Straßenlaterne steht, berichtet, dass ihm sein Vermieter eine E-Mail geschickte habe, in der er die Hausbewohner aufforderte, die Wasserhähne nie ganz zu schließen, damit das Wasser in den Rohren nicht gefriere. Der beständige Fluss des lauwarmen, chlorhaltigen Wassers führe nun dazu, so der Reporter, dass es in seiner Wohnung wie in einem Hallenbad rieche. Die eisigen Temperaturen heuer seien selbst für Chicago extrem. Nicht umsonst heiße die Stadt am Michigan-See *Windy City*, obwohl damit nicht nur der eisige Wind namens *Hawk*, sondern auch die Mafia-Vergangenheit der Stadt gemeint sei. Die kalte Zeit mit ihren Eiszapfen an den Dächern und Eisblumen an den Fensterscheiben hätte aber auch ihre schönen Seiten und wecke Erinnerungen an eine Kindheit, als es noch richtige Winter gab. Halte die Kälte noch lange an, würden die Schulen vorübergehend geschlossen. Die *cold days* in Chicago seien das Pendant zu Hitzeferien in anderen Ländern.

Zum Schluss noch eine Meldung aus dem Sport. Die Weltnummer eins im Tennis hat in einem Wutanfall einen Ball zur Seite geschlagen, der zufällig eine Linienrichterin am Hals traf, die daraufhin zu Boden ging. Die Szene auf dem eingeblendeten Video wirkt wie eine Hinrichtung. Der Tennisstar sei vom Turnier disqualifiziert worden. Die Moderatorin merkt in einer Mischung aus Anteilnahme und Schadenfreude an, dass ihm damit auch das hohe Preisgeld entgehe.

In der anschließenden Wetterprognose erfahre ich, dass es im Moment immer noch regnet. Dass die durchschnittliche Temperatur in diesem Monat um zwei Grad tiefer liege als die Durchschnittstemperatur seit Beginn der Temperaturmessung anno 1891, was eigentlich erstaunlich sei angesichts der allgemeinen Klimaerwärmung, aber durchaus ins Schema der mit dieser einhergehenden Wetterextreme passe. Das Wetter von morgen werde wahrscheinlich regnerisch bleiben. Wobei, wie der quirlige Moderator gleich anmerkt, aufgrund zweier anderer Modellrechnungen auch das Gegenteil der Fall sein könne.

Nach dem Wetterbericht folgt Werbung und dann die Wiederholung eines Fußballspiels.

Als ich auf meinem bequemen Sofa erwache, läuft der Fernseher immer noch. Es ist bereits hell draußen. Zu dieser Jahreszeit bedeutet dies, dass es schon gegen acht Uhr sein muss. Ich gehe zum Fenster. Es regnet nicht mehr. Ich stelle in der Küche die Kaffeemaschine an. Dann setze ich mich an den kahlen Küchentisch und lausche, wie die Maschine in unregelmäßigen Abständen vor sich hin schnaubt. Als sie ihren Dienst verrichtet hat und es wieder still ist, fällt mir der erste Wortwechsel mit Brigitte ein, als sie im Berghaus zu spät zum Frühstück kam und ich sie darauf hingewiesen habe, dass es in der Küche wohl noch Kaffee gäbe. Ein Gefühl der Trauer befällt mich. Ich trinke ein paar Tassen Kaffee. Das schwarze Öl schmeckt bitter. Wahrscheinlich habe ich zu viel Kaffeepulver in die Maschine gefüllt. Eine der Unachtsamkeiten, die sich häufen, seit ich wieder zuhause bin.

Jetzt wird es draußen sogar sonnig. Ich mache einen Spaziergang zum Waldrand. Wieder zurück setze ich mich an den Computer und fahre mit meiner Suche nach einem neuen Projekt fort, nun etwas systematischer. Ich suche auch nach Stellenausschreibungen.

In der Datenbank einer internationalen Stellenbörse finde ich die Ausschreibung von Stellen für Elektroingenieure in einem dänischen Großprojekt. Verlangt werden neben einigen Jahren Berufserfahrung Kenntnisse zur Sicherstellung der Netzwerkstabilität in komplexen Systemen und ein großes Engagement für die Klimawende. Es geht offenbar um ein großes Windkraftprojekt. Ich suche nach mehr Informationen und finde einen Artikel mit dem Titel *Dänemarks Mondlandungsprojekt – Die Amerikaner flogen zum Mond, in Dänemark fahren wir achtzig Kilometer in die Nordsee.* Dass die Dänen schon seit längerem Windkraftanlagen auf dem offenen Meer bauen, ist mir bekannt, das hier beschriebene Projekt, dessen Realisierung kürzlich vom dänischen Parlament mit großer Mehrheit beschlossen wurde, stellt nun aber alles in den Schatten – ein neues nordisches Atlantis. Weit draußen in der Nordsee soll eine Energieinsel gebaut werden, die dereinst Strom für zehn Millionen Haushalte liefert, viermal so viele, wie es in Dänemark gibt. Zeitpunkt für die Fertigstellung der ersten Etappe dieses Leuchtturmprojekts des grünen Wandels in Dänemark war ursprünglich das Jahr 2030. Angesichts technischer Probleme scheint nun 2033 realistischer. Diskutiert wird im Moment noch, ob der ganze Strom direkt ins Netz eingespiesen oder ob mit einem Teil des Stroms bereits auf der Energieinsel umweltfreundlicher Kraftstoff produziert werden soll. Die Verzögerung verärgert vor allem die Umweltaktivisten, wollten sie doch das ehrgeizige dänische Klimaziel einer Senkung der Treibhausgase um siebzig Prozent schon für 2030 unbedingt erreichen. Was die Klimaschützer jedoch versöhnt: die Energieinsel soll so weit draußen im Meer zu liegen kommen, dass die riesigen Windräder vom Ufer aus nicht zu sehen sind. Am Ende des Artikels wird etwas ernüchternd festgestellt, dass die Planung des Projektes erst in der Anfangsphase stecke. Noch sei kein idealer Standort gefunden. Offenbar sind auch die elektrotechnischen Probleme noch nicht endgültig gelöst, darum wohl werden Ingenieure zur Sicherstellung der Netzwerkstabilität gesucht. Dennoch: Vielversprechend.

In derselben Stellenbörse finde ich die Ausschreibung einer Stelle für Elektroingenieure zur Entwicklung automatischer Bewässerungssysteme von begrünten Hochhausfassaden. Das klingt exotisch. Auch hier ist von Nachhaltigkeit die Rede. Ich muss recherchieren, herausfinden, worum es geht. Ich finde einen ausführlichen Artikel zu diesem neuen Phänomen. Er beginnt mit der Feststellung, dass das Wohnen in Städten und das verdichtete Bauen gut seien für die Natur. Das lege nahe, dass auch eine Verdichtung der Natur in Städten in Form von Parks, Gärten, Balkonen mit vielen Pflanzen oder eben die Begrünung von Hausfassaden sinnvoll sei. Gerade dort, wo es für zusätzlich Bäume keinen Platz habe, würde sich die Begrünung von Fassaden anbieten. Diese Begrünung tue jedoch nur unseren Gefühlen gut, fährt der Artikel kritisch fort, sie sei aber im Gegensatz zu Wäldern und Wiesen gar nicht nachhaltig, zumindest nicht unter dem Gesichtspunkt der Effizienz. Es brauche viel Strom, um das Wasser in die Höhe zu pumpen. Zudem sei die Entsorgung dieser Grünanlagen mit ihren vielen Plastikröhren sehr problematisch. Mit Solarzellen bestückte Fassaden und Dächer von Hochhäusern könnten viel effizienter genutzt werden. Grün am Bau in der verdichteten Stadt sei nicht das Gold, wie gewisse Architekten vorschnell meinten, sondern das Grau sei das neue Grün. Am Schluss des Artikels, in dem – nach der anfänglichen Schilderung der Sachlage, die einem eine Begrünung von Hausfassaden als sinnvoll erscheinen lässt – die Kritik daran von Seite zu Seite an Vehemenz zunimmt, wird auf eine Studie im Auftrag der *FAO* mit dem Titel *Das Feigenblatt des 21. Jahrhunderts hängt an den Hochhäusern* verwiesen. Auch die Autoren der Studie werden genannt, darunter eine Carla Furlan. Das muss die Carla aus unserer alten Wohngemeinschaft sein!

Anstatt weiter nach Stellen zu suchen, tippe ich ihren Namen ins Suchfenster des Browsers. Fast fünf Millionen Ergebnisse werden angezeigt. Zur Einschränkung der Suchergebnisse gebe ich noch *FAO* ein. Immer noch rund hundertfünfzigtausend, darunter Publikationen zu landwirtschaftlichen und umweltschützerischen Themen. Ich scheine auf dem richtigen Weg zu sein. Ich beginne, die Ergebnisse der Reihe nach durchzusehen, bis ich auf einen Eintrag von Carla auf *LinkedIn* stoße. Es ist hier aber nur zu erfahren, dass Carla Rechtswissenschaften studiert hat, spezialisiert ist auf Umweltrecht und bei der *FAO* gearbeitet hat. Keine Wohnadresse und nichts über ihre aktuelle Tätigkeit. Nur eine E-Mail-Adresse. Womöglich auch diese veraltet. Ich suche noch weiter, finde aber nur noch einige Publikationen der *FAO*, in denen Carlas Name genannt wird. Die Titel der meisten dieser Publikationen sind Fragen wie *Sollen wir Pflanzen eigene Rechte zugestehen?* oder *Die Natur als juristische Person?* Interessante Fragen, die ich mir in dieser Form noch nie gestellt habe. Ich gebe die Suche für heute auf und werde noch etwas lesen.

Schon nach zehn Seiten lege ich das Buch über die Geschichte der Seerepublik Venedig aber wieder zur Seite. Ich glaube, Onkel Giorgio hatte es mir einst geschenkt. So interessant die Schilderung der Wahl des Dogen sein mag, ich kann mich nicht konzentrieren. Zu den Gedanken an Brigitte kommen jetzt auch noch die Erinnerungen an Carla. Ich gehe ein paar Schritte im Zimmer auf und ab. Setze mich wieder. Schaue durchs Fenster, unschlüssig, was ich tun soll.

Es klingelt. Ich schlurfe zur Tür. Mein Nachbar Roger will wissen, wie es mir geht.

»Soweit gut«, sage ich. Da ich aber keine Lust auf ein längeres Gespräch habe, sage ich, ich müsse noch arbeiten.

»Wenn etwas ist«, sagt Roger, »bin ich jederzeit für dich da.«

Ich bedanke mich für die Hilfsbereitschaft und wünsche Roger einen schönen Abend. Ich habe das Gefühl, als habe er mir mit einem Blick noch sagen wollen, dass er mir nicht ganz traue, dass alles in Ordnung sei. Ich gehe zum Schreibtisch und klappe den Laptop auf, als müsste ich weiterarbeiten. Ich entschließe mich kurzerhand, Carla eine E-Mail zu schreiben. Vielleicht ist die Adresse noch gültig. Vielleicht ist es gut, gerade ihr über die Katastrophe im Berghaus zu erzählen. Sie kennt mich.

An: info@furlan.org
Von: Roberto.Corrente@mail.com
Datum: 21.10.2021 19:33
Betreff: Lebenszeichen

Liebe Carla,

als ich vor einigen Tagen im Internet auf der Suche nach einer neuen Geschäftsidee recherchierte, stieß ich auf Dein Profil auf LinkedIn. Der Eintrag scheint veraltet. Oder arbeitest Du immer noch für die *FAO*?

Sofort erinnerte ich mich an unsere Zeit in der Wohngemeinschaft und unser Treffen vor ein paar Jahren auf dem Kongress in Vancouver, wo ich auf die Idee, in die Insektenzucht einzusteigen, gekommen bin – nicht zuletzt, weil ich mich damals an Deine Fersen geheftet hatte, und Du mich mit Pedro, dem Erfinder dieses Algenreaktors, bekannt gemacht hattest.

Vielleicht hast Du noch gehört, dass ich die Idee der Insektenzucht später in die Tat umgesetzt und eine vollautomatische Heuschreckenfarm entwickelt habe und das Unternehmen nach wenigen Jahren an einen großen Lebensmittelkonzern verkaufte. Seither arbeite ich als Berater und Financier von nachhaltigen Projekten. Ich lebe immer noch alleine. Über die Panne in der Heuschreckenfarm in Mali, wohin der Konzern die Heuschreckenzucht verlegt hatte, hast Du sicher aus den Medien erfahren. Zum Glück ist die Sache gut ausgegangen und wir hätten uns gar nicht so viele Sorgen machen müssen.

Da Du ja indirekt auch zur Entstehung meines Heuschreckenzuchtprojekts beigetragen hast, möchte ich Dir von einem schrecklichen Ereignis berichten, zu dem unsere damaligen Sorgen geführt haben und das mich nicht loslässt. Bevor die Heuschreckenplage Europa zu erreichen drohte, zogen sich viele an Orte zurück, wo sie sich noch halbwegs wohl fühlten. Auch ich mietete mich in einem alten Gasthaus in den Bergen ein, wo ich nachdenken und Pläne für die Zukunft schmieden wollte. Hier lernte ich Brigitte kennen, die seit je ihre Ferien an diesem Ort verbrachte. Wir waren einander sofort sympathisch und wurden schnell vertraut miteinander. Sie erzählte mir, warum sie aufgrund einer von ihr als folgenschwerer Fehler empfundenen Unachtsamkeit ihren Beruf als Ärztin aufgegeben hatte, von ihrer Scheidung, ihrem Leben, ihrer Freude am Autofahren. Ich erzählte ihr von meinem Leben, meiner Arbeit bei der Entwicklung eines neuartigen Elektroautos und der Heuschreckenzucht, sogar von unserer ehemaligen Wohngemeinschaft. Wir machten zusammen Wanderungen ums Berghaus und verbrachten viel Zeit miteinander, auch weil wir am Ende des Aufenthalts überraschend eingeschneit wurden. Wenn wir zusammen waren, wirkte der Rest der Welt unberechenbar und dumm. Es kam mir vor, als wäre mit ihr zusammen sogar in der Stille viel zu hören. Auch in Träumen fanden wir einander.

Dann, am Tag nachdem wir erfahren hatten, dass der riesige, auf uns zusteuernde Heuschreckenschwarm vom Wind ins Mittelmeer getrieben und gänzlich ersäuft worden sei, als schon alle anderen Gäste in Aufbruchsstimmung waren und nur noch nachhause wollten, und nur Brigitte, ich und zwei andere Gäste noch für ein paar Tage im Berghaus bleiben wollten, kam es zu einer Gasexplosion. Die Gehilfin des Wirts hatte versucht, das gefrorene Ventil einer Gasflasche, die für eine provisorische Heizung benutzt wurde, mit einem Brenner zu enteisen. Die Gasflasche explodierte. Ich und die anderen Gäste, die im Speisesaal aufs Frühstück warteten, konnten auf die Terrasse flüchten. Einige kamen mit dem Schrecken davon, ich und einige andere erlitten Verbrennungen. Der Wirt und seine Gehilfin in der Küche waren wahrscheinlich sofort tot. Was mit Brigitte passiert ist, weiß ich bis heute nicht genau. Ob sie noch zu retten gewesen wäre, ob sie sofort tot war oder ob sie bei lebendigem Leib verbrannte? Kurz nachdem sie in den Speisesaal gekommen war, ging sie nochmals aufs Zimmer, um etwas zu holen oder zu erledigen. Gerade als sie die Treppe, die neben der Küche vorbeiführt, herunterkam, musste die Gasflasche explodiert sein. Das Haus brannte sofort lichterloh. Als ich mit einer nassen Decke über dem Kopf hineinstürmen wollte, um zu schauen, wo Brigitte geblieben ist, hielt mich ein Herr, von der Aussichtslosigkeit meines Ansinnens überzeugt, mit aller Kraft zurück. Wir schlugen uns dann unter Anführung dieses Herrn, der sich später als weltweit bekannter Herzchirurg entpuppte, in dichtem Nebel über den verschneiten Weg ins Tal durch. Da ich Brigitte an diesem Morgen zum ersten Mal ohne geschminkte Lippen im Speisesaal gesehen hatte, kommt mir immer wieder der Gedanke, dass sie nochmals aufs

Zimmer gehen wollte, um sich die Lippen zu schminken. Ein absurder Gedanke.

Nach einem kurzen Spitalaufenthalt habe ich mich körperlich gut erholt. Die Narben schmerzen manchmal noch etwas. Aber sonst … Manchmal kommt es mir vor, als wäre mit Brigitte, obwohl ich sie nur so kurz kannte, auch ein Teil von mir abhandengekommen. Es fehlt mir etwas. Ich hänge zuhause rum und frage mich: Wie weiter?

Ich hoffe, dass es Dir und Deiner Familie gut geht.

Herzliche Grüße

Roberto

Ich lese den Text nochmals durch. Soll ich die Sache mit dem Lippenstift nicht streichen? Soll ich Carla überhaupt von dieser Katastrophe berichten? Ich bin mir ja nicht einmal sicher, ob ihre Anschrift stimmt, und ob es wirklich die Carla ist, die ich von früher kenne. Was, wenn eine mir völlig fremde Person diese E-Mail liest? Aber was könnte sie auch mit all diesen Mitteilungen anfangen? Also drücke ich den Senden-Button. Ich warte noch einen Moment. Eine Nachricht, dass die E-Mail nicht angekommen ist, erscheint jedenfalls nicht. Ich schließe das Programm und klappe den Laptop zusammen. Ich fühle mich erleichtert, sitze noch eine Weile am Schreibtisch und lege mich dann aufs Sofa, wo ich das Kapitel über die Wahl des Dogen zu Ende lese. Kluge Leute, diese Venezianer. Ich lese gleich noch das folgende Kapitel über die Fortschritte der Technik und ihre Folgen für die Organisation des Überseehandels und der Stadt. Ich lese, bis ich müde werde.

Heute, nach mehr als drei Wochen, finde ich einen von Hand adressierten Brief im Briefkasten. Sonst finde ich jeweils neben einem Wust von Werbebroschüren nur Briefe mit Rechnungen und Spendenaufrufen. Ich öffne den Brief noch auf der Treppe. Auch er handgeschrieben, von Carla. Eine Karte rutscht aus dem Umschlag. Ich hebe sie auf und sehe das Bild einer glänzenden Holzskulptur. Ich drehe die Karte. Es ist eine Einladung zur Eröffnung einer Ausstellung.

CARLA FURLAN CORDIALLY INVITES YOU TO

THE OPENING OF HER WOOD SCULPTURE EXHIBITION

ON THE ROOF GARDEN OF HOTEL CARMANA PLAZA.

SATURDAY, MARCH 7, 2021, 4-8 PM.

1128 ALBERNI STREET, WEST END, V6E 4R6 VANCOUVER.

DRINKS & SNACKS. MUSICAL ACCOMPANIMENT.

REGISTRATION DESIRED TO INFO@FURLAN.ORG

Ist Carla Künstlerin geworden? Die E-Mail-Adresse war offenbar richtig. Ich hoffte zwar sehr auf eine Reaktion, habe aber wegen meiner intensiven Suche nach einem neuen Projekt in den letzten Wochen kaum mehr daran gedacht. Umso überraschter bin ich jetzt. Ich mache es mir zum Lesen des langen Briefes auf dem Sofa bequem.

Vancouver, den 1. November 2021

Lieber Roberto,

Danke für Dein langes E-Mail. Es hat mich gefreut, nach so langer Zeit von Dir zu hören.

Das ist eine sehr traurige Geschichte, die Du da berichtest. Und ja, zum Glück gibt's den Zufall, er meint ja nicht nur das Schicksal, wenn es uns übel mitspielt. Du hast wohl Brigitte geliebt, vielleicht mit ihr eine Seelenverwandte verloren. Das ist bitter in dieser absurden Welt.

Ich wusste nicht, dass Du damals ernst gemacht hattest mit der Heuschreckenzucht, und darum auch nicht, dass Du etwas mit dieser Katastrophe zu tun hattest, an der Europa kürzlich knapp vorbeischrammte. (Dass Du nur zum Nachdenken und Pläneschmieden in dieses Haus in den Bergen geflüchtet bist, nehme ich Dir allerdings nicht ganz ab. Immer noch der alte Heuchler).

In der Tat ist mein Profil auf LinkedIn nicht mehr aktuell, wie wahrscheinlich fast alles, das Du von mir weißt. Kurz nachdem wir uns vor vier Jahren in Vancouver niedergelassen haben, ist mein Mann Lorenzo und zwei unserer Kinder bei einem Flugzeugabsturz über Frankreich ums Leben gekommen. Sicher hast Du von diesem Unglück gehört; es war der Flug von Barcelona nach Düsseldorf, bei dem einer der Piloten das Flugzeug absichtlich in eine Felswand gesteuert hat. Seitdem hat sich für mich alles verändert.

Wäre nicht Paolo, unser ältester, bei mir geblieben – ich weiß nicht, was mit mir passiert wäre. Die Leere jeden Morgen, wenn ich nach ein paar unruhigen Stunden Schlaf ins Wohnzimmer trat. Der gähnende Abgrund, wenn ich in der zweiten Etage ein Fenster öffnete. Die Stimmen der Kinder, die ich in jedem Geräusch zu hören glaubte. Und die Tränen – oft wollten sie gar nicht mehr aufhören. Jede schöne Erinnerung konnte mir den Boden unter den Füssen wegziehen. Aber oft, wenn ich keinen Ausweg mehr sah, nahm mich Paolo in seine Arme. Er war so tapfer. Ich glaube nicht an den lieben Gott, aber wenn ich leide, brauche ich etwas, das grösser ist als ich, und nun war dies mein Sohn, ein Kind.

Und dann die endlose, quälende Auseinandersetzung mit den römischen Schwiegerverwandten, die mir nun im Übermaß Trost spenden wollten – nachdem sie Lorenzo und seine *eco-attivista infantile* einst in so hochdramatischen wie kindischen Szenen verstoßen hatten. Nun glaubten sie wohl, durch ihre Demonstration von Mitgefühl ihrem von Geldsorgen freien langweiligen Lebenswandel etwas Sinn geben zu können. Es hätte mich eigentlich nicht wundern dürfen, aber Menschen ohne gesunden Menschenverstand ist ja meist auch wahres Mitgefühl fremd. Es machte mich wütend. Aber gerade dies erwies sich als gar nicht so schlecht, kanalisierte es doch die in mir manchmal aufsteigende diffuse Wut der Trauer und machte sie zu einem fassbaren Gegenüber mit Namen und Taten, von denen ich mich distanzieren konnte. Es half mir, eine neue Carla zu werden.

Ich hörte dann für ein Jahr auf zu arbeiten. Ich ließ mich treiben, flanierte ziellos durch die Straßen meiner neuen Heimatstadt, machte lange Spaziergänge an der *Wreck Beach* oder saß viele Stunden auf einer Bank im *Stanley Park* und schaute spielenden Kindern oder anderen Gästen zu. Ich entdeckte auf meinen Touren ohne Ziel vieles in meiner Umgebung, was mir zuvor, selbst bei der langsamen Fortbewegung mit dem Fahrrad, nicht aufgefallen war. Oft begleitete mich Paolo. Manchmal begleitete auch ich ihn auf dem Weg zu seinem College. Wir sprachen nicht viel auf den gemeinsamen Wegen, verstanden uns ohne Worte, signalisierten einander mit kurzen Blicken, wenn wir eine Beobachtung gleich taxierten. Wir beschränkten uns aufs Wesentliche.

Doch dann, ich weiß noch genau, es war einer dieser Tage Ende März, an denen sich das Wetter nicht entscheiden kann und man sich erst recht wie im Niemandsland fühlt, begann ich zu lesen. Eine Nachbarin hatte mir ein Buch mit Kurzgeschichten einer kanadischen Autorin geschenkt, in dem ich bis dahin nur die erste Geschichte gelesen hatte, und auch dies eher aus Anstand denn aus wirklichem Interesse. Nun las ich die restlichen Geschichten in einem Zug. Und unversehens entstand in mir ein Drang zu lesen, ein Bedürfnis, so elementar wie Hunger und Freundschaft. Das ging so weit, dass mir manchmal fast die Luft zu atmen fehlte, wenn ich einige Tage kein Buch mehr in der Hand hatte. Ich las und las, und wenn ich jeweils am Ende eines Buches anlangte, war ich zugleich etwas traurig und schon in Vorfreude auf das nächste Buch. Zuweilen hatte ich das Gefühl, in der Zeit vor meinem neuen unablässigen Literaturkonsum nur unvollständig gelebt oder am Leben vorbeigelebt zu haben. Lesen wurde eine neue Art zu leben.

Ich verschlang alles, was mir in die Hände kam, Neuerscheinungen und Klassiker, psychologische Romane und Krimis, Science-Fiction und philosophische Wälzer, sogar die Bibel. Erst mit der Zeit entwickelte ich gewisse Vorlieben und nochmals etwas später begann ich zu verstehen, welches Muster sich darin zeigte: wenn es um den Menschen oder die ganze Menschheit geht, nach einem umfassenden System riecht oder sonst irgendwie das große Ganze auf dem Spiel steht, mag es mich vielleicht interessieren, sagt mir aber meist nicht viel, lässt mich kalt. Bei Büchern dieser Art, wenn ich sie denn überhaupt zu Ende lese, prüfe ich meist nur, ob alles richtig ist, das System aufgeht, der Fall gelöst wird. Nahe geht mir Literatur, in der ich eine

Rolle spiele, bei der ich entscheiden kann, was Bedeutung hat und wie es ausgeht. Nur sie hat etwas mit der kleinen Welt zu tun, in der ich lebe, leide, hoffe und in der ich jeden Tag aufstehen muss.

Bald genügte mir das Lesen aber nicht mehr. Es kam mir auch immer mehr wie eine Flucht vor. Ich brauchte noch etwas anderes zur Auflehnung gegen das Schicksal. Das wurde mir erstmals richtig bewusst, als ich an einem Töpferei-Workshop teilnahm, den eine Japanerin in meiner Straße regelmäßig anbietet. Ich begriff, als meine Hände einer Kaffeekanne ihre endgültige Form gaben, dass ich etwas schaffen, etwas hervorbringen möchte. Ich merkte aber sogleich, dass die Töpferei dazu nicht besonders geeignet ist. Ich konnte zwar einige hübsche Gefäße formen, aber die Beliebigkeit, mit der sich aus Lehm etwas machen lässt, befriedigte mich nicht; zu künstlich kamen mir die Ergebnisse vor, zu sehr spontanen Ideen entsprungen. Es musste etwas anderes sein. Etwas mit mehr Widerstand.

Und was war in Anbetracht meiner früheren Tätigkeit und meiner neuen Begeisterung fürs Lesen naheliegender, als es mit schreiben zu versuchen? Schreiben zuerst einmal nur für mich; an weitere Leser dachte ich gar nicht. Ich nahm natürlich an, das Handwerk aufgrund der unzähligen Reports, Stellungnahmen und Gutachten, die ich einst bei der *FAO* verfasst hatte, bereits ausreichend zu beherrschen. Aber weit gefehlt. Denn kaum nahm einer meiner Texte Gestalt an, begann die Inspiration zu schwinden, und was mir gerade noch als die herrlichste Poesie erschien, war nicht mehr als ein schwacher Abglanz der ursprünglichen Idee, und, noch schlimmer: glich auffallend den Texten, die ich früher an die Adresse all jener geschrieben hatte, die den Klimawandel zu wenig ernst nehmen und zu Nachhaltigkeit animiert werden müssen. Ich war also auf dem besten Weg, genau die Art von Literatur zu produzieren, die mich kalt lässt, in der ich keine Rolle spiele. Meine Unfähigkeit, einen nur schon für mich befriedigenden Text zu verfassen, schürte aufs Neue meinen Verdacht, mein Leben allzu lange in den Dienst gegen den drohenden Untergang der Welt gestellt zu haben – bis die Welt für mich unterging.

Worin meine Unfähigkeit zu schreiben bestand, verstand ich nicht. War es der Drang zu erklären und zu belehren, noch bevor ich etwas verstanden hatte? Das Fehlen des menschlichen Dialoges, auch mit mir selbst, der dem Evangelium Vorschub leistete? Der Mangel einer gewissen scharfsichtigen Gleichgültigkeit, die es nur schon braucht, um einen Gegenstand exakt beschreiben zu können? Ist überhaupt viel mehr als eine Beschreibung möglich? Oder, war es einfach nur das Unvermögen, mich einer einfachen Sprache zu bedienen? Einer Sprache, die nicht mehr, sondern weniger sagt, und die genau dadurch die Autorin und die Leserin in den Lauf der Geschichte einbezieht?

Die Antwort auf all diese Fragen erübrigte sich, noch bevor ich weitere Texte schreiben konnte, die bestenfalls meine Gewissheiten und Hoffnungen ausgedrückt hätten. Meine Freundin Judy nahm mich mit zu einer Ausstellung eines mit ihr befreundeten Holzbildhauers. Anders als der christliche Name des Künstlers vermuten ließ, ist Simon Angehöriger der indigenen Gruppe der *Tlingit*. Seinen Namen hatte er auf einer der berüchtigten *Residential Schools* erhalten, an denen in Kanada die Kinder, die ihren Eltern weggenommen wurden und ihre Muttersprache nicht sprechen durften, zivilisiert werden sollten. Wie uns Simon erzählte, kam er erst spät zur Holzbildhauerei, und das ausgerechnet an einer vom kanadischen Staat unterstützten Schule für Kunsthandwerk, die den Angehörigen der *First Nations* die Suche nach ihren kulturellen Wurzeln ermöglichen soll. Nachdem er sich anfangs einen Namen gemacht habe mit traditionellen Schnitzereien der *Tlingit*, wie Masken, Reliefs zur Verzierung von Hauswänden und Totempfählen, habe er sich mit der Zeit immer mehr freien Formen zugewandt, oder, wie es genauer heißen müsste, den Formen, die sich in der Natur eines Holzstücks erahnen ließen. Oft wüsste er bei der Arbeit mit dem Holz anfangs noch gar nicht, was am Ende herauskomme. Er müsse sich auf das jeweilige Stück Holz einlassen, seine Ideen, aber auch sein praktisches Vorgehen Schritt für Schritt den Möglichkeiten der Holzstruktur anpassen. Das Holz würde zu einer Art Spiegel des eigenen Tuns und Denkens. Die Natur des Holzes lesen und verstehen sei aber nur möglich, wenn das Holz laufend bearbeitet werde. Bloßes Verstehen werde so durch die praktische Arbeit zu etwas Schöpferischem, aber durch das Schaffen einer Skulptur komme er jeweils auch sich selbst näher. Je härter das Holz, aus dem er etwas mache, desto schwieriger die Bearbeitung und unvorhersehbarer das Resultat, aber desto mehr erfahre er über sich selbst, was er könne und was nicht, und desto freier fühle er sich – ganz anders als beim weichen Holz der roten Zeder, das traditionell in der *Tlingit*-Schnitzerei verwendet werde, und mit dessen Bearbeitung er sein Handwerk einst erlernt habe. Mit Zedernholz ließen sich zwar die alten Mythen und Familiengeschichten zum Ausdruck bringen, aber man bleibe aufgrund des fehlenden Widerstandes auch der Tradition verhaftet und könne weder sich selbst noch der Natur gerecht werden.

Noch mehr als von den Skulpturen, die Simon in seiner Ausstellung präsentierte, war ich von der Tätigkeit des Bildhauers fasziniert. Vor der Begegnung mit Simon hat mir die Bildhauerei nicht viel gesagt, und schon gar nicht die Holzbildhauerei. Ich assoziierte sie mit gelangweilten Bauern, die an langen Winterabenden am Ofen sitzen und die Zeit mit Schnitzen totschlagen. Andererseits muss ich gestehen, dass ich für die Arbeit von Bildhauern schon immer eine gewisse Ehrfurcht empfand, selbst wenn mir ein Werk überhaupt nicht gefiel. Vielleicht, weil Bildhauer nichts Künstliches schaffen, sondern fähig sind, nicht das Falsche wegzunehmen. Ein misslungenes Bild kann übermalt und ein schlechter Text durch ein paar Sätze ergänzt oder neu geschrieben werden, aber was von einem Stein oder einem Stück Holz weg ist, ist weg. Ein Kunstwerk aus Holz entsteht noch viel mehr als ein Bild oder ein Text aus dem schwierigen Verzicht, das Konkrete zu durchdenken, sich vorschnell ein Bild vom Ganzen zu machen. Nur die Wegnahme des richtigen Materials in kleinen Schritten unter ständiger Beobachtung des Fortschritts führt zu etwas, das später dem an der Entstehung unbeteiligten Betrachter als Ganzes und Ausdruck einer ursprünglichen Idee erscheinen mag.

Und, Du ahnst es, schon bald nach dieser ersten Begegnung mit der Holzbildhauerei wollte ich diese Kunst selber erlernen. Ich schrieb mich in einen dreimonatigen Kurs ein und verbrachte viele Vormittage schwitzend damit, etwas aus einem rohen Stück Holz zu machen. Zuerst nur kleine Objekte aus sehr weichem Holz. Wir begannen mit Lindenholz und steigerten uns, bis wir auch das Holz von Zeder, Zirbel und Ahorn bearbeiten konnten. Nach der Handhabung des Klüpfelhammers und der verschiedenen Schnitzwerkzeuge lernten wir für die Bearbeitung größerer Stücke auch den Umgang mit Beil und Kettensäge. Als ich mich an meine eigenen Skulpturen machte, wurde die Ulme mein Lieblingsbaum. Ihr zähes Holz scheint am besten meinen gegenwärtigen Fähigkeiten zu entsprechen. Ihre Bearbeitung ist noch nicht so schwierig und sie hat eine komplexe natürliche Struktur, die es nicht allzu schwer macht zu erahnen, wie die Arbeit vor sich gehen soll. Das Ulmenholz hat zudem eine schöne Farbe, wie sanft gebräunte Haut, so dass ich die Skulpturen in Natur belassen kann und sie nur mit Öl oder Wachs glänzend poliere. Manchmal erinnert mich so eine Skulptur an meinen schönen Römer.

Als meine Skulpturen grösser wurden, mietete ich einen Raum in einer ausgedienten Garage, den ich als Atelier einrichtete. Es ist eine eigene kleine Welt geworden, in der ich Stunden und Tage verbringe, in denen ich mich ganz der Arbeit am Holz hingebe. Wenn ich abends spät heimkomme und das Gefühl habe, ein Stück vorangekommen zu sein und den Tag genutzt zu haben, ist die Befriedigung ungeheuer groß. Wahrscheinlich auch, weil die körperliche Anstrengung und die Konzentration der Sinne zu einer Müdigkeit führen, die mich erfüllt, ja die so groß ist, dass ich auch die Schmerzen von den bei der Arbeit manchmal passierenden Unfällen gar nicht mehr spüre. Je grösser die Skulpturen, desto grösser die Gefahr, sich mit einem der scharfen Werkzeuge zu verletzten. Manchmal ist es mein Ungeschick, das Werkzeug richtig zu führen, oft auch ein Werkzeug, das stumpf ist, oder das Nachlassen der Konzentration, manchmal ist es auch der Widerstand des Holzes, eine unsichtbare Spannung oder Verhärtung. Wahrscheinlich liegt die Schuld aber meist weder bei mir noch beim Holz oder dem Werkzeug, sondern beim widerwilligen Zusammenwirken von allen, die ihren Eigensinn haben. Bei meiner Arbeit mit Holz erscheint die Gegenüberstellung von Mensch und Natur ebenso sinnlos wie die Redensarten, dass die Natur zurückschlage oder sich an uns räche. Sie ist einfach da. Und wir erhalten bestenfalls eine Ahnung davon, was sie mit uns tun kann und was wir mit ihr, wenn wir uns tätig mit ihr auseinandersetzen. Diese Arbeit ist ein gegenseitiges Abtasten, bei dem sich meine Möglichkeiten mit jenen des Holzes auf geheimnisvolle Weise verbinden. Meist ohne daran zu denken, was das Ziel ist, beginnen wir gemeinsam, uns an unserer Widerspenstigkeit und unseren Widersprüchen abzuarbeiten. Manchmal wird etwas daraus.

Mittlerweile sind die Ergebnisse meiner Schnitzkunst schon ganz passabel. Natürlich bin ich noch weit davon entfernt, mir selbst zu genügen. Und weil ich noch etwas Anerkennung brauche, mache ich demnächst eine Ausstellung, bei der einige der Skulpturen aus dem ersten Jahr meines Schaffens als Holzbildhauerin zu sehen sind. (Einladung zur Eröffnung der Ausstellung liegt bei!)

Ich hoffe, Dich mit meiner neuen Begeisterung für die Bildhauerei nicht allzu sehr gelangweilt zu haben. Ich muss nun zum Ende kommen, will ich diesen Brief heute noch zum Briefkasten bringen. Denn mittlerweile stürmt es draußen und die Straßen sind schon voller Schnee. Wahrscheinlich muss ich heute Nacht mehrmals aufstehen und vor dem Garagentor Schnee schaufeln, damit ich morgen pünktlich zur Arbeit komme. Pünktlichkeit ist für meine Studenten ja fast noch wichtiger, als was ich sie zu lehren versuche.

Zum Schluss will ich Dir aber doch noch kurz berichten, wie sich mein Leben sonst noch verändert hat. Wenn ich nicht gerade im Atelier bin, in der Umgebung flaniere oder lese, unterrichte ich einige Lektionen Umweltrecht an einem College am anderen Ende der Stadt. Auch durch diese neue Tätigkeit habe ich viel gelernt. Vieles wurde mir auch nur in Erinnerung gerufen, denn schon meine Kinder hatten mir gezeigt, wie wichtig es ist, ein Vorbild zu sein, sich selber an die Regeln zu halten, an die sich andere halten sollten. Jedes Kinderspiel ernst zu nehmen. Und als ich mit den dreien Weihnachtsgeschenke bastelte, begriff ich immer wieder aufs Neue, wie geduldig man sein muss – und wie geduldig man sein kann. Es ist auch bei meiner neuen Tätigkeit als Lehrerin nicht das große Ganze, das mir gefällt, nicht die wohldurchdachten Ziele, die im Lehrplan stehen, sondern all die kleinen und stetigen Bemühungen, die zusammen und meist nur ganz langsam zu etwas führen, das erst im Nachhinein als etwas Zusammenhängendes erscheint. Und wie bei allen Generationenprojekten wirkt sich der Anteil des Eigensinns der Beteiligten wahrscheinlich noch viel mehr auf den Fortschritt aus als bei der Arbeit mit Holz.

Wie Du siehst, habe ich mich weit entfernt von meiner ehemaligen Tätigkeit bei der *FAO*, die mir einst als besonderes Engagement und gut überlegte Strategie zur Erreichung eines großen Ziels erschien.

So, jetzt muss ich aber wirklich Schluss machen. Es schneit unaufhörlich. Übrigens denke ich oft und gerne an die Tage in unserer Wohngemeinschaft zurück, besonders an Dich und an Armin. Komm' mich doch mal besuchen, wenn Du weißt, wie es mit Dir weiter geht. Oder auch, wenn Du es nicht weißt. Vielleicht schaffst Du es zur Eröffnung meiner Ausstellung. Bis dahin freut mich jede Post von Dir. Aber schreibe doch auch etwas über Dich.

Sei umarmt

Deine Carla

Ich lege den Brief vor mich auf den Tisch und lehne mich zurück, so dass ich die Zeilen nicht mehr lesen kann und nur noch schwarze Linien und die Regelmäßigkeit von Carlas Schrift erkenne. Carla! Was für ein Schicksal! Und doch, diese Fassung, ihr Mut. Ich lese nochmals einige Zeilen: wie sie ihren Sohn auf dem Weg zum College begleitet, wie sie unentwegt liest, wie sie an ihren eigenen Texten verzweifelt, wie sie von diesem indigenen Künstler lernt, Gestalten im Holz zu finden, und wie sie sich mit ihrer künstlerischen Arbeit in die Natur versetzt. Carla mit der Kettensäge in ihrem Atelier.

Und den Schluss: Ich sehe sie vor mir, wie sie Schnee schaufelt, damit sie anderntags pünktlich zu ihrem College kommt, wo ihre Schüler nicht auf ihre Botschaften warten, sondern auf sie, zur richtigen Zeit.

Irgendwie immer noch die alte Carla, die ich in unserer Wohngemeinschaft kennengelernt habe, mit ihrer Leidenschaft, ihrer direkten Art, ihrer Aufrichtigkeit. Nur sie durfte uns Heuchler nennen, und dies schon zu Zeiten, als die meisten von uns noch auf der Suche waren, als es noch nichts Gravierendes zu entscheiden gab. Aber ich sollte mich nun wirklich davor hüten, an diese unbeschwerten Zeiten zurückzudenken, jetzt, wo ich mich noch intensiver mit der undurchsichtigen Gegenwart herumschlagen muss. Nur in ihr lassen sich die Weichen für meine Zukunft stellen.

Ich werde Carla besuchen, demnächst. Vielleicht schaffe ich es zur Eröffnung ihrer Ausstellung. Eine Reise wird mir guttun. Um Distanz zu gewinnen, auch zur immer noch ausstehenden Entscheidung, wie es mit mir weitergehen soll. Ich will mich ja nicht voreilig in ein neues Leben stürzen, um mich dann nur wieder jahrelang treiben zu lassen und für zunehmendes Unbehagen neue Erklärungen und Rechtfertigungen suchen zu müssen. Vancouver fand ich schon bei meinem letzten Besuch entspannend. Ich könnte mit Carla nochmals nach Squamish fahren, zu diesem kleinen Buchladen mit der Kaffeebar. Dort habe ich das Buch über Nikola Tesla wieder gefunden, das ich als Junge aus der Quartierbibliothek ausgeliehen hatte, und dessen bizarre Bilder, die ich mir immer und immer wieder ansah, mich derart für die Elektrizität begeisterten, dass ich daraus meinen Beruf machen wollte. Und gemacht habe. Das war eine Entscheidung!

Wo ist das Buch überhaupt? Ich hatte es doch erst kürzlich in Händen. Nach einigem Suchen finde ich es in der Küche neben der Kaffeemaschine. Im Stehen schaue ich mir nochmals eingehend die Bilder mit den Experimenten an, die

Tesla einer staunenden Öffentlichkeit vorführte. Noch immer bin ich mir nicht sicher, ob diese Spektakel der Information des Publikums oder ihrer Unterhaltung dienten, ob sie nur Teslas sprichwörtliche Eitelkeit befriedigten oder er damit der ganzen Menschheit einen Vorgeschmack auf ihre elektrische Zukunft geben wollte. Darüber verraten die Bilder nichts. Die Bilder könnten natürlich auch so arrangiert worden sein, dass sie diese Fragen erst aufwerfen. Ich sollte das Buch unbedingt einmal gründlich lesen.

Carla schreibe ich morgen. Ich habe schon lange keinen Brief mehr geschrieben, ich meine von Hand. Es wird mir nicht leichtfallen. Schon für so kleine Herausforderungen fehlt mir die Praxis. Aber würde es Carla nicht kränken, wenn ich ihr jetzt schnell mit einer E-Mail antwortete? Ich muss möglichst früh am Morgen schreiben, wenn meine Schrift noch einigermaßen leserlich ist. Was soll ich ihr über mich schreiben? Ich sollte mir ein paar Notizen machen. Die ganze Geschichte kann ich ihr nicht erzählen. Ich muss es kurz machen. Dass es lange dauern wird, bis Carla von meiner Entscheidung erfährt, muss ich wohl oder übel hinnehmen. Das Warten mag sich lohnen. Vielleicht finde ich schon in der Zwischenzeit meine neue Aufgabe. Vielleicht wieder etwas im Bereich der Elektrotechnik im engeren Sinne. Warum nicht eine Bewerbung für eine Anstellung in diesem gigantischen dänischen Windmühlenprojekt? Ein Projekt, das für einmal weder Kritiker aus der Wissenschaft noch Gegner aus der Politik hat, das sich Umweltaktivisten ebenso ersehnen wie die Wirtschaft, etwas Großes, dem für einmal alle zustimmen können – eine unsichtbare Energieinsel weit draußen im Meer, die das Bild der Natur nicht stört.

DANK

Ich danke Eva, Ruth und Claudia sowie Edi, Peter und Paolo für ihre Unterstützung. Sie haben mich auf Probleme aufmerksam gemacht und geholfen, viele davon zu lösen.

Printed in Poland
by Amazon Fulfillment
Poland Sp. z o.o., Wrocław

88283188R00181